LE SOIR DU VENT FOU

DU MÊME AUTEUR

LE VRAI GOÛT DE LA VIE
UNE ODEUR D'HERBE FOLLE

dans la collection « Ailleurs et Demain »

LE TEMPS INCERTAIN
LES SINGES DU TEMPS
SOLEIL CHAUD POISSON DES PROFONDEURS
UTOPIES 75
(en collaboration avec Ph. Curval, Ch. Renard
et J.-P. Andrevon)
LE TERRITOIRE HUMAIN
LES YEUX GÉANTS
L'ORBE ET LA ROUE
LE JEU DU MONDE

dans la collection « L'âge des étoiles »

LE SABLIER VERT
LE MONDE DU LIGNUS

aux éditions Seghers

LE CRÊT DE FONBELLE
(coll. « Mémoire vive »)

MICHEL
JEURY

Le soir du vent fou

ROMAN

ROBERT LAFFONT

ISBN 2-221-07071-2

A Thérèse et Jean Planche

1.

Je descendis de vélo au carrefour de la départementale Saint-Veillant-Réverac et de la petite route Villefranche-Dévillac. Je repris mon souffle et coiffai de l'œil le panorama dégagé qui s'étendait devant moi. Le pâle soleil d'un après-midi d'automne éclaboussait les châtaigniers roussis, l'or tremblait aux cimes des peupliers, le vent chassait le clair troupeau des nuages.

Trois ou quatre rapaces tournaient lentement au plafond d'un ciel de verre, par-dessus le toit abattu d'un ancien moulin à vent. Une compagnie de perdreaux s'envola devant moi avec un bruit de tempête. Une poule faisane traversa la route, un lapin déboula d'un talus. C'était le paradis des animaux. Mais deux coups de fusil éclatèrent dans mon dos. Plutôt le paradis des chasseurs !

Au sommet d'une colline, à cinq ou six kilomètres vers l'est, je repérai un petit village, avec un clocher mur, sa cloche au vent, et un bâtiment carré, au toit rouge, sûrement la mairie-école. J'eus un léger pincement au cœur. Je sortis de ma poche la carte découpée dans le calendrier des postes et essayai de m'orienter. Oui, c'était bien Mondonat, le village où j'avais été nommé instituteur remplaçant pour quinze jours. Mon premier poste.

Je devais y rester onze ans. Telle est l'histoire.

Deux routes y conduisaient. Une route blanche par Dévillac, la plus courte, mais la plus mauvaise, avec des ornières anguleuses et des silex à vif. Avec mes pneus usés par places jusqu'à la toile, je risquais une crevaison à tout moment.

Je choisis de passer par Réverac, le chef-lieu de canton de Mondonat. La route goudronnée valait bien un détour de trois ou quatre kilomètres.

J'équilibrai ma valise sur mon porte-bagages, resserrai les élastiques, pris une goulée d'air et repartis.

Mondonat enfin. Les charmes et les châtaigniers s'écartaient pour faire place à une large étendue de prés, de terres labourées, avec quelques vignes et des vergers de pruniers et de pommiers. Les chasseurs arpentaient les champs, le fusil à la bretelle. Deux ou trois coups de feu éclatèrent vers les collines.

A droite, je vis au milieu d'une terre labourée un attelage de vaches *blondes d'Aquitaine* tirant une herse. Un gamin menait les bêtes, debout sur la barre arrière de la herse, les cordes d'oreille dans une main, l'aiguillon dans l'autre.

Comme il approchait maintenant de la route, je lui fis un signe. Il arrêta aussitôt son attelage, lâcha les cordes, planta son aiguillon devant les vaches pour les retenir, l'appuya sur le joug et courut vers moi en s'agitant comme une araignée en chasse.

Je l'attendais assis sur le cadre de mon vélo. Il se campa à dix mètres, son béret à la main, les cheveux dressés, raides. Sa veste lui pendait sur les cuisses et son pantalon fendu au genou s'ouvrait chaque fois qu'il se dandinait. Il se mit à crier :

– M'sieur-m'sieur, c'est vous l'nouveau maître ?

– Comment sais-tu que je suis le nouveau maître ?

– J'vous a reconnu d'nez. Moi, c'est Pierre-Pierre Augnac. Là, c'est mon père, l'adjoint Augnac.

Cinquante mètres plus loin, un attelage à deux paires de vaches se hissa en haut d'une pente, tirant un lourd brabant de pays. Un bonhomme dégingandé, coiffé d'un chapeau de paille, le fusil en bandoulière, tenait les poignées de la charrue, en grommelant : la, la, ho !

Un geste m'échappa, à moitié bénisseur, en direction du gamin.

– Oui, c'est moi le remplaçant. La dame est encore malade ?

– Oui, m'sieur-m'sieur. Et demain y a pas école parce que c'est la fête d'quatorze !

Une âme d'instituteur s'éveilla soudain en moi.

– La fête de l'armistice du 11 novembre 1918.

Les mottes, ouvertes par le soc, fumaient derrière la charrue. Des bergeronnettes sautillaient d'un sillon à l'autre, à la chasse aux lombrics. Le versoir luisait dans la lumière transparente. C'était une image du livre de lectures, cours moyen et certificat, chapitre des travaux de l'automne. Pierre-Pierre balança les ailes comme un canard déplumé qui essaie de s'envoler.

– M'sieur Rouviat, l'mari d'la dame, a fait l'tambourinaire. Sûr qu'al annoncera pas pour vous, alors faut que j'alle le dire !

Pierre-Pierre n'était sans doute pas le plus futé de la

commune, mais l'obligeance rayonnait de ses bons gros yeux. Le père Augnac appela son fils à ce moment, en braillant fort. Le gamin fit quelques pas du côté de son attelage, puis se retourna vers moi et tritura son béret.

– M'sieur-m'sieur, j'suis ben content qu'on a un m'sieur comme maître. J'a jamais eu d'homme à l'école !

Une petite pente se dessinait devant moi. J'enjambai le cadre rutilant de la bicyclette et me laissai porter jusqu'au premier faux plat. La route goudronnée filait droit sur un petit val où elle s'enfonçait, avant de reparaître derrière une église au clocher ouvert, entre deux cyprès.

Du village, coulé dans un repli à flanc de coteau, on ne voyait que les toits, noir, gris, rouge : fermes, habitations, une boutique ou deux peut-être, pas plus d'une demi-douzaine de maisons. En approchant, je découvris le bâtiment massif de la mairie-école, qui ressemblait à une vache couchée au milieu d'un pré.

Mondonat, canton de Réverac, entre Monpazier et Villefranche, dans le sud de la Dordogne. Je pensai : A nous deux, Mondonat !

Je sautai de vélo à l'entrée du bourg. Devant moi, un café aux volets bleus, avec une enseigne défraîchie, entre les réclames d'apéritifs, Suze gentiane, Amer Picon, Dubo, Dubon, Dubonnet. Café-épicerie, de quoi boire et manger, je n'étais pas tout à fait au bout du monde.

La mairie-école était en face. L'institutrice devait loger dans la tête de la vache, à l'étage. La mairie occupait le poitrail, je devinai la classe entre les côtes.

Sous le flanc, un préau, la cour et le jardin autour. Un chapiteau au milieu du toit figurait la corne unique.

Je ne repérai aucun signe de vie, ni dedans ni dehors.

A l'inspection primaire, une secrétaire aux cheveux gris m'avait dit, sans lever les yeux de sa machine à écrire :

– Vous remplacez Mme Rouviat Céline. Malade plus souvent qu'à son tour, mais elle oublie en général de nous prévenir. Elle n'a pas fait dix jours complets depuis le début de l'année scolaire.

Et, avec un retour de chariot bien envoyé :

– Elle boit, je vous le dis, mais ça sort pas d'ici. Une sacrée bonne femme qui a déjà eu la première du canton en 47, non, 48. Et un sacré coin d'endroit, ça vous fera rentrer le métier !

– Mes quinze jours ?

– Renouvelés à coup sûr au moins une fois. Vous en faites pas, vous resterez assez à Mondonat pour avoir des souvenirs !

Le village de Mondonat, situé tout au bout de la circonscription, déjà presque en Périgord noir, passait pour déshérité. Ça ne m'effrayait guère. Campagnard de souche et de ramée, je savais que les lieux mal aimés par la civilisation sont souvent comblés par la nature. Quarante-trois kilomètres de Bergerac, c'était une bonne roulée, mais mes mollets de vingt ans ne rechignaient jamais à pousser les pédales.

Je calai mon vélo contre le trottoir. L'unique rue de Mondonat remontait vers l'église, le presbytère et le cimetière. « Voilà ton premier poste, me dis-je, la gorge un petit peu coincée. Regarde-le bien, un jour tu raconteras à tes petits-enfants comme le monde était beau quand tu avais vingt ans ! »

Un trottoir d'une douzaine de mètres chaussait le bistrot et s'arrêtait net devant la maison d'à côté, où une haie de roses trémières fanées dissimulait les fenêtres. Deux vélos étaient posés devant la porte du café. Personne dans la rue. J'allai jeter un regard à l'école. Un chien me rejoignit, mais il s'enfuit après avoir reniflé avec dégoût mon odeur étrangère.

Une murette basse, surmontée d'un grillage en fil de fer galvanisé, fermait la cour. Une barre de bois, attachée d'un côté à un piton sur le mur et de l'autre à un tilleul pour le moins centenaire, tenait lieu de porte. Une chemise d'homme et un caleçon long se balançaient à l'étendage.

Cet inventaire ne me fit pas très chaud au cœur.

Une tête de jeune fille apparut à la vitre du café. Je me décidai à entrer.

La jeune fille s'avança, un chiffon à la main. Grande, un peu maigre, une grâce timide, la jupe à mi-mollets, les cheveux châtain clair, coiffés en nattes, ce qui lui donnait un air assez enfantin.

Je lui souris, elle rougit et s'empressa de promener son chiffon sur l'une des quatre tables du bistrot. Au fond, près d'une fenêtre, un buveur solitaire, béret baissé, penchait la tête sur un verre de rouge, le fusil appuyé contre sa chaise.

La porte de l'arrière-boutique s'ouvrit brusquement, une femme d'environ trente-cinq ans, blonde et frisée, bien en chair, entra dans la salle en se frottant les mains à son tablier. Elle m'évalua d'un regard.

– Monsieur ?

Et aussitôt :

– Ah, vous êtes le remplaçant ?

Je me sentais l'âme d'une première communiante traversant la rue en grande tenue le matin de la cérémonie. J'inclinai la tête, dans une attitude modeste et pensive.

– Oui, madame.

– Depuis le temps qu'on vous attend !

– Je n'ai reçu mon télégramme de nomination qu'aujourd'hui.

– Cette fois, elle est malade pour de bon. Asseyez-vous. Vous prendrez bien un petit blanc avec moi ? L'an dernier, elle a fermé l'école quinze jours sans même le dire à l'inspecteur !

Une odeur de confiture se répandit dans le café. La femme, qui guettait je ne sais quoi sur mon visage, s'aperçut que je reniflais avec appétit.

– C'est du melon. J'ajoute des oranges et deux ou trois coings.

Elle ôta son tablier, sous lequel elle portait une robe vert pâle, servit deux ballons de blanc et s'assit à côté de moi.

– Je suis m'ame Minsou, fille d'instituteur moi-même. Et voilà ma Lola... Lola, viens dire bonjour à ton jeune maître. Elle est pour le certificat cette année. Elle va avoir quatorze ans au mois de janvier. Un mois de plus, elle pouvait passer l'an dernier.

– Ç'aurait été dommage, dis-je en guise de compliment.

– De toute façon, Mme Rouviat ne l'aurait pas présentée.

Lola s'approcha les yeux baissés, les mains sagement collées contre sa jupe. Je m'attendais presque à une révérence. Elle se permit tout juste de battre des cils et d'agiter ses nattes pour marquer son agacement.

– ’jour, m’sieur.

Mme Minsou parlait vite et n’attendait pour l’heure aucune réplique. Sa voix un peu criarde et sa façon de se pencher vers moi, comme pour me prendre à témoin ou Dieu sait quoi, n’avaient rien de très engageant, bien qu’elle fût plutôt jolie et que l’ampleur de ses hanches me parût émouvante.

– Vous en avez de la chance pour un jeune homme... parce que vous êtes bien jeune, hein ? Vingt-trois, vingt-quatre ans ?

Je fis un signe de tête : majeur dans un mois. Elle se mit à rire.

– Vous tombez sur une année de filles ! Méfiez-vous de la Guilvinec, une grande dinde qui se prend pour la fleur des pois, parce que Mme Rouviat voulait en faire la première du canton au certificat. La petite Casanova est une diablesse, mais au moins elle cache pas son jeu. Et l’Alice Ousmane, m’en parlez pas, elle tient de sa mère, une rien du tout, et son père qu’on l’a même jamais vu, sûr qu’il était de la Martinique et pas bien blanc !... Ma pauvre Lola, c’est terrible ce que les Rouviat lui ont fait endurer comme misères. Vous vous demandez pourquoi ? D’abord parce que mon père était instituteur et que ça ne leur plaît pas. Et puis ils auraient voulu qu’on leur fasse cadeau de l’épicerie et des apéritifs. Ah, les apéritifs, je vous assure...

Lèvres pincées, l’air écœuré, elle montra d’un signe de tête la porte entrouverte, derrière le comptoir du café, par laquelle j’apercevais boîtes et paquets empilés dans un certain désordre sur les rayonnages. Non seulement les produits d’épicerie, mais aussi un peu de droguerie, de quincaillerie, les chaussures, les cartouches, le tabac, les cigarettes...

Mme Minsou tira sa chaise, se rapprocha encore de moi, se pencha un peu plus et baissa la voix une seconde.

– Les apéritifs et je dis rien du vin. C'est une outre, cette bonne femme. Pas un homme dans la force de l'âge qui tiendrait ce qu'elle s'envoie dans le gosier ! Si on devait lui fournir seulement la moitié de la boisson, on fermerait boutique avant Pâques !

Elle reprit enfin sa respiration et se lécha les lèvres d'un air gourmand. J'avalai ma salive avec une gorgée de blanc.

– Mais qu'est-ce qu'elle a au juste ?

– Le foie archipourri, il y a dix-huit ans qu'elle boit ! Ah, ça nous arrange pas beaucoup qu'on envoie un petit remplaçant l'année du certificat de Lola. On aurait préféré que la Rouviat soit mise à la retraite et qu'on nomme un titulaire, mais elle n'a que cinquante et un ans. Ou alors à l'hôpital, deux tours de clé, et quelqu'un de sérieux à sa place. Vous n'avez jamais fait passer le certificat ? Si elle continue, après Noël, j'enverrai Lola à Besse, avec M. Berforini, ou à Dévillac, avec Mme Lasplaces. Dommage que Mlle Beraudier n'ait pas la grande classe ! Enfin, vous avez une tête assez honnête, je ne vous le dis pas pour vous flatter.

Je vidai mon verre et commençai à me lever dans le vague espoir de couper le caquet de la bistrote.

– J'ai été nommé pour quinze jours seulement.

Elle me retint d'un geste.

– Attendez voir. Si vous restez quelque temps, vous pourriez aider ma Lola en orthographe. On s'arrangerait pour le paiement. Vous comptez manger où ? Vous m'avez même pas dit votre nom !

Elle semblait offensée par mon sans-gêne. J'eus à peine le temps de jeter les quatre syllabes de mon état civil comme des pièces de monnaie sur la table.

– Vincent Lerouge.

Elle secoua la tête en grimaçant.

– Je peux vous nourrir le midi pour cent cinquante francs, au très ordinaire mais sain, cuisine à l'huile et pas trop de sel ni de poivre, c'est mauvais pour un célibataire. Vous n'auriez qu'à sauter le repas du soir, c'est de bonne hygiène. Pour la chambre...

J'espérais en trouver une à deux mille francs par semaine à Réverac. Nommé pour quinze jours, je ne pouvais pas louer au mois... Mme Minsou se donna une claque sur la cuisse.

– Seulement voilà, si vous mangez et couchez chez moi, les Rouviat vous le pardonneront pas !

Je connaissais les haines de village et je ne croyais pas les Rouviat à moitié aussi méchants que la Minsou les décrivait.

– Cent cinquante francs, pour le repas de midi, ça me convient.

Elle trancha ma réplique comme le lard pour son hachis.

– J'aurais peut-être une chambre. Sans chauffage, bien sûr. Et sans lavabo, je tiens pas un hôtel. Vous pourrez toujours vous laver à la cuisine. A votre âge, on n'est pas frileux.

Elle se leva, me tira par le bras, l'air de prendre possession de ma personne.

– J'attendrai que vous soyez payé pour ma note !

– Mais si je ne reste que quinze jours...

Elle chassa l'objection d'un coup de menton, puis elle me lâcha l'aile et je m'empressai de reculer. Elle posa les mains sur ses hanches en s'appuyant sur une jambe. Le geste soulignait le creux de sa taille et déjetait son bassin gentiment évasé. Belle jument pas trop mûre... Mais d'autres soucis m'occupaient le cœur.

Elle me fixait de nouveau, mi-sévère, mi-moqueuse.

– Je suppose que vous n'êtes pas encore allé présenter vos salamalecs aux Rouviat ? Si vous alliez d'abord chez le maire ?

Je tirai de ma poche le bout de papier sur lequel la secrétaire de l'inspecteur m'avait noté, à la hâte, le nom et l'adresse du maire. Je déchiffrai : « M. Paul Rameye, les Vignes rouges, à Mondonat... » Je marchai jusqu'à la porte et me retournai.

– Le maire ? J'y vais. Dites-moi où je peux trouver sa maison.

Elle me regarda encore, sans répondre, et je me sentis fouillé du blanc de l'œil au nombril. Puis elle lança un rire claquant.

– C'est bien beau de faire le fier, monsieur l'instituteur remplaçant, mais vous partez sans payer votre consommation !

Le sang de la honte me chauffa le front. Je revins vers le comptoir en fouillant mes poches et en marmonnant une excuse.

– Combien vous dois-je ?

Elle s'avança et darda la poitrine en guise de pardon.

– Mais je vous l'offre, votre petit blanc. On n'a pas idée !

Le coucou du bistrot fit grincer sa porte et piailla trois fois un salut aigre et malveillant.

Je roulai sur une route blanche, creusée de nids-de-poule. Les fermes aux toits clairs parsemaient de loin en loin le plateau. Quelques-unes semblaient prospères, pansues et cossues, avec les grandes boîtes noirâtres des séchoirs à tabac dominant l'ensemble. D'autres étalaient leurs formes grises et basses sur la terre. Le monticule de fumier qui les ceinturait s'élevait, vu de loin, presque aussi haut que les façades : on aurait dit un paquet d'entrailles jailli d'un ventre écrasé.

Tout autour, des vignes, des vergers de pruniers et des terres ensemencées. Pas mal de friches aussi, un peu plus loin, et, à un kilomètre environ, une nouvelle étendue de bois. Un vol de palombes tournait au-dessus. Les chasseurs tiraillaient de tous les côtés. Les merles, effrayés par les coups de fusil, criaient furieusement dans les haies.

Je croisai une charrette, que menait un vieux bonhomme, l'aiguillon sur l'épaule, au pas sage de deux vaches limousines, osseuses et foncées de cuir. Le paysan souleva très haut son chapeau et me salua avec l'accent italien.

– Comment tou vas, pétit ?

– Bonjour, monsieur. Je cherche les Vignes rouges.

– Ah, la mason dou maré ?

Il me montra la direction d'un coup d'aiguillon, ç'avait l'air d'être droit devant. La charrette repartit en grinçant des essieux et en craquant de tout son bois.

2.

Avant la guerre, Paul Rameye était un des propriétaires les plus prospères de Mondonat. Quasiment instruit, presque jeune homme encore, célibataire, du beau bétail et des bonnes fortunes, déjà maire depuis les élections de 1929, il avait décidé de se faire construire une maison neuve, non loin de la ferme familiale devenue indigne de sa réussite.

Le projet suscita la jalousie des jeunes et la colère des anciens. On n'avait pas construit de maison neuve à Mondonat depuis la mairie-école, sous le petit père Combes.

– Ça serait encore un *étranger d'ailleurs*, on dirait bon !

– Un de ces fous de macaronis !

– Ou même un Breton de beurre !

– Mais le propre fils du Martin et de l'Apolline !

– Et ça coûte combien une maison neuve ?

– Une maison de trois pièces avec l'électricité et les étables au-dessous, s'il vous plaît...

– Pourquoi pas l'eau au robinet ?

– Sûr que le Paul a trouvé un magot.

– *Que* ça va lui coûter au moins dix mille francs.

– Même vingt-cinq mille !

– Hé bé, il cause, il cause, mais quand il connaîtra le prix, *qu'il* ira pas au bout !

Paul était allé au bout et il n'avait dit le prix à personne. Les vieux du village, bafoués, levaient les bras au plafond.

– L'Apolline a grand peur que son fils emprunte.

Personne n'avait jamais emprunté dans la commune. Les jaloux clamaient. Les bonnes femmes prophétisaient le malheur et la ruine. Paul Rameye fit construire sa maison et, autant qu'on puisse savoir, sans demander le moindre prêt. Les étables, au rez-de-chaussée, furent terminées en premier ; à côté, se trouvait la chambre du valet. Les gens se touchaient la tempe.

– Une chambre de domestique ? Ce pauvre Paul a perdu la boule. Le domestique serait bien mieux dans la paille !

Avant que la maison soit finie, on installa en bas les vingt vaches et un peu plus de moutons, et le valet dans sa turne. Paul Rameye continuait d'habiter la vieille maison, à cent mètres de là, mais il découchait souvent. Une chaude nuit d'été qu'il était au bal ou visitait une veuve, la maison neuve flamba.

Le domestique, Euloge Grifoulet, dit Lolo, qui avait bu comme tous les jours ses trois litres de rouge – ou six litres, suivant les autres – ne se réveilla pas du tout et brûla avec les bêtes, le foin et la charpente. Seuls quelques moutons réussirent à s'échapper. Encore inachevée, la maison n'était pas assurée, fait courant avant-guerre. Paul Rameye fut ruiné et aussi brisé moralement. Il se reprochait la mort de ses vaches et de son domestique et peut-être d'autres choses encore. Il ne tenta pas de rebâtir la maison incendiée ; et, après la disparition de ses parents, il cessa même d'entretenir la vieille ferme, dont le toit se perçait et dont les murs s'affaissaient l'un après l'autre.

Les gens de Mondonat chargeaient toujours le domestique, Lolo, l'ivrogne fieffé.

– Un bon à rien qu'il était, faut dire ce qui est.

– Le maire était bien fou de l'avoir embauché.

– Et de le faire coucher dans sa maison pendant qu'il courait.

– Et puis y avait le vent, ce soir-là. On n'aurait pas entendu gueuler Lolo. Mais il était même trop soûl pour faire un son !

– Les voisins ont pas senti la fumée ni entendu les vaches.

– On sentait rien, avec le vent.

– Les pompiers sont arrivés trop tard et le puits était à sec.

– Peut-être pas à sec, mais plein de saletés, c'est sûr.

Je devais apprendre bien vite tous les détails de cette histoire qui empoisonnait encore, vingt ans après, l'atmosphère du village. Par hasard ou non, mon arrivée allait d'un coup réveiller les soupçons et les démons. Sans l'avoir cherché ou peut-être, parce que c'est ma nature, en l'ayant un peu cherché, je fus mêlé plus que je n'aurais voulu à une brusque montée au jour du secret putréfié des Mondonatins. Et ma vie en fut changée.

Suivant les indications du cantonnier rencontré sur la route, j'arrivai à un bosquet de chênes chevelus, d'érables et de noisetiers, derrière lequel je découvris les ruines. Quatre pans de mur recouverts plus qu'à moitié par le lierre, la vigne sauvage et le sureau. Un lapin déboula dans mes pieds et s'enfuit en levant un bout de queue blanc. Les orties, les chardons et les herbes à chat bourraient les décombres d'une végétation haute et dense.

Alors que j'ignorais tout du « secret des Vignes rouges », que l'idée même d'un mystère ne m'avait pas effleuré, l'endroit me parut sauvage, ténébreux, chargé d'une exhalaison délétère. Depuis l'incendie de la Métairie-Basse, quand j'avais dix ans, les maisons brûlées et toutes les traces du feu éveillaient en moi un sentiment mêlé de faute et de fierté, avec une touche d'effroi.

Je me secouai comme un chien mouillé et pris le chemin qui conduisait à une manière de façade, avec un simulacre de porte et un large trou à moitié bouché par des fagots, en guise de fenêtre. Je respirai l'odeur douce-amère du tabac moins qu'à demi sec. Cette baraque devait être une remise et un séchoir. A moins que...

Je soulevai prudemment le rideau en toile de sac qui servait de porte et toussai deux fois. Le parfum du tabac m'emplit les narines et la gorge. Les feuilles, attachées à des ficelles, formaient de longues grappes serrées qui pendaient presque jusqu'au sol. Quelques bottes de paille bouchaient tant bien que mal les trous des murs, sauf un qui s'ouvrait sur la pièce voisine, où je décelai une présence humaine. J'avançai d'un pas ou deux en frôlant les pendeloques de tabac. Une voix claire et fluette m'appela d'à côté.

– Oui, oui. Je suis là. Entrez *bien*.

La seconde pièce était murée avec des bûches et des

fagots. Un homme âgé, maigre et pour ainsi dire vêtu de haillons noirâtres, assis derrière une table faite d'un large plateau non équarri, planté sur quatre piquets, me regardait avancer, un sourire paternel sur son visage osseux, au front haut et au nez puissant. Sa peau avait un teint de gaufre mal cuite et collait à ses pommettes et à son menton. Ses sourcils tombaient, son front et son nez lui faisaient comme un masque de cuir. Entre ses lèvres saillantes, sa bouche ressemblait à une cicatrice.

Il se leva avec raideur pour m'accueillir et me tendit la main.

– Bien content de vous voir. L'école me donne tant de souci.

Une mèche blanche lui glissa sur les yeux. Il la releva comme s'il essuyait ses larmes et ôta son béret lourd de crasse.

– Je suis trop vieux pour m'occuper d'une commune pareille !

J'avançai et me cognai contre une pendeloque de tabac.

– Une commune pareille ? Qu'est-ce qu'elle a donc ?

Il soupira, me montra une souche de la hauteur d'un tabouret, polie par les fonds de culotte des paysans.

– Asseyez-vous bien. Dites-moi votre nom, c'est bon que je le sache, même si vous ne restez pas longtemps.

– Vincent Lerouge. Je suis nommé pour quinze jours.

Il me fixa d'un regard transparent et doux. Une barbe de trois ou quatre jours couvrait d'une broussaille grise le bas de son visage. Son attitude, ses traits et son pauvre sourire exprimaient un mélange intimidant de sagesse et de désespoir.

– Bon, bon, fit-il, je ne veux pas vous décourager.

Comme je l'interrogeais du regard, il ajouta :

– Les gens de cette commune ne sont pas trop raisonnables, mon garçon. Céline Rouviat a été excellente, du temps où elle était jeune fille, mais elle s'est mise à boire et... vous la verrez en triste état. Son mari n'est guère aimé dans le pays. Mon conseil se dispute tout le temps. Le curé refuse l'absolution aux fidèles pour un oui ou pour un non. Et moi, vous vous demandez pourquoi je vis dans ces ruines ? C'est que ma maison neuve a brûlé, ça fait vingt ans l'été dernier.

Il me raconta en quelques phrases résignées l'histoire de l'incendie, ajoutant qu'il était seul et qu'il le resterait jusqu'à sa mort. Un détail me troubla. Je regardai autour de moi.

– Vous n'avez pas de chien ?

– Mon Gaspar a été tué par un chasseur, il y a longtemps. Je n'en ai jamais voulu d'autre. Les chasseurs sont terribles, ici !

Il me regarda un moment en silence, comme s'il m'évaluait.

– Je ne crois pas que vous puissiez voir Céline Rouviat. Fernand, son mari, vous donnera les instructions. Nous ne nous causons guère. Il était mon domestique jusqu'au début de 34. Je me suis séparé de lui, en raison de son mauvais caractère. J'ai embauché alors un certain Euloge Grifoulet, dont vous entendrez dire bien du mal. Mais il n'était point si tant ivrogne qu'on le raconte. Il avait eu des malheurs... enfin ce n'est pas notre sujet. Je voulais vous dire que Fernand Rouviat ne m'a pas pardonné. Et je ne me pardonne guère non plus. Si je l'avais gardé, rien ne serait sans doute arrivé. Enfin, attendez-vous à être mal reçu. Il n'aime pas les remplaçants. Je viendrai vous voir à l'école la semaine prochaine, si vous êtes encore là.

Je regagnai la route par un chemin qui évitait les ruines de la maison brûlée. Je croisai un gamin d'une douzaine d'années, très brun, qui se dissimula derrière une haie en m'apercevant. Son chien, un corniaud gris, vint m'aboyer à la figure en me montrant les crocs. Le garçon l'appela à voix basse : « Miraut, Miraut ! » Le cabot obéit et me laissa. Je criai :

– Hé ! toi, écoute un peu. Est-ce que tu vas à l'école à Mondonat ?

Peine perdue, le gosse était déjà loin. Je rentrai au village et j'allai toquer à la porte des Rouviat, entre la classe et la mairie. Ou plutôt, je poussai contre le coin du mur la casserole accrochée à un clou devant l'escalier. Le maire m'avait expliqué :

– Trois fois, le Fernand a installé une clochette, trois fois les gamins lui ont volée. Alors, il a mis une vieille casserole.

Un pas furtif traîna derrière la porte, le panneau de vieux bois brun pivota avec une lenteur de cauchemar. Un bonhomme d'une soixantaine d'années se montra dans l'entrebâillement, puis avança sur le seuil, comme à regret. Trois marches nous séparaient. Je posai le pied sur la première. Il ne bougea pas.

– Ah, vous êtes le remplaçant.

Grand, efflanqué, un peu voûté, le visage hâve, trois mèches grises plaquées sur un crâne osseux. Il me fixait d'un regard humide et dégoûté. Je ne pus m'empêcher de baisser les yeux sur mes vêtements. Veste à carreaux bien boutonnée, pantalon gris un peu chiffonné par ma longue randonnée... Ah, j'avais oublié ma pince de vélo à la jambe droite. Et mon unique cravate était dans ma valise... J'aurais dû la sortir et me la passer au cou avant de me présenter. Le mari de la dame, campé au bord du couloir, hocha sa longue tête chevaline.

– Ma femme va bien mieux, jeune homme.

– J'en suis très heureux.

– Mais non. Je vois bien à votre tête que vous êtes vexé. Elle va reprendre la classe avant la fin de son congé. C'était même pas la peine que vous veniez.

– J'ai été nommé. Qu'est-ce que vous auriez fait à ma place ?

Il chuinta un petit rire aigrelet.

– A votre place, j'attendrais que les titulaires me demandent. Vous resterez pas quinze jours. Mme Rouviat reprendra la classe ce lundi. Elle aime pas laisser ses « certificat » à des petits remplaçants. C'est arrivé une fois, elle a dû rattraper toutes ses bêtises. Vous êtes une engeance, tous !

Je luttai contre une vive démangeaison sous le nez. Il soupira.

– Ma femme vous recevra pas, c'est pas la peine. Vous n'avez qu'à être là vendredi à huit heures et demie, puisqu'on vous a fait venir. Je veux pas vous prendre votre pain !

Il recula, referma aux trois quarts la porte, la rouvrit brusquement, passa la tête, le cou tordu, les yeux plissés.

– Huit heures et demie, heure légale !

Le pêne du loquet s'enclencha dans la gâche en claquant ; puis la serrure tourna deux fois. Je regardai le bois de l'huis, veiné par l'usure. Sous la peinture marron, on distinguait la trace d'une couche précédente, bleu pâle, et aussi quelques écailles jaunâtres. Un volet mal fixé grinça à l'étage.

Je traînai mes pas dans la cour, pensif et chagrin. Suite à la reprise intempestive de Mme Rouviat, je prévoyais de sérieux ennuis avec l'administration et un tout petit salaire à la fin du mois. Je contournai le préau, m'adossai à un des trois tilleuls de la cour et observai la fuite des nuages à travers les branches nues.

Je vis sous le préau un tronc d'arbre rond et poli qui paraissait avoir servi de banc à des générations d'élèves. J'allai m'y asseoir et j'observai la campagne où montait une brume grise. Une haie d'ormeaux fermait le paysage en face de moi. De gros points noirs piquetaient les feuillages jaunis : une colonie de corneilles, posées sur les hautes branches. Elles s'envolèrent tout à coup avec un concert de croassements. Une mélancolie hivernale tomba sur le paysage. Je me sentis très seul. Je ramenai mon regard à la cour mal sablée, puis au préau creusé de nids-de-poule. Je n'avais pas foulé la cour d'une école de campagne depuis dix ans. Toute mon enfance me montait à la tête comme les vapeurs d'un très vieux vin. Mondonat ressemblait beaucoup à Jordas, le village où j'avais vécu jusqu'à l'âge de onze ans.

J'aperçus une petite pèlerine en ciré, tombée par terre dans un coin plus sombre. Un « capuchon », sûrement oublié par un élève. J'allai le ramasser avec précaution et le suspendis à une cheville.

Une impression me tracassait. J'avançai jusqu'au bout du bâtiment, après m'être assuré que les volets de l'étage étaient fermés. Je ne tenais pas à être vu par les Rouviat en train de rôder dans leur domaine sacré. Je marchai au bord du jardin, revins m'asseoir sous le préau et pris ma tête dans mes mains.

Je regardai ma montre, cadeau de première communion. Renaud Chabellac, ami de toujours de ma mère, héros de mon enfance, me l'avait offerte, dix ans plus tôt. En ce temps-là, je l'avais institué *vrai père* et il commençait à être ancien dans le grade ; mais je voulais dépendre le moins possible de lui, pour ma mère autant que pour moi. Il l'avait compris avant que j'y pense. A quinze ans, je ne demandais qu'une chose : rester son apprenti, me former près de lui au métier de commis d'assurance et d'immobilier. Mais il avait voulu que je continue des études pour lesquelles je ne me voyais guère doué, afin d'être libre de mon choix. Et j'avais choisi de le quitter.

Cela aussi, il le comprenait très bien. Avant de partir pour Mondonat, je lui avais demandé s'il voulait que je lui rende la chambre qu'il me louait à Bergerac, pour trois fois rien. Il m'avait serré l'épaule très fort.

– Garde-la pour le moment. Tu as besoin d'un port d'attache. Tu me la rendras quand tu auras trouvé une maison ou une femme, ou les deux !

Cinq heures vingt, heure légale... Si je partais maintenant, je serais obligé de faire les trois quarts du voyage dans la nuit, en poussant ma dynamo. Ç'aurait pu être une belle aventure, en 43 ou 44. Alors, j'aurais trouvé l'occasion d'accomplir des exploits bien plus difficiles. Cent kilomètres en vélo dans la nuit, par exemple. Mais aujourd'hui, par pure gloriole, ça ne valait pas la peine. Quelle malchance d'avoir vingt ans à cette époque bête et sans foi !

Je me levai avec un gros soupir. Le détail qui me tourmentait s'éclaira tout à coup : je n'avais pas vu de pompe dans la cour, ni dans le jardin. Pas de puits à chaîne non plus... Il n'y avait peut-être pas d'eau à l'école ! Ça devait être plutôt malcommode pour se laver les mains et le museau ! « Ce n'est pas ton affaire, mon vieux. Tu n'es qu'une engeance. Pense à ton prochain poste, où tu trouveras peut-être une pompe neuve si Dieu le veut ! »

Un pas claqua dans la rue. Mme Minsou trotta vers l'école en plaquant sa jupe sur ses jambes. Une belle femme à sa façon, un peu vulgaire, mais des hanches superbes et bon cœur au fond ! Elle choisit de retenir ses cheveux et sa jupe s'envola. Elle me tendit la main comme pour tirer un noyé de l'eau.

– Vous n'alliez pas partir sans me dire au revoir, j'espère, monsieur le remplaçant !

3.

Je ne me sentais aucune vocation dévorante, surtout pas celle d'apprendre à lire et à compter aux petits paysans. J'étais parti au service militaire avec mille projets chiffonnés en tête. Mon appel sous les drapeaux – glorieux mais fanés – avait coïncidé avec le retour de la paix, après Diên Biên Phu. L'armée craignait d'avoir trop de recrues et tâtait les appelés de l'occiput au calcanéum.

Un major scrupuleux s'aperçut que ma tension artérielle était anormalement haute. La politesse m'empêcha de lui rire au nez. Une maladie de vieux, n'est-ce pas ? Le major me questionna. Je répondis que d'habitude ma tension était aussi normale que celle d'un chiot de six mois.

– Un chiot ? D'habitude ? Combien de fois ? Quand ?

Finalement, le major me donna quitus. Je me retrouvai sur la rive allemande à l'heure du cessez-le-feu en Indochine. Diên Biên Phu n'avait pas fait baisser ma tension. Un jeune médecin appelé m'expliqua pourquoi j'avais depuis toujours dansé plus vite que la musique : ça venait du rein.

Quinze jours à l'hôpital militaire de Trèves. La conférence de Genève resta sans effet sur mes diastoles et mes systoles. Ma vitalité de toujours n'était qu'une maladie ignorée. Dieu me pardonne, j'avais vécu ma jeunesse un ton trop haut. Simple histoire d'artères.

Je passai devant le conseil de réforme le jour de la mort de Colette. Je rentrai à la maison le lendemain du rejet par l'Assemblée nationale du traité de la Communauté Européenne de Défense. Les événements proliféraient en cette année 1954 comme les lapins dans un clapier mal tenu.

Nous étions partis pour une paix de mille ans et l'armée ne voulait pas de moi. Je n'avais guère envie de *retourner aux études*. On cherchait des instituteurs : je déposai une demande de poste à l'Inspection académique, sans espérances folles ni conviction ardente. Il me fallait gagner ma vie en attendant de la vivre !

Quelques semaines plus tard, c'était la *Toussaint rouge*, le début de l'insurrection en Algérie et on commençait à parler des *fellagas*. Je reçus mon premier remplacement la veille du 11 novembre.

Mme Minsou m'offrit l'hospitalité à prix d'ami. Elle rit très fort quand je lui répétai ma conversation avec M. Rouviat.

– Pauvre Fernand, on n'a pas idée, il s'imagine que sa bonne femme va reprendre le collier lundi prochain. Il a toujours cru ce qu'elle lui disait, même quand elle jurait qu'elle allait arrêter de boire pas plus tard que la veille. C'était un brave type, au temps jadis. Mais il sait à peine écrire son nom et lire le titre du journal, alors de vivre avec une femme instruite, ça l'a aigri.

Mme Minsou me lorgna, tout alléchée à la pensée des histoires qu'elle pourrait déverser à loisir dans une oreille fraîche et neuve.

– Il l'a épousée ça fait dix-huit ans, je n'habitais pas encore Mondonat. Mon mari est du pays, lui, et il se souvient de tout. Ah, mon pauvre monsieur, il ne s'en souvient que trop !

– Si j'ai bien compris le maire, Fernand Rouviat avait été son domestique, mais ne l'était plus au moment de l'incendie ?

– Paul Rameye l'avait foutu à la porte. C'était un fainéant et...

Elle baissa la voix, fit mine de scruter les alentours.

– On l'a même accusé d'avoir mis le feu pour se venger !

– En définitive on ne sait toujours pas ce qui s'est passé ?

– Mais si. Lolo était soûl. Il a renversé sa lanterne. Et puis il y avait grand vent, ce soir-là, le vent du Midi. On dit quelquefois le vent de Monflanquin, parce que c'est la direction. Monflanquin est sur une hauteur et on le voit bien depuis l'ancien moulin à vent de la Planège. On dit : c'est le vent de Monflanquin, le vent fou.

Nous convînmes d'un arrangement. Je paierais trois mille francs par semaine. La chambre était comme elle était, hein, et je m'occuperais de mes draps. En prime, je donnerais à Lola, tous les soirs, une leçon d'orthographe d'une heure.

– Et pas une dictée, s'il vous plaît. Je suis capable de faire faire une dictée à ma fille, si j'en ai envie. Je veux que vous lui appreniez les règles et les exceptions, comme *cantonnier* et *cantonal*, enfin tout ce qu'elle a besoin pour le certificat.

Je voyais l'affaire avec sérénité, grâce à mon prochain départ.

– Pour la dictée, si vous voulez, nous la ferons ensemble, dit-elle en m'examinant d'un air soupçonneux. Vous rêviez, hein ? Vous lui dicterez et je me tiendrai derrière elle pour la surveiller. On a beau dire, une petite tape au bon moment, ça vaut mieux que de copier dix fois la règle quand le mal est fait !

Elle gaminait pour les clients du bistrot qui étaient maintenant sept ou huit, répartis entre deux tables, plus un grand type de trente-cinq à quarante ans, qui sirotait un Pernod au comptoir, une veste de chasse en cuir posée sur les épaules, la cartouchière autour du ventre, les bras musclés, le visage carré, les yeux bleus et durs, les cheveux ras, la lèvre balafrée d'une fine moustache.

Comme il tournait la tête, elle s'avança vers lui, les mains sur les hanches, une épaule un peu soulevée. Cette pose batailleuse mettait en valeur sa poitrine. Elle avait une autre façon de se tenir qui lui creusait les reins et lui bombait le ventre.

Elle pointa l'index sur moi en faisant des mines.

– Voilà notre jeune remplaçant, M. Lerouge. M. Darrat Roger, qui a ses deux filles à l'école.

Je me dis qu'il valait mieux être un jeune remplaçant qu'une sale engeance. Darrat me salua d'un signe de tête.

– Qu'est-ce que vous prenez ?

Je demandai un Picon. Il tapota le bras de Mme Minsou.

– Deux en comptant ma belle-fille, je veux dire la fille de ma femme, qui est une Darrat d'honneur !

Puis à moi, souverain :

– Élisabeth est dans la classe du certificat, et pas la moins bonne. A votre santé, monsieur le remplaçant.

Mme Minsou essuya un coin de table avec un chiffon de dentelle en promenant son décolleté sous le nez de M. Darrat.

– Élisabeth est en vue du prix cantonal, vous voyez un peu la responsabilité pour un *remplaçant* !

Je voyais si bien que je me réjouissais de quitter ce guêpier en vitesse. Et Darrat s'empressa d'attiser mon inquiétude.

– La Rouviat, si elle valait un pet de lapin, aurait dû envoyer Élisabeth en sixième, mais ça l'arrangeait de la garder pour le prix cantonal. Cette année, c'est ma fille Martine qui doit rentrer en sixième et je vous fous mon billet qu'elle y rentrera !

En ce temps-là, beaucoup d'instituteurs et d'institutrices de campagne abominaient cette entrée en sixième qui leur enlevait leurs meilleurs élèves, alors que la population les jugeait sur les résultats du certificat d'études. Ils préféraient de loin envoyer en cinquième, voire en quatrième de cours complémentaire, les lauréats du certificat qui souhaitaient *continuer*. Les résultats du brevet élémentaire et du concours d'entrée à l'École normale leur donnaient assez souvent raison.

– On n'entend qu'une cloche, dis-je, on n'entend qu'un son !

Il balaya l'argument d'un geste qui faillit emporter au passage son verre et le mien.

– Ma petite passera en sixième, même s'il faut pour ça que je tire la manche du préfet. Ou au moins du sous-préfet !

Roseline Minsou prit tous les clients à témoin.

– Il connaît le sous-préfet et tous les nobles du département, m'sieur Darrat ! Vivement qu'il soit maire !

Mais le ton moqueur de sa voix démentait ce bel enthousiasme. Entre ces deux-là, il existait une complicité, tour à tour infatuée et querelleuse. Et aussi, je le pressentis tout de suite, bien des cachotteries et des arrière-pensées.

Du haut de l'escalier, Roseline me regarda par-dessus son épaule, se frappa les cuisses et secoua la tête d'un air rosse.

– Pauvre Roger, je vous le dis sous le sceau du secret, il aurait envoyé ses enfants à Réverac depuis belle lurette s'il avait pas tant envie d'être maire ! Ça serait un bon maire, avec l'instruction et la poigne, ça va pas toujours ensemble, plus les relations qui gâtent rien. Mais il y a l'histoire de sa femme et tous les bruits qui courent sur son père et sur lui.

J'aurais dû me taire. J'étais à Mondonat pour trois jours, je me fichais de Darrat et des bruits qui couraient. Mais Roseline me souriait d'un air engageant. Elle attendait une question comme un chien sa pâtée. Je demandai, par charité chrétienne :

– L'histoire de sa femme ? Quelle histoire ?

– Sa première femme a eu un accident il y a huit ans, en soignant les porcs. C'est une truie qui l'a renversée dans l'étable et qui l'a saignée ! Ça fait pas trop bon effet.

– Non. Et les bruits ?

– Oh, de vieilles affaires.

– Qui n'ont rien à voir avec l'incendie de la maison du maire ?

– Non, non, dit-elle précipitamment.

Et il me sembla qu'elle rougissait. J'avais dû rêver... Je la voyais maintenant partagée entre deux désirs contradictoires. Elle avait une envie folle de parler, de lâcher les confidences et les ragots qui se pressaient dans sa tête. Mais quelque chose, soudain, la gênait, comme si elle craignait de trahir les secrets du village. Elle secoua la tête et me poussa dans ma chambre.

– Je vois bien que nos démêlés ne peuvent pas vous intéresser. Il vaut mieux que je vous laisse dormir.

Ma chambre était une pièce carrée, assez claire et propre. Le plancher, usé jusqu'aux clous, geignait sous les pas. Un papier peint écaillé couvrait quelques pans de mur. Un lit de cuivre, une armoire en bois blanc, une table au plateau fendu constituaient le mobilier. Deux patères, une glace ovale un peu fêlée et l'Angélus de Millet assuraient l'ornement. La couette et l'édredon offraient des panses bien douillettes et la fenêtre s'ouvrait grand sur les couleurs de l'automne. Roseline me fit l'article en tapotant le lit.

– Vous allez être bien si vous ne pensez pas trop aux femmes !

– Je pense à ce qui me plaît, dis-je.

– Ha ! ha ! vous avez bien raison. Et puis à votre âge, les garçons dorment comme des petits loirs.

– Je serais plutôt du genre renard.

– Vous chassez la nuit, coquin... Mais n'allez pas croire !

4.

Ce soir-là, je dînai en compagnie de la patronne et de ses deux enfants, la grande Lola, silencieuse et douce, les yeux battus, le rouge aux joues pour un oui ou pour un non, et le petit René, un joli môme de huit ou neuf ans, bavard, espiègle et entreprenant.

Roseline chargeait son mari, Momo, « absent comme toujours », précisa-t-elle, de tous les péchés du jour et, si elle ne disait rien de la nuit, on pouvait essayer de deviner.

– Mon pauvre Momo est si maladroit. Ce n'est pas de sa faute, il a toujours été comme ça, mais ça s'aggrave avec l'âge. Il a presque quarante ans, il est beaucoup plus vieux que moi, vous savez. Ça le gêne dans son métier d'entrepreneur de travaux agricoles, je veux dire d'être aussi maladroit. Dans tout le canton de Réverac, on ne compte plus les arbres qu'il a abîmés, sans parler des clôtures et des coins de mur. Il a même failli blesser ou tuer des gens !

Ses éclats de voix rebondirent entre les murs de la petite cuisine aux lambris bas, où nous dînions tous les quatre.

– Personne ici ne lui donne plus de travail et il est

obligé d'aller en chercher en Lot-et-Garonne. Ça fait qu'il n'est jamais là !

Sur dix occasions, j'aurais écouté cette fable avec un tout petit bout de cervelle, en pensant à autre chose, et je l'aurais chassée aussitôt de ma tête. Mais les airs de Roseline m'avaient mis la puce à l'oreille. Et je me rappelais la réflexion du maire : « Les gens de cette commune ne sont pas trop raisonnables. » Les Minsou étaient à coup sûr du lot et la bistrote mettait la vérité à sa sauce.

Ainsi donc, l'absence du mari s'expliquait par sa maladresse ? Mais il trouvait du travail en Lot-et-Garonne ? Il lui suffisait donc de passer la limite du département pour redevenir adroit ? C'était bien le conte le moins raisonnable que j'aie jamais entendu. Je commençais à être vraiment intrigué quand elle abandonna le chapitre, du moins pour cette fois.

Un peu nostalgique, je me rappelai mon enfance campagnarde, à Jordas et à Razac. Je revis les châteaux au pied desquels j'avais longtemps vécu, le manoir de Fourmagnac, le castel de Razac, dont la masse tutélaire, magnifiée par le souvenir, enflait dans ma mémoire. Je demandai, presque étourdiment :

– Qu'est-ce que vous avez, à Mondonat, comme châtelains ?

Roseline fit une moue un peu triste, soupira.

– Ma foi, on n'en a pas. Autant que je sache, ils sont partis à la Révolution et morts en exil... Celui qui se rapproche le plus d'un châtelain, ici, c'est M. Darrat père, M. Jean-Gervais, comme on l'appelle. Il habite une grande maison, le Pech-Gabach, du côté de Dévillac. Il n'est pas noble, mais il savait vivre comme un noble, quand il était plus jeune. Tenez, si je vous racontais un coup terrible qu'il a fait après la guerre de 14, vous verriez !

J'avais sucé la dévotion aux nobles avec le lait de ma mère. J'étais toujours persuadé qu'une commune sans un vrai châtelain, si possible marquis, comte, baron ou au moins *sieur de*, était comme orpheline et se comportait souvent en sale gosse. Ce n'est sans doute pas une pure légende. Entre 1830 et 1914, les familles nobles éclairées ont joué dans bien des villages du Sud-Ouest un rôle d'éducation et de pacification ; elles ont souvent aidé les campagnes à garder raison face aux bouleversements du monde et des mœurs. Et cette influence bénéfique s'était prolongée dans le meilleur des cas jusqu'à maintenant. On eût dit que les paysans, même les endurcis communistes, pensaient encore en voyant le château : « Camarades, du haut de ces tours, cinq siècles vous contemplent ! » Alors, ils dressaient l'échine et portaient le cœur plus haut. Si les gens de Mondonat n'étaient pas trop raisonnables, c'est qu'ils avaient perdu leur noblesse !

Roseline ferma pudiquement le haut de son corsage.

– Ah, j'aimerais bien vous raconter l'histoire de M. Jean-Gervais et de la fille du métayer. Mais je n'ose pas, c'est trop osé !

Enfin, elle osa. Elle oublia son corsage, dont le dernier bouton, décidément, ne tenait pas.

– M. Jean-Gervais était un terrible chasseur. Il l'est encore, à soixante-dix ans passés, mais il n'a qu'un bon bras et il boite un peu. M. Roger aussi aime bien la chasse, mais lui n'a pas le chic noble. J'en reviens à M. Jean-Gervais. Il avait été officier à la guerre de 14, commandant, je crois, il voulait mener les paysans comme ses soldats, alors ça a chauffé. Les gens disaient : « On s'est fait trouer la paillasse pour défendre la terre des riches, on veut chasser comme on veut ! » M. Jean-Gervais s'est mis d'accord avec les propriétaires de Mondonat, il a fondé une société de chasse et il s'est mis à traquer les braconniers, surtout ceux de Dévillac et quelques métayers ou domestiques. Il se servait de son pistolet d'officier et même d'un mousqueton pour leur faire peur. Et puis il leur confisquait leur fusil. S'il ne pouvait pas les attraper sur le fait, il allait même prendre les fusils dans les maisons.

« Du coup, les petites gens se sont mis à braconner davantage avec des collets, des pièges, des bâtons. Un de ses métayers, nommé Buc, se distinguait spécialement pour ses collets. M. Jean-Gervais lui avait pris un très beau fusil, un canardier calibre 10, orné et tout, qu'il avait lui-même, sans doute, volé à quelqu'un. Buc se rattrapait donc avec ses pièges et il a longtemps réussi à narguer M. Jean-Gervais. Bien sûr, M. Jean-Gervais aurait pu le mettre à la porte, car il n'y avait pas le statut du fermage, à l'époque. Mais avec son tempérament de noble, ça lui paraissait mesquin ; et puis il avait peut-être une meilleure vengeance en vue. Sur ces entrefaites, le métayer est venu à marier sa fille Césarine. Comme elle passait pour pas très sage, Césarine n'avait trouvé personne dans la commune. Elle s'était fiancée à un type de Réverac, Ignace Toutolerac, dit Toutou, un traîne-savates, plus braconnier encore que son futur beau-père.

« Alors, M. Jean-Gervais qui n'avait pas froid aux yeux, a proposé une affaire à Toutou : le remplacer pour sa nuit de noces avec Césarine, contre un des plus beaux fusils de sa collection. Toutou a accepté le marché. Vous connaissez la coutume de porter le tourin, la soupe à l'œuf, aux jeunes mariés qui se cachent quelque part aux environs pour la nuit. Toutou avait indiqué à M. Jean-Gervais l'endroit où il comptait se réfugier. Ils se sont retrouvés tous les trois et le mari a forcé sa femme à recevoir M. Jean-Gervais dans son lit. Césarine ne s'est pas trop défendue, car elle ne perdait pas au change. Quand les jeunes du village sont arrivés avec leur tourin, ils ont trouvé la mariée couchée avec le monsieur. Du coup, tout le monde l'a admiré et il a été élu maire !

« Mais le métayer Buc l'a pris très mal, d'autant que le fusil que M. Jean-Gervais avait donné à Toutou, c'était le sien, le carnardier qu'il lui avait pris quelques mois avant ! Deux ou trois ans plus tard, entre 1925 et 1930, M. Jean-Gervais a reçu une décharge de chevrotines dans son bras gauche qui est resté raide. Beaucoup ont soupçonné Buc, d'autant qu'il était originaire de Dévillac et qu'on n'aimait pas les gens de Dévillac à Mondonat. Mais il n'y avait pas de preuves contre lui. M. Jean-Gervais l'a foutu dehors, il a quitté la commune.

« Pour moi, conclut Roseline, cette affaire prouve que M. Jean-Gervais aurait pu être un vrai noble. »

Je ne voulus pas décevoir la bistrote, mais les vrais nobles que j'avais connus ne se vengeaient pas sur les femmes.

Le bruit d'un volet battant me réveilla dans la nuit. J'écoutai le vent siffler sur la campagne et ployer les branches d'un arbre embusqué derrière ma fenêtre. C'était un cerisier aux rameaux nus. Impossible de me rendormir. J'allumai l'électricité et ouvris la fenêtre.

La lumière découpa un carré de choux dans le jardin du bistrot. J'accrochai le volet et m'assis sur mon lit pour feuilleter le code Soleil, en ce temps-là le vade-mecum, bréviaire et livre de raison des instituteurs, que j'avais bien sûr apporté dans ma valise.

Avant de me rendormir, je découvris une vieille gravure grise, collée au mur, qui représentait une charrette de foin, avec une jeune fille juchée dessus. Dans mon demi-sommeil, cette image de l'été et d'un bonheur simple me pinça le bout du cœur.

J'avais décidé de ne pas rentrer à Bergerac en milieu de semaine. Je passerais le 11 novembre entre Mondonat et Réverac, pour faire connaissance avec le pays et les habitants. J'assisterais à la cérémonie de la victoire au village et je rencontrerais peut-être quelques parents d'élèves... Mais Roseline m'apprit qu'il n'y avait jamais de cérémonie à Mondonat le 11 novembre.

– Vous avez vu le maire ? Et c'est pas tout, l'adjoint Rémi Augnac et m'sieur Darrat, qui est le conseiller le plus influent, ne peuvent pas se sentir.

L'explication me parut insuffisante. Je mis l'affaire sur le compte du manque de raison des Mondonatins. J'assistai à la cérémonie de Réverac, dans la bise qui balayait les feuilles avec une sourde plainte. Devant la pierre blanche du monument où s'alignaient les noms des morts, quelques dizaines, le même nombre à peu près que de vivants et même de bons vivants faisant cercle autour d'un drapeau frileux et d'une gerbe enrubannée...

J'écoutai ce qu'on racontait autour de moi. En cette fin d'année 1954, on parlait encore beaucoup de la guerre d'Indochine, bien qu'on évitât généralement de prononcer le nom de Diên Biên Phu. Une semaine plus tôt, juste après la *Toussaint sanglante,* Renaud Chabellac, qui était depuis quelques années conseiller général de Saint-Veillant et membre influent du R.P.F., le parti du général de Gaulle, m'avait dit :

– Si on a une nouvelle affaire militaire sur les bras en Algérie, comme je le crains, ça sera bien pire que l'Indochine. Le contingent sera sans doute engagé !

Mais à Réverac, personne ne parlait de l'Algérie.

Le prix des veaux semblait à l'ordre du jour. J'entendis même trois fois nommer Poujade : « Ah, Poujade... Ce diable de Poujade... » Aucun doute, le kilo sur pied de Poujade était en forte hausse !

A Mondonat, je m'arrêtai devant l'église. J'avais lâché le bon Dieu ces derniers temps ; je me sentais coupable et l'idée me passa par la tête d'aller faire un signe de croix au bénitier, pour conjurer le sort à mon arrivée dans ce foutu patelin. Je vis soudain une grande silhouette noire se dresser en face de moi : le curé, plus curé que nature, avec son chapeau breton, sa longue soutane luisante et sa croix de deux pouces sur la poitrine !

– Ha ! ha ! fit-il, vous m'avez bien surpris.

Il me tendit un battoir de charretier.

– Je suis l'abbé Couvinhac Albin, curé de Dévillac, Besse et Mondonat. Mon frère, Couvinhac Antoine, est curé de Saint-Potin, en Lot-et-Garonne. Pour éviter les confusions, je précise toujours mon prénom. Et vous êtes le remplaçant, Lerouge, m'a-t-on dit ?

J'opinai bravement, sans trouver l'occasion de placer un mot. Il hocha sa longue tête de mulet.

– Vous arrivez bien. J'étais en train de ramasser ces morceaux de verre que vous voyez partout. Vous allez m'aider !

Les éclats jonchaient la petite placette empierrée devant le porche. Je cueillis un morceau de verre à pied et le jetai dans le panier du curé. L'abbé Couvinhac Albin piétina l'herbe, sur les côtés, pour enterrer les morceaux qui auraient pu nous échapper.

– Que je les prenne sur le fait, ces trois flandrins, et je leur ferai ramasser leurs verres avec les dents. Car je les connais bien, monsieur l'instituteur. Par chance, ce ne sont pas vos élèves, l'un d'eux a même presque trente ans, le cantonnier qu'on appelle Pousse-char, et les autres sont à peine plus jeunes que vous. Vous vous demandez quel plaisir des garçons adultes ou presque peuvent prendre à ces jeux de vilain ? Ils espèrent que les femmes et les filles qui viennent à la messe en chaussures légères se couperont les pieds. Dieu me pardonne, je leur ferai espérer longtemps l'absolution. Il est vrai que je ne les vois pas souvent à confesse. Savez-vous ce qu'ils font ici ? Ils viennent avec une douzaine de verres qu'ils ont chipés à leur mère ou à leur patronne et une bouteille de blanc. Et chaque fois qu'ils ont vidé un verre, ils le brisent en trinquant à la santé du curé, au risque de se couper les doigts, ce qui leur arrive souvent. D'ailleurs, ils sont fiers de leurs blessures, comme s'ils les rapportaient de la guerre.

« Vous, l'instituteur, je vous vois venir. Vous dites : ce curé est trop bon, trop libéral et même résigné. Ou trop vieux, peut-être ? J'ai presque trois fois votre âge, jeune homme, la soixantaine aux foins, même si je ne les fais pas. Mais je vois loin. Ces grands flandrins ne sont pas si mauvais, au fond. En d'autres temps, leurs aînés ont fait pire, hélas, cent fois pire, vous pouvez en croire quelqu'un de bien renseigné ! »

Ce curé phraseur commençait à me soûler, je regardai vers la route, en cherchant un moyen de m'esquiver sans impolitesse. Je ne fis pas grand cas de la réflexion. En d'autres temps, leurs aînés ont fait pire ? Bien sûr. Lieu commun, parole aux oiseaux, me dis-je avec un coin de l'esprit.

Le curé se mit à marcher sous les grands arbres, ormeaux et frênes, qui cernaient la place de l'église. Il poursuivit son prône, avec de grands gestes qui, sous le crépuscule tombant, prenaient des airs de menaces.

– Vous me direz, on vole un œuf et on finit par assassiner sa grand-mère. Non, monsieur l'instituteur, c'est peut-être ce qui arrive dans le monde laïc. Mais l'Église tient à l'œil les voleurs d'œufs et, si le culot leur vient un jour de passer à la poule, elle crie : holà ! Ils ne vont jamais jusqu'à la grand-mère. Je me tiens prêt à fondre sur eux comme l'éclair à l'instant même où ils passeront les bornes !

« Vous les verrez à la sortie de l'école. Ils viennent attendre les grandes filles et leur dire des bêtises que, grâce à Dieu, elles me répètent en confession. Mieux vaut qu'ils les moquent à la porte de l'école plutôt que de les flatter derrière les haies !

« Quant à vous, n'essayez pas de confesser les demoiselles. C'est mon rôle. Je donne l'absolution et vous ne pourrez jamais. Mêlez-vous d'orthographe, de calcul et de géographie, mais n'essayez pas de sonder les cœurs ! »

Il me planta là sans au revoir. Je me pris la tête dans les mains et dus m'appuyer à un arbre pour ne pas tomber.

Plus tard, je me promenai dans le bosquet qui s'étendait entre l'église et le cimetière et une douce mélancolie me gagna à la pensée de la vie qui m'attendait. Mon ancien maître, Savin Graissessac, m'avait assuré que la classe unique était parfaite pour un jeune homme sans expérience, grâce à l'aide des grandes filles.

– Elles s'occuperont très bien de tes petits, d'abord parce que c'est leur devoir et une bonne occasion de jouer à la maman et puis parce qu'elles seront amoureuses de toi et que c'est un moyen de se mettre en valeur. D'autant qu'il y en aura bien une ou deux pour espérer se faire épouser, comme ça m'est arrivé à moi !

5.

Le soir, je fus long à m'endormir. Je me réveillai trois ou quatre fois. Harcelé de rêveries sans suite, je pensai soudain que Roseline Minsou était une femme encore jeune et assez jolie. Non, non... Je m'enfonçai jusqu'à l'aube dans un sommeil lourd, un peu nauséeux, d'où je sortis la bouche sèche et le cœur tapant.

J'effaçai la buée sur la vitre du bistrot pour contempler mon nouveau royaume.

Les élèves commencèrent à déambuler dans le brouillard, à pied ou à vélo. Une pèlerine trop courte sur les épaules, des bottes coupées court et trouées à la pointe, Pierre-Pierre Augnac poussait, hilare, un vieux vélo de femme à cadre rond. Il me cria de loin un « bonjour m'sieur-m'sieur » appuyé et presque complice. Je lui rendis son salut sur le même ton.

A huit heures moins vingt *solaires*, je me risquai à taper sur la casserole des Rouviat. Je sentais vingt paires d'yeux dans mon dos ; mais il n'y eut pas un rire. Les élèves, trop calmes pour mon goût, allèrent se réfugier sous le préau sans courir.

Le brouillard se changea en bruine et la bruine devint averse ; je m'abritai sous l'auvent de la classe, ma vieille serviette posée à mes pieds, les mains dans les poches, en essayant de prendre un air tranquille et assuré.

Huit heures moins le quart. La cour se remplissait peu à peu. Enfin, la porte des Rouviat s'entrouvrit. Je vis une longue figure ombrée par le béret. Un bras sortit, sous une manche trop courte, montrant le poignet osseux. Une main pâle et décharnée brandissait la clé : je courus m'en saisir.

Fernand Rouviat desserra les doigts à regret.

– Mme Rouviat ouvre la classe à moins cinq. C'est l'heure où les grandes arrivent. Vous n'avez pas besoin d'être là plus tôt.

Tout ce prêche débité sur un ton monocorde, chicaneur et las. Le bonhomme me tançait sans vergogne. Vivement lundi !

Je ferraillai une minute ou deux pour venir à bout de la serrure, puis je me jetai pour ainsi dire dans la classe, claquai la porte derrière moi. Une salle large et claire : huit fenêtres en tout, trois sur chacun des côtés longs et deux au bout, encadrant la porte principale, mais un peu trop propre, un peu trop bien rangée, un peu trop nue... Manque de fantaisie et peut-être d'âme. Je respirai une odeur ténue d'encre et de craie, mêlée d'une autre, inconnue, qui ressemblait un peu à l'arôme du café...

Je me promenai dans les allées, entre les trois rangées de tables de différentes tailles. Une vingtaine en tout, la moitié à peu près neuves, claires, lisses, les autres anciennes, d'âges divers, les unes munies d'un banc de lattes, les autres de deux chaises à armature métallique. Tous les bureaux percés de deux trous pour les encriers de porcelaine, mais sans ce pupitre à charnières que les écoliers aiment tant soulever pour se cacher derrière. Ça signifiait peut-être que la dame ne supportait pas le tapage !

J'avançai à petits pas prudents vers le bureau magistral, une caisse carrée en bois blanc, plantée sur une estrade à trois marches. Le plancher était si lisse et si net qu'on aurait vu à dix pas un pou dans une rainure. Je tournai la tête et m'aperçus qu'une demi-douzaine de gosses me guettaient par la fenêtre.

Je fis semblant d'étudier l'emploi du temps, calligraphié à l'encre violette, et les deux tableaux noirs. Les gamins, repérés, s'empressèrent de disparaître. Des émotions m'assaillaient comme un vol de mouches. Les unes flottaient d'un passé que, dans mon innocence, je croyais lointain. D'autres jaillissaient de mon cœur avec un bruit de source, portant comme toujours l'espoir en l'avenir sous l'angoisse du présent.

Je levai la tête, fixai la pendule murale, qui surplombait le bureau du maître, et m'aperçus qu'il était presque huit heures. Je me décidai à passer derrière le bureau. Je me sentis l'âme du garnement chapardeur que j'avais été à dix ans. Il me sembla que l'institutrice et son mari m'espionnaient, soupçonneux et méprisants, par une lucarne, une fente ou un trou de mur.

Qu'ils aillent au diable ! J'ouvris le premier tiroir d'un coup sec. Vide. Au-dessous, un petit placard muni d'un loquet... Vide aussi, ni livre, ni cahier, ni registre, pas même une feuille de papier. De l'autre côté du bureau, même tiroir, même placard, le premier fermé à clé, le second nettoyé jusqu'au bois. Le registre d'appel ? Le cahier journal ? Pour deux jours, ça n'avait pas beaucoup d'importance.

Je ressortis et trouvai les grandes filles groupées coude à coude sous le préau, près de l'entrée des Rouviat. *Une année de filles*, avait dit Mme Minsou, la mine gourmande. Je leur souris, comblé et embarrassé. Une jolie blonde en manteau à col de lapin jouait avec la casserole qui servait de sonnette.

– Chiche !

Les autres baissèrent la tête en chuchotant. Dès que je me fus éloigné de trois ou quatre pas, la jolie blonde lança à mi-voix, en me tournant le dos :

– Ils croiront que c'est le remplaçant qui a tapé !

C'était dit juste assez haut pour que j'entende. Je ne pus m'empêcher de me retourner. Les garçons, sales et mal habillés, comme on l'était dix ans plus tôt à l'école de Jordas, s'éparpillaient en traînées grises tout autour de la cour. Les filles, réunies, formaient un bouquet champêtre, aux couleurs claires.

La blonde à col de lapin continua de chuchoter à mes dépens, mais résista finalement à son envie de taper sur la casserole.

L'odeur des peaux lavées et des vêtements frais repassés se répandait dans la classe, où monta bientôt le parfum acide de l'encre qu'on versait dans les encriers de porcelaine.

Presque toutes les places étaient occupées. Ma respiration se libéra. Une force joyeuse naquit en moi, je me sentis un sang de cheval dans les veines. J'avais chaud, j'étais bien. Je participais à la marche du monde !

J'avalai deux ou trois fois ma salive.

– Je m'appelle Vincent Lerouge. Je suis à Mondonat pour quelques jours, aujourd'hui et demain à coup sûr.

Les grands commencèrent à s'affairer, sortirent leurs livres et leurs cahiers ; les moyens suivirent avec quelques secondes de retard ; les petits écarquillèrent les yeux, guettant de tous côtés d'un air effrayé, puis se mirent à imiter les grands de leur mieux.

Tout cela se fit vite et presque en silence. Seuls les plus petits sursautaient quand un coup de fusil éclatait à proximité de l'école. Les élèves de Mme Rouviat, du cours préparatoire au certificat, avaient l'habitude de travailler sans moufter. Comment s'y prenait donc cette femme alcoolique, malade, épuisée, pour tenir ainsi trente ou quarante garçons et filles de cinq à quatorze ans, qui avaient forcément le diable au cœur et le rire aux dents ?

Je restai un moment les mains jointes sur mon bureau. J'apercevais par la fenêtre du fond, à droite, une vaste prairie qui coulait vers la vallée ouatée de brume, où couraient un chasseur et son chien. Les grandes filles, assises juste devant moi, studieuses et occupées, avaient presque l'air de jouer à la petite école avec leurs livres et leurs cahiers.

Plus tard, tandis que la classe tout entière s'activait, la tête penchée, je descendis dans l'arène, me promenai le long des bancs et observai les mains. Celles des filles sentaient souvent la lessive et l'eau de Javel et celles des garçons, parfois, le fumier. Ces relents leur collaient à la peau et il n'y avait pas d'eau à l'école.

J'essayai de lire les noms des élèves sur les livres et les cahiers. La blonde à col de lapin était Élisabeth Guilvinec, la future « première du canton » de Mme Rouviat. J'appréciai son écriture élégante, déliée, adulte. Elle rentra son coude quand je passai près d'elle, puis elle se figea complètement, deux doigts en l'air.

La petite brune à frange, moins ronde qu'elle m'avait paru sous le préau, s'appelait Nina Casanova. Des traits délicats, des yeux brillants sous les cils noirs, la bouche petite et tendre. Le quatrième larron des « fin d'études » était aussi un Italien, Jeannot Pelissolo, calme, lunaire, mâchonnant. Je notai les noms du terroir, riches et pittoresques, Tontounelle, Tâteraisin, Marcheminet...

Nina Casanova se leva et s'en alla vers le coin des petits, devant la fenêtre de la prairie. Elle s'assit au bout d'un banc, prit la main d'une fillette qu'elle guida aussitôt sur le cahier. Une autre grande, dont j'avais retenu le nom d'Ousmane guère périgourdin, l'imita avec plus de nonchalance et s'installa au banc voisin. Il y avait deux Ousmane dans la classe, Alice et Jehan. Des métis, au visage exotique, antillais peut-être, le teint plus bronzé pour le garçon, qui avait aussi les cheveux bouclés et le regard insolent : le lascar que j'avais surpris courant les haies avec son chien. La fille était mignonne, les traits fins, les yeux allongés, le regard libre, la bouche bombée.

Jeannot Pelissolo quitta sa place en mastiquant, se propulsa d'un soupir et choisit à son tour un petit à aider. Les gosses que l'on assistait se dilataient, tiraient la langue et s'appliquaient de toutes leurs forces. Ceux qui n'avaient pas encore de moniteur attendaient la bouche ouverte.

Tous les élèves savaient parler bas, sans éclat de voix. Combien de temps serais-je capable de maintenir cette discipline si la classe, par extraordinaire, devait m'échoir ?

La fraîcheur gagnait. Il aurait fallu allumer le poêle. Je n'osai pas en parler.

Plus tard, je découvris quelques grains noirs dans une boîte et je reconnus l'odeur qui m'avait intrigué. Mme Rouviat croquait du café pour chasser les relents d'alcool qui gâtaient son souffle !

Un calme presque surnaturel régna quelques minutes encore sur ma petite colonie. J'aurais pu m'assoupir. Enfin, Pierre-Pierre Augnac se souleva à moitié sur son banc, agita un large battoir taché de terre et d'encre et demanda d'une voix sonore :

– M'sieur-m'sieur, j'peux aller aussi aider les petits ?

J'allais dire oui. Élisabeth Guilvinec me devança vivement, le front haut, sa crinière blonde jetée en arrière, son regard bleu croisant le mien :

– Il est trop bête, monsieur. Il n'y va jamais !

Pierre-Pierre retomba sur son banc, s'enfouit le nez entre ses bras croisés. En passant dans les rangs, j'avais jaugé son travail d'un coup d'œil : lettres à peine formées, mots liés et guère reconnaissables, aucune ligne qu'on puisse lire sans déchiffrer.

– Je ne t'ai rien demandé, dis-je à la belle Élisabeth.

Elle me défia une seconde, tête levée, puis plongea dans ses livres. Un moment après, je l'entendis chuchoter à l'oreille de Lola, en se débrouillant pour que je ne perde rien de ses confidences.

– Celui-là, s'il reste, je retourne chez ma mère !

La récréation tomba comme une averse après trois mois de canicule.

Les grandes filles se poussaient avec des rires contenus. Puis elles se lancèrent dans une espèce de ronde, avec des cris, des rires, des bousculades. Les garçons s'agitaient comme des mouches dans un bocal. Ils passaient d'un jeu à l'autre, « chasse », ballon, saute-mouton, lutte, barres, billes...

Plus tard, j'appelai un petit du cours préparatoire et le fis lire sur mes genoux, pendant que les « cours moyen » essayaient de résoudre un problème au tableau, sans s'en faire. Une douce exaltation me chauffa la gorge. Je me crus capable de mener cette classe à travers l'océan tempétueux de l'année scolaire et d'avoir la première du canton !

6.

A midi moins le quart, je visitai l'armoire murale à gauche du bureau, qui contenait les fournitures ; j'y avais déjà pris un bâton de craie neuf. Une autre, au fond de la classe, à droite, abritait la bibliothèque, assez maigriotte. Je découvris alors les trois petites boîtes de grains. Une boîte de savon Agnel, une boîte de pastilles Wybert et une boîte de cire Johnson. L'une contenait du maïs cassé, l'autre du blé, la troisième du sarrasin... Sans soupçon, innocent comme le chaton qui trempe pour la première fois sa moustache dans le lait bouillant, j'en pris une et la montrai haut.

– A quoi sert ce grain ?

Le vent mauvais des soirs d'hiver courba les têtes. Toutes sauf une. Élisabeth dressa son cou de cygne, leva son front pur.

– C'est pour mettre à genoux les punis, m'sieur !

Nina confirma d'un battement de cils. Alice dissimula sa bouche derrière sa main. Je béais devant l'armoire, ma boîte de pastilles aux doigts. Élisabeth quitta sa place et me rejoignit, sûre d'elle, mince et élégante dans son tablier rose qui bouffait sur sa poitrine et tombait à la juste hauteur sur ses longues jambes. Miséricorde et astuce se mêlaient joliment dans son regard.

Elle savourait sa vengeance avec modestie. Elle me prit des mains la boîte de blé et se retourna vers les autres.

– Qui vient montrer ?

Sa voix claquait. Ses désirs étaient des ordres. Deux garçons se levèrent, Jehan Ousmane et Pierre-Pierre Augnac, des habitués. Je me laissai enlever la boîte et la chipie pointa l'index sur Jehan Ousmane. « Toi ! » Le garçon fourragea dans ses boucles noires et se dandina jusqu'au tableau, plutôt content d'être le point de mire de ses copains. J'entendis certains ricaner : « Ousmane, Ousmane ! » Il répondit par une grimace, un œil fermé. Élisabeth s'accroupit en tirant sa jupe sur ses genoux et sema une traînée de blé de quarante centimètres de long sur dix de large. Puis elle se leva, mit la main sur l'épaule de Jehan et le força à s'agenouiller.

– Tu ramasseras les grains après.

Belle démonstration. Jehan Ousmane se déhancha pour prendre la posture, en s'assurant d'un coup d'œil que tout le monde avait les yeux fixés sur lui. Il secoua les doigts et geignit un peu : « Ouille ! ouille ! » Oui, ça faisait mal, je n'en doutais pas.

Élisabeth se tint un moment debout près de lui et le considéra comme s'il était un animal rétif qu'elle eût dompté au poignet. Puis elle me flamba un sourire de triomphe et retourna à sa place.

Jehan s'accroupit en soufflant.

– Faut que je reste encore longtemps ?

Il m'agaçait, lui.

– Quand tu auras fini ton cirque, tu pourras partir !

Plus de la moitié des élèves rentraient chez eux à midi. Les autres s'assirent au fond de la classe avec leur sac ou leur musette, pour mâcher en hâte les provisions enveloppées dans une serviette. Quelques-uns piochaient des morceaux de viande dans une gamelle. Les moins nantis avaient honte de l'œuf dur et de la pomme qui constituaient l'essentiel de leur repas. Je repérai quelques chopines, dont certaines me parurent emplies de vin pur.

Je m'aperçus alors que je n'avais rien prévu pour mon repas personnel. De toute façon, l'histoire du « grain pour les punis » m'avait coupé l'appétit et je ne me sentais pas capable d'avaler la première cuiller d'une soupe de roi.

Je sortis dans la cour. La surveillance des élèves m'incombait aussi à midi et je ne voulais pas m'éloigner de la classe. Pourtant, je guignais d'un œil mouillé les fenêtres du bistrot Minsou, de l'autre côté de la rue. Je me serais bien offert un verre de vin pour pousser les émotions du matin !

La porte du bistrot me faisait face, à quinze mètres. Je la scrutai comme si elle était à un kilomètre, de l'autre côté d'un marais plein de vipères.

Ma foi, ce n'était que la rue du village et à quoi servait d'être héroïque en 1954, n'est-ce pas, les gars de Diên Biên Phu ? Qu'est-ce qui m'interdisait de traverser la rue, d'entrer au bistrot et de demander un verre d'eau à Mme Minsou ? Les élèves qui avaient fini de manger se rassemblaient par petits groupes frileux. Je baissai les yeux sur ma montre. Midi et demi légale. On rentrait à deux heures, ce serait long comme le premier sillon d'un apprenti laboureur. A ce moment,

Lola Minsou sortit du bistrot, traversa la rue en courant et se dirigea vers moi. Elle s'arrêta à deux pas, serra sa pèlerine de lainage sur ses épaules.

– M'sieur, maman vous fait dire de venir manger.

Je m'accrochai à mon orgueil.

– C'est impossible, il faut que je surveille les élèves.

Lola me jeta un sourire supérieur.

– Maman a dit que je surveille pendant que vous mangerez.

Je levai les yeux vers les fenêtres de l'étage. « Mais... » J'avais failli dire : « Mais que diront les Rouviat ? » J'observai la petite quinzaine de gosses qui se gelaient le long des murs. Ils n'allaient pas s'envoler le temps que j'avale une boisson chaude. Je renonçai provisoirement à l'héroïsme.

– Merci, Lola, tu es une chic fille. J'y vais.

Cinq minutes plus tard, j'étais assis devant une soupe au vermicelle fumante et un verre de rouge, la chatte sur les genoux. Une odeur de sauce aux herbes s'insinuait de la cuisine. Roseline Minsou me considéra avec une moue grondeuse.

– Vous alliez vous passer de dîner, hein ?

Je crus déceler un soupçon d'admiration dans sa voix.

– Hein, dites-le que vous alliez vous passer de dîner !

Elle prit à témoin deux types qui sirotaient un Pernod.

– Le remplaçant allait se passer de dîner si je l'avais pas envoyé chercher. On n'a pas idée !

L'après-midi se dévida dans un calme laborieux. L'intérieur bien chauffé par la soupe et le vin de Roseline, je sentais le froid comme une caresse.

Roseline Minsou m'avait donné un bon lit, étroit mais doux et mou, avec un matelas de laine et une couette par-dessus. Et un édredon pour me couvrir... De plus, la cheminée de la cuisine chauffait ma chambre. Sitôt avalé le grog que la bistrote tint à m'offrir et à partager avec moi, je me fourrai sous les draps et dormis comme un jeune basset le soir de l'ouverture.

Le matin, je me lavai d'un coup de torchon sur la figure, renonçai à me raser et avalai le bol de café-chicorée que Roseline m'apporta en rigolant.

– Dites, les yeux vous sortent de la tête !

Je franchis la porte de la cour à huit heures moins dix, heure solaire, en même temps que les sœurs Casanova. Presque tous les élèves étaient déjà là, filles et garçons bien séparés. Élisabeth en imper bleu posait sa bicyclette rutilante dans la remise derrière le préau. Bleu, rouge, blond... Les autres filles arboraient vieux manteaux et tabliers à carreaux. Jehan Ousmane arriva en trottinant de façon bizarre, suivi par son chien, qui se laissa distancer à l'entrée de l'école et finit par s'asseoir en face, sur le trottoir du bistrot.

Fernand Rouviat sortit sur le pas de sa porte, souleva le devant de son béret, non pas en façon de salut, mais pour se donner l'air plus menaçant, et descendit deux marches, comme si c'étaient celles du trône.

– Vous voilà quand même. Vous devriez être là à la demie, à moins le quart au plus tard. Vous avez couché en face ?

Je sentis un épais relent de fumée et tournai la tête. Les garçons allumaient le poêle avec du bois mouillé, quelques volutes grises s'enroulaient déjà au-dessus du toit.

Fernand Rouviat m'entraîna vers la porte de la classe.

– C'est Pierre-Pierre Augnac qui *est de poêle* cette semaine, mais il a oublié d'allumer hier. Vous devriez le punir, que ma femme ait pas à s'en occuper quand elle reprendra. Et vous feriez mieux de tenir à l'œil cette sale bête de Jehan Ousmane !

Rouviat appela Pierre-Pierre de sa voix sèche et mon lascar s'amena le nez baissé et la lèvre pendante ; mais il roulait de bons yeux de chien derrière ses cils collés.

– M'sieur-m'sieur, comme on a manqué, j'm'a plus rappelé l'poêle, hier matin. Après, j'm'a rappelé et j'a pas osé le dire.

– Tant pis pour toi, dit Rouviat. Le remplaçant va te punir.

A la récréation, Pierre-Pierre arriva en secouant ses guenilles.

– M'sieur-m'sieur, c'est pour la punition.

Je donnai un coup de menton en l'air.

– Tu n'auras pas de punition pour cette fois.

Il me regarda comme un âne borgne et battu.

– Vaudrait mieux que je la faise, à cause que si la dame savait que j'l'a pas faise...

Je lui demandai de choisir lui-même. Il réfléchit, bouche bée, ses grandes mains levées comme s'il se préparait à attraper un mouton échappé.

– Si tu n'as pas d'idée, on peut demander à Élisabeth !

– A m'mettrait à genoux au blé noir !

Il choisit de copier dix lignes. J'écrivis au tableau :

« Je n'oublierai plus le poêle quand ce sera mon tour. »

Il se précipita à sa place et se mit à griffonner avec des gestes immenses, à la Victor Hugo. Cinq minutes plus tard, il m'apportait une feuille couverte de lignes sinueuses, telles qu'on m'avait appris à dessiner la vigne sur les plans à grande échelle. Tous les mots se touchaient, si tant est qu'il y eût des mots. De ci, de là, quand même, on reconnaissait une lettre, un p, un l, et quelques points planaient très haut, au-dessus des zigzags...

A deux heures moins le quart, j'étais occupé à corriger les cahiers des « certificat », en surveillant la cour par la fenêtre, quand Pierre-Pierre, toujours lui, toqua à la porte.

– M'sieur-m'sieur, y a mon père qui veut vous voir !

Il souriait, les lèvres retroussées sur ses grandes dents.

– Ton père ? demandai-je.

– A l'est *ajoint*. A vient pour vous montrer l'jalon.

Je mis un chapelet de secondes à comprendre que M. Augnac était *adjoint au maire*. Il m'attendait dans la cour en nettoyant ses bottes boueuses contre le racloir fixé au mur, à l'entrée du préau. Il avait des bras de maquignon, assez longs pour ceinturer la panse des gayes, des battoirs puissants au bout, les épaules cintrées, la même allure et les mêmes gestes trop amples que son fils aîné. Le père se retourna et me toisa d'un air rigolard.

– Alors, c'est vous le remplaçant ?

– On dirait.

– Rémi Augnac, premier adjoint.

J'attendis ses questions. Je savais qu'il avait quatre enfants à l'école. A quelques pas, Pierre-Pierre pérorait en montrant du doigt une fourgonnette Juvaquatre arrêtée devant le bistrot. Le père Augnac se dandina en gonflant le jabot.

– Il faut que quelqu'un de la municipalité aye une voiture. Ça rend service. Vous avez vu l'maire, hein ?

– Oui, je l'ai vu, je...

Il poussa un rire de cheval.

– C'est un brave type, m'sieur Rameye, mais l'a fait son temps. Et puis l'est vieux garçon, hein ? Faut que je soye un peu maire... en attendant que j'le soye pour de bon !

Il mit son caquet en veilleuse, posa la main sur mon épaule et me susurra sous le nez :

– Y a un danger d'droite à Mondonat !

Puis, avec un regard sournois du côté de la cour :

– Faut pas qu'y soye élu, çui-là, pour la laïque !

Je calculai. Les dernières élections avaient eu lieu en 1953...

– Les prochaines municipales sont pour 59, si je ne me trompe pas. Dans cinq ans. Et moi, dans cinq jours, je serai parti d'ici !

– Dans cinq jours, ça m'étonnerait.

– M. Rouviat m'a dit que Mme Rouviat reprenait la classe lundi.

– Ah, c'te foutue bonne femme est capable de reprendre lundi et d's'arrêter mercredi pour qu'ils envoyent un autre remplaçant !

Il me poussa au fond de la cour, jeta un coup d'œil malveillant aux volets fermés des Rouviat et reprit bas, la main devant sa bouche :

– L'Fernand l'a toujours été mauvais coucheur, même un moitié chenapan. Et il a pas bien changé. J'en sais rien, mais j'en suis sûr. La Céline, elle s'est mise à téter la bouteille sitôt l'mariage. Y font l'jeu d'la droite !

Je compris que la droite, c'était Roger Darrat et la gauche, c'était le camarade Augnac, et tous les deux se disputaient la succession du maire. Mon visiteur commençait sa campagne par l'école.

– C'qu'y a, reprit-il, c'est que le Paul Rameye, dans l'état où il est, à rien manger d'chaud et s'laver jamais, y tiendra pas cinq ans. Y aura des élections à Mondonat l'an prochain ou dans deux ans ! Alors, j'suis venu pour vous montrer l'jalon.

– Quel jalon ?

– V'nez donc par là !

Il me prit par le bras et m'entraîna encore plus loin, derrière les cabinets. Un bout de fil de fer, attaché à un maigre piquet d'un côté et à un clou du mur de l'autre, délimitait un coin herbu de quelques mètres carrés, au fond de la cour, face à la campagne. Augnac enjamba le fil de fer et me fit signe de le rejoindre. Il dégagea à coups de pied, au milieu des herbes, un jalon de fer peint en rouge et haut d'un coude.

– Çui-là, c'est mon jalon. V'z'avez vu l'blanc dans un rond d'œillets, en face d'la mairie ? C'est çui du maire, qui vaut rien !

Il fit le tour du petit enclos, piétina les herbes, prit un repère en marchant jusqu'au coin du mur et m'envoya par-dessus l'épaule un coup de menton complice.

– 'spère qu'y m'l'ont pas changé de place pour m'tromper !

Je finis par déduire que la commune avait décidé de faire creuser un puits dans la cour de l'école. Le maire et l'adjoint avaient choisi chacun son sourcier. Celui du maire était un curé des environs qui maniait le goupillon le dimanche et le pendule en semaine ; l'adjoint avait dégotté un instituteur en retraite, libre penseur et féru de la baguette. Les deux avaient trouvé un point d'eau, chacun d'un côté de la cour. Le conseil municipal n'avait pas encore réussi à s'accorder sur le point où il fallait creuser le puits.

– L'abbé Gaulhiac, l'avait déjà cherché le puits à la maison du maire qu'a brûlé et y avait pas une moitié d'chopine au fond du trou ! Y trouve que l'vin d'messe, c'petit curé !

Quand Augnac sauta dans sa voiture, un grand vieux gamin à l'allure de singe échappé, les bras immenses, les jambes trop courtes, le béret sur l'œil, hilare, se précipita en criant, avec de pauvres gestes d'insecte mutilé :

– Attendez, m'sieur, faut que je pousse, faut que je pousse !

Je reconnus le cantonnier Pousse-char, que j'avais aperçu un moment avant au bistrot. La Juvaquatre disparue au premier tournant de la route de Réverac, le gars s'avança vers moi et me fit une espèce de salut militaire grotesque.

– J'suis souvent par là, vu que je sonne la cloche quand y a besoin. J'ai une bicyclette et un fusil. M'sieur Darrat, y m'aime bien. Y m'appelle p'tit frère !

Ma mère habitait toujours Saint-Veillant et j'avais projeté de lui rendre visite pour lui raconter mes débuts dans la carrière ; mais je trouvai un mot me disant qu'elle partait en pèlerinage à Lourdes avec les sœurs de Sainte-Marthe. Je passai le dimanche seul avec quelques livres, un journal et une vague envie d'aller voir *Le Rouge et le Noir* au cinéma.

Je renonçai tout de suite au film. Il me fallait maintenant compter sou à sou pour monter mon ménage. De plus, Roseline Minsou m'avait persuadé de rentrer le soir même, pour être à pied d'œuvre le lundi matin, ce qui ne me laissait qu'un après-midi très écourté.

Je m'allongeai sur mon lit, la tête lourde et l'âme insipide. A Mondonat, l'actualité me passait à travers la tête en sifflant un peu, comme le vent dans les combles. Je lus les nouvelles d'Algérie. Les journaux consacraient tous plusieurs colonnes ou plusieurs pages au soulèvement de la Toussaint.

« Depuis le 1er novembre, à 1 heure du matin, le terrorisme est apparu en Algérie, effectuant la jonction entre fellagas de Tunisie et terroristes du Maroc. Trente attentats, huit sauvages assassinats ont donné à l'Algérie une Toussaint rouge. Une division (la 17e aéroportée), des blindés, des C.R.S. et des gardes mobiles participent à l'opération de police contre les 3 000 rebelles dans ces départements français où le problème nationaliste ne peut pas se poser... »

Beaucoup minimisaient l'événement. Ce n'était pas l'avis de Renaud Chabellac qui m'avait dit la semaine avant :

– Opération de police, laisse-moi rire. C'est une sale affaire qui commence et seul de Gaulle peut sauver l'Algérie !

Un clou à la roue avant, la nuit tombée, me retarda d'une heure sur la route de Saint-Veillant à Mondonat, par Réverac. Mon moral pesait un âne mort. Je n'étais pas plus heureux d'avoir vingt ans en 1954 que Kléber ne l'aurait été d'avoir cet âge en 1816.

Je remuais ce genre d'idée en m'asseyant à une table du bistrot Minsou. Roseline paradait en robe blanche pour les habitués. Assez tard, il y eut un bruit de moteur, une voiture arriva par la route de Réverac et s'arrêta devant l'école. Roseline me rejoignit près du poêle. Je lisais un bouquin de pédagogie en finissant mon verre de vin. La flamme ronflait jusqu'au tuyau, je ne me pressais pas de monter dans ma chambre. Elle me toucha l'épaule.

– J'ai reconnu l'Aronde du Dr Vanderen. C'est une bonne nouvelle, la Céline Rouviat va plus mal !

7.

Le lundi matin, à sept heures et quart heure solaire, rasé, peigné, chaussé, cravaté, je montais la garde derrière la fenêtre du bistrot. Une grosse femme d'âge certain, empaquetée dans une vaste robe noire à fleurs violettes, sortit de l'école en poussant un vélo style années vingt qu'elle n'enjamba pas.

Je sentis le souffle de Roseline dans mon cou. La bistrote me poussa le coude.

– Bonne affaire, tout ça !

– Qu'est-ce qui est une bonne affaire ?

– La visite du docteur hier soir et l'Eulalie Chousebonne qui s'en va en courant. J'espère que ça arrivera vite !

– Qu'est-ce qui arrivera vite ?

– Ce qui doit arriver !

Elle retourna à son comptoir avec un soupir à étêter les saules.

– Il paraît que Mme Lasplaces va être en congé de maternité. Mlle Beraudier va prendre la grande classe de Dévillac et il y aura une remplaçante pour la classe de Mlle Beraudier. Mlle Beraudier est la meilleure institutrice de bien loin, à ce qu'on dit. J'ai envie de mettre Lola à Dévillac à la rentrée de janvier, mais il faut que je sois fixée vite.

Les frères Augnac défilèrent à la queue leu leu sur la route, l'aîné gesticulant en tête, et rejoignirent d'autres garçons, Titelou, Marcheminet... Jehan Ousmane se tenait à l'écart, assis sur le mur de la cour, et caressait son chien. Je nouai mon cache-nez.

– Attendez au chaud, dit Roseline. Je surveille l'école.

Je m'assis sous l'affiche Saint-Raphaël Quinquina et pris un livre. Ça me rappelait une attente interminable, le jour de mon premier rendez-vous avec Jeannette, la servante du château, à quinze ans. Roseline tournait dans son bistrot en tapant du pied. A moins le quart, une petite fumée monta sur le toit de la classe. Lola s'amena en ajustant ses nattes.

– Les garçons ont allumé le poêle avec du mazout, ça fume noir.

La chatte miaula d'inquiétude. Roseline posa le front sur la vitre puis se retourna pour questionner sa fille.

– C'est bon signe, tu crois, toi ?

– J'sais pas. Si la dame était morte, on l'aurait entendue crier ?

– Petite idiote, y a que les bêtes qui crient en mourant !

Je respirai un bon coup et pensai : « D'ici un quart d'heure, je saute sur ma bécane. Adieu Mondonat ! »

Cinq minutes encore. Roseline partit aux nouvelles en disputant son tablier au vent. J'attendis, les coudes sur un coin de table. Elle revint en courant et reprit son souffle, la main sur le cœur.

– Les élèves sont dehors, j'ai pas vu les Rouviat...

Je me levai, attrapai mon cartable.

– Merci pour tout. Je suis encore *nommé*, j'y vais.

Je traversai la route. Un frisson m'affûta l'échine et j'allai branler la casserole des Rouviat. Il y eut encore une attente sans fin. Puis la porte s'entrebâilla, avec une lenteur de cauchemar, et Fernand Rouviat se montra tête nue, une mèche grise sur le front.

– Vous êtes encore là, vous ? Qu'est-ce que vous voulez ?

Une odeur de médicament s'échappait par l'ouverture. Je reculai d'un pas pour respirer le bon air.

– Je suis *nommé*, monsieur. Est-ce que votre femme reprend ?

Il se mâchonna la lèvre comme pour taquiner une dent pourrie. J'insistai, sur un ton plus conciliant :

– Il faut que je sache quoi faire, monsieur Rouviat.

– Ma femme a eu une rechute. Elle pourra pas reprendre de la semaine. Vous avez qu'à continuer !

Mon cœur s'ébrécha comme une vieille assiette dans l'eau trop chaude. Enfin, je claquai des mains et criai : « En classe ! En classe ! »

La nouvelle se répandit que Mme Rouviat était très malade. Fernand Rouviat vint parler aux élèves dans la cour, le mardi avant la rentrée de une heure.

– La dame vous fait *t'assavoir* d'être sages et bouche cousue et de vous tenir bien propres pour quand elle reprendra.

Leçon entendue. Les velléités d'indiscipline qui bouillonnaient le samedi furent étouffées, à une ou deux exceptions près.

Mes rapports avec les trois grandes étaient difficiles et tendus. A toute réflexion ou remontrance, elles opposaient les droits acquis : la dame permet, la dame a dit ! Alors, je demandais :

– Est-ce que la dame vous permet de marcher sur vos bas ? De vous curer les dents avec vos plumes ? De dessiner la tête du remplaçant sur vos brouillons ? De chanter des bêtises sur l'air de la *Bergère aux champs* ? De mâchonner vos poignets de tablier ?

Je soupçonnai Élisabeth de manipuler ses deux copines comme des soldats de plomb. Quand elle avait envie de se cacher, elle faisait mettre la grande Lola à gauche, juste devant elle ; quand elle voulait me défier, me balancer son regard bleu et or dans la figure, elle choisissait Nina, plus petite, et toujours le nez sur ses livres et ses cahiers, peut-être à cause d'un début de myopie.

Les mouvements se décidaient en général aux récréations et se faisaient sans contestation, yeux baissés et bouche cousue. Ç'avait quasi l'air d'un phénomène naturel.

Je n'avais même plus la force de m'indigner chaque fois que Roseline s'écriait : « Cette salope ne crèvera donc jamais ! »

La bistrote disait aussi, un ton plus bas :

– Penser qu'à Dévillac ils ont une mademoiselle Beraudier et à Besse un Berforini. Nous, on a juste droit à cette éponge à vin et à un petit remplaçant qui révise ses tables le matin !

Car je m'étais laissé surprendre à cette besogne sans gloire.

Le cas de Pierre-Pierre piqua tout de suite mon amour-propre. L'aîné des Augnac m'avait lâché trois ou quatre fois, sans malice : « Y a que moi que je suis pas bien intelligent ! » Il n'avait pas vu la lune verte, mais s'il croyait pour de bon les autres plus malins, ça devait être ce qu'on appelle un « complexe » : une affaire de chiffonnier dans le gras de la tête.

Je passais devant sa table vingt fois par jour. De temps en temps, je le regardais écrire à sa façon ou du moins tracer des sortes de lignes sur son cahier. Une succession de zigzags, de courbes brisées, de dents de scie avec, parfois, une hampe, un jambage, une boucle, un entrelacs, un innommable machin. Il ne formait jamais une seule lettre, sans parler des mots. Ses pages de cahier avaient ainsi une belle uniformité. On reconnaissait les exercices de calcul aux poissons et aux oiseaux stylisés qui se baladaient à côté, entre les zigzags.

Sur chaque page, au milieu de la marge, s'étalait un « Vu » pressé, à l'encre rouge, souligné d'un trait pointu, autres sortes d'oiseaux et de poissons. Vu, vu, vu... J'essayai de calligraphier de franches annotations sur le cahier de Pierre-Pierre, sans trop d'espoir et en me retenant de balancer un trait d'humour ici et là. Pas de saison, la moquerie.

Je donnai à mon lascar cinq lignes de copie et je refusai les zigzags. J'obtins qu'il trace son nom « pour de vrai » et ensuite qu'il sépare les mots... même si ses lignes ressemblaient plus à une course de vers féroces qu'à l'honnête écriture de nos parents.

Enfin, un mot apparut, ou plutôt deux : « Moi je... » Si j'avais pu, je les aurais fait encadrer. Ce petit succès engrossa ma foi.

Pierre-Pierre tenta de s'appliquer, la langue tirée, le cou tordu, le tête penchée sur le côté et la joue frôlant la table, les larmes aux yeux, la sueur au front. Je lui serrais l'épaule en souriant pour lui montrer que j'étais son ami mais pas un pigeon.

L'adjoint passait souvent à l'école pour voir si son jalon était toujours en place. Je lui parlai de son fils, à mots pesés, et avançai l'idée d'une démarche auprès de Mlle Beraudier.

Les poings sur les hanches, il mâchonna sa chique ou n'importe quoi d'autre, puis cracha par terre. « Hé, hé... » Nous étions au bout de la cour, aussi loin que possible des oreilles ennemies. Il me donna une tape sur l'épaule, en frère.

– J'sais que mon Pierre est bête, mais pas *des tant* que cette garce en jure ! Seulement des fois que ça m'gêne pour la mairie ?

Il fut convenu que j'irais voir Mlle Beraudier pour étudier une possibilité d'inscription de Pierre-Pierre à Dévillac. Les autres Augnac resteraient à Mondonat. L'adjoint me rattrapa en courant.

– Dites-lui que j'défendrai sacrément l'école laïque quand j'serai l'maire !

Un soir, Nina revint après la sortie, un sourire sérieux aux lèvres, le regard éclairé par un criant désir de s'immiscer, tirant Alice derrière elle. Je les interrogeai d'un signe.

Nina tourna la tête vers le milieu de la classe.

– M'sieur, je sais où est la clé du tiroir !

– On le sait, m'sieur, ajouta Alice.

– Le tiroir de mon bureau ?

Les trois tiroirs ouverts étaient vides. J'avais presque oublié le quatrième, fermé et sans clé.

– Je suppose que M. Rouviat l'a enlevée ?

Nina se lécha la lèvre et secoua la tête, lentement, lentement.

– N... non, c'est un garçon qui l'a prise et qui l'a cachée.

– Un garçon ? Je ne te demande pas qui.

Alice soupira, gonfla la poitrine et me lorgna avec espoir.

– Il l'a cachée sous le poêle. On pense qu'elle y est encore.

– Je peux essayer de deviner qui c'est ?

Nina baissa les yeux. Je prononçai deux noms. Au second, Alice battit des cils et rougit. C'était Jehan Ousmane...

– Mon frère, m'sieur. C'est une sale bête.

Je tâtai le poêle.

– Il est presque froid. On peut regarder ?

Elle déboutonna son tablier, s'agenouilla, remonta sa jupe, puis s'étira sur le côté et tendit le bras pour glisser la main entre les pieds du poêle. Elle était à croquer dans cette posture, le visage renversé, les yeux fermés et les genoux levés.

Enfin, elle se tordit comme une couleuvre et se redressa, les cheveux sur la figure, en brandissant une petite clé blanche.

– Je l'ai, m'sieur !

Je cueillis la clé et la fit sauter dans ma paume. Alice me toisa, les sourcils froncés et les narines pincées.

– Il faut faire attention à mon frère, m'sieur.

Je pensai : « Chipie, mauvaise sœur, langue de vipère, cafteuse, mais si jolie ! » Enfin, elle m'avait rendu service de son mieux et quémandait une tendresse.

– Jehan a l'air un peu diable, fis-je, mais j'espère...

Je suspendis ma phrase, car je ne savais absolument pas ce que j'espérais. Et Alice se jeta dans la brèche.

– Il n'aime que son chien, dit-elle sur un ton véhément. Miraut l'accompagne le matin à l'école et vient le chercher le soir. Ma mère et moi, il nous cause à peine. Y a que Miraut qui compte !

Bien, c'était une crise de jalousie. Elles s'enfuirent toutes les deux en riant, comme si elles m'avaient joué un bon tour.

J'ouvris le tiroir. J'y trouvai les cahiers de composition de l'année d'avant, des feuilles d'exercices découpées dans *L'école libératrice* et d'autres journaux et quelques grains de café odorant. Mais pas le registre d'appel que je cherchais toujours...

Le lendemain matin, je vis le registre, couvert de papier bleu, posé sur mon bureau et, à côté, une feuille de cahier. « Veuillez excuser mon mari, il ne savait pas que vous en aviez besoin. Céline Rouviat. »

Ces Rouviat n'étaient peut-être pas si diables qu'il semblaient noirs !

8.

Je m'occupais de Pierre-Pierre et le résultat se voyait à l'œil nu. C'était assez grisant. Ce grand dadais, mi-pataud, mi-escogriffe, touchant de bonne volonté et de maladresse, me semblait de la même espèce animale que moi, celle des lapins, des blaireaux, des corniauds et de toutes les bêtes sans gloire de la création.

Il n'irait jamais au certificat, mais il serait capable de lire l'heure du train et d'écrire une lettre à ses parents quand il ferait son service. Ça comptait. En même temps, le roi des braves types, et tout le monde ou presque l'aimait. Les autres acceptaient bien que je m'acharne à le « faire rattraper ». On aurait presque dit qu'ils retenaient leur souffle quand je me penchais sur sa table.

Je tentai aussi ma chance avec Jehan Ousmane. Je désirais prouver à la sémillante Alice que son frère était un bon garçon, incompris de sa famille, de ses copains et de la maîtresse.

Emma était presque la seule à bavarder de temps en temps avec lui, hors des jeux, et cela m'avait frappé car les garçons et les filles ne se parlaient en général que pour échanger moqueries et provocations. Entre Emma et Jehan, j'avais surpris aussi, en classe, des regards complices et presque tendres, bien qu'ils ne fussent pas voisins, le garçon étant au cours moyen première année et la fille en deuxième année. J'abordai franchement Emma.

– Jehan Ousmane est un bon camarade pour toi, on dirait ?

Elle eut un battement de ses longs cils noirs, secoua sa frange brune et baissa la tête d'un air à la fois coupable et ravi. J'insistai.

– Toi qui es une bonne élève, tu devrais le convaincre de faire un effort pour avoir des cahiers propres.

– Personne ne lui parle, m'sieur.

– J'ai essayé, c'est difficile.

– Il est gentil, il aime tant son chien.

– J'ai vu. Je voudrais qu'il arrête ses grimaces, mais j'ai peur qu'il le prenne mal si je lui dis moi-même.

– C'est à cause de son grand-père qui n'avait qu'un œil !

L'explication me laissa perplexe et sans voix. Emma en profita pour filer. J'interrogeai Roseline sur les Ousmane.

– La Marie n'a trouvé qu'un demi-nègre pour l'épouser. Aucun homme du pays ne voulait d'elle après les histoires qu'elle a eues. Lui, c'est un drôle de type, on le voit jamais, il travaille en ville, c'est à peine s'il vient deux fois par an soutirer des sous à sa femme. Les gosses ont une hérédité chargée des deux côtés !

Je vis bien que je n'obtiendrais, en guise d'éclaircissements, que médisances et railleries. Je renonçai.

Que m'importait, après tout, puisque je n'étais à Mondonat qu'un simple passant ?

L'histoire de l'incendie de la maison du maire m'avait intrigué un moment. Je savais que les gens de la campagne sont souvent hantés par les drames du passé. J'avais entendu parler de familles marquées par des querelles et des vindictes datant de la Révolution et de la Terreur blanche. Mais il n'y avait pas de mystère, puisque Lolo l'ivrogne avait mis le feu par accident, et je souhaitai oublier au plus vite cette affaire de vingt ans, qui ne me concernait en rien. J'avais assez de soucis avec mon travail sans me farcir la tête des intrigues villageoises.

Le maire me rendit la visite annoncée. En voyant sa carriole tirée par un cheval de labour crotté, je me dis : « L'histoire de l'incendie va revenir sur le tapis. Au diable tout ça ! » Paul Rameye traversa la cour à tout petits pas. Les élèves s'écartaient de lui, quelques-uns s'amusèrent à singer sa démarche raide. En classe, il s'appuya au mur et je crus qu'il allait tomber. Je lui avançai ma chaise en vitesse. Il me remercia d'un regard perdu.

– J'ai eu une pneumonie, l'été dernier.

– En été, c'est souvent plus grave qu'en hiver.

Tandis qu'il s'asseyait, son genou passa à travers un trou de son pantalon, mal rapetassé. Il tira sur la pièce d'étoffe, tenue par une épingle de sûreté, mais ses mains tremblaient trop et il ne put l'ajuster. Je n'osai lui proposer mon aide, d'autant que sa peau semblait ravagée par l'eczéma.

Il observa la classe en souriant, avec un mélange si intense d'émotion et de détachement que j'en eus un frisson dans le dos. Il leva le bras avec peine, pointa l'index en direction du logement des Rouviat.

– La Céline et moi avons fait notre temps. Et le Fernand ne vaut guère mieux.

– Vous êtes encore jeune, monsieur le Maire, dis-je en essayant de cacher mon embarras.

Je calculai : il avait à peine soixante ans ; mais n'importe qui lui en aurait donné soixante-quinze. Bien sûr, il habitait ses ruines depuis vingt ans, il devait manger froid la moitié du temps, les rhumatismes et les maladies de peau se disputaient son corps mal protégé par des vêtements sales et déchirés.

Son sourire doux et désespéré lui écarquillait les yeux.

– Je ne sais pas combien de temps vous resterez à Mondonat, dit-il, et je souhaite que vous trouviez un poste plus agréable. Mais je ne voudrais pas que vous gardiez un trop mauvais souvenir de chez nous, car il y a de braves gens et de gentilles personnes dans ce village. Céline Rouviat a été une fameuse institutrice, on dit même que nous pouvons avoir la première du canton, cette année. Si elle s'est mise à boire, elle avait des raisons.

« L'ennui, c'est la politique, enfin les façons qu'on a de voir la politique à Mondonat, et pas bien honnêtes d'un côté ni de l'autre. Moi, avant guerre, j'étais de la gauche, parce que la droite penchait trop pour Mussolini et Hitler. Maintenant, ça ne m'intéresse *plus bien*. A la fin de la guerre, je disais que j'étais gaulliste pour faire comme tout le monde. Et puis les gens ont oublié de Gaulle, qu'est-ce qu'il faut que je dise ? Enfin, les deux bords m'acceptent, mais quand je m'en irai, ils se disputeront la mairie comme des chiens un délivre de vache. Et je me demande bien qui arrivera à gouverner la commune... J'aurais voulu qu'on se mette d'accord pour le puits de l'école, parce que ça ne peut plus attendre. Mais rien à faire, mon adjoint est un âne. Il est allé chercher un autre sourcier, un nommé Laparouquial, qui est hâbleur et trompeur. Moi, j'ai confiance dans l'abbé Gaulhiac, parce qu'il a fait creuser cinq cents puits dans sa vie et ils ont tous de l'eau. Mais j'ai dit : tant pis, puisque vous voulez un sourcier laïque, prenez-le. Alors, ce grand brutal de Darrat a refusé aussitôt pour aller contre Augnac. “ Pas question de Laparouquial, on garde l'abbé ! ” »

Il réfléchit un moment, les mains sur ses genoux, puis leva la tête.

– Voyez-vous bien, jeune homme, les gens de Mondonat n'ont jamais rien fait comme tout le monde. Au siècle dernier, ils avaient tous une grande haine pour leurs voisins de Dévillac. C'est sans doute une histoire de limites qui remonte à la Révolution. Toutes nos histoires remontent à la Révolution... Enfin, Mondonat et Dévillac étaient des sœurs ennemies, on en parlait de loin. En ce temps-là, chacune avait son curé et on voyait même les deux abbés se disputer comme des chiffonniers !

« Vers le second Empire et la troisième République, il y avait à Dévillac un propriétaire qui battait ses chevaux pour un oui ou pour un non. Un méchant bougre, disaient les uns, un fou furieux, prétendaient les autres. Un jour, un cheval s'est échappé de chez lui et il est venu à Mondonat. Les gens d'ici se sont mis d'accord pour le soigner et le cacher. Le propriétaire s'en doutait et il a fait battre la commune par les gendarmes. Les Mondonatins s'étaient tous mis d'accord pour protéger l'animal. Ils le menaient chez l'un chez l'autre pour berner les gendarmes. La commune était bien sûr plus boisée qu'aujourd'hui, ça n'a pas dû être difficile. Les gens de Mondonat ont réussi à cacher le cheval pendant presque un an. Les gendarmes ont fini par renoncer, mais pas le propriétaire.

« Et puis quelqu'un à Mondonat a trahi la commune et a livré le cheval par esprit de classe : un autre gros propriétaire, monsieur Hubert Darrat, le père de monsieur Jean-Gervais et donc le grand-père de monsieur Roger. Les Mondonatins ne lui ont pas pardonné ; ils n'ont jamais voulu de monsieur Hubert comme maire et ils ont gardé la haine *sur* la famille pendant quarante ans. C'est la guerre qui a effacé les rancœurs, il y avait eu tant de morts, des chevaux et des hommes. Et puis monsieur Jean-Gervais est revenu couvert de galons et de médailles et il est passé maire de justesse aux élections d'après-guerre, malgré le cheval et les querelles de chasse. Mais en 1929, vous me croirez si vous voulez, quelques vieux se sont rappelé l'histoire du cheval qui datait de plus de cinquante ans. Et ça m'a bien aidé à battre monsieur Jean-Gervais. La commune a toujours gardé cette façon de faire front contre les étrangers.

« Plus tard, l'évêché a réuni Mondonat, Besse et Dévillac dans la même paroisse, par manque de prêtres. Les vieux sont morts et la haine des communes a été oubliée. Mais je connais encore une vieille femme, qu'on appelle la Tâteraisin et qui est née à l'époque du cheval. Elle se souvient d'en avoir entendu parler toute son enfance et elle ne pardonne pas aux Darrat. Mais cette fois, ça n'est pas ça qui empêchera monsieur Roger de prendre ma place quand je ne serai plus là ! »

Le lendemain, l'abbé Couvinhac Albin s'amena à son tour en faisant voler sa soutane sur les flaques d'eau de la cour. Il interpella par leur nom trois ou quatre élèves qui s'en allaient. Il se retourna avec un grand geste du bras, retint son chapeau qu'une saute de vent avait failli lui arracher. Il avait le même âge que le maire, mais il en paraissait vingt de moins. Venant de l'école libre, j'étais impressionné par les soutanes. Je me précipitai pour accueillir l'abbé et je lui ouvris toute grande la porte de la classe. Il se campa sur ses grands souliers, toucha de l'index le bord de son chapeau.

– Vous êtes fou, jeune homme !

Je le regardai bouche bée. On ne répond pas à son curé, et puis la surprise me clouait le bec. Il partit d'un grand rire, pendant que le rouge me montait au front. Enfin, il s'avança et me broya la paume dans son immense main.

– Excusez-moi, j'oubliais que vous étiez un débutant. Votre inspecteur ne vous pardonnerait pas de faire entrer le loup dans la bergerie laïque. Quant à moi, abbé Couvinhac Albin, j'ai décidé une fois pour toutes de ne pas mettre les pieds dans une école sans Dieu, même si l'inspecteur d'académie m'invitait.

– Je croyais que Dieu était partout, même à l'école laïque.

– Ne faites pas le naïf. Ici, c'est moi qui dis où est Dieu et où il n'est pas. A bon entendeur, salut. Je viens visiter ma paroissienne Céline Rouviat qui ne va pas fort, à ce que l'on prétend. On peut être institutrice laïque sans se vouloir mécréante !

« J'ai appris aussi que vous étiez un ancien élève de l'école libre et je voudrais avoir des nouvelles de votre âme. Rassurez-vous, je ne vais pas vous faire la morale. Si vous voulez vous confesser, vous savez où me trouver. »

Il m'abandonna, selon son habitude, sans un regard.

Céline Rouviat obtint une prolongation de son congé. Une semaine ? Quinze jours ? Fernand ne me le dit pas.

– Ma femme se prend une petite prolongation de convenance. Ne vous faites pas des idées !

Roseline Minsou apprit par Lalie Chousebonne, la fidèle amie des Rouviat, que c'était une semaine.

– Une semaine, mais le Dr Vanderen doit revenir vendredi prochain. Il lui en donnera sûrement une autre. Si vous voulez mon avis, mon bon monsieur, vous êtes ici jusqu'à la fin de l'année scolaire. Et moi, ça ne m'arrange pas du tout, parce que je ne sais pas sur quel pied danser pour Lola !

– Dansez sur vos deux pieds. Je vais aller voir Mlle Beraudier, à Dévillac, pour Lola et Pierre-Pierre Augnac.

– Hein, quoi ? Qu'est-ce que le bêta d'Augnac vient faire là ?

J'avais oublié la sainte règle de ne jamais mélanger Lison et Toinon. Roseline se mit à cracher comme un jars en colère.

– Quoi ? Quoi ? Alors, vous mettez cette andouille dans le même sac que ma Lola ? Ça fait plaisir, ça ! On voit que vous nous aimez bien ! Vous oubliez que je suis la fille d'un collègue !

– Ce pauvre gamin a plus besoin d'aide que votre Lola.

– N'empêche. Mam'zelle Beraudier va penser que ma fille est une bécasse ou une niguedouille !

Nous étions dans la salle du bistrot, le matin de bonne heure. Roseline s'enfuit en balayant un verre qui s'émietta sur les carreaux. Puis elle s'enferma dans la cuisine en claquant la porte vitrée. La rejoindre pour essayer de faire la paix ? Je ne voulais pas céder sur l'essentiel, ni me fâcher avec elle pour de bon.

J'y allai donc. Elle avait tourné la clé et elle s'agitait derrière le rideau en produisant un bruit étrange. Je donnai un coup de poing contre la porte. Elle recula jusqu'au fond de la pièce. Je secouai la porte qui finit par s'ouvrir. La bistrote s'adossa au mur, les mains sur la figure. Je l'appelai par son prénom.

– Roseline...

– Vous me prenez pour la mère d'une grande bête ! J'ai honte!

Elle baissa les mains. Je vis les larmes s'égoutter de ses cils. La plus grosse roula sur sa joue. Bon, je me sentais prêt à la consoler, mais pas en sacrifiant mon plan et l'avenir de Pierre-Pierre avec. J'avançai d'un pas, tendis les mains.

– Écoutez, nous trouverons bien une solution, tous les deux.

– Jurez-moi que vous ne pensez pas que ma fille est bête !

– Je jure que votre fille est aussi intelligente qu'une autre !

Elle sortit un mouchoir de dentelle de la poche de son tablier.

– Vous avez dit : tous les deux, ça c'est gentil !

Je l'avais dit ? Eh bien, j'avais pris un sacré risque. Mais je ne pouvais pas me dédire cinq secondes plus tard. Je hochai le front bravement. Elle courut à moi et me prit dans ses bras.

– Oui, oui, tous les deux. Ma Lola n'est pas bête ! Mon Dieu !

Elle était un tout petit peu plus grande que moi, elle se pencha pour m'embrasser et écrasa sa bouche dans mon cou. Elle me secoua d'un sanglot, m'inonda de son parfum.

– Je le sais qu'elle est intelligente, ma Lola. C'est la petite-fille de son grand-père l'instituteur, que voulez-vous, mais ça fait toujours plaisir à entendre !

Je léchai ses larmes. Elle me serrait fort, je fis une tentative polie pour me dégager. Elle bondit en arrière.

– Oh, mais dites donc, qu'est-ce que vous croyez !

– Je ne crois rien, Roseline. Pas encore !

Elle eut une moue déçue.

– Ah bon, j'avais cru.

9.

Je passais la moitié de mes loisirs le derrière sur la selle, quand je ne grimpais pas une côte en danseuse ! Je ne craignais guère le froid, je me réchauffais en poussant les pédales et en tirant sur le guidon. Mais quand j'arrivais à Mondonat après deux heures et demie de route sous la pluie, je ressemblais à un clochard qui serait tombé du même coup dans la Seine, la Loire, la Garonne et le Rhône. Il me fallait un cyclomoteur et un ciré.

Je commençai par le ciré, mais il m'empêchait de pédaler au bout de deux kilomètres !

Un dimanche, je me rendis à Saint-Veillant pour voir ma mère. Elle avait toujours rêvé pour moi d'un poste de cantonnier, comme Pousse-char, le grand flandrin du curé : on a le bon air, de longues pauses et pas trop de responsabilités. La carrière que j'avais finalement choisie ne lui disait rien qui vaille.

– *Ça gagne sûr,* instituteur, admit-elle avec un gros soupir.

– Vingt-cinq mille francs par mois, au début.

– Belle somme pour un garçon de ton âge !

C'était une belle somme pour elle qui touchait soixante-quinze francs de l'heure en faisant des lessives et des ménages. Contre de menus travaux et des soins aux vieux de l'hospice, les bonnes sœurs de Saint-Veillant la logeaient dans un coin du couvent et la nourrissaient plus qu'à moitié. Elle ne disait plus guère de contes. La mode en était passée. Les gens préféraient la radio : *La reine d'un jour* et les chansons de Luis Mariano. Puis le curé les avait condamnés en chaire une fois pour toutes :

– Notre Périgord est riche de belles légendes édifiantes et de contes de fées très décents. Pourtant, il existe à côté de mauvaises histoires venues tout droit du sabbat antique. Des récits sales et malhonnêtes, où des filles écervelées forniquent avec Satan et ses démons... A croire qu'autrefois, on ne pouvait se mettre à l'abri du mauvais temps sans tomber sur le diable. Ces récits-là ne méritent pas qu'on les garde en mémoire !

Ils le méritaient à mon avis presque autant que l'Évangile !

Le lundi matin, je roulai dans la nuit. J'arrivai à Mondonat sous une brume glacée. Je m'adossai au poêle et fis réciter les grandes filles pour me réchauffer le cœur.

... La chanson du torrent convie
Chaque être à sortir du repos ;
J'appelle au travail, à la vie,
Les fleurs, les hommes, les troupeaux.

Élisabeth Guilvinec avala le dernier vers et se rassit en se déhanchant comme pour une parodie de révérence. Les filles du certificat savaient la poésie « Les Vendanges » par cœur, mais la disaient le bec pendant et l'ennui sur la figure. Je ne me décidais pas à choisir la nouvelle récitation des grands, au risque d'être désavoué par la dame quand elle reprendrait sa classe.

Maintenant, j'étais acculé.

Les élèves me guettaient, d'un air de prière ou de malice, sauf Élisabeth qui regardait partout ailleurs. « Vous l'aurez voulu ! » Je pêchai mon Baudelaire dans un tiroir et l'ouvris sur mon bureau. Les grands comprirent en un instant ce que je leur préparais. Une onde de recueillement s'étendit jusqu'aux tout-petits, au fond à droite.

Le livre devant moi, je levai les yeux vers le tuyau du poêle.

– Je vais vous lire une poésie de Baudelaire, « Chant d'automne », tirée du recueil *Les Fleurs du mal.* Si elle vous plaît, nous en ferons notre prochaine récitation. Elle est très différente de tout ce que vous avez appris : vous pouvez la refuser.

Élisabeth se tortillait sur son banc pour manifester de l'humeur, mais elle suivrait, je le sentais.

Bientôt nous plongerons dans les froides ténèbres ;
Adieu, vive clarté de nos étés trop courts !
J'entends déjà tomber avec des chocs funèbres
Le bois retentissant sur le pavé des cours.

Et je terminai, la gorge un peu serrée :

... Qu'on cloue en hâte un grand cercueil quelque part.
Pour qui ? – C'était hier l'été ; voici l'automne !
Ce bruit sonne comme un départ.

Silence. Je forçai un coup pour avaler ma salive. Je vis les filles se concerter du regard, tandis que Jean-not raclait obstinément le dessus de sa table avec le front et le nez.

– Oui, m'sieur, dit Lola d'une toute petite voix. On l'aime bien.

Et Alice appuya d'une œillade :

– On aime bien cette récitation, m'sieur !

Des bancs du cours moyen première année, pas concerné par l'affaire, Jehan Ousmane lâcha ce commentaire de bon sens :

– C'est une histoire d'enterrement !

Le jour suivant, à la sortie de midi, une Traction Citroën se rangea devant l'école en faisant gicler l'eau des flaques : nouveau modèle, reconnaissable à sa malle extérieure et à ses roues pleines. Un grand type vêtu d'une veste-carnier et coiffé d'une casquette de chasse s'en extirpa, en balançant ses grandes jambes chaussées de longues bottes. Je reconnus Roger Darrat, fils de Jean-Gervais, les presque châtelains de Mondonat. Ses filles posèrent leurs vélos contre le mur et entourèrent la voiture. Élisabeth se mira savamment dans le rétroviseur. Roger Darrat me rejoignit et, en guise de bonjour, leva le pouce pardessus son épaule.

– Un peu plus que j'allais acheter une saloperie de Vedette ! Je vous fous mon billet que la Traction avant roulera encore dans cinquante ans !

C'était aussi mon avis, mais il se moquait de mes opinions comme d'une Cottin-Desgouttes 1912 et je ne jugeai pas utile de renchérir. Il me tendit la main paume en bas, releva le rabat de sa casquette pour me scruter d'un œil goguenard et furibond.

– Je viens pour la récitation. D'où diable avez-vous sorti ça ?

Il ôta sa casquette et déclama, tête levée : *« Haine,*

frissons, horreur, labeur dur et forcé... » J'enchaînai d'instinct :

– *Et comme le soleil dans son enfer polaire...* C'est de la poésie, monsieur Darrat, de la vraie.

Un coup de vent le dépeigna. Il avança d'un pas et, me dominant de toute sa taille, croisa les bras à hauteur de mon menton et enfonça sa casquette sur ses yeux.

– Je voudrais bien savoir qui est aux travaux forcés, ici, à part vous peut-être. Si encore c'était du Victor Hugo, je dirais bon, c'est du Victor Hugo, on sait ce que c'est. Mais Baudelaire ! Vous étonnez pas que la page d'Élisabeth soit arrachée. Et vous feriez bien de trouver autre chose à leur donner pour le certificat !

Il tourna alors la tête vers sa voiture et se calma d'un coup. Il me bourra l'épaule et, sur un ton presque complice :

– Allez, oubliez ça et venez donc voir un peu !

Plus de la moitié des élèves s'étaient rassemblés autour de la Traction et le cantonnier Pousse-char, appuyé sur le capot de la malle, faisait mine d'accomplir l'office qui lui avait valu son surnom. Il habitait de l'autre côté du bistrot, à cent mètres, avec sa grand-mère, la Béchidouse ; il avait la charge de sonner les cloches et il traînait la moitié du temps entre l'église et l'école.

Darrat frappa dans ses mains.

– Allez, ça c'est du char. Montre-nous de quoi tu es capable !

Et le pauvre imbécile s'allongea ventre à terre, souffla, piétina en mimant une course folle. Puis il se releva d'un air triomphant.

– Elle est partie, m'sieur Darrat. Elle part bien, cette auto !

Il ramassa son béret mouillé, le secoua et le remit sur sa tête. Les gosses l'applaudirent. Je tournai les talons, agacé par cette scène ridicule, mais Roger Darrat me retint par le bras.

– Attendez, c'est pas fini.

Puis, au gars :

– C'est une sacrée auto, hein, qu'est-ce que tu en dis ?

Pousse-char remua le nez comme un lapin.

– Une sacrée belle auto, m'sieur Darrat.

Darrat se campa devant la voiture, les mains sur les hanches, et la contempla en grimaçant.

– Malheureusement, tu vois, elle a attrapé de la boue sur sa belle peau noire. C'est pas dommage ?

– Ah si, m'sieur Darrat, c'est bien dommage.

– Tu devrais me la nettoyer un peu avec ton mouchoir.

– C'est une bonne idée, ça !

Pousse-char sortit de sa poche un mouchoir à carreaux, grand comme un torchon, et se mit à frotter les chromes de la voiture. Mes élèves rigolaient. Je cherchai un moyen d'arrêter ce jeu, mais j'eus peur de me ridiculiser en prenant l'affaire au tragique. Je tournai les talons. Darrat me rattrapa une deuxième fois.

– Attendez, vous n'avez pas tout vu. Hé, toi, crache dans ton mouchoir et fais-moi briller les jantes !

L'autre obéit, frotta, montra en riant son mouchoir maculé.

– Ça brille, m'sieur Darrat ?

– Maintenant, les chaussures de ma fille. Élisabeth !

Élisabeth avait mis ses bottes de pluie, noires et luisantes. Elle posa le pied sur le pare-chocs. Pousse-char s'accroupit devant elle, mouchoir en main.

– A pattes ! commanda Darrat.

Et le flandrin s'agenouilla. Je voulais lui crier de se relever, de jeter son mouchoir à la tête de « m'sieur Darrat » et de ficher le camp. Mais je craignis encore de tourner les rieurs contre moi. Et puis le regard de René Darrat que je surpris par hasard me parut trop fixe et brillant de méchanceté, presque maladif. Cet homme ne s'amusait pas innocemment comme les paysans l'ont toujours fait avec les simples. Il se livrait à un vice impuni, sans pouvoir cacher la jouissance qu'il en tirait...

Une question me traversa l'esprit : quel âge avait-il à l'époque de l'incendie de la maison du maire ? Vingt ans ou un peu moins ? Puis je me dis : « Mettre le feu n'est sûrement pas son genre... » Il vit que je l'observais. Il se secoua, donna un coup du plat de la main sur le toit de sa voiture.

– Ha ! ha ! c'était pour rigoler ! On est de vieux copains, Pousse-char et moi, pas vrai Poupousse ?

Et le cantonnier, réjoui, mais avec une lueur froide et noire dans les yeux :

– Sûr qu'on est copains, nous deux, m'sieur Darrat !

Les jours suivants, d'autres plaintes arrivèrent par divers canaux. Roseline fut la première après Darrat à me parler de la fameuse récitation. Ces deux-là avaient dû se consulter.

– Ma Lola a failli en pleurer, de cette histoire de

cercueil, me confia-t-elle le soir en me servant la soupe. Il faut vous dire qu'elle a perdu sa grand-mère l'an dernier et les choses de la mort lui serrent le cœur. Vous auriez pas plutôt une poésie gentille à leur donner pour les encourager, ces pauvres gosses ?

Yves Deyeune, un gros garçon sanguin qui aurait voulu prendre l'air insolent, mais n'y parvenait jamais tout à fait, avec sa bouille ronde et rose :

– Mes parents ont dit que vous devriez vous faire curé, comme mon oncle !

Curé ? Je relus le poème en entier sans trouver le rapport.

Et Alice Ousmane :

– Ma mère, elle s'est essuyé les yeux avec son mouchoir, quand je lui ai lu la récitation. Elle a dit : « C'est beau, mais c'est si triste. » Et puis elle a demandé si vous saviez, pour nous. J'ai répondu que vous saviez peut-être pas.

Si je savais quoi ? Elle me regardait d'un air engageant, toute prête à me donner des explications pleines de sel. Je crus que c'était une allusion à leur situation de famille plus que bancale, avec le père jamais là et peut-être, selon certaines rumeurs, parti ou en prison. Je me dis : « Moins tu en sauras, mieux ça vaudra pour tes oreilles ! » Elle s'en alla, si visiblement déçue que je me retins de rire.

Roseline avait sans doute raison, ce n'était pas le moment de démoraliser mes braves « certificat ». Je renonçai à Baudelaire et passai la moitié de la nuit à fouiller mes livres, à la recherche d'une poésie gentille, qui serait en même temps une réponse pleine de chic et d'humour à tous les parents d'élèves du monde.

En fin de compte, je choisis *Innocence,* d'Anna de Noailles.

... Nous ferons notre cœur si simple et si crédule
Que les esprits charmants des contes d'autrefois
Reviendront habiter dans les vieilles pendules
Avec des airs secrets, affairés et courtois.

10.

Je reçus une note de l'inspection primaire m'enjoignant d'assister à la prochaine journée de formation des remplaçants, à Bergerac, le jeudi suivant.

J'attendais cette convocation en me disant qu'il fallait y passer, que je l'avais voulu. Et me revoilà écolier, sans tablier, mais avec des devoirs à recopier et une espèce de certificat à passer dans deux ans, si j'étais bien sage ! La note précisait : « Une journée toutes les deux semaines. » Les dissertations suivraient. Dissertez, dissertez, il en restera toujours une trace au dossier.

Je me levai à cinq heures pour aller prendre le car de six heures et demie à Réverac. Le froid me tint éveillé sur ma mobylette ahanante, un *Lutin* de marque Terrot. La gelée blanche sucrait la terre comme un gâteau. Les sorbes rougissaient sur les arbres. J'attrapai le car de justesse.

Je me dépensais plus que je n'aurais voulu dans ma classe et peut-être plus que je n'aurais dû. Pas loin de quarante élèves, dont un quart étaient presque des bébés et une demi-douzaine presque des grandes personnes ! Quatre sections de petits, quatre cours de grands, l'apprentissage de la lecture, l'entrée en sixième et le certificat... Dans l'autobus, les gens parlaient de la condamnation à mort de Gaston Dominici pour l'assassinat d'une famille de touristes anglais.

– Y z'avaient qu'à pas faire du tourisme, décréta une bonne femme. Y font que du tourisme de nos jours. Bientôt, on sera plus chez soi dans sa cour, avec tous ces *tourisses* !

C'était l'air du temps. Je m'endormis à moitié.

Le car piquait maintenant vers la vallée de la Dordogne, large et moelleuse, sous la lueur câline du soleil levant. Le clocher perçait seul le fin voile de brume qui recouvrait la rivière et la ville. La flèche se perdait très haut dans un ciel bleu cru. Je me sentais moi aussi englouti dans la brume et la vie avait l'air d'une flèche vertigineuse que j'étais condamné à escalader.

Je me retrouvai pour quelques heures au rang d'élève, parmi une trentaine de remplaçants et remplaçantes. Miracle, je me sentais plus à l'aise dans ce rôle que dans celui de maître.

Un démon mesquin, embusqué derrière mon front, refusait toujours de me croire adulte. Il se rengorgeait à mes dépens.

L'inspecteur, un type de quarante ans, grand et bien bâti, mais le visage rose et un peu poupin, régnait sur sa troupe d'une voix assurée. Il trouva le moyen de nous affirmer trois fois au moins durant la matinée ses convictions mendésistes. La moitié des filles étaient amoureuses de lui. Plusieurs l'applaudirent quand il parla de forcer la consommation de lait à l'école.

– Nos campagnes sont telles qu'une politique de droite les a faites en un siècle et demi. Il faudra vingt ans à la gauche pour que le verre de lait y détrône le gros rouge et la goutte !

Dès qu'il oubliait de prêcher, il était passionnant.

Les remplaçants les plus argentés décidèrent de s'offrir le restaurant du coin ; les plus économes et ceux qui, comme moi, n'avaient pas encore touché leur premier mois restèrent sur place pour manger des sandwiches campagnards.

Les plus anciens – fût-ce de trois semaines – se délectaient à écœurer les nouveaux. Le sujet le plus populaire touchait les mésaventures des uns et des autres dans l'exercice du métier, les malheurs dont on avait entendu causer et ceux qu'on redoutait.

Très bien. A Paimpol, chantons *La Paimpolaise.* Je racontai les dernières semaines de ma vie. Les tracasseries des Rouviat eurent un succès d'estime, mais furent classées parmi les cas bénins. Je fis une allusion au puits de l'école. Les regards apitoyés des anciens m'assurèrent que je devais m'attendre au pire.

– Quand on creusera, il faudra que tu sois sur le dos des puisatiers, me dit-on, pour qu'ils bouchent le trou quand ils s'en iront. Comme ils oublieront quand même la moitié du temps, tu seras forcé de t'en charger toi-même, midi et soir. Tu auras de la chance si tu vas pas chercher un de tes gosses au fond !

Je répondis qu'on en était encore à planter les jalons et que, *de toute façon,* je serais loin de Mondonat bien avant que les travaux aient commencé.

L'humeur alourdie par la digestion, on passa aux affaires d'hommes. Le pire danger, pour un jeune instituteur de campagne, venait des grandes filles, coquettes, mignonnettes, rondelettes et vicieuses comme un chat de mercière.

– Pourquoi un chat de mercière ? demanda une naïve.

– Chez la mercière, répondit un malin, minet joue à la pelote !

Plus tard, l'envie me prit de faire l'intéressant et j'annonçai qu'il y avait un mystère dans ma commune. Je racontai le peu que je savais de l'incendie de la maison du maire.

– Mais l'affaire est toute simple, dis-je en conclusion. Lolo, le domestique, était soûl, il a renversé sa lanterne en se couchant et le vent fou qu'il y avait ce soir-là a attisé le feu. Le bonhomme a brûlé avec la maison et les vieilles femmes ont brodé dessus.

Je n'osai pas ajouter : « Mais à moi, on ne me la fait pas ! » C'est ce qu'exprimaient pourtant assez bien le ton de ma voix et mon sourire supérieur. J'étais plutôt fier d'afficher mon esprit réaliste et de montrer à mes camarades qu'il ne fallait pas, dans ce métier, se laisser emporter par l'imagination. Et puis un long barbu au sourire sibyllin me vola sur-le-champ la vedette.

– A ta place, je ne serais pas si sûr que c'était juste une histoire d'ivrogne et de lanterne. Il s'en passe des vertes et des pas mûres dans nos villages, mes amis, je vous le jure. Si je vous disais ce qui est arrivé autrefois à ma tante, Virginie Bonnefon, institutrice à Saint-Romain, vous en resteriez tous comme deux ronds de flan. Avant de venir à Saint-Romain, ma tante a passé une dizaine d'années dans un coin vilainement arriéré du Périgord noir et... Mais le secret ne m'appartient pas, je suis obligé de me taire.

– Je suppose qu'il y a prescription maintenant ? dit une fille.

Et les autres le supplièrent avec des mines aguicheuses.

– On a l'eau à la bouche, ne nous privez pas de l'histoire !

– Moi, si je ne sais pas, je n'en dormirai pas de la nuit.

– On veut savoir, on veut savoir !

Il se fit prier deux minutes encore, s'assit sur un coin de table et se racla la gorge.

– Si vous voulez, on va appeler le village Saint-Antoine, mais le vrai nom n'a rien à voir. Il y avait à Saint-Antoine, dans le premier quart du siècle, deux frères ennemis, deux vieux garçons qui habitaient des maisons voisines et se détestaient à mort. Ils se battaient comme des chiens à n'importe quelle occasion, mais de préférence à la sortie de la messe, devant tout le monde. En général, le curé les laissait se foutre une bonne peignée, puis les séparait à coups de tatane et chacun s'en allait de son côté. Un dimanche, le curé étant malade, il est venu un remplaçant, qui ignorait les habitudes du village. Il ne s'est pas occupé de séparer les deux frères qui ont continué de se taper dessus jusqu'au sang.

« Beaucoup d'hommes et quelques femmes sont restés pour assister au spectacle qui s'est vite corsé. Il y a eu des injures et des coups bas ; furieux, un des frères a sorti son couteau, l'autre n'en avait pas, on lui en a passé un. Ils se sont tailladé les habits et un peu la peau. Spectateurs et spectatrices s'excitaient de plus en plus. Quelqu'un a eu l'idée de lancer un pari. Les fidèles – puisque c'étaient tous des gens qui sortaient de la messe – se sont aussitôt partagés en deux groupes à peu près égaux et chacun a mis ses sous sur un des frères. Quand l'ardeur des combattants baissait un peu, le public les allumait. On est allés leur chercher à boire de la bonne piquette du pays, qui va au sang, on leur a apporté des couteaux de rechange.

« Et vas-y Pierre et vas-y Paul ! Aucun parieur ne voulait renoncer à son bon argent. Une ou deux fois, un des frères fit mine de capituler, ses partisans se précipitèrent pour le repousser à l'attaque. Ils avaient peut-être bien envie d'arrêter tous les deux, mais les parieurs les exhortaient à se battre. Le premier qui est tombé, on l'a forcé à se relever avec des éloges et des insultes. A un moment, ils ont été par terre tous les deux, le public a continué de les aiguillonner jusqu'à ce qu'ils ne bougent plus ni l'un ni l'autre. Ils étaient tous les deux couverts de blessures sanglantes ; un des anciens de la commune a décrété le match nul. Les gens ont été dégrisés et ils ne se sentaient pas très fiers d'eux. On a transporté les combattants chez l'un d'eux et on les a laissés. Deux heures après, les villageois ont appelé le médecin. Il était trop tard. Les deux frères sont morts. Aucun étranger n'avait assisté à l'affaire, le village a décidé de garder le secret.

« Pourtant quelqu'un avait observé le pugilat de sa fenêtre, sans se douter que les choses étaient en train de mal tourner : ma tante Virginie. Elle a eu le tort de l'avouer. On lui a fait savoir qu'elle devait se taire, sous peine de terribles représailles. On la cajolait et on la menaçait tour à tour. Jamais elle n'avait eu autant de cadeaux et d'invitations. Mais cette sollicitude devint vite étouffante. Après un an, elle annonça qu'elle partait. Alors, le village lui a fait comprendre qu'elle était prisonnière et qu'elle ne s'échapperait pas aussi facilement. Les menaces sont devenues plus précises. “ Où que vous alliez, on vous retrouvera ! ” On lui a tué son chat et on lui en a apporté aussitôt un autre, plus beau... Et on l’entourait de prévenances. Elle a eu deux ou trois demandes en mariage. En même temps, on montait un dossier contre elle, avec des témoignages sur sa vie dissolue et ses fautes professionnelles ! Elle a essayé de parler à l’inspecteur, mais il a cru qu’elle perdait la tête et lui a proposé un séjour en maison de repos. Elle a vraiment craint de devenir folle, puis elle a décidé de se battre toute seule. Elle est restée et elle s’est aperçue que le secret lui donnait aussi un grand pouvoir sur les gens du village. Alors, elle a commencé de leur mener la vie dure. Elle a toujours eu la boisson en horreur, elle les a attaqués sur ce point et ils ont été obligés de la supporter pendant sept ou huit ans. Elle prétend qu’à son départ la consommation d’alcool dans la commune avait diminué de moitié... Car ils ont fini par la laisser filer !

« Elle jure qu’elle n’a jamais voulu se marier à cause de cette affaire. “ Je sais trop ce que c’est que d’avoir la corde au cou ! ” Je ne suis pas sûr qu’un homme aurait tenu à sa place. »

Je montai de Réverac à la nuit tombée, en tournant ma dynamo à la force du jarret. Je vis passer une chouette, s’allumer une étoile. J’essayai de réfléchir au devoir de pédagogie que je devais rendre dans quinze jours. Puis mon esprit se mit à vagabonder n’importe où. Le village était un monceau d’obscurité dans lequel se découpait la lumière du bistrot. En entrant dans la salle, je respirai une fameuse odeur de soupe aux choux, échappée de la cuisine. La demi-douzaine d’habitués faisaient salon. Roger Darrat, accoudé au zinc, le fusil encore à la bretelle, dominait le lot de sa belle stature.

Roseline avança à ma rencontre, sa blouse à carreaux blancs et roses tendue sur la poitrine. Je m'apprêtais à lui balancer une petite flatterie quand je vis son air grave. Elle s'arrêta à deux pas et me regarda dans les yeux.

– Céline Rouviat a eu une terrible hémorragie. On vient de l'emporter à l'hôpital.

Darrat accrocha son fusil à une patère de l'entrée.

– Allez, les gars, on va arroser ça !

11.

Céline Rouviat resta seulement deux jours à l'hôpital.

– Attention, c'est pas fini, *j'en ai vu des* se vider à blanc par le tarin, jurait un docte client de Roseline.

Un autre hochait du béret, l'air comploteur.

– Faut savoir ce qu'y a derrière. La cause du sang, pour dire.

– Derrière le sang, il y a un foie pourri, que *lou moussur* n'en voudrait pas dans sa bacade !

Lou moussur, c'est le cochon, dont les Périgourdins parlent toujours avec respect.

On avouait tout haut, maintenant, le nom du mal de la dame : une cirrhose. D'aucuns ajoutaient « carabinée ».

Je décidai d'écrire à la demoiselle de Dévillac. « Vincent Lerouge, instituteur remplaçant à Mondonat... » Je m'en tins à une brève demande de rendez-vous d'un ton service-service, en précisant que je souhaitais lui exposer le cas de deux élèves de ma classe *« que la maladie de madame Rouviat mettait en difficulté ».* Une formule qui ménageait l'avenir.

La réponse arriva trois jours plus tard. Je triturai

l'enveloppe un moment. Adresse tracée à la hâte, d'une longue écriture penchée : *M. Vincent Lerouge, Instituteur, École publique de Mondonat.* Sur la feuille bleu pâle, l'écriture était droite et soignée.

Je souhaite moi aussi vous rencontrer. Pouvez-vous passer à l'école de Dévillac, un soir après cinq heures, sauf le samedi ? Je suis curieuse de vos explications...

Suivaient des salutations et une signature élégante.

Deux côtes et trois descentes ou l'inverse. Mon Lutin *à galet,* tout neuf, tout propre, me tira en dix minutes à Dévillac, village au flanc d'une colline. Les rives touffues de la Rebélionne, la rivière qui traversait les deux communes, quelques maisons bourgeoises noyées dans les arbres et des vignes jusqu'au bord de la place. L'école, massive et haute, dominait le village de par sa position presque au sommet du coteau.

Je posai mon Lutin contre un mur et n'oubliai pas de sortir mes pinces de pantalon. J'aperçus un beau scooter gris clair sous un appentis et je m'approchai, attiré malgré moi. Vespa ou Lambretta ? Lambretta, la marque la plus élégante. Le gravier crissa. C'était *elle,* grande, mince, blonde, un gros chignon en boule sur le haut de la tête, le visage long et fin, le nez busqué, les yeux immenses, l'expression sévère et la jupe longue.

– Mais oui, je suis bien Marianne Beraudier. Entrez !

Je marmonnai deux ou trois mots pour ne pas avoir l'air muet et je suivis Marianne Beraudier en m'efforçant de marcher très droit et de ne pas tituber. C'est ainsi que les ivrognes se font pincer. Elle m'étudia, un petit sourire sur les lèvres, et me fit entrer dans une salle de classe, où les tables, noires et anciennes, s'éparpillaient, disposées en cercle autour d'un espace vide.

Elle claqua des doigts en riant.

– J'ai l'habitude de bouger souvent les bancs, surtout pour le chant... La chanson, c'est une grande part de ma vie. J'aurais aimé être un homme pour chanter *Ô Mississippi !*

J'avalai ma salive.

– Et l'inspecteur ne... dit rien ?

A l'époque, changer la disposition sacro-sainte des tables était une initiative d'une extrême audace.

– Le nouvel inspecteur ? Je ne l'ai pas encore vu. D'après M. Langlais, mon professeur de philo à l'École normale, il est plutôt moderne. J'aimerais bien être inspectée dans la grande classe. Une classe unique comme la vôtre, c'est mon rêve !

Je me laissais bercer par sa voix claire et bien posée, mais toujours adoucie à la fin des phrases par une intonation rieuse.

Je la regardai, assise sur le coin d'une table. Elle portait sous sa blouse bleue une robe de velours, d'un bleu plus foncé ; elle était chaussée de bottines lacées à l'ancienne. Elle se frottait les mains, jouait avec ses doigts, étirait ses jambes, gonflait la poitrine. Très à l'aise et débordante de vitalité.

– Vous êtes surpris que j'aie envie d'une classe unique, alors que personne n'en veut plus chez les titulaires ? Vous vous dites : en voilà une qui ne fait rien comme tout le monde ! Moi, j'y crois, aux classes uniques. D'abord, dans une classe unique, on peut tout chanter, depuis les comptines jusqu'aux airs d'opéra... Vous me direz qu'il ne doit pas être bien difficile d'en avoir une ? C'est vrai, j'en connais deux ou trois qui me conviendraient très bien.

« Mais il est mal vu de demander une classe unique quand on sort de l'École normale. " Marianne, je vous en prie, pensez à votre carrière... Marianne, pas une classe unique, pense à ta carrière ! " Ces histoires commencent à m'énerver. J'ai vingt-deux ans, j'ai le temps de penser à ma carrière !

Elle continuait, toujours pleine d'entrain, excitée par sa propre verve, gaie, tendre, primesautière et grave à la fois.

– Cette fois, je vais garder la classe de Mme Lasplaces jusqu'à la fin de l'année scolaire. J'avais besoin de cette expérience pour être mieux armée en face de ma famille et de l'administration. Et j'ai décidé de sauter le pas à la rentrée 55. Je demande une classe unique au prochain mouvement. Vous riez ?

– Non, c'est vous !

Marianne agita une main vers moi, comme pour dire : « Ce n'est rien, ça va passer... »

– Vous vous demandez pourquoi je vous raconte tout ça ? Parmi les postes que je guigne, Mondonat est presque en tête !

Elle s'esclaffa encore, très petite fille au fou rire. Elle eut un nouveau geste, comme pour me prendre le poignet, mais elle le retint de justesse. Je respirai une courte goulée d'air.

– Vous croyez que Mme Rouviat va mourir ?

Elle se laissa glisser de son coin de table, se mit debout en souplesse. On eût dit qu'elle se retenait de danser la gigue.

– Non, tout le monde pense, à l'inspection d'académie, qu'il va falloir la mettre à la retraite pour invalidité d'ici à quelques mois. Mais elle aura un congé de longue maladie avant sa retraite et le poste ne sera pas disponible. Ce qui serait bien, vous savez...

Cette fois, *elle le fit*. Elle lança la main vers moi et acheva son geste en me prenant l'avant-bras, un peu au-dessous du coude. Une petite secousse, qui me sauta de l'épaule aux vertèbres !

– Ce qui serait bien, vous savez, c'est que vous me le gardiez au chaud jusqu'au départ à la retraite de Céline Rouviat !

– Le poste ?

– Hi, hi, pas le potage !

J'étais maintenant assis sur un banc d'élève, quelque part au milieu de la classe, le menton dans les mains. Elle se taisait, appuyée contre une table en face de moi, aux trois quarts debout, pensive. Elle me dominait de haut et son opulent chignon en couronne la rendait encore plus souveraine. Par contraste, son visage me parut soudain mince et fragile.

Elle marcha vers son bureau en déboutonnant sa blouse de travail, qu'elle commença d'ôter. Son parfum s'envola et se mêla à l'odeur de craie et d'encre de la classe. Elle sortit accrocher sa blouse au fond d'un couloir et revint dans sa robe à plis, large ceinture, droite et fluide à la fois, et la chevelure libérée, flottante.

– Ah, s'il y a seulement la moitié de vrai dans les compliments que vous m'apportez de la part des gens de Mondonat, dit-elle, la tête devrait m'enfler ! Mais je crains que ça ne soit pas sérieux. Je dois ma réputation au nom de mon père, Georges Beraudier, qui est directeur de l'école des garçons à Réverac et rafle chaque année ou presque le prix cantonal. Si l'école de Mondonat est menacée d'un Waterloo, j'inscrirai vos élèves, n'importe quand, pour l'amour de Jules Ferry et de Napoléon réunis ! Voilà, ça va ?

Elle mit les deux mains sur sa tête en souriant, ce qui fit bouffer son corsage.

– Je pense que Céline Rouviat ne reprendra jamais la classe.

– C'est si grave ?

Je gardai longtemps la sensation de ses longs doigts fins et soyeux dans ma paume et le son de sa voix dans ma tête. Mes pensées flottaient quelque part entre Austerlitz et la Berezina.

Alors j'avais une petite chance de conserver la classe de Mondonat jusqu'à la fin de l'année scolaire ? Quelle aventure !

Et quelle responsabilité : l'entrée en sixième, le certificat d'études avec une postulante au premier prix... Je me battrais et Élisabeth gagnerait, pour elle, pour son vaniteux beau-père, pour la pauvre Céline sur son lit de douleur, pour Mondonat tout entier, pour Jules Ferry, pour Mendès France et pour moi !

12.

Je m'installai à une table du bistrot, ouvris un cahier neuf et écrivis :

Vincent Lerouge. École de Mondonat.

Certificat d'études 1955 : plan de campagne.

Et j'attendis l'inspiration, mon stylo levé.

La bistrote s'essuya les mains à son tablier, arrangea ses cheveux et me regarda avec un sourire haletant.

– Est-ce que vous l'avez trouvée *jolie* ?

La colère me chatouilla le nez. Jolie ? Quelle importance ?

– Je l'ai trouvée surtout bien disposée pour nos projets. C'est une très bonne institutrice. Et... et... elle a de belles jambes !

Jolie ? Marianne avait un visage trop typé, une expression trop impétueuse. L'assurance, l'entêtement, l'orgueil étaient gravés à la pointe sèche sur ses traits, même si elle s'inventait mille masques. Les fiancés sont des chevaux ombrageux et je supputais que plus d'un avait bronché sous son regard.

Fernand Rouviat vint fureter en classe. J'en profitai pour lui demander des nouvelles de sa femme. Il branla la tête.

– Vous avez été très impoli avec elle.

– Je vous fais mes excuses. Croyez que c'est involontaire.

– Vous n'avez pas demandé à la voir !

– J'attendais qu'elle me fasse dire de monter. J'en ai assez de toujours taper sur votre casserole !

Il hocha du béret.

– Ah, la casserole de Mme Rouviat n'est pas assez bien pour monsieur le remplaçant !

– S'il vous plaît, je demande à voir votre femme.

Il claqua deux fois la langue.

– Je vais lui en causer. Mais maintenant, c'est plus tant la peine. Elle va reprendre à la rentrée de janvier pour arranger tout le désordre que vous avez mis dans cette classe !

Il grogna du fond de la gorge, puis me tourna le dos, avança trois pas vers sa porte et me toisa pardessus l'épaule.

– Je peux vous dire que, si ma femme est encore malade en janvier, c'est pas vous qui la remplacerez !

Je rejoignis mes « certificat » tête basse, le poids du ciel me forçant l'échine.

– Tout va bien. Mme Rouviat est guérie. Elle reprend la classe à la rentrée de janvier. Au travail !

Silence. Je me faisais presque pitié.

– Allez, on continue. Vive l'école laïque !

Contre le vent, baisse la tête et tiens ton souffle, dit un proverbe.

Le froid était plus vif. Les corbeaux plongeaient chaque jour sur la campagne avec des cris affamés.

Les petites feuilles rougeâtres et dures accrochées aux ronces du chemin luisaient de givre. Les enfants avaient les joues rouges et souvent les mains crevassées d'engelures.

Le poêle ronflait sous la bise qui aiguisait le tirage.

Presque tous les matins, à l'heure de la récréation, le grand-père Pelissolo traversait le village avec sa charrette grinçante, si usée qu'on distinguait à peine, de-ci, de-là, le bleu de la peinture. Il s'arrêtait chaque fois devant l'école, pour faire un signe à son petit-fils et regarder un peu les filles. Quand nous n'étions pas sortis, il se jetait un verre chez Roseline en attendant.

Puis ses vaches décollaient la charrette d'un coup d'échine et le craquement des essieux, pour je ne sais quelle mystérieuse raison, me serrait le cœur.

La veille des vacances, Pierre-Pierre Augnac me rendit sa première rédaction quasi lisible. Il avait griffonné un paragraphe entier que je réussis à déchiffrer. Le sujet demandait de décrire un personnage familier, son allure, ses gestes, son caractère. Pierre-Pierre avait choisi l'abbé Couvinhac Albin.

« Le curé monte sur l'estrade. Il voit loin. Il lève les bras en l'air. Il fait ââââhhh ! Il est très intelligent. »

Jehan Ousmane me raconta son chien.

« Miraut est mon personnage de rédaction. Ce n'est pas un chrétien, c'est mon chien et je l'aime encore mieux. Ce n'est pas un chien de chasse, c'est un chien de rien. Il a pas peur des coups de fusil, mais il sait se mettre à l'abri quand ça tue. On est toujours ensemble, il me suit à l'école, mais il ne peut pas rentrer, parce qu'il n'est qu'un chien. C'est injuste. Ses gestes, c'est de remuer la tête et la queue et de lever la patte, tantôt devant, tantôt derrière. Son caractère est bon, il rend le bien pour le mal. Je veux qu'il vive toujours parce que je l'aime. »

J'eus trois portraits de « Monsieur Darrat le fils ». Celui de Riri Marcheminet était le mieux venu, malgré les fautes d'orthographe et les ratures.

« Monsieur Darrat est un chasseur. Il épaule son fusil à deux coups, il vise, il tire. Pan ! pan ! Il le tue. Quelquefois, il a son fusil Rapid à quatre coups. Pan ! pan ! pan ! pan ! Il le tue. Il relève son chapeau ou sa casquette, il se gratte la tête et il rigole des autres qui ont manqué. Il appelle ses chiens, allez Tatou, Nénette, il en a même d'autres, allez on va tuer le poil et la plume ! Les chiens aboient, tout joyeux, et Monsieur Darrat rigole bien, mais il est content. Il a une veste en cuir magnifique, avec des poches qui font tout le tour pour mettre le gibier. Quelquefois, il oublie un lapin ou un perdreau dedans, il tâte et il le sort en rigolant. C'est un homme important. Il vient souvent à la maison, il rentre sans frapper, il dit : Ça va, Marcheminet ? Mon père le salue avec la politesse et le respect : Bonjour, Monsieur Darrat, ça va bien et vous ? Monsieur Darrat rigole. Mon père dit c'est un vrai ami, on n'en a pas beaucoup comme ça. »

Les rédactions des élèves m'aidèrent à sentir l'importance de la chasse et des armes dans cette commune giboyeuse et sauvage. Mondonat ne connaissait qu'un maître, le roi Fusil. Et ce souverain incontesté avait son virtuose, son héros, son bouffon. Un seul homme jouait tous ces rôles, Monsieur Darrat !

Le dernier soir avant les vacances, Fernand Rouviat me fonça dessus, l'air d'un jars coiffé. La rage lui faisait sortir les os des joues.

– Qu'est-ce que vous avez raconté que ma femme était guérie ?

Je bégayai, les gencives collées par la surprise :

– Mais... j'avais compris qu'elle reprenait à la rentrée.

– Vous voudriez bien qu'elle soit pas guérie, méchant drôle !

– Mais si, mais si. J'ai cru...

– Et vous avez dit aux élèves qu'elle était guérie. Vous savez bien qu'on guérit pas de ce qu'elle a et vous êtes trop content. Mais elle reprendra en janvier !

– C'est ce que j'ai dit aux élèves.

– Vous n'avez pas à causer aux élèves. Je suis là pour ça !

– Donc, je ne reviens pas à Mondonat pour la rentrée ?

– Faudra que vous soyez là. On sait pas ce qui peut arriver !

Je me disais : « Seigneur Dieu, comment une femme instruite, encore assez jeune et, à ce qu'on dit, pas vilaine, a-t-elle pu épouser cet abruti, ce pauvre type ? Si tu trouves la clé de ce mystère-là, Vincent Lerouge, tu sauras tout de la vie ! »

Une lettre de l'inspection académique me rejoignit chez ma mère, à Saint-Veillant. Je la gardai une demi-journée dans ma poche avant de me décider à l'ouvrir. Ma nomination à compter du 3 janvier jusqu'au 31 janvier 1955... à... à...

Mondonat !

Renaud Chabellac nous invita au restaurant, ma mère et moi, pour le réveillon de Noël. Émilie accepta à ces conditions : ça se passerait loin, à dix kilomètres au moins de Saint-Veillant. Renaud fit bonne mesure et nous emmena au-delà de Bergerac dans sa 15 CV Citroën : il serait fidèle aux tractions jusqu'à sa mort, à moins que de Gaulle n'invente une voiture à Colombey !

En entrant dans la petite auberge, il caressa longuement son épaisse crinière blanche et me regarda avec nostalgie.

– Tu te souviens de ce restaurant ? Nous y sommes venus l'été 48, la semaine où tu as vendu ta première propriété.

J'avais oublié et j'étais sûr que je ne vendrais plus jamais de propriétés.

Le réveillon fut presque gai. Émilie raconta l'histoire d'une jeune paysanne qui avait rencontré le diable. Renaud parla du retour de son général, que la guerre d'Algérie rendait inévitable, selon lui. Pour moi, c'était un rêve fou. Il avait eu raison une fois de croire en de Gaulle ; maintenant, il se gargarisait du passé. Mais le 18 juin 40 et le 6 juin 44, c'était déjà la nuit des temps.

13.

Les vacances n'en finissaient pas. J'enfourchai mon Lutin un beau matin et pris la route de Réverac.

En approchant de Mondonat, je sautai à terre et scrutai le paysage terni par la brume. Le ciel, comme emballé dans un sac de meunier, reposait sur la terre gorgée d'eau. Des pruniers nus et noirs s'alignaient en contrebas. On ne voyait guère à plus de trente pas. Je restai deux minutes immobile, transi. Je dus me gifler avec mes moufles pour me secouer la cervelle.

Un silence de caverne murait la campagne déserte. Un chien me repéra et se mit à japper depuis une maison ensevelie. Un autre lui répondit, puis un autre et un autre, et j'approchai du village dénoncé par un chœur d'aboiements.

D'humains, point. Ni sur deux jambes ni sur deux roues, ni à cheval ni en voiture, pas même un chasseur guettant les grives. Je me dis que le sale temps et les fêtes retenaient les gens au coin du feu. Il n'y avait guère de travaux dans les champs à cette époque de l'année. On n'allait pas encore au bois et on ne commencerait pas à tailler la vigne avant un mois. Les paysans s'occupaient de leurs vaches et de leurs moutons, tuaient les oies pour « faire les foies » et triaient le tabac...

J'atteignis le village sans voir un Mondonatin. Depuis l'école, je ne distinguais pas la grande croix de fer plantée au carrefour de Dévillac. Mais le moulin à vent de la Planège flottait en plein ciel, dans une déchirure de la brume. Les volets bruns des Rouviat étaient clos ainsi que les volets bleus des Minsou. Toutefois, je vis une feuille de cahier fixée à la porte du bistrot par une punaise.

Pour la cabine, entrez et appelez-moi. Roseline.

Une odeur chaude et âcre flottait dans la salle. Mixture de médicaments à base de camphre. Une épidémie avait peut-être frappé la commune entière ? L'évidence me toucha d'une grâce tardive. La grippe ! Ici et là, les gens se couchaient au bord du chemin comme des chevaux fourbus. On entendait parler de belles filles et de gars vigoureux alités avec quarante de fièvre...

Je restai devant le comptoir, n'osant héler la bistrote. La porte de la cuisine s'ouvrit enfin et Lola se montra, les cheveux sur les yeux, rouge de fièvre, une veste de laine à moitié enfilée par-dessus sa chemise de nuit.

– C'est pour le téléphone ? Ma mère...

Elle me reconnut.

– Bonjour, m'sieur, on est tous malades !

Elle s'échappa sans refermer la porte, je l'entendis trébucher dans l'escalier. Deux ou trois minutes plus tard, une voix rauque me cria de monter. Une énorme quinte de toux ébranla l'étage, puis une autre plus menue. Roseline se souleva sur les coudes pour m'accueillir, sa fille l'aida à s'adosser à ses oreillers.

L'odeur des médicaments, camphre, menthe, teinture d'iode, et celle de la sueur me figèrent une seconde sur le seuil de sa chambre, la mienne, en fait. Roseline esquissa un geste pour m'appeler, un autre pour me repousser, enfin elle se cacha la tête entre les bras en geignant comme une gueuse.

– Mon petit Vincent, je suis trop malade !

Lola me ferma la porte dans le dos. J'essayai de respirer. Roseline montra la moitié de la figure.

– Mon Dieu, je vais vous passer mes microbes !

– Ils ne supporteront pas le voyage.

Son rire lui tira une quinte. Elle jeta deux oreillers par terre.

– Ne m'embrassez pas...

Je n'osai décliner une invitation aussi innocente. Je me penchai sur Roseline, cherchai un endroit sec pour poser ma bouche. Alors, elle ouvrit grands les bras, les noua derrière mon cou et m'attira si fort contre elle que je culbutai à moitié sur le lit.

De sa chemise de nuit déboutonnée, le camphre me jaillit aux narines et j'échappai de justesse à l'asphyxie. Elle me tint les poignets, tandis que je reprenais mon souffle.

– Comme c'est gentil d'être venu visiter une pauvre malade !

Je m'assis à son chevet. Elle aggrava d'un geste le désordre de sa tenue.

– Mon Dieu, qu'est-ce que vous avez vu ! Ah, une pauvre malade comme moi n'est guère attirante pour un jeune homme.

– Mais si, mais si, je ne suis pas déçu !

– Vous vous moquez de moi.

Elle me prit une main et la posa sur son front.

– J'ai une fièvre de cheval, hein ? Pardon d'être venue dans votre lit. Mon mari tousse trop, écoutez donc. Mon petit René est chez les Darrat, qui se portent comme des chênes !

– Reposez-vous. Ne parlez pas.

– Maintenant que vous êtes là, je me sens déjà mieux. Fernand Rouviat en tient aussi. La pauvre Lalie les soignait tous les deux. Paraît maintenant qu'elle vient de l'attraper !

– Mais alors, les Rouviat ont peut-être besoin d'aide ?

– Ah non, on n'a pas idée !

Elle s'accrocha à moi.

– Pardon, ces boutons de chemise ne tiennent pas... C'est moi qui ai besoin de vous, tant pis pour les Rouviat. Vous n'allez pas me laisser ? Qui c'est qui vous a donné la soupe et le lit quand vous êtes arrivé tout perdu ? C'est-y les Rouviat ? Et les misères qu'ils vous ont faites ?

J'abandonnai la lutte et attendis patiemment qu'elle me repousse en marmonnant : « Sainte Vierge, mais qu'est-ce que vous croyez ? J'ai la fièvre ! » J'insistai au sujet des Rouviat.

– Je ne vous quitterai pas, avec toute cette fièvre que vous avez. Mais je peux pas laisser tomber la pauvre Céline.

– Vous êtes trop bon, Vincent, ça vous perdra. Et ma Lola, vous vous occuperez un peu d'elle ? Je veux dire pour le certificat ?

– Aussitôt qu'elle ira mieux, on se remettra à l'orthographe.

– Vous serez notre sauveur, je l'avais bien dit !

Je devins donc le sauveur de Mondonat. Ou plutôt

le sauveur adjoint, Roger Darrat se réservant le premier rôle. Il put jouer au patron de la commune pendant presque une semaine, en profitant de l'épidémie qui avait terrassé son rival, Rémi Augnac. Il me relaya auprès de Roseline, me délégua quelques tâches, par exemple les commissions à la pharmacie de Réverac où les gens emmitouflés faisaient la queue jusqu'au milieu de la rue en toussant et crachant. J'allais chercher du pain ou des remèdes, tirer de l'eau au puits pour une famille alitée...

Je le rejoignais tous les jours à la Paussade, une grosse maison qui ressemblait à un avion de transport ventru posé au pied d'une colline, avec les ailes épaisses, un pigeonnier à girouette en guise d'empennage et une terrasse vitrée, figurant la cabine de pilotage.

Je n'aimais pas le ton que Darrat prenait pour parler à son jeune domestique : « Allez, petit gars, tu n'as pas fortune faite et le 14 juillet est encore loin. Les vaches te demandent ! » Il traitait sa femme à peine mieux. « Hé, la belle au bois dormant, tu es tombée chez les paysans, réveille-toi et va voir si ta soupe chauffe ! » Il lui caressait les genoux d'un air de propriétaire chaque fois que je passais à portée de regard. Elle se laissait faire comme si elle ne s'apercevait pas de ses gestes, comme si elle ne sentait pas ses mains sur son corps. Une manière peut-être de lui rendre l'insulte... C'était une assez belle femme de trente-cinq à quarante ans, brune aux yeux bleus, le visage long, les cheveux relevés en chignon, qui avait toujours l'air à dix lieues de là, occupée de sa toilette et de ses pensées, plus que des affaires de la maison. Mais une ou deux fois, je surpris une curieuse flamme dans ses yeux, tandis qu'elle regardait son mari écraser un mégot d'un méchant coup de talon, n'importe où, sur un tapis neuf ou sur les carreaux luisants. Comme si elle pensait au sort de celle qui l'avait précédée dans la maison et dans le lit du maître de la Paussade, avant de finir saignée par une truie !

Une fois que nous rentrions de tournée ensemble, il me montra ses terres en faisant tourner le canon de son fusil.

– Deux cents hectares d'un seul tenant... ou presque.

Je ne devinai pas que ce *presque* était le mot le plus important que j'aie entendu depuis mon arrivée à Mondonat !

– Et de l'autre côté de la colline, c'est le Pech-Gabach, la maison de mon père. Vous voyez les cèdres ? Ce sont les seuls cèdres de la commune et même de bien loin !

Un soir, sa femme l'attendait, toujours distante et grave. Elle l'examina d'un regard dur, sourcils froncés.

– Pousse-char est passé.

– Il n'a pas la grippe, çui-là ?

– Il te ressemble, il résiste à tout.

Darrat coupa sèchement sa femme.

– Il me ressemble, oui. Bien observé. Et alors ?

– Tu ne demandes pas ce qu'il voulait ? fit-elle sur un ton dédaigneux.

– Je m'en fous. Maintenant, occupe-toi de tes oignons !

Je ne compris que beaucoup plus tard le sens de cette petite empoignade, qui tourna court aussitôt.

La façon de Darrat de jouer avec ses chiens me

déplaisait encore plus. Est-ce qu'il jouait même ? Il les faisait ramper à ses pieds, se tortiller avec mille grâces bouffonnes, pour une pincée de nourriture. Je me sentais quelquefois humilié pour eux. Ou bien il leur tendait une bouchée appétissante sur ses lèvres et, quand un chien avançait le mufle humblement, il avalait la bouchée et lui crachait au nez. Alors, le chien se léchait longuement, d'un air de dire : « Merci, maître, tu es trop bon ! »

Puis il se levait brusquement, les chiens l'imitaient. Il faisait mine de prendre un fusil. « On va tuer ! On va tuer ! » Les chiens bondissaient en jappant.

Je courais gaiement à travers les champs recouverts par la gelée blanche d'une croûte de pâtisserie glacée. J'écrasais sous mes bottes, avec volupté, l'herbe craquante. Je découvrais la commune de bout en bout, je visitais les maisons de mes élèves, accueilli par des oies crottées et criardes et par des chiens plus inquiets que hargneux. Je passai ainsi à la ferme de Chafritou, chez les Augnac, et je trouvai mon ami Pierre-Pierre à moitié évanoui au milieu des bouses.

L'étable de Chafritou était la plus chaude que j'aie jamais vue. Les vaches, couchées sur une épaisse couche de fumier, respiraient bruyamment. A mon entrée, les chaînes grincèrent, une bête s'agenouilla puis renonça à se lever. Pierre-Pierre avait été bousculé par un veau qu'il voulait mener à téter et il n'avait pas pu se relever. Je le traînai dans la grange, le bouchonnai avec une poignée de paille et tirai un seau d'eau au puits pour le laver et lui donner à boire. Puis je lui fis un lit dans la paille propre et attrapai sans mal le veau coincé sous une charrette.

Une fin d'après-midi, un peu avant le crépuscule, je remontais au bourg par un endroit appelé le Fer de mulet. Un *fer de mulet* est un virage en forme de fer à cheval pincé, presque une boucle. La route de Besse décrivait son fer de mulet en pleine pente. J'aperçus une silhouette claire, qui dévalait d'une autre direction. Une femme ? J'eus envie de la voir, j'attendis une minute.

Elle se mit à courir, en faisant voler les pans de son imper beige sous lequel j'aperçus sa jupe ou son jupon blanc. Emportée par son élan, elle atterrit à deux pas de moi, le temps que je respire son parfum, léger et piquant. Elle recula, reprit son souffle.

– Je suis Marie Ousmane, la mère d'Alice et Jehan !

Les Ousmane habitaient la ferme des Dindeaux, tout près de là. Marie déboutonna son imper et s'appuya contre un petit arbre, à l'abri du vent, la main serrée sur la poitrine.

– Vous êtes étonné de me voir en blouse blanche ?

Je la regardais avec plaisir. Mince, brune, vive, de grands yeux et une petite bouche charnue, elle ressemblait à ma mère quand j'avais dix ans. Elle baissa les yeux sur ses vêtements.

– Je travaille à l'auberge Mollignac et je garde ma blouse pour la laver à la maison, parce que j'en ai qu'une. La chaîne de mon vélo avait sauté, je suis montée à pied par un raccourci. Et puis je vous ai aperçu...

Elle s'éloigna de l'arbre, s'exposa au vent, qui ébouriffa ses cheveux et plaqua son imper contre ses jambes.

– J'espère que mon petit Jehan ne vous donne pas trop de soucis. Il est terrible, vous savez, mais il a bon cœur.

– C'est ce que j'ai cru comprendre.

– Ah oui ?

– Il aime tant son chien.

Elle pesa ma réflexion. Un rayon de soleil hivernal tomba sur son visage. Ses grands yeux, son nez un peu retroussé, avec des narines palpitantes, lui donnaient une expression à la fois sensuelle et généreuse. Mais, une seconde, je distinguai dans son regard un éclair de dureté ou de souffrance. Elle sourit.

– Chez Mollignac, je ne travaille pas qu'aux chambres. Je fais aussi la cuisine, vous savez ? Dites, quel est votre plat préféré ?

Je ne pus m'empêcher de rire. Marie Ousmane reboutonna son imper, ajusta son col. Je fourrai les mains dans mes poches.

– Mon plat préféré ? Le coq au vin. Non, le civet de lapin... non, le coq. Enfin, j'hésite.

– Alice serait fière si vous veniez manger à la maison.

– Mais je ne vais pas rester longtemps à Mondonat.

– Que c'est dommage ! Mon Alice vous aime beaucoup. Elle passe le certificat l'an prochain. Ça serait bien si vous étiez encore là !

– Aucune chance.

Le soir tombait. Nous ne savions plus quoi nous dire, mais nous ne nous décidions pas à nous quitter. Je ressentis un étrange bonheur. Marie faisait plus jeune que Roseline, peut-être parce qu'elle était plus mince de taille et plus fine de traits. Je me dis : « Elle doit avoir l'âge de ma mère quand j'avais dix ans. » Elle vit que je la regardais, baissa les yeux.

– Vous croyez que la dame va guérir ?

– Je ne suis pas médecin.

– Si elle n'allait pas mieux, est-ce que vous vous occuperiez du secrétariat de mairie ?

– Moi ?

Diable ! Céline Rouviat assurait le secrétariat de mairie, comme beaucoup d'instituteurs de campagne, mais pas question que je me charge de cette corvée, avec mes journées pédagogiques et mon C.A.P. !

– Non, répondis-je, en aucun cas. Mais qui remplace donc Mme Rouviat en ce moment ?

– M. Rameye fait le secrétariat lui-même. Je l'aide de temps en temps. Mme Rouviat m'a appris l'essentiel.

– Et vous voudriez la remplacer ?

Marie Ousmane rougit à ma question.

– N'allez pas croire que je souhaite sa mort. C'est une bonne personne, qui m'a beaucoup aidée. Mais ça me ferait un peu de travail, parce que je ne vais que quatre ou cinq demi-journées par semaine à l'auberge Mollignac.

– Je ne vous disputerai pas la place.

Elle me remercia d'un regard humble et malin, laissa retomber la main qui serrait le col de sa blouse. Je sentis qu'elle voulait ajouter un mot et qu'elle n'osait pas.

Enfin, elle se décida.

– Ne dites pas à Roseline que je vous ai parlé. Les Minsou ne m'aiment pas beaucoup...

Non, ce n'était pas ça. Je promis d'un signe de tête et m'en allai à grands pas. Une ou deux minutes plus tard, je me retournai. Elle n'avait pas bougé. Elle me regardait.

Darrat me racontait des histoires de chasse, où il avait toujours le beau rôle, celui du seigneur sur ses terres. Il me soufflait à la figure la fumée de sa cigarette chaque fois qu'il marquait une pause.

– Et l'affaire du lièvre de Titelou, vous en avez jamais entendu parler ? Bon Dieu, je vous fous mon billet qu'elle a fait le tour du canton et même plus ! C'est arrivé il y a trois ou quatre ans. Je chassais sur mes propriétés avec des invités de Réverac et de la ville, pas des nemrods, il faut dire ce qui est. On a traqué un lièvre avec les chiens, toute une matinée. Et voilà que l'après-midi on le retrouve. Nouvelle poursuite, mon père et moi on laisse les invités mitrailler. Ils le manquent. Cet idiot de bouquin sort de la propriété. Connaissait pas les limites, mes invités non plus. Il file chez Titelou, à Carremagne. Les autres idiots le manquent à tous les coups et le pressent jusqu'à la maison de Titelou. J'arrive. Ils me disent : « Le lièvre s'est réfugié dans cette grange. Qu'est-ce qu'on fait ? »

« Moi, je rigole. " Ah, que je dis, il s'est réfugié dans la grange ? C'est pas l'habitude des capucins. Vous êtes terribles, vous lui avez vraiment foutu une venette pas ordinaire ! " J'allais donner le signal de rentrer quand le vieux Titelou, flanqué de ses deux grands fils, sort de la baraque et commence à nous engueuler, qu'on était chez lui, qu'on n'avait pas le droit de chasser si près de la maison, des âneries comme ça pour impressionner les gens de la ville. Mais ils nous menaçaient de leurs fusils en nous criant de foutre le camp et ça, je suis peut-être pas un *de*, mais je n'ai pas pu l'accepter !

« J'ai dit : " Donnez-nous le lièvre ou on fait le siège jusqu'à ce qu'il sorte ! " Ils ont répondu que le lièvre était à eux puisqu'il était rentré dans leur maison. Alors, j'ai posté Marcheminet et un autre et on les a assiégés. J'ai dit : “ Qu'on nous porte à boire, on tiendra tant qu'il faudra ! ” Je voulais faire un exemple. On a tenu la soirée et la nuit. Les trois Titelou se relayaient aux lucarnes du grenier à foin. Les nôtres nous ont ravitaillés, mais je n'ai pas voulu de renforts. Dès le lever du jour, on a commencé à tirailler pour faire peur au lièvre s'il était encore là. L'affaire ébruitée, les curieux sont arrivés. A sept heures solaires, il y avait bien vingt personnes pour attendre les événements.

« J'ai crié que je voulais négocier. Le vieux Titelou a répondu en vidant une cartouche. Alors, j'ai descendu son coq et il est venu. J'ai rigolé. “ Tas d'imbéciles ! Vous avez déjà vu un lièvre rentrer dans une grange ? J'ai voulu te donner une leçon, Titelou, mais notre lièvre n'était pas assez bête pour aller se cacher dans ta turne. Il a fait le tour et mon père l'a tué hier soir sur nos limites. A bon entendeur, salut ! ” J'ai tourné le dos et je suis parti, le fusil à la bretelle. Vous parlez si les gens rigolaient. Les Titelou sont rentrés chez eux tête basse. Bien joué, hein ?

« Vous le saviez, vous, comme fils de paysan, hein, qu'un lièvre serait jamais rentré dans une grange pour échapper aux chiens ? »

Je répondis que oui, je le savais. Darrat me fixa avec un sourire goguenard, un œil cligné, les mains aux poches.

– Vous êtes plus malin que Titelou, hein ? Seulement voilà, mon père n'a pas tué le lièvre. Cet abruti de bestiau s'était bien jeté dans le premier trou qu'il a vu et ça s'est trouvé la porte de grange des Titelou.

Un gamin l'a aperçu à la tombée de la nuit, qui se tirait par l'étable pendant qu'on discutait. Il est passé à moins de dix pas de Marcheminet qui dormait d'un œil et avait le béret sur l'autre et qui n'a rien vu !

Darrat jeta sa cigarette à demi fumée et l'aplatit d'un coup de talon, comme on tue une vipère.

14.

Au milieu de la semaine, beaucoup de gens commençaient à se lever et vaquaient doucement à leurs affaires. Un après-midi, après avoir fait le point sur les malades et les bien portants, Darrat m'offrit un coup de blanc devant la cheminée du salon.

– Bon travail. J'espère qu'on n'a oublié personne...

A ce moment, je le vis pâlir. Il se prit la tête dans les mains.

– Bon Dieu, on a oublié le maire ! Vite, allez voir !

Oublié le maire ? Ça ne lui ressemblait pas. Je pensai tout de suite qu'il l'avait fait exprès.

En approchant des Vignes rouges, j'entendis hennir dans un pré. Puis j'aperçus le cheval du maire, lâché, errant. J'entrai dans la baraque et trouvai le père Rameye allongé sur le dos, entre son grabat et le plateau mal équarri qui lui servait de bureau. Mon cœur vieillit d'un coup et se ratatina dans ma poitrine. Le maire serrait une feuille de papier entre ses doigts : une ordonnance... Non, une lettre, une vieille lettre. Il avait l'air de dormir. Je remarquai ses haillons attachés avec des bouts de ficelle et même des épines de buisson. Une odeur fade montait du corps malgré le courant d'air, se mêlant à l'odeur musquée du tabac presque sec.

Je m'agenouillai près de lui en luttant contre ma répugnance. Je cherchai un moment le courage de toucher sa main. Glacée...

Je m'aperçus alors qu'il avait fouillé dans ses papiers avant de mourir. Un classeur à la toile usée s'était ouvert en tombant et les papiers éparpillés dans la pièce. J'allumai ma lampe de poche, car le soleil était bas et la lumière n'entrait guère dans cette turne. Je déchiffrai l'en-tête officiel de la feuille qu'il serrait dans sa main : Ministère de la Justice. Une pièce jaunie, ancienne.

Je me levai, reculai pas à pas.

Je ne me sentais pas fier de moi. Bien sûr, la faute principale incombait à Darrat, même si rien ne prouvait qu'il avait abandonné le maire à son sort. Mais j'aurais dû penser à cet homme que je savais en mauvaise santé... Il y aurait une enquête de gendarmerie : je ne devais toucher à rien. En sortant de la maison, j'entendis une voiture s'arrêter non loin. Darrat me rejoignit, un de ses chiens sur les talons.

– Alors ?

– Il est mort.

– Nom de Dieu !

Dans la lumière du crépuscule, je pus voir que Darrat évitait mon regard. Il enfonça ses mains dans ses poches.

– Pauvre Paul ! On le sentait à bout.

– Avec les antibiotiques, on pouvait le sauver, si on s'était occupé de lui à temps.

– C'est marrant, dit-il, et je ne pus m'empêcher de sursauter.

Il reprit :

– Ç'avait beau être le maire, on l'oubliait toujours. On l'a oublié une fois de trop. Ne vous sentez pas responsable, Lerouge. Pour commencer, je le suis autant que vous. Et puis c'était écrit !

La conclusion ne me satisfaisait qu'à moitié ; mais en quittant Darrat, ce soir-là, je n'aurais plus juré qu'il l'avait fait exprès.

Je continuai de me reprocher ma faute. Je me répétais le nom du maire. Paul Rameye, Paul Rameye, des Vignes rouges...

Ayant trouvé le corps, je dus accompagner les gendarmes pour une seconde visite, tard dans la soirée. Les papiers répandus par terre avaient été ramassés et la chemise replacée dans l'armoire. Je cherchais des yeux la lettre que le maire serrait dans sa main la première fois que je l'avais vu. Elle n'y était plus.

J'ouvris la bouche pour signaler le fait aux gendarmes. Mais je n'étais pas tout à fait sûr de n'avoir pas rêvé et je n'osais pas accuser Darrat d'avoir mis de l'ordre dans les affaires du maire.

Je me tus.

L'enterrement se fit sous la brume, plus épaisse que jamais. J'avais l'impression d'être immergé dans un liquide gras qui atténuait les bruits, rendait les images troubles et lointaines et en même temps me protégeait du monde extérieur.

Une petite moitié de ma classe m'accompagnait, car il y avait encore beaucoup de malades. Le conseiller général de Réverac rappela brièvement la carrière du défunt. Élu maire en 1929, il avait été destitué en 1940 par le gouvernement de Vichy (et remplacé, je le savais, par son prédécesseur, Jean-Gervais Darrat).

Après la guerre, il avait été réélu en 47 et en 53... Maintenant, bien sûr, le fils Darrat voulait reconquérir le poste que son père avait occupé dans les années vingt et entre 1940 et 1944.

A la sortie du cimetière, je me trouvai dans un groupe comprenant le conseiller et deux ou trois maires des environs. Mes élèves se tenaient non loin de là, avides de surprendre les conversations des adultes, comme je l'étais à leur âge. Le maire de Besse se tourna vers moi.

– Vous êtes nouveau dans la commune, monsieur l'instituteur, vous ne pouvez pas savoir. Paul Rameye avait juste mon âge, mais il était mort depuis vingt ans. En fait, depuis l'incendie de sa maison en 1934 !

– Mais je le sais, il me l'avait dit.

Le maire de Besse ajouta :

– Ce n'est pas seulement à cause de la maison, il se croyait aussi coupable de la mort de son domestique.

Pour le conseiller général qui ne semblait pas très au courant, le maire de Besse fit un bref récit des événements de l'été 1934.

– Certes bien, on n'a pas trouvé le coupable, et encore il reste dans ce drame des points qu'on n'éclaircira jamais.

« Ce drame, n'exagérons rien ! » pensai-je. Pour ma tranquillité d'esprit, je m'accrochais avec une espèce de hargne à la thèse de l'accident. Je regardai le maire de Besse en face.

– Le domestique, ce Lolo Grifoulet, tout le monde convient qu'il était soûl le soir de l'incendie. J'ai entendu dire qu'il avait déjà allumé un feu de broussailles, l'après-midi, malgré le vent. Il a renversé sa lanterne dans la paille et voilà !

Le maire de Saint-Romain, un petit homme maigre, dans un costume étriqué, approuva sans réserve.

– C'est ce que je dis. Mais les jaloux profitent de l'histoire pour lancer des soupçons sur le voisin et ça dure depuis vingt ans.

– Ça a l'air probable, en effet, dit le conseiller général.

Mais le maire de Besse, un grand diable à l'air songeur et sombre, secoua la tête et dit avec une certaine rudesse :

– Vous parlez sans savoir. Les gens de Mondonat ont fait une sale réputation à Euloge Grifoulet après cette affaire. Il est mort par sa faute et tout le monde est blanc comme neige ! Ce n'était pas l'avis de Paul Rameye. Et moi, j'ai des doutes. J'ai eu Grifoulet comme journalier quelques années plus tôt. Il était veuf et il élevait bien sa fille, il la tenait propre, il l'envoyait à l'école et il ne buvait pas plus qu'un autre. J'ai du mal à croire qu'il ait tellement changé entre 1930 et 1934 !

Je m'aperçus alors que les enfants de l'école nous écoutaient. Je croisai le regard de Jehan Ousmane et je crus lire une vive colère dans ses yeux noirs. J'aurais peut-être mieux fait de me taire.

Les gosses partirent avec leurs parents. Roseline me rejoignit.

– Venez prendre un verre.

Peut-être n'y a-t-il pas d'autre remède à la tristesse. Nous sommes revenus seuls au bistrot. Plus tard, je me suis aperçu qu'elle réchauffait mes mains glacées dans les siennes.

15.

Fernand Rouviat n'était pas venu à l'enterrement. On raconta que sa femme avait le *mal d'empire*. Qu'est-ce que c'était encore que cette fièvre-là ? Les paysans voulaient seulement dire, par une formule cruelle : son mal *empire*. On commença à parler aussi de *mauvais coton* et d'*issue fatale*.

Les mères d'élèves et les voisines se réunissaient chaque nuit au chevet de la dame. Son mari, affaibli aussi par la grippe, put se reposer un peu. La tradition de veiller les malades était encore forte dans le pays. Mes services furent agréés.

J'entrai dans la chambre un soir, peu avant minuit. Lalie Chousebonne jeta de la menthe et des herbes sur les bûches. Une odeur sèche et douce envahit l'air confiné. J'avançai et je vis enfin Céline Rouviat dans la lumière d'une ampoule voilée.

Je ne m'attendais pas à lui trouver si triste mine. Ses poignets diaphanes, la peau plissée, collée aux os frêles, son visage très amaigri, les pommettes saillantes, les yeux exorbités et fixes... Le teint presque aussi blanc que les draps, avec par-ci par-là de laides taches jaunes... Impossible en la voyant ainsi de l'imaginer en bonne santé, *vivante.* Elle n'avait plus de traits. Je pus croire, tout juste, qu'elle avait été un peu rousse avant que ses mèches blanchissent, filent et collent.

Je rencontrai là les vieilles femmes du pays, la Tâte-raisin, la Béchidouse, l'Augusta Brandalou, qui habitaient toutes la grand-rue du village... Une fois, Céline eut la force de nous montrer une photo de la classe datée de 1934. Je la vis belle, jeune et déjà vieille fille, puisque alors *le compte de ses ans rejoignait à peu près le compte de ses dents.*

Elle se tenait au milieu de ses « certificat » et on la distinguait à peine des deux grandes filles qui l'encadraient. Plutôt petite, plutôt mince, timide, jolie. La Tâteraisin fit une remarque sur les « si longs cheveux de la dame ». Céline Rouviat s'agita dans son lit et parla soudain, d'une petite voix hachée, sans timbre.

– Mon Dieu que j'y tenais, à mes cheveux ! A l'École normale, je dénouais toujours mon chignon la veille des vacances. C'était mal vu. Après, je les portais longs en classe et j'ai eu droit à plus d'une observation de l'inspecteur. Et les parents d'élèves... qui se plaignaient d'en trouver dans leur soupe ! Comment mes cheveux étaient-ils allés dans la soupe des gens ? Par les cahiers des élèves, croyait-on. Tous les soirs, je les resuivais page à page et c'est vrai qu'il m'est arrivé de trouver un de mes cheveux. Je les ai fait couper en juin 40, pour porter le deuil de la défaite. Et en 45... ce n'était plus de saison.

Elle eut une sorte de sanglot minuscule qui fut son dernier effort pour tenter de rire. Mais son regard s'éveillait par moments, mobile, lucide, suppliant. Et il se tournait souvent, trop souvent vers moi. Sa main bougeait, essayait de se tendre. Un signe d'amitié peut-être. Et je lui rendais un pauvre sourire.

J'éprouvais pour elle, maintenant, une affection mêlée de honte et de regret, un peu désespérée. Je me sentais coupable de tout le mal que j'avais pensé d'elle, sans jamais le dire, encore heureux. Et puis, malgré ma pitié, une sauvage allégresse m'éperonnait le cœur à la pensée de garder le poste jusqu'à la fin de l'année ou plus, jusqu'à la nomination de Marianne Beraudier.

J'imaginais maintenant une Céline Rouviat à peine plus âgée que moi et je lui prêtais mes rêves, mes espoirs : une jeune fille tour à tour heureuse et malheureuse, qui se préparait ardemment à son futur métier, qui aimait la vie et en attendait trop. Je pensais : « Pauvre *dame*, elle est toujours, dans le secret de son cœur, de temps en temps, une jeune fille de vingt ans ! »

J'espérais encore qu'elle s'en sortirait pour jouir de sa retraite. Oui, je l'espérais, je le voulais. Le destin de la jeune fille Céline et de la jeune femme de 1934 ne pouvait aboutir à cette sinistre farce. Ma propre vie en eût été ternie ; j'en aurais perdu le goût de l'espoir et du rêve.

Et puis un soir, je pris sa main qu'elle essayait de me donner, obstinément, depuis plusieurs veillées. Main pâle et décharnée qui bougeait sur le drap taché de sang, que Céline essayait de soulever avec ses yeux, eût-on dit, puisqu'elle ne pouvait le faire avec ses muscles étiolés. Son regard s'étirait vers moi, ses doigts rampaient de mon côté.

Deux mères d'élèves veillaient avec moi, ce soir-là, Mme Levervout, une grosse blonde, et la mince Marie

Ousmane. Chacune à son tricot, elles entretenaient du bout des lèvres, tout en comptant leurs points, des considérations brèves sur le temps et le calendrier.

Je guettais Céline, son geste toujours répété, inabouti. Je rapprochai peu à peu ma chaise du lit. Je fis semblant de m'appuyer au montant ouvragé ; enfin, je posai la main droite sur le drap, à vingt centimètres environ de la main gauche de Céline. La malade bougea le bras pour gagner à son tour quelques centimètres, son pouce trembla.

J'étais presque sûr qu'elle voulait toucher ma main. Mais elle allait peut-être crier de peur si je prenais la sienne ! Non, je ne pouvais pas.

Pourtant, si elle désirait de toute son âme ce pauvre réconfort, je la torturais en le lui refusant. Je scrutai son visage et son regard et me décidai enfin. Un peu de courage, Vincent Lerouge !

Les aiguilles des tricoteuses cliquetaient dans le silence à petits coups pressés. Je me penchai en avant, fis glisser ma paume sur le drap. Céline m'agrippa les doigts avec une force inattendue, un frisson me trotta dans le dos. Elle m'agrippait des ongles, me déchirait la peau...

Je croisai son regard, à peine voilé, il me sembla qu'elle me remerciait. Ses lèvres battaient comme des veines, formant peut-être des mots que ses cordes vocales ne prononcèrent pas.

Nous sommes restés figés un moment dans cette position. J'étais aussi tendu qu'une corde de poulie. Puis Céline a fermé les yeux et elle a desserré lentement les doigts. Elle m'a lâché pour ramener sa main près de l'autre, en face de son visage. Enfin, elle s'est endormie.

Un mercredi, à la sortie de cinq heures, Marianne Beraudier traversa la cour en scooter, jusqu'au préau où elle rangea sa machine. Deux ou trois élèves traînaient encore leurs sabots sur le trottoir du bistrot, devant la Tâteraisin et la Béchidouse. Comme d'habitude, Miraut était venu attendre Jehan Ousmane.

Marianne ôta son imperméable d'un geste et me l'abandonna, puis rajusta sur sa nuque une mèche enfuie de son chignon. J'allai accrocher l'imper au porte-manteau de la classe. Marianne me sourit, une épingle à cheveux à la bouche.

– Cholie claffe, un peu fombre !

Elle sortit l'épingle d'entre ses lèvres, la mit en place.

– Et un peu triste... Comment va cette pauvre Mme Rouviat ?

– Mal, pour ce que j'en sais.

– Ne parlons pas du poste, je vous prie ! Ce serait moche.

– N'en parlons pas.

Elle m'examina, s'assit sur le banc des grandes, au premier rang, allongea les jambes, leva les yeux, un coude sur chaque table. Puis elle tourna la tête et renifla.

– Votre poêle fume !

Elle croisa avec grâce ses jambes étendues. Le mouvement tira sa longue jupe bleu foncé, découvrant le large liseré de dentelle du jupon assorti, bleu très pâle. Elle avait capté mon regard au vol et n'en paraissait pas trop chagrine. Elle replia une jambe, joignit les mains sur son genou, par-dessus le tissu de sa jupe.

– J'ai réfléchi à ce que vous m'avez dit quand vous

êtes venu me voir. Mes parents et mes amis de l'École normale se sont renseignés : vous resterez à Mondonat jusqu'au certificat.

Je respirai fort. Marianne confirma d'un signe. Je me mis à piétiner au milieu de la classe. J'aurais sauté par la fenêtre, si j'avais osé.

– Un poste pour toute l'année, ça me plaît. Je suis prêt.

– Vous allez avoir quelques mois très chargés, très durs.

– Oui, ça ne me fait pas peur.

Elle eut un sourire averti et indulgent, l'air de penser : « Tu ne doutes de rien, mais tu vas voir... » Elle serrait maintenant les mains entre ses genoux, enfonçant sa jupe.

– Je voudrais vous proposer quelque chose. On dit que vous avez une bonne chance d'avoir la première du canton. Les as du certificat sont catalogués par la rumeur au moins un an à l'avance. On parle à Réverac de votre Élisabeth Guilvinec et mon père s'inquiète. Vous et moi ne sommes pas rivaux, du moins cette année : aucun élève de Dévillac n'est assez fort pour se classer. Je vous ai dit que mon père est directeur de l'école des garçons de Réverac ? Il compte bien rafler encore le premier prix. Il en a eu six sur les dix dernières années !

« Ce n'est pas normal que le chef-lieu de canton écrase autant les communes. J'aimerais bien que, cette année, la première soit une fille et qu'elle sorte d'une école de campagne, et encore mieux d'une classe unique. Je vous propose une espèce d'association. Qu'en dites-vous ? »

Je mis deux ou trois secondes à réagir.

– C'est beaucoup d'honneur, Marianne. Une association suppose que chacun des associés mette son louis dans le pot. Mais je n'ai pas une seule pièce d'or en poche.

Elle se leva, lissa sa jupe et me rejoignit devant le bureau. Elle s'approcha plus que nécessaire et son parfum m'emplit d'un coup les narines, le cœur et la tête. Alors, elle parla d'une voix douce, presque sur un ton de confidence.

– Non, Vincent. C'est vous qui êtes gentil de m'écouter. Vous avez l'essentiel, puisque vous avez Élisabeth Guilvinec. Et c'est moi qui ai le plus à gagner si vous acceptez, je le jure.

– Alors, j'accepte.

– Attendez quand même de savoir ce que je peux vous offrir.

– J'écoute.

– D'abord, il y a la puériculture pour les filles du certificat. Je suppose que ça ne vous inspire pas beaucoup ? Envoyez-moi vos grandes je les prendrai avec les miennes, une fois par semaine, par exemple le jeudi matin. Et puis vous m'avez bien dit l'autre jour que vous ne saviez pas chanter et que vous n'aviez pas de tourne-disque ? Je peux vous prêter le mien et même venir de temps en temps pour une leçon. Quant à Élisabeth...

J'étais fier de ma championne comme un petit notaire d'une 20 CV Delahaye payée avec l'argent des pauvres paysans. La voix de Marianne se fit pressante, charmeuse. « Cette fille est en train de m'endormir pour me mettre dans son sac. Elle veut le poste de Mondonat et elle a besoin de moi pour s'y introduire avant d'être nommée. Elle essaie de s'approprier le succès d'Élisabeth, qui lui permettrait de mener sa carrière comme elle l'entend. A la fin de l'année, elle sera aux yeux de tous la véritable institutrice de Mondonat ! »

Mais j'étais tellement flatté de la recevoir dans ma classe que le reste n'avait aucune importance.

Je m'assis n'importe où, les jambes fauchées par l'émotion. Marianne se tint debout devant moi, de biais, une jambe avancée, les mains croisées sur la hanche.

– Pour Élisabeth, j'aimerais que nous l'entraînions ensemble. Mon père a un très bon élève cette année. Un garçon que ses parents ne voulaient pas pousser aux études, parce qu'il n'avait pas une très bonne santé, mais il a forci et les parents sont décidés. On les prend en cinquième avec le certificat, mais ce garçon pourrait peut-être rentrer en quatrième, s'il était premier du canton et vraiment bon, et à condition de travailler pendant les vacances. Alors, vous savez, la lutte sera chaude !

16.

Un samedi, début janvier, la pluie tombait dru depuis le matin et Roseline me persuada de passer le dimanche à Mondonat.

– Je vous invite à dîner ce soir, avec mon mari et les Darrat. Si vous êtes là, Momo et Roger seront obligés de bien se tenir !

– J'aime me rendre utile, répondis-je.

Je connaissais déjà Marie-Jeanne Darrat. Maurice Minsou me tendit une main velue et puissante. C'était un type trapu, avec le cou enfoncé entre les épaules, les cheveux en touffe sur la tête carrée, la moustache tombante, le regard doux et un peu fuyant. Sa veste de coutil bleu, usée, étriquée, écrasée par le fer à repasser, lui donnait un air endimanché et malheureux. A côté de lui, Darrat, souple et à l'aise dans un blouson de cuir, tenait du bourgeois à la foire et du hobereau argenté en tournée des grands-ducs. Ils se regardaient de temps en temps d'un air de défi et Minsou baissait les yeux le premier.

J'étais si fatigué que je voyais le monde tourner autour de moi et, tel le Mickey du manège qu'on fait attraper aux gosses, les intrigues et les mystères de

Mondonat se balançaient au-dessus de ma tête ; je n'avais plus la force de lever la main pour les saisir au vol.

Roseline remplit mon verre. La conversation me parvenait du bout de la terre. Darrat se moquait de Mendès et de sa campagne pour le lait. En face, Maurice Minsou défendait les mérites du P.M.F.

– Je te dirai, môssieur Darrat, que la paix en Indochine, s'il avait fallu que je soye du gouvernement, je l'aurais fait de même. C'est pas pour dire, mais ça fait longtemps que je suis de gauche, j'ai pas peur de le dire, et même radical. Voilà comment je suis dans la politique, môssieur Darrat !

Darrat rigolait méchamment derrière sa fourchette, tirait une bouffée de sa cigarette et lâchait la fumée par le nez. Je risquai un œil vers Roseline. Un peu trop en chair, sans doute, mais avenante et faite au tour, les traits fins, le regard chaud, la peau rose et les accroche-cœur mutins, la trentaine épanouie avec quatre ou cinq ans d'appoint qui passaient inaperçus... Le haut de ses seins débordait juste assez du corsage pour qu'on ait envie de supputer leur rondeur. Elle était ce qu'on nomme à la campagne une *belle femme,* grande et ronde à la fois, et même presque jolie. Je ne m'étonnais pas que Darrat l'ait prise à l'occasion pour maîtresse. Mais pourquoi, mon Dieu, avait-elle épousé cet olibrius de Minsou ?

Je voulus me désintéresser de la discussion. Au contraire, mon esprit s'acharnait à tout noter et à tout triturer, bien plus vite que je ne l'eusse fait si j'avais été attentif et lucide. Darrat avait besoin de l'aide de Minsou, qui était aussi conseiller municipal. Il souhaitait que tous ses amis démissionnent en bloc pour avoir des élections à Mondonat.

– Nous ferons une liste, tu seras mon second, ou enfin mon troisième, vu que tu n'as pas le temps de t'occuper des affaires de la commune. Je rigole comme ça pour cette histoire de lait, mais j'ai besoin d'un sacré mendésiste. On ne va quand même pas laisser le monopole de la gauche à cet âne d'Augnac ! Il faudrait que tu sois un peu plus souvent ici. Il y en a qui vont finir par se demander de quoi tu as peur !

Minsou jouait les coquettes. Il en minaudait presque. D'accord pour démissionner, mais ça l'embêtait de se rallier à la liste de Darrat alors que la droite, à Paris, faisait les pires misères à son Mendès. Et il gloussait comme une vieille poule.

Tous deux se servaient de la politique pour donner du brillant à leurs rapports, que je devinais anciens et sordides. Darrat dominait Minsou, qui crânait et faisait mine de se rebiffer, sans tromper personne. Grâce à Mendès, le mari de Roseline pouvait croire qu'il était quelqu'un. Mais je sentais monter l'agacement de Darrat, qui s'écria plusieurs fois :

– Alors, on décide comme ça ?

Mais Minsou l'arrêtait.

– Je vais te dire, attends voir !

La discussion dégénéra tout à coup sur un incident menu. Darrat manipulait la bouteille de vin comme s'il était l'hôte, car Minsou ne buvait que de l'eau. Au début du repas, il y avait eu sur le sujet quelques blagues dont je n'avais pu saisir le sel. Puis Darrat, par distraction ou non, servit un demi-verre de rouge à Minsou, et s'excusa sur un ton insolent.

– Oh, pardon, Mendès France !

Minsou secoua son verre en regardant le vin d'un air de dégoût et presque de haine. Je me frottai les yeux, conscient qu'il se passait quelque chose. Je luttai de toutes mes forces contre la fatigue qui me brouillait la vue et me faisait trembler les mains. Darrat alluma une Gitane.

Les deux hommes se défiaient du regard. Ils n'avaient pas cessé de se mesurer en douce depuis le début du repas. Mais, pour une raison inconnue, l'humeur chauffait des deux côtés. Darrat répéta : « On décide comme ça ? » Lippe basse, Minsou faisait tourner le vin dans son verre. Il ne répondit pas. Darrat grogna :

– Tu en as pas marre de te rincer le bec au sirop de grenouille, depuis le temps ? Pour un futur adjoint, ça la fout mal !

Je sentis qu'ils réglaient un compte ancien, jamais apuré. Je vis les mâchoires de Minsou se crisper et les muscles de ses poignets gonfler sous ses manches de chemise à demi retroussées. Il baissa la tête comme un taureau qui va charger.

– Et moi, c'est pas pour dire, j'en ai marre que tu boives mon vin avec ma femme !

Marie-Jeanne Darrat se leva brusquement.

– Je crois que je vais vous dire bonsoir.

Les deux hommes ne firent aucun cas de son départ. Roseline l'accompagna à la porte, revint vers son mari, lui posa la main sur la nuque.

– Calme-toi, mon Momo !

– Merde ! s'écria Momo.

Il lança son verre à la figure de Darrat, se leva, sortit en titubant et en se cognant aux meubles et aux portes. Darrat prit sa serviette, essuya calmement ses yeux, son menton, son col de chemise et les revers de son blouson. Il rejeta sa cigarette mouillée et l'émietta sur les carreaux de la cuisine, à sa façon habituelle, mais avec une violence qui trahissait sa colère. Enfin, il cria vers Minsou, par-dessus son épaule :

– Je te fous mon billet que tu reviendras me manger dans la main avant longtemps, Momo !

On entendit un peu plus tard le tracteur de Minsou démarrer avec un ronflement furieux. Darrat finit son verre et prit une autre cigarette.

Un long moment après, je me rendis compte que j'étais seul avec Roseline qui ramassait les assiettes.

– Tant pis pour le dessert !

Je pensai : « Bon Dieu, elle m'avait invité pour les forcer à bien se tenir, mais je n'ai servi à rien, elle va m'en vouloir... » Elle se pencha sur moi, je vis ses lèvres si près des miennes que je fus complètement rassuré. Elle me caressa le rond de l'épaule.

– Mon Dieu, Vincent, vous tremblez !

Je niai bravement. Puis je me mis à claquer des dents. Roseline me toucha le front.

– Ça y est, c'est la grippe. Vous avez attendu que tout le monde soit guéri pour l'attraper !

– Juste un peu de fatigue, dis-je.

J'étais tellement épuisé que j'avais l'impression d'être emballé dans un édredon. Mais, diable, je me trouvais pour de bon dans mon lit ! Ça, c'était un mystère. Je vis Roseline assise près de moi et je me dis : « Elle a dû m'aider à me déshabiller ! » Quelle gentille jeune femme ! Je tendis la main pour lui caresser la joue. Une larme me mouilla les doigts.

– Vous pleurez ! m'écriai-je.

– Huuuu ! fit-elle.

Je roulai sur le bord de mon lit, l'attirai vers moi. Elle gémit.

– Je suis trop malheureuse. Ils méprisent tous mon pauvre Momo de ne pas boire de vin !

Elle le méprisait aussi, mais ça ne l'empêchait pas de souffrir. Nous sommes pétris de contradictions. Elle se moucha, s'essuya les yeux, s'appuya à mon lit et se laissa aller contre moi. Je sentis que le sommeil me quittait. Elle renifla un peu et prit ma main.

– Il faut que je vous dise tout, ça me fera du bien !

Je ne sais d'où je tenais cette certitude : si une femme vous annonce qu'elle va *tout* vous dire, c'est qu'elle se prépare à vous cacher l'essentiel. Bien réveillé, j'aurais été moins méfiant. La fatigue me donnait cette sorte de clairvoyance que l'on a parfois dans la maladie, la fièvre. Je pressentis que Roseline allait m'appâter avec un bout de secret, puis me semer dans un chemin de traverse. Mais un bout de secret, c'était mieux que rien et, en tirant dessus, plus tard, je pourrais sans doute mettre au jour le gros de l'affaire. Je voulais savoir, *savoir,* ça m'avait pris pendant le repas en regardant ces deux types qui traînaient visiblement une complicité ancienne et malpropre.

– On n'a pas idée ! fit Roseline pour se lancer.

Je fermai les yeux et serrai ses doigts, façon de dire que j'étais prêt à *tout* entendre. Elle m'ébouriffa doucement les cheveux de sa main libre.

– Il faut voir les parents qu'il a eus, mon pauvre Momo, et les parents c'était rien à côté de sa grande sœur. Une sale bête et même une salope. Elle a commencé à lui faire des misères depuis tout petit. Quand elle vidait une volaille, elle le forçait à manger les tripes, des choses comme ça. Momo, il n'en pouvait plus, il fichait le camp. C'est de nature, chez lui, pour pas se disputer il s'en va. Il ne se défend même pas. Alors, il allait dans les maisons inhabitées. C'était après la guerre de 14, il y en avait pas mal dans les environs. Il avait réussi à pénétrer dans la biscuiterie, un ancien moulin sur la Rebélionne, du côté de Dévillac. Pendant la guerre, elle s'était spécialisée dans la production des biscuits de troupe, puis elle avait fermé en 1919. Maintenant, il n'en reste pas pierre sur pierre. Un jour, ç'a été trop mal chez les Minsou, Momo est parti. Il est allé se cacher à la biscuiterie. Il a trouvé un stock de biscuits de soldats qui datait peut-être de dix ans, je vous laisse à penser dans quel état, mais enfin c'était mangeable et il en a mangé. Il a aussi trouvé plusieurs caisses de vin vieux, mais il n'y a pas touché, ça ne l'intéressait pas.

« Roger Darrat a fini par le repérer. Roger a un an de plus que Momo. A l'époque, c'était déjà quelqu'un, il faisait marcher les autres, il commandait une bande, qui a rejoint Momo. " Si tu nous obéis pas, on dit tout à tes parents ! " Je sais qu'ils l'ont obligé à des choses, puis ils ont amené des filles pour l'humilier... Ils ont aussi visité l'habitation du moulin et ils ont trouvé les bouteilles de vin bouché qui dataient de la guerre, ç'avait dû être un trafic, vin contre biscuits ou quelque chose comme ça. Quelques-unes étaient piquées, mais il y en avait de bonnes et ils les ont ouvertes, ils ont forcé Momo à boire jusqu'à être malade, pour pas avoir l'air d'une poule mouillée.

« Les filles ont parlé et, un peu plus tard, les gendarmes sont venus cueillir Momo. Quand ils lui ont mis la main dessus, il avait bu, il était comme un fou, il s'est débattu, il a même blessé un des cognes. Après, il a refusé de rentrer chez lui. Il a été un an et demi en maison de correction... Depuis cette histoire, il ne peut plus supporter le vin. Il a essayé plusieurs fois, bien sûr. Pour un simple verre, il a presque un transport au cerveau !

« Attendez, l'histoire n'est pas finie, dit Roseline. Le pire, c'est quand il est revenu de la maison de correction. Il avait forci, il avait vécu avec des durs, il jouait même du couteau. Il n'a plus voulu se laisser dominer par Roger Darrat. Mais vous connaissez Darrat, il n'a jamais eu peur de rien ni de personne, même à quatorze ans. Ils se sont mesurés et ç'a duré un moment. Roger allait à l'école, Momo travaillait chez les paysans et quelquefois chez les Darrat. Tout leur temps libre, ils le passaient en défis, en joutes, en épreuves.

« Momo était devenu presque aussi méchant que Darrat, mais il était moins malin. Il a formé une bande rivale et il a commis la faute de prendre une fille, la Margot Prouant... qui a été plus tard la première femme de Roger et qui est morte. Il était très fier parce qu'elle avait un an ou deux de plus que lui, mais elle n'était pas très fine et elle s'est fait prendre par la bande à Roger au cours d'une mêlée. Roger a expliqué ce qu'ils allaient lui faire si Momo ne se rendait pas tout de suite en promettant de ne pas chercher à s'évader. Momo a promis et il s'est rendu. Roger et les siens l'ont gardé prisonnier une semaine dans une cave du Pech-Gabach, le manoir des Darrat. Ils l'ont encore forcé à boire du vin, ils lui ont fait manger des tripes de poulet et je ne sais pas tout ce qu'ils ont pu inventer. Le plus dur pour Momo, je crois bien, c'est que sa Margot l'ait trahi. Elle est passée dans l'autre bande ; à partir de ce moment, il n'y a plus eu qu'une seule bande, avec Darrat pour chef. Momo et Quirin Deyeune étaient ses seconds. Oui, le père des Deyeune qui sont dans votre classe. Depuis cette affaire, Momo a toujours été soumis à Darrat. Ce soir, c'est votre présence qui lui a donné le courage de se rebiffer pour la première fois depuis bien longtemps... »

– Mais ce n'est pas ce que vous souhaitiez ?

– Je voulais que vous soyez là parce que je ne pouvais pas supporter l'idée d'être seule avec ces deux types. Je ne parle pas de l'autre mijaurée qui se prend pour la fleur des pois !

Darrat et sa bande avaient-ils cessé leurs exploits à quatorze ou quinze ans ? J'en doutais beaucoup. L'histoire ne s'arrêtait sûrement pas là ; mais Roseline n'était pas disposée à m'en livrer davantage, du moins pour le moment. Elle croyait rassasier ma curiosité avec ces gamineries, mais n'avait fait qu'aiguillonner mon désir de connaître la suite. J'aurais aimé lui demander...

J'aurais aimé... aimé... dormir... Mais Roseline s'était glissée dans mon lit en chemise de nuit. Elle sentait le foin sec et les fleurs des prés, ou bien était-ce un rêve ? Je m'étais dit une fois, à quinze ans, que je ne serais jamais du genre à bayer aux étoiles, en abandonnant les filles de bonne et tendre chair, toutes prêtes à la vie. Le moment était venu une nouvelle fois de tenir parole. Je pris Roseline dans mes bras comme Jeannette autrefois.

17.

Je rejoignais chaque soir, un moment, les femmes des veillées. Parfois, je restais jusqu'au milieu de la nuit. De temps en temps, Céline participait à un semblant de conversation. Un soir, elle s'éveilla d'une fiévreuse torpeur, les mains agitées de saccades, une sorte de fureur dans le regard. Elle bougea les lèvres un instant avant de parler.

– On n'a... rien su de nouveau... pour l'incendie ?

Deux femmes veillaient avec moi, ce soir-là, Marie Ousmane et la grand-mère de Pousse-char, surnommée, je ne sais pourquoi, la Béchidouse, qui habitait l'unique rue du bourg et venait tous les jours en voisine. Elles échangèrent un coup d'œil.

La Béchidouse baissa le nez sur son tricot.

– Depuis le temps... Bouche cousue est une belle chanson !

Et de branler le chef sournoisement.

– Ceux qui savent le saint ne font pas la fête. Ceux qui vont à la fête ont oublié le saint !

La dame aussi était obsédée par l'incendie de la maison du maire. Je crus un instant qu'elle avait *perdu date*, comme disaient les paysans. Et c'était sans doute un peu le cas. Les vingt ans passés depuis l'affaire n'étaient plus pour elle qu'une petite saison de la vie. Les années trente et les années cinquante se cognaient dans sa mémoire, mais elle restait lucide. Ses mains décharnées se soulevèrent comme pour une supplication et elle tourna la tête vers moi.

– Vous savez bien... quelque chose ?

Je dis alors que l'incendie, à mon avis, était un accident.

– Le domestique, cet Euloge Grifoulet, c'est bien son nom ? Enfin, tout le monde dit qu'il buvait comme un trou, n'est-ce pas ? N'est-ce pas ?

Je ne croyais plus tellement à cette explication qui m'avait paru naguère si convaincante. Je m'y accrochais pourtant comme on s'agrippe à un arbuste au bord d'un ravin. Il me semblait que, si je la lâchais, je serais précipité dans le vide effrayant où se tenait peut-être un assassin. J'insistai, pour la dernière fois :

– Il a dû renverser sa lanterne dans la paille ou le foin !

Je baissai la voix sur les derniers mots. Je ne reconnus pas ma voix, toute rauque, dans le silence de la chambre. Je regardai tour à tour les trois femmes. Dans la pénombre, je ne pus distinguer le visage de Céline Rouviat ; il me sembla que la dame avait joint les mains sur sa poitrine comme pour prier. Marie Ousmane avait laissé tomber à ses pieds le pull-over qu'elle reprisait. Elle se pencha pour le ramasser. Je croisai son regard qu'elle détourna aussitôt. J'aimai tout à coup son air d'animal indompté, ses yeux sombres, sa chevelure noire, sauvage.

La Béchidouse lâcha un proverbe à mi-voix :

– Diable a bon dos, méchant ne va point à confesse !

Il se passait quelque chose que je ne saisissais pas.

– Mon Dieu ! Mon Dieu ! gémit Céline.

Je me rapprochai d'elle sans savoir que faire. Je posai une main sur l'alaise qui recouvrait le lit, car la dame avait eu une hémorragie la veille. J'observai les traînées roses de sang mal lavé sur les serviettes qu'on avait placées autour de son oreiller. Puis je me retournai vers Marie, qui venait de se lever et marchait du côté de la porte. Nos regards se croisèrent encore et je devinai que je l'avais blessée. Elle revint prendre sa veste de laine sur le dossier de sa chaise et fit un geste vers la Béchidouse.

– Il est l'heure que je m'en aille.

– Tu peux partir, dit la Béchidouse. L'Augusta sera là dans un moment.

Marie s'en alla et j'écoutai son pas décroître dans le couloir de l'étage, puis dans l'escalier. L'envie me prit de lui courir après pour lui demander une explication, m'excuser peut-être. Mais mon geste risquait d'être mal interprété. Puis Céline retint mes doigts de sa main tremblante, me piégeant à son chevet pour un bon moment. Un faible râle montait de sa poitrine et je me demandai si ce n'était pas, déjà, un signe d'agonie. Elle toussa et émit un semblant de rire. Du côté de la Béchidouse, le cliquetis des aiguilles à tricoter se précipita. J'avalai ma salive avec peine et répondis d'un hochement de tête. Céline parla enfin :

– Le maire... est mort ? C'est... vrai ?

– C'est vrai.

– Sans... rien... dire ?

Je ne compris pas le sens de la question et je ne répondis pas. Céline murmura, encore plus bas :

– Lolo... n'a pas... mis le... feu !

– Calmez-vous, dis-je. Il y a vingt ans. On ne saura jamais.

– Mais... je sais. Je ne...

Elle tremblait plus fort. Je lui serrai les doigts. Elle me planta les ongles dans la paume. Ses doigts transmettaient à ma main le tremblement incessant de son bras. Elle se mit à haleter, réclama à boire. Je comptai six gouttes d'alcool de menthe dans un verre d'eau, comme je l'avais vu faire aux femmes, je l'aidai à se soulever et versai le liquide entre ses lèvres. Elle me remercia d'un pauvre sourire.

– Est-ce que vous... dessinez... au fusain ?

Je crus avoir mal compris et répondis à tout hasard.

– Je me suis servi d'un fusain, il y a longtemps.

Elle suivait son idée.

– Cherchez s'il vous plaît... dans l'armoire des... fournitures... je ne sais trop où. Vous... devez trouver... un fusain. Vous seriez gentil de... me l'apporter.

Sa requête me parut d'abord mystérieuse. Plus tard, je crus deviner ses intentions en y songeant avant de m'endormir. Elle voulait écrire. Mais elle tremblait trop pour manier un stylo ou un crayon ; elle espérait tracer quelques caractères grossiers avec un bout de fusain.

Le lendemain soir, Marie Ousmane sortait de chez les Rouviat au moment où j'allais prendre mon tour de veille. Ou peut-être m'avait-elle attendu au coin de la cour, dans l'ombre du mur. Le vent souleva le capuchon de son imper et la décoiffa en faisant voler son foulard. Menue et fragile face aux coups de chien de la vie, elle souriait bravement et ses yeux brillaient. J'éteignis ma lampe de poche et nous fûmes dans l'ombre, côte à côte. Je respirai son parfum de shampooing et l'odeur de maladie qui nous imprégnait tous au cours des veilles. Elle me prit le bras pour m'attirer dans une encoignure, à l'abri du vent.

– Vous vous demandez pourquoi je viens tous les soirs ou presque ? Céline Rouviat a été bonne pour moi. Elle ne m'a jamais méprisée et elle m'a même appris le secrétariat. Rémi Augnac veut bien que je la remplace si vous ne le faites pas.

– C'est entendu. Je lui dirai.

– Mais il y a M. Roger Darrat et il a trois ou quatre conseillers avec lui. Il ne me voudra pas.

– Pourquoi ?

– Je suis la fille d'Euloge Grifoulet !

Je faillis demander : « Euloge Grifoulet, le domestique du maire en 1934 ? » Et le mot « ivrogne » aurait pu m'échapper. Je me retins à temps. Elle serra mon bras.

– Vous ne pouviez pas savoir. J'aimais beaucoup mon père. Je n'avais que lui, ma mère est morte à ma naissance. Il m'a élevée de son mieux, nous étions très pauvres et il a toujours été bon avec moi. S'il a fait des bêtises, c'est pour moi !

Je répétai, assommé :

– Des bêtises ?

– Il braconnait. C'est comme ça qu'il s'est fait tirer dessus par M. Jean-Gervais, le père de monsieur Roger, et qu'il a perdu un œil. Et puis quand j'étais petite, j'aimais beaucoup les œufs, j'aurais vécu rien que de ça. Mais leurs chiens nous tuaient nos poules et alors, mon père prenait des œufs chez ses patrons, pour moi, il n'en prenait jamais pour lui, malgré qu'il les aime bien. Après, il s'est mis à boire, c'est vrai, et pas tant qu'on dit. Et je vous jure qu'il avait des excuses.

– Pardonnez-moi, dis-je, agacé et gêné.

Marie n'avait toujours pas lâché mon bras ; sa main glissa jusqu'à mon poignet, qu'elle serra nerveusement.

– Ce n'est pas de votre faute. Chaque fois qu'un étranger arrive à Mondonat, les gens se précipitent pour lui dire : « Y a la maison du maire qui a brûlé autrefois, c'est Lolo l'ivrogne qui a mis le feu par accident, il était soûl comme une bourrique, mais il a été bien puni : il a brûlé avec la maison ! » C'est ce qu'on veut faire croire à tous ceux qui viennent.

Elle parlait bas et, à cause du vent qui chuintait dans les interstices des planches, sous le préau, nous étions obligés de nous rapprocher de plus en plus pour nous entendre. Nos pointes de chaussures se frôlaient, ma manche de veste frottait contre son imper. Je voyais ses yeux et sa bouche tout près des miens, je sentais son souffle sur mes joues et mes tempes.

Elle leva vers moi son visage mince, aux lèvres entrouvertes.

– Je vous demande de ne pas être trop sévère pour mon Jehan. Il souffre beaucoup d'être le petit-fils de Lolo le poivrot !

Je dus rougir un bon coup.

– Je ferai ce que je pourrai. Est-ce qu'on connaît la vérité sur l'incendie de la maison du maire et la mort de votre père ?

Elle ne répondit pas tout de suite. Son silence me fit mal. J'aurais voulu être loin, n'avoir jamais été nommé à Mondonat, avoir choisi un autre métier. Je n'avais plus vingt et un ans, mais dix ans, et Marie ressemblait à ma mère. Je revivais le temps de la Métairie-Basse et de mes peurs d'enfant.

Elle lâcha mon poignet ; mon bras retomba, puis je pris le sien et me penchai vers elle.

– Vous, Marie, est-ce que vous connaissez la vérité ?

– Non, dit-elle. Je sais des choses terribles, j'ai des soupçons, mais je ne sais pas *tout* ce qui s'est passé ce jour-là, le samedi 1er septembre 1934. En tout cas, je n'oublierai pas la date, même si je vis quatre-vingts ans !

Elle s'échappa brusquement, sans que j'aie eu le temps de la retenir, et s'enfuit. J'entendis ses pas claquer sur le goudron pendant qu'elle traversait le bourg. Puis elle prit un chemin sur la droite, devant l'église ; je n'entendis plus que le vent d'hiver siffler sous le préau et gémir au loin, dans les grands arbres.

Le lendemain, Céline me réclama le fusain. Je ne l'avais pas cherché, j'espérais qu'elle oublierait. Mais elle y tenait, elle allait peut-être mourir, je ne pouvais pas refuser. Il me fallut un bon moment pour dégoter ce bout de charbon gros comme mon petit doigt et à peine plus grand que l'ongle de mon pouce. Je le gardai dans ma poche durant toute la veillée avant de me décider à le glisser dans sa main. Elle le prit comme un avare une pièce d'or et le cacha en hâte sous son traversin.

Fernand Rouviat venait de ranimer le feu avec des sarments et une poignée d'herbes. Une odeur forte et piquante emplit la pièce.

Depuis quelques jours, la pluie tombait du matin au soir et tout au long de la nuit sur Mondonat et la campagne du Périgord, comme sur toute la France ou presque. Le gargouillis de l'eau dans les chéneaux et les gouttières était devenu une musique fidèle et douce et le bruit des sabots cognant contre le racloir à pieds du préau hantait mon sommeil.

J'avais fait connaissance avec le Dr Vanderen, de Réverac, qui était aussi le médecin scolaire du canton. Il n'avait guère qu'une dizaine d'années de plus que moi, il était nouveau dans le terroir et nous avions pactisé. La plus grande partie de sa pratique se trouvait à la campagne et, avec le mauvais temps, il devait souvent laisser sa voiture assez loin des maisons. Il marchait donc beaucoup. Il portait comme moi des bottes en caoutchouc, mais se plaignait amèrement de ses pieds croupis. La grande question avec les bottes, c'est : que mettre dedans ? En chaussettes, les pieds flottent et on a les orteils froids comme des reliques. Avec des chaussons, on trempe dans la sueur. La paille de blé se brise en menus morceaux et s'agglutine avec la terre infiltrée entre les hauts de tiges et le pantalon, formant une semelle dure et grumeleuse.

Il me demanda ce que je mettais dans les miennes. Je tapai du talon en prenant un air très à l'aise.

– De la paille de seigle, c'est sain et c'est douillet.

Il ôta sa pipe et fit la grimace.

– De la paille, comme au temps de Jacquou !

Le roman de Jacquou le Croquant était sa parabole favorite. « On voit que la forêt de Jacquou n'est pas loin ! »

Je voulus me déchausser pour exposer mes pieds de nouveau-né, roses et parfumés. Mais il n'avait pas le temps, cette fois-là.

– Je repasserai. On verra ça de près !

Il revint quelques jours plus tard, à midi juste, s'engouffra avec un courant d'air, cogna ses bottes pour en faire tomber la boue et me tendit la main.

– Je suis curieux de voir vos pieds.
– J'ai changé ma paille ce matin.
– Et ça vaut le coup d'œil ?

Il s'assit sur le rebord de l'estrade supportant mon bureau.

– Allons-y !

Je l'imitai et chacun déposa ses bottes. Ses chaussettes étaient boueuses, trempées, percées. J'étalai les miennes en remuant les doigts de pied dessous : sèches comme celles de l'archiduchesse, la paille de seigle formant une semelle dense, unie, et nette. A peine si deux ou trois brins s'accrochaient à la laine.

– Vous marchez moins que moi.
– Mais je fais la gymnastique dans les prés.
– Admettons.

Il gonfla les narines et éventa les fumets ambiants.

– Je veux voir vos pieds. C'est le médecin qui parle !

Je quittai mes chaussettes, il m'examina en hâte, puis il ôta aussi les siennes pour estimer la différence.

– Côté hygiène, vous l'emportez haut la main... si j'ose dire. Pour le confort, ça doit être pareil.

Nous nous attardâmes à jouer avec nos doigts de pied. Une façon d'oublier la mort.

A la journée pédagogique, l'inspecteur m'adressa un signe de tête un peu sec.

– On parle de Mondonat pour le prix cantonal, je crois. Ne vous laissez pas prendre à ce jeu. Si Mendès France reste au pouvoir jusqu'à la fin de la législature, notes et classements seront rayés à jamais de l'enseignement !

Deux jours plus tard, chute de Mendès. Son successeur, Edgar Faure, paraissait homme à s'accommoder du prix cantonal.

Le Dr Vanderen s'était mis à la paille de seigle et il avait les pieds aussi frais que les miens. Il s'arrêtait de temps en temps pour parler d'hygiène et nous confrontions nos états d'âme. Il me parlait de Marianne Beraudier et se moquait de Jean Berforini, l'instituteur de Besse.

– Encore un qui s'est embéguiné de la belle blonde de Dévillac !

Je pensais : « Et toi, mon vieux ! »

Une fois, il me demanda en humant ses bottes :

– Vous vous êtes déjà déchaussé devant la blonde de Dévillac ?

Je ne vis aucune malice à la question.

– Non, pas que je me souvienne.

Il rigola gentiment.

– Faudra essayer un de ces jours.

– Et vous ?

– Maintenant que j'ai les pieds propres, je vais peut-être tenter ma chance !

Je lui demandai ce que pensait sa femme de la paille dans ses bottes. Il poussa un soupir chagrin.

– Ma femme n'aime pas la campagne. Elle a horreur de la paille et du foin, sans parler de la gadoue et de la crotte de canard. Le seul animal domestique qu'elle supporte, c'est le cheval.

Marié avec une jeune femme de la ville, bien sûr. Elle devait être jolie et emballée de la tête aux pieds dans la dentelle et le linge fin. Mais il l'eût peut-être délaissée sans regret pour une charmante institutrice habituée au foin et à la gadoue et pas fâchée non plus avec la dentelle !

J'observais Céline avec un perpétuel étonnement. Sevrée de vin après avoir bu pendant des années je ne sais combien de litres par jour, elle aurait dû réagir par des hallucinations violentes, crier et se tordre sur son lit, comme ces alcooliques en crise qu'on appelait autrefois les « delirium » et qui effrayaient tant ma mère. Mais elle gardait un calme résigné et humble.

Je demandai au Dr Vanderen si elle souffrait, selon lui. Le médecin réfléchit en se frottant le menton.

– Céline Rouviat est un cas assez rare, à ma connaissance. Elle a été complètement transformée par la maladie. Je pourrais ajouter sans trahir le secret médical : par l'approche de la mort. Elle a accepté la souffrance et dépassé le regret.

J'en étais moins sûr que lui. Un soir de la mi-février, peu avant les vacances de mardi gras, elle me tendit une carte postale en disant.

– Voyez... la place de Réverac... il y a un peu plus de... vingt ans... oui, *vingt ans*... Gardez-la... ce n'est pas un gros cadeau.

Elle avait insisté sur ce chiffre, ces mots : vingt ans. J'empochai la carte sans la retourner. Un refrain me réveilla dans la nuit. *Vingt ans, vingt ans, vingt ans*... Quoi ? Je me levai d'un bond, courus à ma veste, sortis la carte postale de ma poche et la retournai.

Céline avait gribouillé au fusain, en traits tremblés, sinueux, énormes, une phrase qui tenait toute la partie « correspondance » et la moitié de l'adresse : *Je sais qui a mis le feu*. Bon, c'est ce qu'elle avait déjà dit à une autre veillée. Mais pouvait-on la croire ?

« Chère Céline, pensai-je à haute voix en me promenant plus tard le long de la Rebélionne dont le bouillonnement couvrait mon discours, votre cadeau est empoisonné, j'ai bien envie de le jeter à l'eau. Je souhaite de tout cœur que vous guérissiez, que vous repreniez votre classe et que je puisse foutre le camp d'ici ! »

J'étais sincère. Mais une minute plus tard, je me disais :

« Avoue que cette affaire t'intrigue, Vincent Lerouge. Après les confidences de Marie Ousmane, tu ne crois plus tellement que Lolo Grifoulet ait mis le feu par accident. Si tu pars d'ici avec un doute au cœur, tu seras hanté pendant des années par de vilains soupçons.

« Et si Lolo n'est pas coupable, il me faudra le réhabiliter aux yeux des gens. Un sacré travail ! Je n'y arriverai pas en une année scolaire, de toute façon. Ni même en deux ! »

18.

L'état de Céline s'aggrava le dimanche matin. Le Dr Vanderen répondit à mon regard inquiet par une mauvaise grimace. Je ne partis pas en vacances. Le dimanche soir, elle eut une hémorragie pendant que je la veillais avec Marie Ousmane, en attendant la Béchidouse. Le vent soufflait fort dans la nuit noire. Fernand Rouviat avait disparu depuis midi. Je soulevai la malade, en tenant une serviette sous son menton.

Marie me rejoignit pour m'aider, nos doigts se touchèrent. Elle me regarda, je lui souris pour l'encourager. Nous étions sûrs tous les deux que la fin approchait. En quelques secondes, la serviette fut trempée d'un sang épais, sombre. Je me dis : « Elle va mourir en emportant son foutu secret. C'est quand même dommage ! »

Je pensai : « Dommage pour Marie et pour ses enfants. Jamais on ne connaîtrait le nom de l'incendiaire, et la triste réputation de Lolo Grifoulet, l'abruti qui avait renversé sa lanterne dans le foin, pèserait pour toujours sur ses descendants. Pauvre Marie, pauvre Alice, pauvre Jehan ! » J'aurais même plaint le chien Miraut pour faire bonne mesure !

Une rafale cogna aux volets, l'électricité s'éteignit. Marie et moi arrangions un oreiller supplémentaire dans le dos de Céline. Nos mains se sont rencontrées, nos doigts se sont joints sans que nous l'ayons voulu ou prévu. L'atmosphère sentait le drame, avec l'hémorragie de Céline, la mort qui pointait son mufle, l'obscurité, les coups de boutoir du vent. Nous avions trouvé un peu de réconfort dans ce geste. Puis Marie lâcha ma main pour craquer une allumette.

– Je vais allumer une bougie et la lampe à pétrole.

La serviette devenait gluante sous mes doigts. La dame perdait beaucoup de sang. Elle essaya de prononcer quelques mots, mais je n'entendis qu'un gargouillis. Un instant après, je vis à la lueur de la bougie qu'elle me tendait une autre carte. Je la retournai et ne vis rien au dos. Je la fourrai dans ma poche de veste.

Comme l'hémorragie continuait, je sortis pour aller téléphoner chez Roseline. Je récupérai au passage ma lampe de poche que j'avais posée sur un guéridon, dans le couloir du rez-de-chaussée, et j'examinai la carte en pleine lumière. Céline avait bien tracé un mot, un seul, mais elle avait si peu de force dans les doigts que le trait était presque illisible. De plus, les lettres ne se tenaient pas ni ne s'ajustaient. Mais quand j'eus déchiffré la majuscule, je lus facilement les six autres lettres... Un simple prénom : Fernand.

La suite du premier message. Il fallait lire : *Je sais qui a mis le feu... C'est Fernand.*

Fernand Rouviat.

J'éprouvai une déception enfantine. Je pensai : « Elle a voulu dénoncer son mari avant de mourir, pour se venger ! » Puis je rectifiai. « Elle se sentait en faute, elle a eu envie de soulager sa conscience... » Mais Rouviat n'était pas le coupable que j'attendais.

Je me rappelai la situation. Il travaillait chez Paul Rameye, qui l'avait mis à la porte et avait embauché Lolo Grifoulet. Rouviat avait attendu une occasion propice pour se venger... Et voilà. Les rafales de pluie glacée me cinglèrent le visage pendant que je traversais la cour. L'électricité revint. Les fenêtres du bistrot jetèrent une violente clarté sur la chaussée ruisselante. Des reflets allumèrent les chromes d'une voiture, masse noire tapie devant la porte, la Traction de Darrat.

Je m'arrêtai sur le trottoir, tâtai les cartes postales de Céline dans ma poche. Il me fallait affronter les buveurs du dimanche réunis dans la salle. Est-ce qu'on voyait sur ma figure que *je savais ?* Le temps de décider, j'étais trempé. Je poussai la porte, m'approchai du poêle, revins vers le téléphone au bout du comptoir. Roseline porta la main à sa bouche, en me regardant.

– Non, non, elle n'est pas morte, dis-je. Mais elle va mal, elle a une hémorragie et je viens appeler le Dr Vanderen.

– Je téléphone tout de suite, s'écria Roseline.

– Et après, dit Darrat, apporte-nous une bouteille de mousseux !

Il me fit signe de m'asseoir à sa table. Ils étaient quatre qui tapaient la carte, comme tous les dimanches soir : Darrat encore plus carré quand on le voyait tête nue, Quirin Deyeune, longue face de cheval triste, Milou Marcheminet, figure pointue de rat, les yeux invisibles sous le béret tiré bas, Anicet Honoré, bouille ronde et jaune. Pousse-char les regardait avec patience, un œil cligné, la lèvre pendante. Je me demandais toujours comment le grand dadais pouvait se plaire en compagnie de ces types. Il servait de bouffon et de souffre-douleur à Darrat, mais on aurait dit qu'il aimait ça. Il se tourna vers moi, béat et guilleret.

– Alors, le remplaçant, vous avez mal aux dents ?

– Mais non, je n'ai mal nulle part, dis-je avec un effort. Et vous ?

– Moi ch'est les genchives.

Je fixai Darrat qui rigolait. Je m'assis en face de lui, mais à une certaine distance quand même. Je ne tenais plus sur mes jambes et je ne voulais pas le montrer. J'aurais voulu être à dix lieues. Et puis j'aurais voulu lire le nom de Darrat, ou son prénom, Roger, sur la carte de la dame, à la place de Fernand. Lui aurait fait un coupable selon mon cœur ! Mais je me disais que mettre le feu à une baraque pour brûler quelques vaches et un pauvre type, puis s'éclipser en douce le coup fait, ne ressemblait pas au bonhomme. Je lui faisais peut-être trop de crédit. Il était du genre à se vanter de ses malfaisances, quitte à se donner le beau rôle d'une façon ou d'une autre. Il se leva pour quitter son blouson de cuir.

– Quelle chaleur dans cette turne ! Tu pourrais pas éteindre le poêle, Roseline ?

– Il est presque éteint, dit Roseline. Vous avez vu l'heure ?

Le coucou du bistrot sortit avec un grincement et cracha dix fois, en montrant son bec rouge.

– Il n'y a pas d'heure pour les braves, dit Darrat. Apporte ce mousseux, ma belle, tu veux ? Nous raconte pas qu'il est trop tard. On a soif et mon petit frère veut du mousseux !

Il donna une énorme tape sur l'épaule de Pousse-char.

– Pas vrai que tu veux du mousseux, petit frère ?

– Oui, m'sieur Darrat, j'ai soif, j'veux du mousseux !

Darrat se tourna vers moi.

– Vous savez, c'est vraiment mon petit frère. Je parie que vous avez entendu parler de la nuit de noce de Césarine Buc, la fille du métayer ? Mon père l'a achetée au mari, v'savez ? Faut croire que mon pater était pressé, parce que le produit n'est pas tout à fait fini ! Ouais, c'est lui, enfin, à ce qu'on raconte, mais il a quand même un petit air de Toutou... Pas vrai, Poupousse, que t'as quand même un air de Toutou, qu'est toujours *censé ton papa* ?

Et l'autre, réjoui, le bec fendu, se retenait tout juste d'applaudir son idole :

– Oui, m'sieur Darrat. C'est bien vrai, m'sieur Darrat !

Son blouson posé, Darrat n'avait plus sur le dos qu'une chemisette. Sous la manche courte, on voyait une assez vilaine cicatrice, qui partait au-dessus du coude et remontait vers l'épaule en contournant le biceps. Je l'avais remarquée chez lui, pendant la grippe, quand il se mettait torse nu pour se laver, après la tournée des malades. Il l'avait suivie du doigt, sans pouvoir s'empêcher de plastronner.

– Une balle allemande, en 44. C'était près, hein ?

Plus je regardais la cicatrice, longue et sinueuse, plus je me disais que les boches avaient dû le flinguer avec le fameux fusil à tirer dans les coins. Mais je m'en foutais, je n'étais pas d'ici. Les vieilles histoires de Mondonat ne m'intéressaient plus. Pour le peu que j'allais rester encore, il me faudrait m'habituer à ce type, à ses grands airs et à ses mauvaises manières.

En revenant de se chauffer les mains au poêle, il s'arrêta près de moi, me posa la main sur l'épaule et, tourné vers Roseline pour la prendre à témoin :

– C'est quelqu'un, l'instituteur, pas vrai ? On a fait du bon boulot pendant la grippe, tous les deux. Tu as du cran, mon vieux, faut le dire. Je peux te tutoyer ? On est une paire de copains, après ce coup, hein ? Ouais, on a oublié le maire. Eh, merde, les autres aussi l'ont oublié ! La tribu Augnac, qu'est-ce qu'ils grollaient ? Ils avaient le nez dans le purin, voilà !

Je commis l'imprudence de me lever. Il me prit par les deux épaules et me poussa vers Roseline.

– Je vous fous mon billet à tous que la Roseline le trouve à son goût, le petit Lerouge !

Il me tenait bien, ce grand costaud, et je jouais son jeu par peur du ridicule, décidé à filer dès qu'il me lâcherait. Il avait assez belle allure en montreur d'ours, mais ça m'ennuyait d'être l'ours !

Roseline apporta le mousseux, diversion bienvenue qui me permit d'échapper aux pattes de Darrat. Je fis deux ou trois pas vers la porte. Darrat me rappela d'un geste.

– Tu es si pressé de rejoindre la Marie, Lerouge ? Elle est là-haut, hein ? Viens boire un verre avec nous et t'en fais pas. Tu la retrouveras quand tu voudras, dans ton lit ou dans le sien. Si tu veux l'amener ici, Roseline t'autorise. Hein, Roseline, que tu l'autorises ? Tu la feras passer par-derrière, pour pas faire peur aux clients, c'est tout ce qu'on te demande. Elle est habituée, c'est une fille qui a toujours passé par-derrière, ha, ha !

Je me taisais, je ne bougeais pas. J'écoutais Darrat. Tout à coup, je vis dans son regard un éclair de pure haine. Il ne se contentait pas de crier haut les plaisanteries salaces qu'on entendait tout bas sur Marie. Il réglait un vieux compte avec elle.

Si je voulais apprendre la vérité, je devais me tenir coi, jouer à l'innocent. Mais je m'inventais peut-être des excuses pour ne pas défier Darrat, défendre Marie ou partir en claquant la porte... Je traînai les pieds jusqu'au milieu du bistrot. Je la vengerais un jour, promis.

La salle empestait le tabac froid. Je ne pus m'empêcher de renifler. Marcheminet s'appuya le pouce entre les yeux, c'était une espèce de tic. Il ouvrit la bouche comme pour gober un œuf et gloussa :

– Ha, ha, ha, Lerouge, vous êtes dans vos petits souliers !

– Vous avez peur des femmes ? fit Darrat, cessant délibérément de me tutoyer.

– Faut vous faire curé, comme mon frère, dit Deyeune.

Pousse-char prit un cendrier, le vida par terre, chassa les cendres en soufflant, puis s'agenouilla devant la table. Darrat empoigna la bouteille.

– Mon petit frère va vous faire voir comment il boit le bon mousseux de Roseline !

Je regardai la bistrote. Elle rougit et détourna les yeux. Darrat versa le vin dans le cendrier et Pousse-char se mit à laper à grand bruit. Darrat lui versa le vin sur la figure, puis sur les vêtements, puis servit ce qui restait dans la bouteille à ses amis, à Roseline et à moi.

– Et ma pomme, alors ? fit-il en considérant la bouteille vide avec une grimace. Roseline, tu en apportes une autre ?

– Non, dit Roseline. Vous avez assez bu, tous. Vous êtes soûl, m'sieur Darrat, et il y a quand même une pauvre femme qui est en train de mourir dans la maison d'en face !

Je repoussai ma chaise et me levai.

– M'sieur Darrat ! M'sieur Darrat ! chanta l'imbécile.

Roseline tourna le dos et fit mine de s'en aller.

– Monsieur Darrat, on n'a pas idée. Il y en aurait à dire sur les façons de ce monsieur !

Darrat bondit sur ses pieds et rattrapa Roseline. Je me plaçai devant elle. Je n'aurais pas pesé lourd contre ce type, mais il avait trop bu et n'avait pas envie de se battre avec le remplaçant. Il recula d'un pas. Honoré, Marcheminet et Deyeune se levèrent ensemble pour sortir. Darrat se résigna à abandonner la place. Il prit Pousse-char par la nuque, le forçant à courber la tête.

– Viens, petit frère. On n'est plus chez soi, ici !

– Merci, Vincent, dit Roseline quand ils furent tous partis.

Tous partis ? Et moi, qu'est-ce que je fichais là ? Je retournai à l'école, un peu flageolant. La Tâteraisin avait remplacé Marie. Le Dr Vanderen arriva quelques minutes plus tard, fit une piqûre à Céline. L'hémorragie s'arrêta.

Le médecin nous entraîna dans le couloir, la Tâteraisin et moi.

– On va la réhospitaliser. Elle a besoin d'une transfusion, mais je préférerais attendre le jour pour appeler une ambulance.

Il se tut, personne ne répondit. Nous écoutions le vent qui gémissait sourdement dans les grands arbres de la Rebélionne. Et je pensais à un autre jour de vent, l'été 1934. La tempête s'apaisa d'un coup. Le silence se fit. La lumière de la chambre éclairait faiblement le couloir. L'odeur du sang et des remèdes sortait par bouffées et me prenait à la gorge.

La Tâteraisin m'apostropha.

– Pourquoi vous n'allez pas dormir ? On peut se passer de vous.

Elle n'ajouta pas : pour ce que vous faites ! Mais elle le pensait.

– Tout à l'heure, dis-je. Je vais attendre Rouviat.

– Oh, celui-là, Dieu sait encore où il est allé traîner !

Je raccompagnai le médecin au bord de l'escalier. Il me regarda de haut en bas, et s'aperçut que je tremblais.

– Qu'est-ce que vous essayez de prouver, Lerouge ?

J'avais décidé de rester jusqu'au jour, dans l'espoir d'être seul un moment avec Céline. Alors, j'aurais peut-être le courage de lui poser la question qui me tournait dans la cervelle : « Est-ce qu'il y avait quelqu'un d'autre avec Fernand, le jour du feu ? » Je regrettais de ne pouvoir me confier au Dr Vanderen.

Je repris la veillée. Céline dormait, la respiration sifflante. La honte d'avoir laissé Darrat insulter Marie me serrait le cœur. J'essayais de croire que j'avais été malin, pour ne pas reconnaître que j'avais été lâche. Je cherchais désespérément un moyen de mettre en cause Darrat dans l'incendie. Peut-être avait-il soumis

Fernand Rouviat à sa volonté comme il dominait maintenant le pauvre ballot qu'il appelait son « petit frère ». Rouviat aurait pu devenir un pantin entre ses mains et... Mais non. A l'époque, Darrat avait vingt ans ou un peu moins, Rouviat entre trente-cinq et quarante. Cette différence d'âge rendait la supposition folle.

J'enrageais de penser que Céline risquait de mourir sans avoir pu s'expliquer. Mais qui sait, elle l'avait peut-être voulu.

La grosse Béchidouse vint relayer la maigre Têterai-sin. L'Augusta Brandalou arriva au milieu de la nuit, bientôt suivie de l'Étiennette Mollignac. La chambre de la malade ne désemplissait pas. Le bruit avait couru que Fernand était parti, et les femmes se précipitaient pour occuper la place.

Au matin, Céline reprit conscience. Je m'assis à son chevet. Augusta Brandalou faisait du café en bas, Étiennette Mollignac ronflait sur sa chaise. Céline poussa sa main sur l'alaise pour me la tendre, je fis glisser mes doigts par-dessus les siens. Elle se souleva, tourna les yeux vers moi et chuchota :

– Occupez-vous bien de mes petits, je vais vous les laisser.

Elle essaya de me tenir une phalange, mais n'y réussit pas. Elle tremblait trop et n'avait plus de force. Elle murmura encore :

– Si vous avez la première du canton, vous penserez à moi ?

– Oui, je le jure. Mais je voulais...

Il y eut un bruit de porte, puis des éclats de voix, en bas, un pas lourd dans l'escalier. Étiennette Mollignac se réveilla.

– Voilà le curé.

J'allai ouvrir la porte à l'abbé Couvinhac Albin, qui me tendit son grand chapeau tout mouillé.

– Je viens pour les derniers sacrements. Il est plus que temps, je crois bien !

Céline appela faiblement : « Mon père ! Mon père ! »

Je descendis voir si le café était chaud. Étiennette Mollignac me rejoignit un moment après. Puis je m'endormis sur une chaise, près du feu. Le curé me réveilla en sortant.

– Lerouge, je ne vous ai pas vu souvent à la messe. Pour un jeune homme qui vient de l'école libre, vous êtes un peu lâcheur !

Céline eut une autre hémorragie dans la matinée du mardi. Elle fut transportée à l'hôpital où elle mourut le surlendemain, à cinquante-deux ans. Les vieilles femmes du village, l'Augusta, la Béchidouse, la Tâteraisin et la Chousebonne s'emparèrent aussitôt du corps comme un empailleur d'un pauvre oiseau.

La vue de la défunte, encore amaigrie, la peau tirée sur les pommettes, avec une mentonnière qui lui durcissait le visage, me donna un sentiment d'affreuse injustice. On était vendredi et je me souvenais de tous les vendredis saints de mon enfance, pleins d'images de supplice, de linceul, de tombeau, ces jours où un avant-goût de mort nous accompagnait de l'aube au soir, jusqu'à la nausée.

J'aurais voulu me recueillir devant elle. Or, dès que je chassais les réflexions casuelles et profanes qui faisaient la ronde dans ma tête, je devenais gris, sec et vide au fond de moi. Je me dis : « Ça serait pas pire si j'étais un cheval ! » Pourtant, j'avais eu de l'affection pour cette femme et je savais qu'un jour, n'importe quand, n'importe où, en passant devant le cimetière ou en traversant un pont, son souvenir me ferait chavirer et que je me mettrais à chialer comme un môme !

19.

Le corbillard cahotait sur les ornières. Je conduisais ma classe à un enterrement pour la deuxième fois de ma jeune carrière. Ils étaient tous là, en manteaux ou capuchons, ce triste matin de redoux, sous le ciel gris, dans la campagne épluchée par l'hiver. Le bon Dieu nous avait envoyé une éclaircie pour mettre en terre la pauvre dame. On entendait le cliquetis des sécateurs dans les vignes. Les paysans qui n'étaient pas aux obsèques taillaient du sarment à grands coups.

L'inspecteur débarqua de sa 203 boueuse. Sept ou huit collègues, dont trois femmes d'un certain âge, étaient venus du canton et des environs. Ils avaient formé un groupe séparé, au milieu duquel se tenait un homme plutôt grand, coiffé d'une casquette à carreaux assortie à son manteau de tweed. Parmi les autres, je reconnus Berforini, l'instituteur de Besse, long et un peu voûté, bien qu'il n'eût guère que la trentaine, son sourire blagueur et ses grosses lunettes. Et l'homme à la casquette et au manteau de tweed devait être M. Beraudier, directeur de l'école des garçons de Réverac : le père de Marianne. Un gros quinquagénaire tout rond s'écria en brandissant son parapluie :

– C'est une honte, camarades. Nous devrions être ici vingt ou trente pour une collègue morte à la tâche !

– C'est que justement, répondit une bonne femme en manteau vert, chapeau vert, pépin au coude, certains d'entre nous pensent que Céline Rouviat n'est pas morte à la tâche. Sa réputation n'était pas irréprochable du point de vue tempérance, et ça c'est grave. C'était une collègue de promotion à Normale, mais j'avoue que je suis choquée. Je suis on ne peut plus tolérante, mais, que voulez-vous, quand on a stigmatisé l'alcoolisme au moins deux fois par semaine pendant trente ans de carrière et qu'on croit aux vertus qu'on enseigne, mes amis, c'est dur. Je crois que, en fait, Céline a été assassinée par le village. Voilà ce que je pense !

J'interrompis ce discours en m'avançant poliment. L'homme à la casquette de tweed se présenta, Georges Beraudier, puis me nomma les autres : Mlle Bonnefon, Mme Truc, Mme Machin, MM. Berforini, Lanlaire ou quelque chose comme ça... J'écoutai à peine les noms. Mlle Bonnefon était la discoureuse ; ce devait être aussi la tante du barbu qui nous avait raconté son histoire à la journée pédagogique. Une belle histoire, mais celle que j'étais en train de vivre à Mondonat me semblait encore plus corsée. Les poignées de main échangées rituellement, la discussion reprit.

Berforini, de Besse, chapeau mou sur le coin de l'œil, une main crispée sur le col de son imper, coupa net :

– Qui d'entre nous peut se vanter de faire honneur au corps enseignant en toute occasion ? Nous ne sommes pas des saints laïques. Chère demoiselle Bonnefon, je vais sans doute vous choquer au fond de l'âme : certains d'entre nous ont une liaison avec une jeune collègue et leurs élèves le savent !

Mademoiselle Bonnefon, droite et courroucée, lui agita ses gants sous le nez.

– Vous parlez peut-être de votre cas, monsieur Berforini !

Elle s'éloigna, très digne, sous les rires. La poignée de son parapluie figurait une tête de canard. J'en conclus, je ne sais pourquoi, qu'elle était plus futée qu'elle n'en avait l'air et peut-être la réputation. Berforini rameuta le petit groupe, mais Georges Beraudier se tenait maintenant à l'écart. Berforini pointa le pouce vers la vieille demoiselle par-dessus son épaule.

– Vous savez ce qui lui est arrivé, il y a quelques années ?

Je crus que j'allais entendre de nouveau l'histoire du village et des frères ennemis. Berforini baissa la voix et le cercle se ferma autour de lui. Les institutrices gloussaient, heureuses peut-être d'oublier la tristesse du moment.

« Allez, Berfo, racontez ! » Et Berfo raconta.

– La miss vient de vous faire une démonstration de sa fougue antialcoolique. Elle a une longueur d'avance sur Mendès. Il y a quelques années, elle visitait les chopines des élèves et elle rajoutait de l'eau. Elle se servait toujours de la même bouteille. Un jour, des garnements ont volé de l'eau-de-vie qu'ils ont mise à la place de l'eau, dans la bouteille de mouillage. Miss Bonnefon ne s'est aperçue de rien. L'après-midi, elle a dû affronter une demi-douzaine de gosses soûls et une classe déchaînée.

– Ha ! ha ! ha ! ha ! firent les collègues de Berforini, mais le conteur leva la main pour arrêter les rires.

– Attendez. La miss a fini par deviner ce qui s'était passé. Elle a pris l'habitude de tenir sa bouteille à l'abri et même de goûter l'eau avant de la vider dans les chopines. Au bout d'un certain temps, elle a fait un peu moins attention, elle a de nouveau laissé traîner la bouteille. Rien ne se passait. Alors, les farceurs ont recommencé leur coup en profitant d'une occasion. Un jour, la miss a reniflé une odeur suspecte. Elle a voulu goûter l'eau au goulot. Qui aurait cru que l'eau-de-vie brûle si fort ? Elle s'est étouffée, a lâché la bouteille et, en essayant de la rattraper pour qu'elle ne se casse pas par terre, a répandu un peu ou peut-être beaucoup d'eau-de-vie sur sa robe. Elle en avait avalé aussi, on l'a vue s'enfuir du village, la bouche et la gorge en feu, en criant : « Je suis morte ! »

« Réfugiée chez des voisins, elle a tenu des propos incohérents, l'air folle et puant l'eau-de-vie. Vous pensez si tout le village a rigolé. Un gosse a couru chez le maire.

« " Venez vite, mademoiselle Bonnefon est soûle ! "

« L'aventure a fait le tour de la commune, mais elle aurait pu s'arrêter là, si la miss n'avait pas cru bon d'écrire à l'inspecteur pour se justifier, avec tous les détails. Une lettre de cinq pages. Et ainsi tout l'arrondissement l'a su ! »

Une institutrice fixa Berforini.

– Et les collègues qui ont une liaison, qui est-ce ?

Les paysans parlaient des inondations ; les rivières sortaient *aussi* de leur lit. D'ailleurs, tout allait mal et ce Poujade, de Saint-Céré, avec ses commerçants qui foutaient le diable aux vaches... Consolation, l'équipe de Sedan, toujours invaincue, jouerait en première division l'an prochain.

– Et l'an prochain, annonça Darrat sur un ton triomphal, je vous fous mon billet que j'aurai la télévision !

A l'église, je me plaçai dans la travée gauche, à côté de l'inspecteur et des instituteurs. Mlle Bonnefon était restée près des fonts baptismaux ; elle boudait le groupe. Il fallut chasser Miraut, le chien de Jehan Ousmane qui voulait suivre son maître à l'intérieur. A un moment, je tournai la tête par hasard et je vis une silhouette féminine se glisser dans le bas-côté droit. A sa démarche leste et furtive, je crus reconnaître Marie Ousmane, un châle noir sur son imperméable clair.

Mes élèves s'entassèrent autour de moi. Les seuls adultes près d'eux étaient des laïques, peu portés aux signes de croix et qui restèrent debout pendant toute la cérémonie. Berforini garda même son chapeau sur la tête.

Les élèves voyaient les bien-pensants de l'autre travée se signer, baisser la tête ou s'agenouiller ; ils ne savaient plus à qui se fier. Je leur commandai de s'asseoir, pour ceux qui avaient des bancs. Mais je laissai les « nom du Père » à la grâce de Dieu.

Plusieurs fois, je surpris le regard malveillant et presque haineux de Jehan Ousmane. Le curé bâclait la dernière prière :

« Faites, nous vous en supplions, Dieu tout-puissant, que l'âme de votre servante, Céline, qui a quitté la terre aujourd'hui, purifiée par la vertu de ce sacrifice... »

J'entendis la porte s'ouvrir derrière moi. Je tournai la tête. Marianne Beraudier ? C'était elle. Comment confondre avec un autre ce visage à nul visage pareil ? Marianne, vêtue d'un imper sombre, sa blondeur opulente casquée sous un foulard...

Après un regard haut, pour situer l'assistance, Marianne trempa le bout des doigts dans le bénitier, se signa d'un air recueilli et, si ce n'était pas une folle impression, un peu furtif. J'entendis quasiment mes gamins penser : « La demoiselle de Dévillac fait son *nom du Père* ! » Seigneur, dans cette atmosphère épaisse, d'encens et de mort, même sans le feu de sa chevelure, elle portait la vie comme un ostensoir !

Je l'entendis se placer derrière mes élèves. Berforini lui musa un sourire. Je la perdis de vue à la sortie de l'église.

Au cimetière, les parlotes du conseiller général et du délégué syndical s'égrenèrent entre les apartés de moins en moins gênés. De grands ormeaux couverts de lierre dominaient les murs. Je fixais les gouttes scintillantes alignées à l'envers des branches. Il me semblait que toutes étaient des vies. De temps en temps, l'une d'elles se détachait et tombait.

L'inspecteur, arrivé l'année d'avant, n'avait jamais connu Céline Rouviat et il eut le bon goût de s'abstenir.

Le caveau du maire était proche, il avait meilleure mine que sa maison. Un bon quart de l'assistance se poussa devant et de hautes pensées ricochèrent sur les croix.

– Pauvre Paul, il aurait été vaillant de porter en terre sa *régente.*

– Il aurait même mieux causé que le conseiller.

– Et le Fernand qu'est toujours absent, ça la fout pas bien.

– J'en vois un autre qu'est pas là, monsieur Jean-Gervais. En tant que d'ancien maire, il aurait pu faire un tour, ça lui aurait point nui.

– Le Fernand, y s'est peut-être pendu !

– Ça serait bien la première fois qu'y se rendrait utile !

– Faut être juste, il a essayé au moins deux fois de s'accrocher à une poutre.

– Mais y s'est manqué. Pareil quand y s'est foutu dans l'étang de la Marie, juste pour mouiller son pantalon. Et y s'est sorti !

– A propos de la Marie, c'est elle qui va faire la secrétaire de mairie, à ce qu'y paraît ?

– Augnac y la veut. Mais m'sieur Darrat y voudra jamais. Y veut qu'elle foute le camp. Y lui donne cinq cent mille pour la maison des Dindeaux.

– Cinq cent mille ? Avec l'étang ?

– Le jardin, le pré et la mare, que tu l'appelles étang, si tu veux.

– Ça vaut un million.

– P't-être que ça vaut un million. Mais les Darrat, y disent que les Grifoulet leur ont volé. Et qui c'est qu'irait acheter une baraque au milieu de leurs terres ?

– Et puis la Marie sera bien obligée de s'en aller un jour. Elle peut pas payer les réparations et le toit finira par leur tomber sur la tête, à ses gosses et à elle !

Pierre-Pierre me rejoignit et me tira par la manche.

– M'sieur-m'sieur, y a Jehan Ousmane qu'a l'a parti !

– Où ? Quand ?

J'inspectai mes élèves machinalement. Pierre-Pierre montra le coin du cimetière d'un geste du pouce.

– A l'a sauté le mur avec Miraut.

A quoi bon courir après ce gamin sauvage ? Plus

tard, j'entendis derrière moi un pas léger et un froufrou d'imper ; je respirai un parfum sucré. Je me raidis de la nuque aux talons et ne me retournai pas.

– Ça va ?

La question m'agaça une seconde. Puis je me rendis compte que je devais me tenir planté là, tel un pigeon malade au bord d'un toit, l'aile basse et le bec pendant, face au cercueil que les hommes du village descendaient dans le trou avec des cordes. Je ne pouvais m'empêcher de penser au message de Céline. La dame savait qu'elle allait mourir quand elle m'avait remis les deux cartes. Mais que voulait-elle que je fasse de son secret ?

Je n'avais presque pas dormi les quatre ou cinq derniers jours. Je tombais de sommeil, j'avais froid et la tristesse me pinçait le cœur. Marie Ousmane arriva derrière moi en silence.

– Vous êtes sûr que vous allez bien ?

Je la regardai, mais je ne réussis pas à décoller les lèvres pour répondre que oui, ma foi, je me portais comme un jeune poulain. Roseline surgit aussi, puis l'adjoint, Berforini, Marianne... Le vent chassa une averse. J'écoutais les gouttes grésiller sur mon col. Le soleil glaireux sortit de sous un nuage.

Les élèves commençaient à se disperser, la plupart suivant leurs parents. L'inspecteur me fit signe avant de monter dans sa voiture.

– Vous avez l'air mal en point, Lerouge. Je viendrai vous voir dans quelques semaines. Je vous laisse en de bonnes mains !

Attablé devant un grog bouillant, je songeai : « Tu as maintenant trois femmes autour de toi, Vincent Lerouge. Roseline, Marianne et Marie... C'est la vraie vie ! » Je pointai le coin de l'œil au bord de la glace du bistrot. Le personnage bouffi qui me rendit mon regard n'avait rien d'encourageant. Je portais les cheveux trop courts, mon costume du dimanche me serrait sous les bras et me faisait des fronces aux épaules ! Je tirai de cet examen la conclusion bizarre que je devais payer pour mon grog. Je sortis mon porte-monnaie.

– Rangez vite vos sous ! s'écria Roseline.

Le soir, je lui demandai s'il était vrai que Darrat voulait acheter la maison de Marie Ousmane.

Roseline me regarda d'un air de rancune.

– Les histoires de la Marie vous intéressent tant que ça ? Oui, les Darrat ne veulent pas d'enclaves. C'est vrai, la moindre enclave les empêche de dormir, paraît que ça date de l'arrière-grand-père, monsieur Alexandre-René. Et les Dindeaux sont en plein milieu de leurs propriétés ! Ils ont acheté les terres qui étaient avec à la tante de Lolo Grifoulet, la grand-tante de Marie Ousmane. Mais ils n'ont pas pu avoir la maison, la vieille l'a léguée à son neveu et la Marie en a hérité. Je crois qu'il y a eu un procès entre les Darrat et les Grifoulet, mais ça se passait avant la guerre, avant que je vienne habiter à Mondonat. Je n'en sais pas plus.

Le lendemain matin, on apprit que Fernand Rouviat avait été repêché dans une mare, chez un de ses clients, en Lot-et-Garonne. Mort, tout ce qu'il y a de mort.

20.

J'avais attrapé un gros rhume aux obsèques de la dame. Je restai plusieurs jours fiévreux et mal fichu. Impossible d'arrêter, car on ne remplace pas un remplaçant : on lui prend sa place. Roseline me mettait au lit sitôt après le bouillon du soir, me bourrait de tisanes et m'étouffait sous les couettes. Marianne s'occupait de mes « certificat » et me ravitaillait en aspirine et en Cequinyl... Mais elle se moquait de moi et de mon air épuisé.

– Il faut tenir jusqu'à la victoire. N'oublie pas de respirer !

– Ménagez votre cheval, jeune homme. Vous n'en avez qu'un !

– Comme tu es pâle ! Tu es sûr que tu as bien dormi ? Roseline te fait de la bonne soupe ? Elle ne se cache pas dans ton lit ?

A Mondonat, le conseil municipal ne se décidait toujours pas à démissionner, malgré les efforts de Darrat pour provoquer des élections. La querelle du puits s'envenimait. Darrat soutenait l'abbé Gaulhiac. « Pour défendre la mémoire de Paul Rameye ! » clamait-il. Rémi Augnac battait le rappel de ses amis et chantait les mérites du sourcier laïc et laïque, Jules Laparouquial. Un seul jalon restait en lice, le jalon rouge, qu'on se disputait âprement.

Lors d'une *journée,* l'inspecteur me questionna en public.

– Le puits de l'école est commencé, chez vous ?

Je répondis benoîtement :

– Les préparatifs avancent. On a encore changé le jalon de place cette nuit !

L'inspecteur daigna rire, mais il me pria un peu plus tard de garder mon humour pour les repas de première communion.

Augnac et Darrat réclamèrent tour à tour mon arbitrage. Je leur proposai de s'en remettre à une autorité reconnue dans le canton : Georges Beraudier, directeur d'école laïque, ce qui devait convenir à Augnac, et aussi gaulliste reconnu, ce qui aurait dû plaire à Darrat. L'adjoint enfonça gravement sa chemise dans son pantalon.

– Ça va coûter des sous à la commune.

– *Beleou-bé !* Peut-être bien, répondis-je, c'était quasiment les seuls mots de patois que je savais encore.

Darrat serra les poings.

– Je le paierai de ma poche s'il décide pour l'abbé !

Marianne me semblait de force à tuer dans la sueur et les larmes n'importe quel rival. J'appris que des collègues l'avaient baptisée Chardon Marie. Le chardon Marie est le plus robuste, le plus dur mais le plus beau de l'espèce, le plus piquant mais le plus franc. Il se tient haut et droit et affectionne les terrains découverts et le plein soleil. Il montre de loin ses piquants rigides, pareils à des dards, et érige fièrement, tout l'été, ses grosses fleurs touffues, violet pourpre. Ses capitules aussi bien que ses feuilles et ses racines étaient consommés couramment autrefois et jusqu'à la fin de la guerre... Sans parler de ses vertus médicinales. Les poules et les dindons cherchent ses graines et c'est, naturellement, le chardon préféré des ânes !

Nous avions pour ainsi dire jumelé les cours moyen et fin d'études de Dévillac et de Mondonat. Nous allions et venions l'un et l'autre entre les deux écoles. Nous nous retrouvions à Dévillac, avec nos neuf « certificat » réunis, pour une heure, parfois une heure et demie de révision et d'entraînement intensifs.

Le soir, je bissais le numéro avec Lola. Tous les deux jours, Mlle Minsou avait droit en sus à une répétition d'orthographe personnalisée et, une fois la semaine, à une dictée préparée par moi et lue par sa mère.

Georges Beraudier accepta de régler la querelle du puits à sa façon. Il se mit d'accord avec Augnac d'un côté, Darrat de l'autre. Prêcher entente aux deux sourciers rivaux fut une besogne encore plus ingrate. Il les persuada finalement de se soumettre à une épreuve qui aurait lieu dans un lieu secret, quand les prés seraient secs. En avril peut-être.

– Ça leur laissera trois mois pour commencer les travaux aux grandes vacances.

Je voulus porter la bonne nouvelle à Marianne, mais elle la connaissait déjà. Elle me regarda avec un sourire soucieux et doux, songeur et désenchanté.

– Mon père est un type extraordinaire. Je me demande si je pourrai jamais aimer un autre homme !

De temps en temps, je sentais la foi m'abandonner un peu, j'avais presque envie de dételer. Cette lutte quotidienne et têtue pour la première place du canton me paraissait trop coûteuse en énergie et, pour tout dire, un peu enfantine. Je me souvenais de la mise en garde de l'inspecteur, associée à un projet de Mendès France selon lequel notes et classements seraient rayés à jamais de l'enseignement ! Je rapportai la réflexion à Marianne.

– Raison de plus, dit-elle. On se rappellera dans vingt ans les noms des lauréats !

– Et n'est-ce pas encourager une tendance obscurantiste ?

On parlait sans cesse d'obscurantisme à l'Éducation nationale et chacun de nous poursuivait la lutte contre les chouans éternels.

– C'est idiot ! fit Marianne. On abolira peut-être un jour toute compétition de ce genre, je ne suis pas sûre qu'on aura raison. Mais, pour le moment, on en a besoin. La compétition permet à une toute petite commune, comme Mondonat, et à une classe unique comme la tienne, de jouer un rôle au canton, d'exister. Imagine qu'il n'y ait pas de classement au certificat, comme ce serait assommant et exténuant !

Elle me prit l'avant-bras au-dessous du coude et serra si fort que ses ongles me meurtrirent la peau à travers le tissu de ma veste. Elle se laissa emballer par son exaltation. Les secousses de sa main montaient dans mon bras.

– Je fais ce métier depuis plus de trois ans et je l'aime, vocation ou pas, je m'en fiche. J'aurais aussi aimé être un grand écrivain comme Emily Brontë ou une grande comédienne comme Danielle Darrieux. Je voudrais que mon métier ressemble un peu au leur. Je ne veux pas qu'il ressemble à celui de M. Truc ou de Mme Machin, je pourrais te citer dix noms. Et je n'ai pas envie de finir comme Céline Rouviat ! Tu comprends ça ? Tu comprends ?

– Est-ce que tu comptes tes parents parmi les dix noms ?

– Pas mon père, en tout cas !

Une rosée de sueur perlait à la racine de ses cheveux, sur ses tempes et son front. Elle parut soudain minuscule et blessée. Elle leva les yeux, tira sur le col de sa veste.

– Je vais te parler de mon père pour que tu voies à quel point il pousse la passion de son métier. Il a inventé un rite pour ses candidats reçus au certificat. C'est devenu une récompense à laquelle les garçons tiennent beaucoup. Après l'examen, il joue une partie de billes avec chacun d'eux. Et chacun doit lui gagner une bille. Il joue plutôt bien et ce n'est pas facile pour certains. Et cette bille gagnée à mon père, le garçon doit la conserver jusqu'à son mariage et, si possible, toute la vie !

« Il peut s'en servir dans n'importe quelle circonstance de sa vie pour se rappeler ses rêves et ses espoirs. L'an dernier, un gars de trente ans nous a dit qu'il s'était marié à cause de la bille de mon père, qu'il ne le regrettait pas et que la bille lui avait donné envie d'avoir trois enfants ! Les gars se disent en rigolant : " Tiens, la bille de Beraudier. " Et ils voient la tête de mon père ! Et ils se voient du temps où ils étaient avec lui, tels qu'ils étaient à cet âge. Et ils se rappellent un peu ce qu'il leur a dit, les espoirs qu'ils ont partagés avec lui. C'est une espèce de pense-bête pour la vie. Ça marche parce que mon père est un homme pas ordinaire. Enfin, ça marche de temps en temps... Un jeune postier nous a raconté son mariage à Paris. Cette fois, la bille a failli causer un scandale et les beaux-parents étaient presque prêts à reprendre leur fille.

« Le grand jour venu, le postier avait sa bille dans la poche de son beau costume. Il la faisait rouler dans ses doigts en se disant : " Pense à Beraudier. Sois digne de la classe de fin d'études de 1937, la meilleure qu'il y ait jamais eue à Réverac ! " A la mairie du treizième arrondissement, il l'a sortie de sa poche par distraction. Elle lui a échappé, elle a roulé par terre. Il a crié : " La bille ! la bille de Beraudier ! " C'était l'objet le plus précieux qu'il ait jamais possédé. Il y tenait plus qu'à l'alliance qu'il allait bientôt passer au doigt de sa fiancée. Il s'est mis à quatre pattes dans la salle des mariages et il a poursuivi la boule dans les jambes des invités. Quelques-uns ont cru qu'il était devenu fou et, plusieurs années après, son beau-père n'est toujours pas rassuré.

« Enfin, le postier a retrouvé sa bille et il l'a encore. Il nous l'a montrée. Il en est extrêmement fier. Mon père aussi. Voilà pourquoi c'est un artiste. Et j'aimerais bien en être une aussi. »

21.

Tristes vacances. J'avais honte de traîner sans but et presque sans âme entre Mondonat, Bergerac et Saint-Veillant.

Avec quelques jours de retard sur le calendrier, le printemps éclata. Les prés se couvrirent bientôt de mouchetures blanches, jaunes, mauves. Les arbres fruitiers se changèrent d'un coup en panaches fleuris et ma mère, sans lâcher ses aiguilles, protesta une fois de plus contre la chanson d'André Claveau, *Cerisiers roses et pommiers blancs*.

– Ces gens de Paris, ils n'ont jamais vu un verger !

Au lieu de ricaner, comme je l'avais fait dix fois, j'expliquai avec un rien de mélancolie :

– Claveau parle d'un cerisier et d'un pommier plantés si près l'un de l'autre que leurs branches se mêlent complètement. Le cerisier semble porter les fleurs du pommier et vice versa.

Je crois que j'avais un peu rougi en racontant mon histoire et Émilie souleva d'un geste las le tricot posé sur ses genoux.

– Comme si je l'avais pas compris !

– Alors, tu vois bien.

– Ah, quand même, c'est drôle ! C'est bête !

La verdure jonchait les prés, bourgeonnait sur les buissons, drapait les haies, essaimait dans les bois, poudroyait de cime en cime, étalait ses pâles aquarelles sur les ramures des grands arbres. Le long des ruisseaux, les peupliers couverts de chatons à broderie rouge exsudaient une odeur lourde d'encens et de miel. Aux murs, les bourdons bruissaient dans les glycines.

Le vent acide d'avril excitait l'allégresse rageuse des oiseaux chanteurs. Les perdrix s'appelaient à travers les blés tremblants. Le coucou solitaire leur répondait au fond des bois. Le chant des crapauds peuplait les soirs.

J'avais décidé de rendre à Renaud Chabellac ma chambre de Bergerac : une façon de me couper toute retraite. Je passai à ses deux agences, celle de Saint-Veillant et celle de Bergerac, je le poursuivis dans les champs, sous une belle averse de printemps. Il évaluait, « expertisait », comme disent les gens d'affaires dans leur jargon, une propriété en friche qui faisait partie d'un héritage. Il pataugeait en bottes de caoutchouc, veste cirée et chapeau de pêcheur, et me proposa de l'aider.

– On va voir ce que tu vaux encore *sur le terrain* !

Oui, on allait voir. Le vent d'ouest nous jetait à la figure des paquets d'eau fraîche. Mon imper m'engonçait un peu, mais j'étais à l'aise dans mes bottes garnies de paille de seigle et je bondissais comme un setter à l'ouverture. Deux ou trois fois, je dus attendre Renaud en haut d'un raidillon ou le long d'un fossé. Je calculai son âge : il devait approcher les soixante ans.

Bientôt, une giboulée nous chassa du *terrain*, comme il disait. A regret, il se réfugia dans une cabane de vigneron. Malgré la porte défoncée, les murs et le toit nous offrirent un abri douillet. Renaud accrocha son chapeau trempé à un clou et me regarda en riant.

– Tu vois, ça me rajeunit.

Mais il se voûtait, ses mains se décharnaient, sa peau collait aux os de ses pommettes. Sa crinière blanche, que j'avais tant admirée pendant mon enfance, se clairsemait sur le front et le sommet du crâne.

Il s'assit sur le rebord d'une mangeoire à vaches et me parla de sa vie, avec ce mélange d'ardeur et de mélancolie qui lui était habituel. La politique l'obsédait de plus en plus, le conseil général n'était à ses yeux qu'un tremplin pour la députation.

– Il faut absolument que je sois élu aux législatives de 56. Pour les suivantes, ça porte en 61, je serai trop vieux. A moins que la IVe République se casse la gueule avant, ce que j'espère !

Son regard doux et rêveur d'homme d'action revenu de toutes les chimères se voila soudain de tristesse et de doute. Il me sourit.

– Alors, comment se passe ton retour aux sources ?

Je n'eus pas le cœur de lui parler de ma chambre.

– Pas trop mal, je crois. Mais je suis tombé sur une commune à histoires, je me suis fait des amis... et des ennemis.

– C'est la vie. Sois plus résolu, plus sûr de toi. Tu l'étais, il me semble, quand tu travaillais avec moi. Je serais désolé si je pouvais croire que tu as perdu en devenant adulte ne fût-ce qu'une petite part de ta force de caractère.

Il rit et me pointa l'index sur la figure.

– Cela dit, si tu as du souci pour ta chambre, n'y pense plus. Je te la laisse au moins jusqu'à la fin de l'année scolaire. Nous verrons après.

– Merci, je...

– Si je ne me trompe pas sur toi, Vincent – et je ne me trompe pas souvent –, tu es quelqu'un qui écoute sa conscience et qui lui obéit trois fois sur quatre. Personne n'est parfait. Je crois que tu seras à ta place dans une école de campagne. Je te souhaite bonne chance. *Age quod agis*, fais ce que tu fais.

Je ne l'avais jamais entendu citer du latin. Il se voyait déjà député et peut-être bientôt ministre de l'Éducation nationale !

En attendant d'obéir, ma conscience ronchonnait. « Céline, sur son lit de mort, t'a confié une mission. Les vœux d'un mourant, c'est sacré. Alors, qu'est-ce que tu *fais* ? » Mais quelle mission ? Sans doute réhabiliter Euloge Grifoulet aux yeux du village, pour l'honneur de sa fille et de ses petits-enfants ? En me plantant devant la mairie et en criant, les mains en porte-voix : « Oyez, braves gens ! Lolo était sobre comme un chameau, c'est Fernand Rouviat qui a mis le feu à la maison du maire ! »

Je fus à deux doigts de me confier à Renaud. Mais je le sentais trop absorbé par ses propres soucis, sa fameuse carrière qui n'en finissait pas de commencer. Connaissait-il vraiment l'âpreté des rancœurs paysannes ? Qu'aurait-il pu me dire ?

Je retournai voir ma mère. Elle avait l'expérience des querelles sans fin, des haines inexpiables qui hantent les gens de la terre, et elle en avait elle-même bien souffert... Elle me dirait : « Ne t'occupe pas de leurs histoires. Et s'ils t'embêtent, va-t'en ! »

Je trouvai Émilie à la fois boudeuse et exaltée, comme cela lui arrivait de temps en temps : courant sans arrêt, tête basse, d'un coin à un autre de son petit appartement, et, quand elle me regardait, les yeux brillants et la bouche gonflée d'une moue.

Tout à coup, elle me tourna le dos, s'approcha de sa commode, prit un rameau de laurier sec au fond d'un tiroir et le jeta dans le foyer.

– Figure-toi que je n'avais pas encore brûlé les rameaux bénits de l'an dernier. Je ne sais pas où j'ai la tête en ce moment !

Elle pêcha une allumette sur le rebord de la cheminée, s'agenouilla pour brûler le bouquet de feuilles, se releva et me toisa avec son expression grave et moqueuse. Cet air-là ne présageait rien de bon. Une odeur amère monta des flammes. Émilie tourna sur elle-même deux ou trois fois, secoua ses doigts pour en faire tomber la poussière.

– Tu as vu Renaud ? Tu crois qu'il sera député un jour ? Bah, c'est un gosse qui passe sa vie à guetter le père Noël !

Renaud avait beaucoup vieilli, les jeunes femmes ne l'assiégeaient plus ; et elle restait, elle, dédaigneuse et fidèle, proche à demi, insolente et tendre, chaperonnée par les bonnes sœurs qui ne la laisseraient pas retomber dans la faute. Elle m'avait dit une fois, des années plus tôt : « Renaud, si Dieu le veut, je serai là pour lui tenir la main sur son lit de mort ! »

Je pérégrinai un moment dans sa cuisine, à renifler des odeurs de laurier brûlé, de Javel et de soupe aux choux. Je me lançai enfin, avec prudence.

– Maman, je suis mêlé à une drôle d'histoire, à Mondonat.

Elle me tournait le dos. Je vis frissonner ses épaules. Elle se raidit et, sans me regarder, la tête penchée sur ses mains que je ne voyais pas, elle lâcha l'avertissement redouté.

– Alors, va-t'en, va-t'en tout de suite, mon Vincent ! Dis à ton inspecteur qu'il y a une histoire et que tu es obligé de partir. Si tu ne le fais pas pour toi, fais-le pour moi. Nous ne pouvions pas partir, *nous*, parce que c'étaient *nos* affaires, et c'était terrible. Tu ne sais pas, tu as oublié, mais c'était terrible.

– Tu ne veux pas que je te raconte ?

– Ah non, jamais. Je veux que tu oublies et que tu te mettes à l'abri. Pour se sortir d'une *histoire*, il faut s'en aller quand on peut, le plus vite possible et le plus loin possible !

Je sautai sur ma mobylette et filai à Mondonat avec l'intention d'emballer mes quatre hardes dans ma valise en carton. Je demanderais aussitôt à l'inspecteur de me donner un autre poste.

A mesure que j'approchais, je sentais mieux que les affaires des gens de Mondonat étaient *mes* affaires ! Céline me regardait du fond de la terre ou du haut du ciel. Et Marie et Jehan !

Je fis une escale de réflexion à Réverac. Je posai ma mobylette contre un ormeau du Tour de ville. J'avançai à petits pas jusqu'au mur des remparts et m'y appuyai pour contempler le paysage. Vallons verts, touffus et tendres, châteaux au sommet des collines, vignes et vergers le long des pentes, ruisseaux dans les combes, sur lesquelles tremblait une fine buée... Je me retournai vers la ville, toute baignée d'air et de lumière sur son mamelon, tranquille et familière. Le ciel immense et bleu reposait sur la pointe du clocher. Une furtive embellie me rinça le cœur.

Partir, rester... Choisit-on sa destinée ? Ou bien toute la vie est-elle gribouillée en pattes de mouches presque illisibles sur un registre vieux comme le monde ?

J'avais trouvé mon pays. Réverac, Mondonat, le village et la classe que j'aimais. Mes amis, Jean Berforini, Marianne et Georges Beraudier, et même la demoiselle Bonnefon... Roseline, Marie, mes élèves, Pierre-Pierre, Élisabeth, Lola, Alice, Jehan... Un chemin déjà bien tracé, jusqu'à la fin de l'année scolaire et peut-être au-delà. Mais l'avertissement de ma mère me claquait encore aux oreilles. Pire, je savais, je sentais, qu'en restant à Mondonat je m'embarquais dans une aventure cuisante.

En sortant de Réverac, je décidai de parler à Berforini. Seconde escale à Besse-en-Périgord !

Un gros village avec un vrai trottoir tout le long de la rue, une église au centre et, au bout, une école à deux classes. Une dizaine de gosses jouaient dans la cour. Je voyais pour la première fois des petits paysans se retrouver à l'école pendant les vacances !

Une gamine courut sous les fenêtres ouvertes et appela.

– M'sieur, y a un type !

Jean Berforini sortit, ses lunettes à la main, les chaussa, me fit entrer dans sa classe où il s'affairait déjà pour la semaine suivante. Il me montra la petite bande, rassemblée autour de lui.

– Ils aiment tant leur école qu'ils trouvent les vacances trop longues. Le troisième trimestre est court, cette année. On n'a guère plus de deux mois avant le certificat. Alors, lundi à neuf heures une minute heure légale, dictée pour tout le monde !

Son regard pétillait. Un sourire presque tendre changeait la menace en promesse de joie partagée. Il baladait sa main droite devant lui comme s'il ébouriffait déjà les têtes de ses loustics et de ses luronnes.

– C'est l'école ou bien vous qu'ils aiment tant ? demandai-je.

– On se tutoie, décida-t-il. Bah, aucun ne m'a aimé assez pour m'apporter le prix cantonal. Ils se trouvent heureux ici et ils ne font rien pour la réputation de leur pauvre maître !

Il sortit une pipe de sa poche et cogna le fourneau sur son talon, en équilibre sur une patte, comme un héron qui se gratte.

– Dix ans que j'attendais cette bouffarde ! Mais ma femme jure que la pipe sent mauvais. Erreur : c'est le tabac froid qui sent mauvais. Peu importe qu'il vienne d'une cigarette, d'un brûle-gueule ou d'une chique.

Berforini s'assit sur un coin de table, moi sur le rebord de l'estrade. Je reniflai et fis la grimace pour l'embêter. Il rigola.

– Quand j'étais gosse et que j'essayais de me voir adulte, je m'imaginais toujours avec une pipe. Ça m'est revenu très fort depuis quelque temps. J'ai négocié avec Simone, ç'a été dur !

Il brandit sa pipe et me la lança. Je l'attrapai au vol.

– Qu'est-ce que tu as donné à la place ?

– J'ai promis de ne plus jamais regarder Marianne Beraudier, ni bien sûr de la toucher ! Tu ne lui diras pas que je l'ai échangée contre une pipe ! Je n'ai pas l'intention de tenir ma promesse plus de deux ou trois mois. En attendant... j'aime mieux te dire qu'elle n'est pas si farouche qu'elle en a l'air. Demande au toubib, ah, ha ! Et il y a un prof de l'École normale de Périgueux qui fait le voyage toutes les semaines ou presque. Tiens, voilà ma femme !

Simone Berforini était une jolie brune, vêtue d'un pantalon sous une blouse de classe blanche. La première institutrice en pantalon que je voyais depuis mon entrée dans la carrière.

– Voilà ma sans-culotte ! s'écria Berforini. Si je ne l'avais pas connue, je serais commis des Ponts et Chaussées. Ma mère voulait que je sois cantonnier.

– La mienne aussi.

– Toutes, dit Simone. Toutes les paysannes veulent que leurs fils soient cantonniers.

Plus tard, nous nous sommes assis tous les trois autour d'une vieille table paysanne, dans la grande cuisine de l'école, devant un litre de vin blanc à l'odeur sulfureuse et trois verres à moutarde, et nous nous sommes regardés en silence. Puis Jean a dit en me fixant avec son sourire blagueur :

– Toi, tu as une affaire sur l'estomac. Qu'est-ce qui te trotte ? Tu es amoureux de la belle blonde ?

Je pris un air innocent, en essayant de ne pas trop rougir.

Berforini sortit sa pipe et commença à la bourrer sous l'œil dégoûté mais tolérant de sa femme.

– C'est quelqu'un, la môme Beraudier, hein, Simone ? Ah, ah, ce n'est pas toi qui dirais le contraire ! Qu'est-ce qui la fait courir, à ton avis ? Je vais te dire, c'est sa rivalité avec son père. Et ça remonte à douze ans, à son cours moyen exactement.

– Je sais qu'elle admire beaucoup son père, dis-je.

– Ah oui, elle l'admire. Pour l'admirer, elle l'admire, mais elle ne lui a pas pardonné le coup du serpent. Ils se sont fait la guerre pendant sept ou huit ans. Et une sacrée guerre ! Tu ne connais pas l'histoire du serpent ? Hein, Simone, il y a encore des collègues qui ne connaissent pas l'histoire du serpent !

– C'est un remplaçant, dit Simone sur un ton de pitié.

Berforini alluma sa pipe en se brûlant les doigts à son briquet.

– Oui, c'est un remplaçant. C'était donc pendant la guerre, en 1942 ou 1943, Beraudier était encore à Saint-Martin et il avait sa fille comme élève du cours moyen deuxième année. Ce genre de situation n'est pas toujours facile. Marianne admirait son père, mais elle voulait déjà se distinguer de lui d'une façon ou d'une autre. Georges Beraudier est un type courageux, il l'a prouvé pendant la guerre, comme chef de la Résistance à Réverac, mais il craint les serpents. Sa fille le savait. Elle avait sans doute pensé : « Voilà un point où je peux lui être supérieure... » Elle s'était mise à jouer avec les couleuvres, elle avait même essayé d'en apprivoiser une. Elle avait aussi capturé des vipères.

« Naturellement, les grands élèves suivaient ce manège avec intérêt. Dans une classe, les enfants du maître sont toujours un peu jalousés. Quelques-uns ont eu l'idée d'une bonne farce. Ils ont attrapé une vipère rouge, un aspic, il y en a pas mal dans ce coin, et ils l'ont fourrée dans un tiroir du bureau de Georges Beraudier, un beau soir. Ils se disaient : “ Le monsieur va forcément soupçonner sa fille. On rira bien ! ” Et ils étaient décidés à l'orienter dans ce sens...

Beraudier a trouvé la vipère, il a failli se faire mordre, mais il l'a tuée. N'importe qui aurait eu une belle frousse, lui encore plus à cause de sa peur des serpents.

« Sur le coup, il ne s'est pas demandé qui lui avait joué ce tour. Il n'a pensé qu'à l'avantage pédagogique qu'il pourrait en tirer. Instituteur dans l'âme, le père Beraudier : il met la pédagogie au-dessus de tout. Une leçon sur les reptiles et le danger du venin s'imposait. Mais pour qu'elle porte, mieux valait que la vipère ait mordu. Alors, Beraudier a monté tout une mise en scène.

« Il s'est promené plusieurs jours avec la main bandée et la mine pâle, il a fait des tas de tirades sur la vipère et le venin. Note bien qu'il n'a jamais accusé sa fille, mais les autres gosses s'en sont chargés. Ç'a été terrible pour Marianne. Tout le monde lui disait qu'avec ses bêtises elle avait failli causer la mort de son père. Elle avait beau se défendre, personne ne la croyait. Bien sûr, elle a renoncé à son penchant pour les serpents et elle a été très malheureuse. Mais le pire, ce fut un an ou deux après, quand son père lui a avoué en riant la comédie qu'il avait jouée pour sa chère pédagogie. Elle était folle de rage... Tu connais Marianne, essaie de l'imaginer à douze ou treize ans folle de rage. Marianne a dit qu'elle détestait la pédagogie et elle a juré qu'elle ne serait jamais institutrice, même si on lui donnait un milliard. Eh oui ! Comment elle est arrivée là où elle est, essaie de deviner. Ce sont les chemins de la vie, mon vieux ! Le jour où elle réussira à battre son pater pour le prix cantonal, l'affaire de la vipère sera effacée. »

Une belle histoire. Je me souvins de celle que Berforini avait narrée le jour des obsèques de Céline pour ridiculiser Mlle Bonnefon. C'était un spécialiste. Il trouvait une jubilation visible à colporter les mésaventures et tribulations des collègues... Et moi j'étais venu lui offrir un cas de conscience juteux ! « Épanche-toi, Vincent Lerouge, déballe tes scrupules, exhibe ton âme, et tout le canton sera au courant avant le certificat ! »

Je quittai Besse comme si j'avais le diable aux trousses et je rentrai à Mondonat sans avoir pris aucune décision. Mais je renonçai à faire mes bagages.

22.

Mignonne, voici l'avril ! – Le soleil revient d'exil...

Marianne s'occupait de mes chansons. Elle s'en tenait aux couplets traditionnels et consacrés. Pour le certificat, on ajouterait aux ritournelles des XVIIIe et XIXe, *Visa le noir, tua le blanc, La Marseillaise* et *Le Chant des Partisans* que M. Beraudier nous avait conseillés, de préférence aux hymnes révolutionnaires de 89. Réverac est un haut lieu de la Résistance ; on y garde à la mairie les drapeaux du maquis et il est bien vu de « marquer le coup ».

Supposons qu'une Lola Minsou ou un Jeannot Pelissolo, par accident, soient à un ou deux points du repêchage. Le vol noir des corbeaux sur la plaine peut faire la différence et nos héros ne seront pas morts pour rien !

Marianne m'avait prêté son phonographe et deux ou trois vieux disques. Elle venait une demi-heure par semaine entraîner mes élèves. Elle ne craignait ni les chansons à boire ni les scies enfantines. Elle avait mis au programme de nos deux classes : *En revenant de noces, Les lauriers sont coupés* et *Là-bas dans le Limousin,* qu'elle chantait avec un sourire engageant.

Là-bas dans le Limousin, petit,
Là-bas dans le Limousin,
Là-bas dans le Limousin, petit,
Là-bas dans le Limousin,
S'il y a de gentes filles, mais oui, mais oui !
S'il y a de gentes filles,
Ici aussi !

Et déjà toutes les grandes serinaient à longueur de récré : *« S'il y a de gentes filles... ici aussi ! »* Cela devenait une rengaine à la mode, avec *La petite diligence, Domino,* les inusables *Marinella, Étoile des neiges, Quand allons-nous nous marier ?* Par magie, le petit air guilleret et moqueur s'engrenait sur mon passage et fusaient les rires et les œillades perdues.

« Me voilà accusé par la rumeur d'aller chercher des filles bien loin, pensais-je, alors qu'ici plus d'une m'attend... Ces mouflettes sont fêlées ! » Roseline me regardait en coin.

– On entend *vos gosses* crier et rire tout le temps. Et puis les garçons et les filles se mélangent dans la cour qu'on n'a pas idée. Ah, il y a du changement depuis la mort de la dame et pas que du bon !

Tous les matins, les grands s'entassaient autour de moi. Quelques moyens aussi et même deux ou trois petits... Ils sentaient la brillantine et la plume de pigeon. Les « certificat » de l'an prochain, Marie-Jacqueline Mollignac, Yves Deyeune et Alice Ousmane, me serraient maintenant de plus près et tentaient, par de subtiles manœuvres, d'éveiller ma complicité, cette entente secrète de ceux qui restent contre ceux qui s'en iront bientôt.

L'année scolaire 1954-55, déjà très avancée, se préparait à basculer dans le passé. Alice aux cheveux noirs, gracile jusqu'à la Saint-Basile, s'épanouit, poitrine et hanches, au premier cri du coucou. Quand elle ne jouait pas des coudes au premier rang, elle s'asseyait dans un coin ensoleillé, ou bien sur le tronc lisse qui servait de banc au fond du préau, roulée en œuf, la tête penchée, les mains autour des jambes. A l'occasion, elle levait vers moi une paupière et un bout de langue. Élisabeth, Lola et Nina avaient d'autres gestes, d'autres mimiques. Je trouvais à mes grandes un point commun : elles n'avaient pas peur des souris, ni des serpents ni des hommes. Elles ne craignaient que les perce-oreilles !

Les bavardages s'émancipaient comme si je n'étais pas là ; mais bien des répliques visaient en secret mes oreilles. Sujet le plus débattu par les grands : que ferons-nous après le certificat ? Et pour les filles : quand irons-nous danser ?

Lola ne voulait pas *continuer* après le certificat.

– J'ai envie d'apprendre le commerce, mais pas à l'école. Ma mère me montrera à tenir la cabine et, plus tard, je rentrerai aux postes. Mais elle me laissera pas aller au bal avant seize ans.

Alice caressait des deux mains ses belles mèches brunes et se rengorgeait.

– Moi, j'ai pas envie de traîner à l'école jusqu'à dix-huit ans. Et puis, quand j'aurai le certificat, je pourrai aller danser !

Et Élisabeth, sur le ton méprisant qui lui était habituel :

– Ton père est parti, ta mère n'a pas de terres. Si tu passes pas ton brevet, tu seras bonniche !

– A moins que j'épouse un rupin !

– Les rupins n'épousent pas des négresses !

Alice s'avança, crinière haute, prunelles allumées, griffes jetées. Élisabeth se mit prudemment hors de portée des jolis ongles, sur lesquels je crus distinguer une ombre de rose.

Et d'autres :

– Le bal, mon père est contre.

– Moi, c'est ma mère...

Les garçons se risquaient à parler du métier qu'ils feraient un jour.

– Agriculteur comme mes parents.

– Mécanicien.

– Maçon.

– Menuisier.

– Radio dans la marine !

Jeannot Pelissolo se taillait déjà une carrière à sa bonne guise.

– Après le certif, je veux travailler dans les autos. Pour commencer, je m'embaucherai à une station-service...

Le mot ne disait ni fa ni fée à la plupart des autres.

– Un marchand d'essence sur la grand-route. Je ramasserai pas mal d'oseille avec les pourboires !

Conseillers municipaux et sourciers acceptaient enfin l'épreuve décidée par Georges Beraudier. Le père de Marianne me rendit visite à l'école. Il évoqua l'affaire en faisant claquer l'élastique de son éternel calepin noir.

– Je connais assez les paysans pour me méfier de ces bonnes paroles. Je vous ai peut-être donné l'impression de faire traîner cette affaire, mais il a fallu que je rencontre longuement les deux sourciers.

L'épreuve est un simple cérémonial, ils doivent la réussir l'un et l'autre. Le spectacle rassemblera du monde. Ils ont fini par comprendre que, s'ils étaient raisonnables, ça leur ferait une réclame extraordinaire à tous les deux. Ils ont été alléchés et ils ont dit oui. Mais ce n'est pas facile à organiser. Quand les prés seront fauchés, nous nous retrouverons tous un dimanche matin à Saint-Cernin-de-Lolme, pour une épreuve décisive. Et après, nous reviendrons ici et ils se mettront d'accord sur le meilleur point d'eau de l'école.

– Pourquoi Saint-Cernin-de-Lolme ?

– C'est un endroit que je connais bien. Vous verrez.

Je guettais chaque matin la visite de l'inspecteur. Encore un jour, encore un. On aurait dit qu'il me faisait languir pour me châtier d'une faute inconnue. L'épreuve des sourciers était remise de semaine en semaine, pour une raison ou pour une autre.

Je n'assistai pas au premier « certificat blanc » organisé par Georges Beraudier en réunissant ses candidats, ceux de Marianne, de Berfo et de Virginie Bonnefon. Ce jeudi-là, les remplaçants participaient à une classe d'application dans une école des environs de Bergerac. Le maître et ses quarante élèves avaient consenti à nous immoler leur jour de repos, toute défection se paierait en larmes de sang.

Je me sentais délesté d'un boulet. A force, la campagne du certificat m'échinait. Je ne voulais pas bazarder mes chances au C.A.P pour pousser la carrière de la demoiselle de Dévillac !

Je rentrai à la nuit tombée. En arrivant, ma lampe

de poche à la main, je vis la clé sur la porte de la classe. Marianne était assise à mon bureau, les coudes entre deux piles de cahiers. Elle leva la tête, bondit, m'embrassa sur les deux joues et un peu au coin de la bouche.

– Tu l'as ! Tu l'as !

J'oubliai mes rêves de gloire.

– Je l'ai ? On l'a ?

– On l'a, tu l'as, on l'a, ça y est !

Je lui rendis ses baisers, sur les joues et un peu sous le nez.

– Mais ce n'est qu'un examen blanc.

– N'empêche. 9,10 de moyenne, le champion de mon père ne fait que 8,85 !

Elle s'est appuyée doucement contre moi et m'a lancé les bras autour du cou. Je ne savais pas trop si je devais ces effusions au sentiment ou à un mélange bouillant de fébrilité et de jubilation. Je l'ai sentie vaciller contre moi. Il m'a semblé qu'elle tomberait si je ne la retenais pas.

Puis elle s'est ressaisie et elle m'a échappé. Elle a couru au bureau, en trébuchant contre l'estrade, elle s'est retournée et m'a tendu une feuille. Elle s'est assise comme d'habitude sur une table d'élève pendant que j'étudiais le bilan à haute voix.

– Vingt-huit candidats, vingt-trois reçus.

– Dont les quatre de Mondonat !

J'ai aperçu une larme sous ses cils, je me suis approché pour l'écraser sur sa joue du bout de l'index.

– Marianne...

Elle m'a repoussé d'un geste léger.

– Sur cinq collés, deux sont les miens. Soyons

francs, c'est le travail de la mère Lasplaces. Dix-huit mois de congé en trois ans et cinq remplaçants, un record, hein ? Oh, elle n'avait pas l'intention de présenter ses deux *patates,* comme elle disait...

« Mais moi, patates ou pas, je les présenterai. Tu entends ? Je les secouerai autant qu'il faudra, mais je leur donnerai leur chance. Tu m'aideras, Vincent ? »

Elle me regardait avec un sourire un peu hagard. Son chignon commençait à se défaire, mauvais signe. Je lui ai souri gravement.

– Je t'aiderai.

Mon travail remplissait mes journées à ras bord et mes scrupules de conscience me tenaient éveillé la moitié de la nuit. La fatigue me pesait aux reins et me tirait la tête en avant. J'avais l'air d'un vieux vicaire, usé par l'âge et la prière.

– Debout les morts ! me criait Marianne.

Le moral du peuple se déglinguait depuis la chute de Mendès. Bien des gens trouvaient le gouvernement Edgar Faure pourri jusqu'au trognon, jusqu'à la gueule, jusqu'à la moelle. Mais on parlait toujours assez peu des « événements d'Algérie ».

– Le réveil sera brutal, prétendait Renaud Chabellac.

Et puis il y avait les attentats de Casablanca et surtout Poujade, qui entraînait huit cent mille commerçants et artisans à la guerre contre le fisc. Beaucoup de paysans paraissaient prêts à rejoindre la croisade.

– C'est très grave, me dit Georges Beraudier. La grève de l'impôt est une arme terrible. Aucun État ne peut y résister longtemps. Si la IVe République fait face à la guerre, elle craquera par les finances !

Chabellac, Beraudier et Darrat proposaient la

même potion : de Gaulle. Le Général allait bientôt sortir de sa retraite pour sauver la patrie une fois de plus. Mais la plupart des Français l'avaient oublié, depuis son départ des affaires, en 1946. Mes élèves ne connaissaient même plus son nom.

23.

Ce lundi après-midi, pour l'heure de gymnastique, j'avais conduit mes élèves dans les prés de la Rebélionne, notre terrain de sport habituel. Soudain, la grande classe de Dévillac surgit en chantant sur la route, derrière la robe jaune de Marianne. Le vent qui soufflait fort nous porta l'air des *Filles du Limousin.*

... S'il y a de gentes filles, ici aussi !

Je commençais à le savoir. Marianne ôta le foulard qui couvrait sa tête et s'en servit comme d'un fanion. Ses cheveux libérés s'envolèrent. Toute la bande nous rejoignit quelques minutes plus tard. Marianne s'assit sur l'herbe, étala sa jupe en corolle.

– J'aime le mois de mai, pas toi ?

Sa peau exhalait une discrète senteur de jasmin et l'or de sa chevelure rayonnait dans la lumière de l'après-midi. Elle chantonna : *Berger, mon doux berger – Où irons-nous paîtrer ?* Je la trouvais magnifique et je le lui dis.

Elle me toisa de son air mi-grave, mi-moqueur, puis elle soupira comme si elle avait un gouffre sans fond en guise d'âme.

– C'est toi le plus beau, Vincent Lerouge, et je vais

te dire pourquoi. Parce que tu ressembles tout à fait à un instituteur !

Le compliment ne me plut qu'à moitié. Marianne tapota le revers de ma veste à larges poches, que je bourrais de crayons, stylos, gommes, règles, taille-crayons et autres instruments du genre, et un fin nuage de craie odorante s'envola. Elle rit.

– Même l'arôme !

Darrat choisit ce moment pour arrêter sa Traction sur la route, à moins de cent mètres du pré. La portière claqua. Mes élèves cessèrent leurs jeux et leurs courses et se tournèrent vers la route. Darrat longea le talus et déambula vers nous, sa chemise largement déboutonnée sur la poitrine. Marianne se leva.

– Qui c'est ?

– Roger Darrat, le beau-père d'Élisabeth Guilvinec.

Darrat avait une démarche assurée et écrasait l'herbe de tout son poids, en souplesse. Ses épaules puissantes faisaient paraître son cou enfoncé. Il m'adressa un signe de tête et se planta devant Marianne, la main tendue.

– Mademoiselle Beraudier ? Je suis Roger Darrat.

Elle offrit le bout de ses doigts en scrutant ses yeux bleus, sa tête carrée, ses traits durs... Elle perdit en chemin son habituel sourire moqueur, elle respira fort et se composa un air. Darrat retroussa les manches de son blouson et roula les épaules.

– Je connais votre père. Il est venu me voir pour l'affaire du puits de Mondonat. C'est une chance qu'il nous aide. Je l'avais déjà rencontré dans la Résistance.

Marianne marqua sa surprise avec une mimique enfantine.

– Dans la Résistance ? Vous étiez très jeune ?

Darrat fronça les sourcils, croyant peut-être qu'elle se moquait de lui. Mais non, elle béait. Il lança un rire indécis, se frappa les flancs à la recherche d'un paquet de cigarettes. Il sentait fort l'eau de lavande et le tabac, un mélange qui plaît aux femmes.

– Quel âge me donnez-vous ?

– Mais... trente ans !

Je me mordis la joue pour ne pas rire. Il lui tendit une Gitane qu'elle refusa d'un signe. Il s'assit brusquement sur le talus, joua une seconde avec son briquet.

– Je ne vous crois pas. Ma belle-fille Élisabeth a quatorze ans. Ma fille Martine rentre en sixième. Et je suis veuf.

Marianne couvrit ses yeux et son front de ses paumes.

– Oh, mon Dieu !

Darrat leva la tête, l'air de se rengorger, comme si être veuf était un haut fait de guerre.

– Depuis sept ans. Et remarié depuis quatre.

J'eus envie de préciser que sa première femme avait été bouffée par une truie. Je n'osai pas. Marianne le regardait en prenant la pose, elle multipliait les petits gestes nerveux, elle se tapotait les cheveux, défroissait sa jupe, chassait un insecte. Plusieurs fois, elle fit mine de s'asseoir ; mais elle hésitait entre le talus, à côté de Darrat, et l'herbe haute piquée de boutons-d'or, à ses pieds. Elle se décida enfin, se laissa couler devant lui, comme un chien fou qui se soumet. Il avança une main pour l'aider, qu'elle toucha au passage, sans s'accrocher.

– J'ai trente-neuf ans, dit-il. Je suis fils d'un soldat victorieux. Mon père a été blessé à la bataille de la Marne, après il a eu une permission de convalescence.

Mes parents étaient encore jeunes mariés... et c'est ainsi que je suis né en pleine guerre de 14. La vie ne m'a pas fait de cadeau !

« Salaud ! Et Euloge Grifoulet, sa fille Marie, qu'est-ce qu'ils ont eu comme cadeau de la vie, eux ? »

Marianne étala sa jupe d'un air pensif, puis elle leva les yeux pour étudier Darrat, qui avait l'air de trôner au-dessus d'elle.

– Quand même, être ce que vous êtes, c'est une chance.

Il tira une bouffée de sa cigarette, changea de position comme s'il se fût assis par mégarde sur sa conscience !

– Oui, non, peut-être. Mais je me suis toujours battu. Avec mon père, pour commencer, puis avec toutes sortes de gens, les hommes, les femmes, la vie, quoi. Je ne vous cache pas que j'ai marché sur quelques pieds. Et même, hein, quand les gens sont couchés comme des veaux, on ne fait pas toujours attention où on pose ses semelles. N'est-ce pas, mademoiselle ?

Marianne leva la tête, ouvrit les lèvres, ferma les paupières à demi, comme pour offrir son visage à la caresse du soleil et du vent, mais c'était au regard de Darrat qu'elle s'offrait. Puis elle frissonna, de plaisir, d'émotion, de désir, Dieu sait, promena un doigt sur ses lèvres et répondit d'une voix docile et rêveuse :

– Non, on ne fait pas toujours attention...

Puis elle s'éveilla et éclata de rire.

– Soyons francs, c'est plus amusant que de marcher par terre !

Il rit aussi, discrètement.

– Je vois que vous me comprenez.

– Je parie que vous avez beaucoup de succès avec les femmes.

– Ce que je veux, je finis toujours par l'avoir.

Marianne rosit et baissa les paupières.

– Je le sens.

– Ah bon ?

Je voulais me lever et partir rejoindre mes élèves au fond du pré. C'est ce que j'aurais dû faire ; mais j'avais aussi envie de rester pour voir si Marianne se laissait enjôler par ce type ou si elle jouait la comédie pour l'affrioler. Et si Darrat se trahissait en paradant, ça valait la peine d'être là... Ma présence ne les gênait pas le moins du monde. Ils m'avaient oublié comme si j'étais un mouton en train de brouter à cinquante mètres. Darrat insista.

– Oui !

– Vous l'obtenez toujours ?

– En y mettant le prix. Mon père et moi avons maintenant réuni deux cent cinquante hectares de terres, entre la Paussade et le Pech-Gabach, d'un seul tenant, sans enclave. Ça vaut n'importe quel domaine noble. Mon père est trop âgé pour se battre encore. Il a gagné la guerre de 14, lui ! J'ai pris la relève comme j'ai pu. Pas d'enclaves ni d'entraves, hein ? C'est ma devise. En fait, il nous reste encore une enclave minuscule, une vilaine petite baraque, un jardin et une mare. Mais j'ai dit que je les aurais avant la fin de l'année. Voilà comment je suis.

– Deux cent cinquante hectares, c'est un joli lot ! bêla la belle. A Dévillac, personne n'a même cent cinquante hectares.

– Moi, quand je dis que je ferai quelque chose, je le fais quoi qu'il m'en coûte. Quand j'avais dix-sept ans, j'ai dit à mes copains : « Je vous fous mon billet que je passerai huit jours en haut du pigeonnier de Mars et que rien ni personne ne me fera bouger ! » Je me suis installé avec des provisions, de l'eau et quelques bouquins. Deux filles du pays avaient juré qu'elles me forceraient à descendre. Elles sont venues tous les jours, elles sont même restées toute une nuit au pied de la tour. Elles n'étaient pas vilaines et elles me plaisaient assez. Et je ne vous dirai pas tout ce qu'elles m'ont promis pour m'attirer en bas. Cette nuit-là, je vous prie de croire que je n'ai pas dormi. Mais j'ai tenu !

Pour l'écouter, Marianne avait noué les bras autour de ses jambes et posé le menton sur ses genoux. Ainsi, le front incliné, elle ne pouvait le voir et se laissait bercer par sa voix.

– Vous en êtes capable, dit-elle sur un ton grave. Je vous crois.

– Mais je ne suis pas de bois, hein, ça non ! Alors, ç'a été dur, beaucoup plus dur que je pensais, avec ces jolies filles qui... Mais j'avais dit que je resterai là-haut huit jours et j'y suis resté.

Il prit un ton persuasif, presque suppliant.

– Vous comprenez, j'avais dix-sept ans. C'était important pour moi. Après, je savais que je pourrais compter sur ma volonté.

Je serrai les dents. Il mentait d'une façon ou d'une autre, au moins par omission, j'en étais sûr. Il avait peut-être *tenu*, mais j'aurais parié, moi, que ça ne s'était pas passé comme il le racontait, qu'il oubliait une circonstance, un incident, n'importe quoi, qui changeait tout. Seulement, Marianne le croyait et je pouvais bien me gargariser de mes doutes.

Elle s'étira, allongea les jambes, chassa un papillon,

leva sur le prisonnier de la tour un regard embué de songe ou de fièvre.

– J'ai entendu parler de vous à Dévillac.

Darrat se pencha en avant et je vis ses mains se crisper.

– Ah ? Et qu'est-ce qu'on dit de moi à Dévillac ?

– On dit... on dit que vous êtes le fils de Monsieur Jean-Gervais, le meilleur chasseur qu'on ait jamais vu dans le canton.

– Comme chasseur, je ne viens pas à la cheville de mon père. Du moins pour le petit gibier ! ajouta-t-il avec un clin d'œil, et il regarda Marianne en face pour voir si elle avait saisi l'allusion.

Elle piqua un nouveau fard, mais daigna sourire.

– C'est si important, la chasse ?

– Voyez les nobles, qu'est-ce qu'ils font ? Ils chassent ! A la chasse avec un bon fusil, c'est comme au lit avec une jolie femme. On se sent un homme ! Il rit. J'ai toujours mon fusil dans ma voiture, au cas où j'apercevrais un joli renard !

– On dit aussi, continua Marianne sur un ton neutre, que vous serez le prochain maire de Mondonat !

Darrat se rembrunit un peu.

– Tant mieux si on le dit à Dévillac, mais ce n'est pas joué. Je le veux pour le bien de la commune. L'adjoint Augnac est un âne ! Et, si on en croit la rumeur, vous serez la prochaine directrice de Mondonat, n'est-ce pas, mademoiselle Beraudier ?

– Il en est question.

Marianne parut tout à coup très gênée. Darrat attendait une explication avec un sourire engageant. Elle haussa les épaules.

– On verra bien.

Je dus retourner à mes élèves qui s'égaillaient sur les bords de la rivière. Marianne bavarda un moment encore avec Darrat avant de rejoindre les siens. Plus tard, elle se mit à tourner comme une toupie, sa jupe volant haut sur ses cuisses nues.

Je me sentais à côté d'elle pataud et rustre. Et elle trouvait assez de souffle pour rire et chanter et lancer en même temps des réflexions joyeuses ou moqueuses. Une partie de ma classe se mit à son rythme. Mes filles me quittèrent en douce pour se mêler aux grandes de Dévillac. Je restai avec mes gars. Nous avions l'air de gros lapins au milieu d'une bande d'écureuils en fête.

Mes élèves se découvraient des dons neufs et bondissaient comme des chats sur la braise. Je renonçai à ma leçon, libérai les tout-petits qui traînaient leurs sabots sans grâce, j'allai m'asseoir sur un talus et attendis les événements.

Miraut, le chien de Jehan Ousmane, se mêla au jeu, frétillant de la queue et les yeux malins. Il tourna en jappant de joie autour de Marianne, qu'il avait l'air d'admirer aussi. Qui ne l'admirait pas ?

Des nuages ronds se bousculaient d'un bord à l'autre du ciel, dans leur hâte de traverser le printemps. Les hirondelles rasaient les prés et venaient se mêler au jeu des enfants, avec ces façons provocantes qu'elles prennent en début de saison. L'ombre d'un oiseau de proie passait et repassait, lentement, sur le pré. Les deux classes confondues cabriolaient et voltigeaient autour de la demoiselle de Dévillac, et le chien Miraut menait sa ronde, en se dressant de temps en temps sur ses pattes de derrière. La petite troupe dessinait une sorte de manège contre la lumière du couchant et je me souvins d'un jour de mon enfance où je regardais tourner de loin les manèges de la foire, interdits par manque d'une pièce ou deux. J'éprouvais le même sentiment. Le monde tournait sans moi, je le couvais des yeux, mais je ne pouvais pas le toucher, encore moins le prendre dans mes bras.

Marianne jouait de tout son corps, poussée par cette fougue insensée qui était un trait de son caractère. A un moment, je la vis sur une butte, un peu à l'écart des enfants, se lancer dans un tourbillon sans fin que même les grandes filles avaient renoncé à imiter. Elle levait les bras pour les ramener en croix de plus en plus vite, tout en tournant, et elle sautait de plus en plus haut... Je la regardais. Je me rappelle un moment de bonheur parfait, détaché de toute envie, hors du temps.

Marianne s'écroula d'un coup et roula dans le pré, jupe par-dessus tête. Les grandes se précipitèrent pour l'aider à se relever. Je vins avec une minute de retard. Elle était assise et se tenait le genou. Lola lui massait la cheville. Je m'agenouillai près d'elle. Le rose de l'effort sur ses joues, les gouttes de sueur sur son front adoucissaient ses traits, lui donnaient un visage presque enfantin. Mais elle me regarda d'un air de défi, les yeux brillants, au bord des larmes, plus grands et plus bleus que jamais.

– Touche ma cheville. Je crois que je me suis fait une entorse !

J'obéis avec prudence.

– J'ai mal, dit-elle sur un ton de volupté et de triomphe.

Rien de méchant, mais elle ne pouvait pas marcher,

du moins elle le jurait. Les grandes m'aidèrent à la soutenir.

– On vous emmène chez moi ? proposa Lola Minsou.

Roseline se précipita et fit asseoir Marianne avec des petits gestes maternels, apporta une couverture pour l'envelopper.

– L'important, c'est que vous ne preniez pas froid dessus !

Marianne se tamponna le front avec un mouchoir parfumé, accepta une liqueur qu'elle sirota à petits coups de langue, les yeux fermés. Puis elle se dressa à demi, la tête dans ses mains.

– Mon Dieu, comment vais-je rentrer à Dévillac ?

Roseline s'essuya les mains à son tablier.

– M'sieur Darrat a le téléphone. Je l'appelle, si vous voulez et il vous ramène chez vous avec sa traction avant !

– Ça me gêne, répondit Marianne, les yeux brillants.

Je me demandai si elle ne s'était pas tordu la cheville pour le simple plaisir de se faire reconduire par son héros. Magnanime, je promis de m'occuper de ses élèves. Roseline tourna la manivelle du téléphone. Cinq minutes plus tard, coup de freins, grincement de pneus, Darrat entra dans la salle en poussant la porte à deux mains, balançant la tête, hardi et sûr de lui.

– Voilà, voilà ! Comment ça va ? Je n'ai pas tardé, hein ? Avec ma nouvelle Quinze, je monte à cent en...

J'ai oublié le compte des secondes. Il avait fait vite, très vite. Il se pencha sur Marianne qui avalait un fond de vermouth, la jambe étendue, le pied posé sur un pouf. Il appuya l'index sur la cheville blessée, puis lui caressa gentiment le mollet.

– Ah, la belle foulure ! Est-ce que ça vous fait mal ici ? Et là ?

Elle eut beau protester, pour la forme, il la chargea d'un coup de reins contre sa poitrine, une main sous les épaules, l'autre sous les genoux, et l'emporta ainsi, toujours entortillée dans la couverture de Roseline. Elle se débattit un instant.

– Laissez-moi, je peux marcher quelques pas !

– N'essayez pas. Et j'en porterais deux comme vous !

Elle rit.

– Rien que deux ?

Puis elle se blottit entre ses bras.

– Je cède à la force !

Elle riait, les yeux brillants de plaisir, tandis que Darrat l'emportait. La portière claqua. Une crampe me serra l'estomac.

Je raccompagnai les élèves de Dévillac. La voiture de Darrat était garée dans un petit chemin, derrière l'école. Je rentrai à pied à Mondonat, le cœur fauché.

24.

Impossible de trouver le sommeil, ce soir-là. Je m'habillai, sortis en silence et marchai sous le clair de lune. Un chat-huant me suivit, volant d'arbre en arbre et poussant son espèce d'appel ricanant et sauvage. Sans y penser, j'avais pris le chemin de traverse qui descendait à Dévillac, dans un paysage festonné de collines douces, où frisaient les taillis et les vergers. Le chat-huant me suivait de son rire. Il était près de minuit. Un épais croissant de lune se pavanait tout en haut du ciel clair. Un filet de vent piquant faisait grelotter les feuillages et portait au loin les cris des grenouilles et les chants d'insectes. Je respirai une odeur de terre humide et d'herbe nouvelle.

J'arrivai à Dévillac. Les branches et le bord des toits taillaient le clair de lune en mille éclats de lumière. Vision féerique. Je passai derrière l'école en longeant une haie de vieux ormeaux. De l'autre côté de la haie s'étendait un champ de blé. Les épis verts frémissaient sous le vent. Mon cœur chantait à l'unisson. Tout à coup, je vis une lumière allumée au premier étage de l'école.

Marianne ne dormait pas. Un mauvais pressentiment me vint. Mon cœur arrêta sa petite chanson.

Je fis le tour du village, traversai la place et me retrouvai devant l'école. J'aperçus une tache noire et brillante dans un renfoncement, la Traction de Darrat. Je me dis : « C'était bien une foulure, il a dû rester pour lui masser la cheville ! »

Je repartis pour Mondonat, toujours harcelé par le chat-huant. A chaque cri de l'oiseau, je pensais : « Marianne, je t'aurais tout pardonné, mais pas Darrat ! » Le coucou du bistrot sonna minuit au moment où je rentrais par la porte de derrière.

Je me déshabillai sans éclairer, et me fourrai dans mon lit.

« M'sieur Darrat, tu ne l'emporteras pas en paradis avec tes hectares d'un seul tenant et sans enclave ! »

Une main se posa sur mon cou.

– Vincent, où es-tu allé ?

– J'ai marché au clair de lune, répondis-je. Ça valait le voyage !

– J'ai une nouvelle chemise de nuit, dit Roseline.

La chemise était jolie, mais pas assez pour me détourner de mon obsession. Je ne sais pourquoi l'histoire de Darrat et du pigeonnier de Mars me paraissait très importante. Je la rapportai en détail à Roseline qui m'écouta sans un mot. Agacé par son silence, je la questionnai un peu rudement.

– Tu dois savoir. Tu sais tout sur les Darrat !

Elle répondit enfin sur un ton pensif et presque humble.

– Pour le coup du pigeonnier de Mars, Momo m'a raconté à sa façon. Alors, Darrat en fait une histoire de filles ? C'était une histoire de gars, de bande, de chef. Tu es trop jeune, tu n'as pas idée de la mentalité des garçons à cette époque. Ça devait se passer vers 1933...

Mon cœur battit : 1933, on approchait de la fatidique année 1934, celle de l'incendie de la maison du maire. Roseline se serra contre moi, pour me parler à l'oreille, tout près, tout bas.

– Je ne devrais pas te déballer ça, c'est assez intime. En 1930 et après, tous les garçons voulaient être chefs ou avoir un chef. C'était l'époque. M. Jean-Gervais se mettait sur son balcon pour crier « Vive Mussolini ! » aux gens qui travaillaient dans les champs ou qui passaient au chemin. Hitler, on le connaissait pas beaucoup. Il y avait les Croix-de-Feu, le colonel de La Rocque...

– Les ligues, dis-je.

– Oui. Darrat avait sa petite bande à Mondonat, mais il n'arrivait pas à s'imposer dans le canton. Alors, il se chamaillait avec ses adjoints, Momo et Marcheminet. Il disait que c'était de leur faute, parce qu'ils ne lui obéissaient pas au doigt et à l'œil. Il disait : « Je forcerai votre respect. » On causait comme ça, à l'époque. Et puis c'était la mode des retraites. N'importe quel gosse de riche se prenait pour un chevalier. Pour être reconnu comme chef, il fallait faire une retraite. Darrat s'est installé dans ce pigeonnier isolé, à la côte de Mars. Il a dit à ses gars : « J'ai de l'eau et des vivres pour une semaine, huit ou neuf jours en me rationnant. Je resterai là-haut jusqu'à ce que vous veniez me chercher en promettant d'obéir en tout. Et si vous ne venez pas, tant pis pour moi, c'est que je ne suis pas digne de vous commander. Je mourrai de faim et de soif ! »

« La bande a attendu pour voir. Je suppose qu'ils l'ont un peu surveillé pour s'assurer qu'il ne trichait pas. C'est même possible qu'ils aient envoyé des filles le guetter. Au bout d'une semaine, ils sont venus à deux ou trois et ils lui ont proposé de l'eau. Il leur a jeté des pierres. " Vous savez ce que je veux ! " C'est sûr qu'il avait pris un risque. Sa bande, son groupe, comme ils disaient tous, ça comptait tellement pour lui.

« Momo et Marcheminet n'avaient pas trop envie de jurer obéissance. Ils savaient que ça pouvait les mener loin. Mais après huit jours, ils crevaient d'admiration. Momo prétend qu'il a décidé les autres. Même qu'il ajoute : " J'aurais mieux fait de le laisser bouffer la crotte de pigeon ou bien crever ! " Tu vois où on en est. Enfin, il y est allé. Darrat n'avait plus rien à boire depuis un jour ou deux. Il s'était traîné jusqu'à une lucarne pour se jeter en bas, mais il était resté coincé. C'est Momo qui le raconte comme ça. Il sait qu'il a fait une grosse bêtise, ce jour-là, et il se cherche des excuses en grossissant les mérites de Darrat.

« Alors, il a donné à boire au chef et il a prêté serment de lui obéir jusqu'à sa majorité, en son nom et au nom des autres. Darrat ne pouvait pas descendre sans aide et il n'acceptait pas d'être porté. Momo est resté avec lui jusqu'à ce qu'il reprenne des forces. Et voilà... Je me demande si je vais te raconter ma vie ! »

– Ta vie ?

Elle me caressa les lèvres d'un doigt et se pencha sur moi. Je sentis son souffle sur mon visage.

– Tu ne t'es jamais demandé pourquoi j'avais épousé Momo ?

– Oh si, plus d'une fois. Et je n'ai toujours pas compris.

– A vingt ans, j'étais pas mal, tu sais. S'il n'y avait

pas eu tant d'hommes jeunes prisonniers en Allemagne, j'aurais pu en avoir un dix fois mieux que Momo Minsou. C'était Roger que j'aimais, oui, Roger Darrat. Je l'avais connu en juillet 40, nous étions réfugiés au Pech-Gabach. Nous étions tous un peu fous, je l'aimais comme une folle et ç'a duré dix ans. Au début, je croyais que je pourrais l'avoir. Puis j'ai vite compris qu'il n'épouserait qu'une femme riche. C'est ce qui est arrivé un peu plus tard. Il s'est marié avec la fille Prouant, qui lui a apporté vingt hectares, en enclave. Moi, j'étais prête à tout pour le garder. Je suis tombée enceinte, de Lola... Mes enfants sont des petits Darrat, tous les deux. Il m'a proposé d'épouser un de sa bande pour habiter Mondonat et être près de lui. Il ne m'a pas laissé le choix, il a décidé pour moi : c'était Momo. Moi, je suis la récompense de Momo pour ses bons services ! J'ai accepté le mariage. Momo aurait tout de moi, sauf des enfants. Darrat nous a prêté de l'argent pour acheter le bistrot, à condition que Momo cherche du travail plus loin et se montre le moins possible à Mondonat. Et voilà comment tout est arrivé. Tu es content ?

Content ? Bah, le portrait de Darrat prenait tournure. J'avais presque envie d'admirer moi aussi ce salopard. Il disait vrai. Ce qu'il voulait, il l'obtenait toujours. Il avait eu la femme riche qu'il souhaitait, plus une maîtresse docile à sa disposition et qui lui offrait à boire en prime. Et il avait eu Marianne Beraudier le jour même où il l'avait rencontrée !

Roseline ôta sa chemise.

– Je sais où tu as été. Tu as été à Dévillac, voir si Darrat était avec la demoiselle. Et tu as vu sa voiture devant l'école !

– Oui !

– Aucune femme ne lui a jamais résisté. C'est comme ça.

– Mais qu'est-ce qu'elles lui trouvent ?

– Elles sentent cette force terrible qu'il a, qui leur fait un peu peur, mais qui les attire aussi. Il y a peu d'hommes comme lui !

Je n'avais pas cette *force terrible* et je ne l'aurais jamais.

Roseline me souffla dans le cou.

– Même quand les prisonniers sont revenus, je n'en ai pas trouvé d'autre. Et puis il est assez beau.

– Tu l'admires encore ?

– C'est quelqu'un, M'sieur Darrat ! fit-elle en riant.

Et je sentis une vraie souffrance se nouer dans sa gorge.

– Si on se vengeait ensemble, tout de suite ? dit-elle. Nous pourrions venger en même temps les Grifoulet, la femme de Darrat, Momo et bien d'autres, faire d'une pierre cent coups !

– Oui. Et tu me diras tout !

– Mais je t'ai tout dit.

– Tout ? Vraiment tout ?

– Oh oui !

Je sentis qu'elle mentait.

25.

L'inspecteur, assis au fond de la classe, sur un banc libre, guettait et notait. La tête me tournait un peu. Ma première inspection, le pas décisif dans la carrière que je n'étais pas encore tout à fait sûr d'avoir choisie.

Mon chef avait les yeux partout, mais jamais un sourire n'adoucissait son visage glabre et rose, sévère comme celui d'un poupon en rogne. Avais-je été assez brillant pour lui faire oublier le nom de de Gaulle qui revenait un peu trop souvent dans les devoirs des élèves ? Ce nom sulfureux, dangereux, qui m'échappait au moins une fois par jour et que mes gosses avaient fini par se fourrer dans la tête. Pierre-Pierre Augnac avait écrit : *« Le général de Gaulle a gagné la guerre. Il était debout sur un char, il criait en avant ! en avant ! C'était un général très intelligent ! »*

Et plus grave, Élisabeth : *« Le général de Gaulle reviendra gouverner la France... »* Mais, bon Dieu, je n'avais rien raconté de tel ou alors la langue m'avait méchamment fourché !

L'inspecteur compléta ses notes pendant toute la récréation, sans poser aucune question. A la fin, il laissa filer un petit rire, mais il devait se blâmer d'avoir montré ses sentiments, ne fût-ce qu'une seconde. Il se leva sur le dixième coup de onze heures.

– Je vous enverrai mon rapport dans quelques jours.

Il s'arracha enfin, en soupirant, un semblant d'approbation.

– Dans l'ensemble, votre travail est passable. Votre intérêt pour les faits actuels et votre connaissance de la campagne ont donné, je crois, de bons résultats.

Je l'accompagnai à la porte. Il se retourna en sortant.

– Sur le général de Gaulle, je partage l'opinion de votre élève Pierre Augnac. *Il criait en avant ! en avant ! C'était un général très intelligent...*

Il consentit à sourire et me fixa dans les yeux.

– Savez-vous ce que faisait Mendès France pendant la guerre ?

La panique me serra la gorge. Je me souvins de justesse.

– Il commandait un bombardier.

– Savez-vous ? Je crois qu'*il reviendra bientôt gouverner la France.*

Je répondis, avec humilité : « Oui, m'sieur. » Eh oui, le retour de Mendès était bien plus probable que celui de de Gaulle !

Je n'étais qu'à moitié rassuré ; il me semblait pourtant que j'avais sauvé in extremis la vaisselle et les tapis.

Deuxième « certificat blanc » à Réverac. Cette fois, j'étais présent et j'essayai de me montrer hardi, résolu et plein d'allant. En arrivant, mes élèves se blottirent autour de moi, sous les platanes de la cour, comme de gros poussins frileux. Élisabeth mettait son titre en jeu ; elle tremblait sur ses longues jambes. Je lui pris le bras, elle s'appuya contre moi et j'eus chaud au cœur.

Georges Beraudier s'avança, une rose rouge à la bouche.

– Alors, championne ?

Il s'aperçut qu'elle flageolait, transie et blême.

– Tout va bien, ma grande. Nous savons que tu es la meilleure.

Il me l'arracha, lui serra l'épaule et la réconforta d'une voix si entraînante qu'elle rit à travers ses larmes.

– Oui, m'sieur, oui, m'sieur.

Je l'aimais bien, ma princesse, ma frégate. J'étais tout heureux qu'elle ne soit pas la fille de Darrat. Georges Beraudier avait mis un canotier élégant, genre avant-guerre, à la place de son feutre rond modèle Pinay. Complet à carreaux bleus et blancs, cravate de soie... Un jour d'été s'ouvrait dans le bleu du ciel et l'or du soleil.

Les candidats de Réverac nous guettaient avec des airs de chats affamés. Lola courut aux cabinets pour la troisième fois. Élisabeth et Nina échangèrent un rire. Je les fusillai de l'œil.

– Soyez un peu charitables !

Élisabeth me toisa avec hauteur.

– Même les chiens ne vont pas pisser chaque fois qu'ils en ont envie, monsieur !

J'imposai silence à ma vessie contrariée.

Marianne me fit signe. J'avançai d'un air boudeur.

– Vincent, tu gardes Mondonat l'an prochain !

Je restai peut-être cinq secondes, peut-être une minute, sans même savoir si c'était une question ou une affirmation. Mon embarras devait se peindre en couche épaisse sur ma figure. Georges Beraudier renchérit.

– Vous l'aimez, votre Mondonat, hein ? Eh bien, vous y serez une année de plus et nous nous retrouverons ici pour le certificat d'études 1956. Mais vous n'aurez plus votre Élisabeth, ha ! ha !

Je dus marmonner tout bas : « Bon, mais... », ou quelque chose de plus piquant encore. Marianne me regarda dans les yeux et me décocha une grimace complice.

– J'ai changé mes projets de carrière.

Puis elle me prit le bras d'un geste résolu.

– J'ai rêvé d'un poste double comme tout le monde. Mais je savais que je n'étais pas faite pour ça. Dans un poste double, c'est toujours le mari qui a les grands, les mœurs sont ainsi, on n'y peut rien. J'en avais assez de la petite classe. Restaient deux solutions : une classe unique à la campagne ou un cours complémentaire en ville. J'ai *finalement* choisi la ville. Ça s'est donc décidé aux vacances de Pâques, un peu tard pour avoir un poste à Périgueux, mais mes amis de l'École normale ont réglé le problème.

Plus tard, Berforini me souffla :

– *Finalement*, la garce épouse ce Langlais, son ancien prof de philo. Un divorcé !

Je lui tapai sur l'épaule, d'un geste fraternel.

– Et ça te porte un coup ?

Il baissa la tête comme un gosse malheureux.

– Pas toi ?

– Je me ferai une raison. Pense aussi au Dr Vanderen, à Darrat. Et il y en a sûrement d'autres. Ça sera dur pour eux !

Il sortit sa pipe vide, la frappa contre le talon de son soulier, en un geste élégant et désinvolte.

– Tu te fous de moi, hein ?

Moi aussi, je me sentais tout barbouillé d'angoisse. Alors je risquais de rester à Mondonat l'année prochaine ! Je pensais au conseil de ma mère : « Va-t'en tout de suite, mon Vincent ! » Je me disais que le coup de gong des grandes vacances me sauverait la mise. « L'an prochain, je serai loin. Adieu Céline, et mille regrets. Adieu Darrat, adieu Lolo, adieu Momo ! » Je serais à l'abri, je traînerais mes scrupules et ma mauvaise conscience et le temps passerait.

Mais si je revenais, il me faudrait tenter de réhabiliter Lolo ou alors m'asseoir sur ma conscience. Non, décidément, je ne me sentais pas assez fort, assez mûr, pour tenter le coup. « C'est facile, mon vieux. Tu l'expliqueras à l'inspecteur qui t'enverra faire des remplacements, quinze jours ici, un mois là, dans des communes sans histoires. Ça doit bien exister ! »

Tout de même, le désir de me confier devint plus fort qu'il n'avait jamais été. Je ne pouvais plus garder pour moi le secret du message de Céline. Mais à qui parler ? Le curé ? Après tout, j'avais été élevé dans la foi catholique, même si je n'allais plus à la messe depuis belle lurette. L'abbé Couvinhac Albin ne me plaisait qu'à moitié ; pourtant je savais qu'il m'écouterait. Curé depuis vingt-cinq ans des trois paroisses de Besse, Dévillac et Mondonat, il avait entendu en un quart de siècle des milliers de confessions, de sincères et de folles, de menteuses et de miteuses, de sages et d'abominables. Il savait sans doute la vérité sur l'incendie de la maison du maire. Je n'espérais pas qu'il me la révélerait ; mais il me déchargerait du fardeau et me conseillerait peut-être.

Le soir, en rentrant au bistrot, je me trouvai encore une fois au milieu de la bande à Darrat. Marcheminet et Deyeune se tenaient au comptoir, Honoré était assis dans la salle, avec deux ou trois buveurs qui n'appartenaient pas au clan. Le cantonnier Pousse-char manquait à l'appel. La conversation s'arrêta sur un ou deux ricanements. Je vis que Darrat me regardait à sa façon perçante, un œil un peu cligné, comme s'il me visait au bout de son fusil. Peut-être un simple tic de chasseur.

– Alors, le remplaçant, ça va sur des roulettes ?

Je n'aimais pas qu'il fasse semblant de me prendre pour un de ses amis, mais je n'avais pas le courage de lui tourner le dos. Je poussai la porte de la cuisine. Il me rappela d'un signe.

– Vous prenez un verre ? Non ? Il paraît que vous restez à Mondonat l'an prochain !

Ainsi, Marianne l'avait renseigné sur l'oreiller, la garce ! Il me fixait toujours, son verre levé, une moue à la bouche, à la fois goguenard et bienveillant. Je me dis : « Cette fois, c'est la guerre. » Et je trouvai je ne sais où le courage de faire front calmement.

– Le sous-préfet vous l'a dit ? Mais je n'ai rien demandé !

– Demandez donc. Je soutiendrai votre candidature !

Il avala une gorgée de blanc et s'esclaffa.

– A moins que Mondonat ne soit pas assez bien pour vous ? C'est pour ça que vous logez à l'auberge Minsou, comme un nabab ? Je ne sais pas combien ou comment vous payez votre chambre ici, mon vieux. Mais la maison d'école est libre depuis trois mois et vous feriez bien d'y porter vos pénates !

L'indignation me coupa le souffle. J'entendis un bruit de verre brisé et me retournai. Roseline se baissa en rougissant. Au fond, Darrat n'avait pas tort. Il était temps, pour cent bonnes raisons, que je m'installe chez moi. Mais pas sur son ordre !

Je me tenais en face de lui, entre le comptoir et la porte de la cuisine, le rouge aux joues, la sueur au front, médusé. Un poing sur l'estomac, l'autre main serrant son verre, il lança un gros rire.

– Allez, mon vieux, on vous accuse de rien. De plus, la turne des Rouviat est sale comme une chiotte de curé. Il faut que cet âne d'Augnac vous la fasse nettoyer. Engueulez-le !

Il prenait un ton protecteur, mais si je le gênais quand il serait maire de Mondonat, il ferait tout pour m'écraser. Rien de plus facile que de monter une accusation contre un remplaçant. Il y a cent prétextes et toujours des témoins prêts à jurer n'importe quoi, genre Marcheminet ou Pousse-char !

Je pensai : « Tu ferais mieux de filer d'ici, Vincent Lerouge, tant qu'il est encore temps ! » J'avais le cœur qui enflait comme un ventre de crapaud et je ne trouvais pas un mot à dire. Le coucou du bistrot piailla huit fois. Darrat vida son verre, se leva, écrasa sa cigarette sur le sol, d'un coup de talon vengeur. Les cendriers n'existaient pas pour lui.

– On dirait que je vous ai cloué le bec, monsieur l'instituteur, dit-il d'une voix ronflante. Sans rancune ?

Marcheminet appuya le pouce à la racine de son nez, souleva son béret avec le petit doigt et gloussa comme une poule d'eau. Je cherchai une crâne réplique. L'inspiration ne vint pas. Je décidai d'engager le fer avec une question :

– S'il vous plaît, monsieur Darrat, où est donc passée la lettre que le maire serrait dans sa main quand il est mort ?

Au moment de sortir, il s'arrêta sur le seuil, me regarda par-dessus son épaule, longuement, d'un air de doute, mais sans inquiétude. Je n'étais pas sûr qu'il m'ait entendu.

26.

L'abbé Couvinhac desservait les trois paroisses de Mondonat, Besse, Dévillac. On le voyait pédaler furieusement sur tous les chemins du pays, les pans de sa soutane accrochés à sa ceinture, son grand chapeau à ruban retenu par une mentonnière. Il avait refusé la mobylette que ses paroissiens réunis voulaient lui offrir.

– On commence par un petit moteur et on finit dans les délices de Capoue !

Ses ouailles lui firent remarquer que son prédécesseur avait une mule et une carriole.

– La mule, dit-il, est une créature du bon Dieu. Ce n'est pas ce qu'Il a fait de mieux, enfin c'est Son œuvre. Mais je ne peux pas compromettre la dignité de l'Église, que je représente, sur un de vos ridicules *pétarous* !

Il faisait donc ses quarante ou cinquante kilomètres à vélo tous les jours et on ne le trouvait à son presbytère de Dévillac qu'aux heures de confesse et du denier. Ni les unes ni les autres ne me convenaient. Il me donna rendez-vous à quatre heures solaires, quasiment à l'aube.

– Un garçon de votre âge doit se lever tôt pour chasser les mauvaises pensées. Surtout que vous vivez à peu près seul avec une femme plus délaissée que la Bovary et pas moins bouillante !

Il ajouta, le sarcasme dans l'œil et la voix.

– J'aimerais bien vous entendre à confesse un de ces jours !

« Voilà mon homme, pensai-je. Avec ses façons, il doit tout savoir de l'incendie de la maison du maire ! »

Je partis à pied, avant jour, et réveillai tous les coqs du village qui se mirent à lancer des cocoricos vengeurs. Le presbytère de Dévillac était un bâtiment bas, avec de nombreuses fenêtres à petits carreaux, juché sur un tertre, derrière l'église. On entrait par un escalier de quatre ou cinq marches usées et lisses. La bonne du curé répondit à mon deuxième coup de sonnette.

– Vous êtes au moins le remplaçant de Mondonat ? Vous pouviez pas savoir. Monsieur le Curé donne toujours ses rendez-vous à quatre heures solaires, mais personne ne vient jamais. C'est plus comme au temps jadis. Enfin, je vais voir s'il est levé.

L'abbé sortit de sa tanière un quart de minute plus tard, enfonçant sa chemise de nuit dans un pantalon trop large, dont les jambes dépenaillées s'arrêtaient à mi-mollets. Décoiffé, deux ou trois mèches folles cernant son crâne déplumé, son cou de héron dressé sur ses épaules maigres, un pied nu, l'autre chaussé d'une pantoufle trouée, il avait l'air d'un oiseau de nuit battu à mort par les geais. Il me considéra en clignant des paupières.

– Seigneur, vous êtes venu !

Il me planta là un moment, revint avec son chapeau

et sa seconde pantoufle. Puis il me fit entrer dans une très grande pièce encombrée de livres et de journaux, qui sentait la poussière, l'encaustique et la bourre de capiton. Il me désigna une chaise de bois et se tint raide, presque avare de gestes, en face de moi, appuyé contre une pile de vieux *Pèlerin*. Après m'avoir examiné un moment et forcé à baisser les yeux, il s'en alla au fond de son capharnaüm et revint avec une carafe, un verre et une bouteille.

– Jeune ou vieux, hiver comme été, jamais de grog le soir, voilà ma méthode. Mais le matin, ça ne peut que vous faire du bien !

Il déboucha sa bouteille qui puait le marc, me versa un demi-verre et fit l'appoint à ras bord avec la flotte de son bénitier.

– Vous m'avez pris au saut du lit, mon fils. Quand je suis arrivé dans cette paroisse, M. Jean-Gervais Darrat possédait seul un tracteur, un poum-poum, comme on disait. Les paysans étaient aux foins ou aux labours avant l'aube, le croiriez-vous ? Mais les Américains, qui vivent la nuit et dorment le jour, nous ont apporté leurs mauvaises façons. Seigneur, ayez pitié de nous, ils ont corrompu jusqu'à votre curé ! Et avec ces trayeuses électriques qu'on commence à voir ici et là, il n'y aura bientôt plus un seul paysan dehors avant midi. Je vais m'habiller pendant que vous buvez votre grog. Et profitez-en pour vous faire un petit gargarisme. On ne se gargarise pas assez de nos jours !

Avec sa soutane qui balayait la poussière, il avait retrouvé son geste préféré, le poing levé comme pour enfoncer un clou avec un marteau. L'abbé Couvinhac Albin avait dû en enfoncer, des clous, depuis son arrivée dans la paroisse... Mais à taper sur du bois pourri, on perd sa quincaillerie ! Il s'assit derrière sa table de travail et tira son chapeau sur le côté pour se donner l'air pensif.

– Je sais que vous êtes resté fidèle à votre foi, au fond de vous, mon fils. Alors, je vous écoute.

– Monsieur le Curé, pourriez-vous me promettre le secret, sans m'entendre en confession, pour une affaire grave qui concerne plusieurs de vos paroissiens ?

L'abbé releva son chapeau sur son front, posa les coudes sur son sous-main, la mine batailleuse.

– Ah oui ? Bien des prêtres et des évêques acceptent ce genre de marchandage, je le sais. Cela fait partie de ces nouvelles mœurs américaines qui me sont, je dois dire, assez suspectes. Si vous n'étiez pas instituteur laïque et étranger à la paroisse, je refuserais tout net l'arrangement. Sachez, mon fils, qu'il n'y a pas d'accommodement avec le Seigneur. Mais je ne suis qu'un pauvre curé de campagne et, par ailleurs, le secret n'a jamais fait de mal à personne. Je vous écoute !

Une expression gourmande colla à sa longue figure. Il se lécha les lèvres et abaissa le bord de son chapeau sur ses yeux brillants. Je me lançai :

– Céline Rouviat, peu avant sa mort...

Le préambule manquait d'élégance. Tant pis pour moi. Je lâchai mon histoire sans fioritures, en essayant d'être aussi simple et clair qu'un élève du certificat racontant l'arrivée du rémouleur au village. Mais j'allai un peu au-delà des faits et évoquai mes soupçons, sans nommer personne. Ça me prit un moment. Un coq chanta de nombreuses fois au poulailler du presbytère ; un cochon mit le groin à la fenêtre ; l'abbé tira un gros oignon de son gousset, l'air de penser que j'étais en train de lui faire manquer l'angélus. En guise de conclusion, je posai devant lui les deux cartes de Céline.

– Voilà, monsieur le Curé, vous remarquerez que...

Il les rafla comme s'il me les avait gagnées à la manille aux enchères et les fourra dans un tiroir de sa table.

– Jeune homme !

Tiens, je n'étais plus son fils devant Dieu et l'Église ?

– Jeune homme, vous n'avez pas de chance. Cette triste histoire empoisonne la vie d'une commune depuis vingt ans, elle a pesé sur mon sacerdoce pendant des lustres ! Vous êtes ici depuis six mois à peine et vous pataugez dedans !

– Ce n'est pas de ma faute, dis-je humblement.

– Vous auriez dû m'en parler plus tôt, je vous aurais conseillé de partir et vous seriez loin ! Je croyais depuis quelques années être délivré de cette affaire, même si le souvenir restait cuisant. Mais la mort de Paul Rameye a réveillé les mauvaises odeurs...

L'abbé marchait en tournant autour de ma chaise, comme s'il se préparait à fondre sur moi à la fin de sa diatribe. Il martelait l'air de son poing et rajustait son chapeau toutes les dix secondes.

– Céline Rouviat m'avait dit en confession qu'elle croyait son mari coupable de l'incendie. Elle voulait qu'il soit coupable pour lui gâcher la vie. Elle a réussi ! Mais elle se trompait. Elle a tenté, par votre intermédiaire, de le persécuter encore après sa mort. Dieu jugera. Vous n'avez pas parlé, j'espère !

Il s'arrêta, la main sur la poitrine, et je tentai de placer un mot pendant qu'il reprenait son souffle.

– Je crois qu'elle a voulu réparer une injustice en disculpant le domestique.

Il s'avança, immense et menaçant.

– Taisez-vous ! Réparer une injustice par une autre plus grande encore ! Vous ne savez rien ! Si ce n'était qu'une injustice... Mais il est trop tard. Je prie le Seigneur que la vérité n'éclate jamais. Tous mes paroissiens de Mondonat, au-dessus de trente ans, se sentent coupables pour ce qui s'est passé pendant l'été 1934 et pas seulement le soir de l'incendie. Ils savaient tous au moins des bribes de vérité et pas mal se reprochent toujours de n'avoir rien fait alors qu'il était encore temps. Plus d'un s'est confessé sur son lit de mort ! Ne me demandez rien, vous en savez déjà trop. Vous devez partir, vous m'entendez ? Partir tout de suite !

– Le maire..., commençai-je, mais il me coupa aussitôt.

– Le maire a été le plus puni. Vous avez vu comment il vivait depuis l'incendie ? Il s'est accusé pendant vingt ans de n'avoir pas su empêcher ce qui est arrivé ! Tant de familles de Mondonat, et des meilleures, ont été mêlées aux événements que le village tout entier porte le poids de la faute. Et il a fallu vivre avec ça. Lolo Grifoulet, le malheureux domestique, a été un bouc émissaire commode. Ne me faites pas dire que j'approuve. Mais je vois loin et c'est la loi de la vie. Ce pauvre homme aurait dû demander le secours de l'Église au lieu de chercher l'oubli dans la boisson. Les gens de Mondonat se sont déchargés sur lui de leurs péchés. Nous devons laisser retomber l'oubli sur ce drame. Personne ici ne veut plus en entendre parler. Pour les élections même, on se fusillera du regard, mais enfin on se taira. Certains, à gauche, auraient peut-être intérêt à ressortir l'histoire. Ils feront mine de gratter la terre, mais ils renonceront à creuser. Pourquoi ? Celui qui commettrait l'imprudence, la folie, de rouvrir cette plaie serait honni par les électeurs et battu à coup sûr, ils le savent tous. Oui, même Rémi Augnac, cet âne laïque, ce mécréant, sent cela et il se taira. Il a une bonne excuse : sa famille est arrivée à Mondonat en 1936. Il n'a rien vu, il ne sait rien, c'est bien commode !

Ce que je pouvais entrevoir dépassait mes pires soupçons. L'abbé Couvinhac tenait la vérité des confessions qu'il avait reçues. Il ne m'en révélerait rien, sauf par inadvertance. Pourtant, une féroce envie de cracher le morceau le poussait à parler et il en avait déjà trop dit. Il se rassit derrière sa table, poussa un soupir qui tenait du hennissement. J'attaquai par un autre biais.

– Je ne comprends pas comment la maison du maire a pu brûler entièrement, le domestique et les bêtes avec.

– Des malveillants ont raconté que le puits était à sec quand les pompiers sont arrivés. Voilà donc un bouc émissaire de plus, l'abbé Gaulhiac, qui avait trouvé la source ! Le puits était juste fini et il avait de l'eau. En fait, un morceau de chiffon, que les gosses avaient jeté dedans, a bouché la crépine de la pompe. Les pompiers du canton, de malheureux amateurs, il faut le dire, ont mis un moment à s'en apercevoir. Quand ils ont eu retiré le chiffon, il ne leur restait plus qu'à arroser les ruines et les corps. De toute façon, on les avait appelés trop tard. Les gens de Mondonat étaient tous jaloux de la maison neuve et des bonnes fortunes du maire et ils jubilaient en silence dans leur lit.

– Le puits, qu'est-il devenu ?

– On n'a rien trouvé de mieux que d'y jeter les cadavres des bêtes. Après, il a fallu le combler et le sceller. Mais l'adjoint et sa bande de laïques ignorants refusent l'abbé comme sourcier pour le puits de l'école par pure superstition. Croâ ! croâ ! le corbeau a porté malheur à la maison du maire ! Savez-vous ? Il n'y a pas plus superstitieux que les anticléricaux !

L'abbé baissa la voix, je le vis s'affaisser lentement sur ses coudes, le bord de son chapeau frôlant son sous-main.

– Si on me fait aujourd'hui la réputation d'un prêtre sévère, trop sévère sans doute pour une époque où l'on se croit tout permis, c'est que je me reproche un excès d'indulgence dans le passé. J'ai juré que de tels événements ne se reproduiraient jamais. Je veille, je vois loin. Mais je ne peux ni ne veux revenir sur le pardon accordé.

« Jeune homme, l'incendie de la maison du maire est le point final d'une histoire assez ignoble que Mondonat a essayé d'effacer de sa mémoire collective et que nous devons nous interdire de rappeler. En jouant les redresseurs de torts, on ajouterait au malheur. Personne ne le souhaite, même pas l'adjoint et ses laïques, même pas la fille d'Euloge Grifoulet, Marie Ousmane. Le village tout entier exige l'oubli. Nous pardonnerons à notre sœur, Céline Rouviat, car elle a beaucoup souffert.

« Et vous, il vous faut partir tout de suite ! »

Ma mère me l'avait bien dit. Je bondis sur mes pieds.

– Je ne peux pas partir à un mois du certificat !

Le curé releva son chapeau pour me regarder.

– On a passé le certificat à Mondonat bien des années avant votre naissance, on continuera. Mais si vous restez, vous serez induit en tentation. Le diable vous poussera. Vous voudrez en apprendre davantage, sonder les reins et les cœurs, juger, trancher. Et mieux les gens se tairont devant vous, plus l'envie vous dévorera ! Ne me dites pas que vous saurez vous tenir à votre place maintenant que vous êtes averti. Le diable veille, mon fils. Vous en savez trop. Vous êtes dangereux pour la paix de cette paroisse et le danger existe aussi pour vous, pour votre carrière et votre vie. J'oserai dire pour votre âme !

Mon âme ? C'était bouffon. J'eus envie de lui rire au nez. Je n'étais quand même pas très rassuré. Je croyais mon âme assez coriace, mais un ennemi habile et déterminé pouvait me coller sur le dos des accusations dont j'aurais du mal à me laver. J'entendais ma mère : « Ne t'en mêle pas, mon Vincent ! » Le curé me sentit prêt à céder. Il insista :

– Je demanderai moi-même au Dr Vanderen de vous donner un congé qu'il sera facile de prolonger jusqu'aux vacances. Il m'a parlé d'une maladie en vogue, la dépression mentale. Ce n'est au pire que la neurasthénie, n'importe. Je prendrai le péché sur moi !

Il me regarda fixement, les mains jointes devant lui.

– Nous allons dire une prière pour connaître la volonté de Dieu. *Ô Dieu, répandez dans nos âmes la lumière de Votre divine clarté...*

Je répétai docilement avec lui : « *... et que nous ayons la force de pratiquer ce qui est conforme à la justice.* »

Autrement dit : Seigneur, donnez-moi la force de ficher le camp ! Mais je n'étais pas sûr que ce soit un bon moyen de faire avancer la justice. Je fis effort pour avaler ma salive. Le curé retourna chercher sa carafe et sa bouteille, il me fit un second verre de mixture, avec plus de marc que d'eau. J'en bus d'un trait presque la moitié, toussai et pleurai trois larmes. Le curé hocha la tête. Un sourire enflamma son visage d'une lueur de triomphe.

– Je vous entendrai en confession quand vous voudrez !

« Tu peux toujours courir autour du bénitier ! » pensai-je. Je sortis en hâte du presbytère et décidai de rentrer à Mondonat en suivant la rivière. Le soleil levant noyait le vallon sous une lumière tendre, un peu rosée. La Rebélionne filait entre les joncs et les herbes et sautait sur ses pierres avec un bruit de grelot. Les bêtes et les bestioles pullulaient dans la campagne grasse, drue, feuillue. Je respirai à pleine bouche l'air parfumé par les fleurs printanières. Je sortais du purgatoire.

Un furieux appétit de vivre me chauffait les veines.

27.

Je me persuadai que les Darrat père et fils avaient joué un rôle, le premier peut-être, dans *l'histoire assez ignoble* de l'été 34. Je savais à qui je devrais m'attaquer si le courage me venait !

La semaine suivante, je vérifiai que l'abbé voyait juste. Rémi Augnac passa le lundi, à ma demande, pour parler des « crédits Barangé », une subvention de plusieurs dizaines de milliers de francs, destinée à l'achat de matériel pédagogique. J'avais envie d'un appareil de projection, avec des vues scolaires. « Votre cinéma, quoi », disait l'adjoint. J'essayai de lui expliquer que ça n'avait rien à voir et que c'était très instructif. Il se mit à rigoler.

– Paraît que j'suis un âne, m'sieur Rameye l'a dit !

– Monsieur le Maire, il faut être de son temps.

Il repoussa son béret sur son front et se rengorgea un peu.

– Ça c'est vrai, convint-il. Moi, j'veux bien l'acheter, vot' cinéma. Mais il y a les élections et un putain d'danger de droite !

Je ne l'appelais pas seulement « Monsieur le Maire » pour le flatter, mais pour lui laisser entendre que j'étais contre Darrat. Il se mit à marcher devant mon bureau, en tapant de la sandale, ce qui souleva un relent de fumier frais.

– M'sieur Rameye a battu un Darrat en 1929 et un Darrat lui a pris la place en quarante. Pour sûr qu'il a pas voulu que ça soye un Darrat qui lui succède !

Le curé m'avait prévenu : « Vous serez induit en tentation. » Le diable me souffla une réplique aventureuse.

– Surtout qu'il en savait long, m'sieur Rameye, sur les histoires des Darrat. Il avait même écrit au procureur, avant la guerre. Je le sais, j'ai vu la réponse dans ses mains quand je l'ai trouvé mort.

Augnac blêmit et tira son béret sur son front. Ses gros yeux lui rentrèrent dans la tête et je ne vis plus que ses sourcils touffus sur son nez pincé.

– Bon Dieu, qu'est-ce que vous dites ? Faut pas rigoler. M'sieur Rameye écrivait beaucoup, comme ça... à l'administration. Ces histoires, c'est fini. D'abord, moi j'étais pas ici, à l'époque. C'est oublié, c'est fini, faut dire c'qui est !

Je ne me trompais pas. Les Darrat étaient bien dans le coup de l'été 1934 et l'adjoint ne l'ignorait pas. Mais il ne prendrait jamais le risque de déterrer l'affaire. Même un âne laïque pouvait sentir que les électeurs ne lui pardonneraient pas ça !

Le curé avait raison.

Et Augnac s'échappa, le béret de travers, si agité qu'il en oublia de décider pour notre « cinéma ».

Je passais de temps en temps sur la tombe de Céline. Je ne savais plus prier, mais je racontais ma vie à la jeune fille de 1930 et je lui offrais un bouquet de fleurs sauvages.

« Je vous promets que je resterai jusqu'aux vacances. Après, on verra. Nous n'avons pas eu le temps de parler avant votre mort et je ne sais pas ce que vous vouliez que je fasse. Maintenant, vous êtes partie, à moi de jouer ! C'est juste, après tout. Vous avez droit à la paix. Les vivants n'ont qu'à se débrouiller ! »

Un soir, j'étais en train d'arranger une poignée de campanules bleu pâle dans un vase ébréché ; j'avais aussi trois ou quatre branches d'épine-vinette à fleurs jaunes que je n'avais pu mettre dans le vase. Je les plantai en terre devant la croix. A ce moment, j'entendis un pas léger derrière moi. Je me retournai et vis Marie Ousmane, vêtue d'une robe rougeâtre à plis, ample et longue, un bouquet de pervenches à la main. Le foulard gris noué autour de sa tête faisait un auvent en pointe sur son front et voilait son visage d'une ombre douce.

Elle s'approcha à petits pas, fit une génuflexion et un signe de croix, déposa ses fleurs, se releva et me sourit.

Notre rencontre était un pur hasard. Marie Ousmane passait au cimetière une ou deux fois par semaine. La Tâteraisin, elle et moi étions les seuls à fleurir régulièrement la tombe de Céline.

Je n'avais guère envie de parler à Marie. Je me sentais aussi coupable envers elle qu'envers Céline. Quand je la rencontrais à la mairie, dans la cour, dans la rue, elle me guettait comme pour me rappeler que j'avais moi-même accusé son père d'être soûl et d'avoir mis le feu à la maison du maire. Elle croyait sûrement que j'avais soutenu cette opinion pour faire plaisir aux braves gens qui en juraient depuis vingt ans. Et elle avait l'air de dire : « Je vous pardonne, mais je ne peux pas oublier... »

Nous restâmes côte à côte un moment. Je fixais la croix de Céline et cherchais en vain des mots pour prier. Je devinais Marie plus que je ne la voyais, les yeux baissés, les mains serrées. Puis elle se signa et recula d'un pas.

– Vous connaissez la tombe de mon père ?

Le ton de sa voix disait : « Vous n'aviez pas pensé que Lolo l'ivrogne était enterré au cimetière comme tout le monde ? » Je m'élançai tout droit, n'importe où. Elle me rappela.

– Par ici !

Ancien et plusieurs frois agrandi, le cimetière de Mondonat affectait une forme irrégulière, une sorte de A majuscule avec un bosquet de cyprès au milieu, une rangée de caveaux à la place de la barre, et des prolongements, des recoins abandonnés aux herbes et aux broussailles. Dans une partie, figurant un jambage du A, des dizaines de tombes à peine marquées s'éparpillaient jusqu'à un mur éboulé, sans allée praticable. C'est là que Marie me guida, en se faufilant entre les croix de bois ou de fer, piquées de guingois, et les peignes-de-loup épineux, hauts par endroits de plus d'un mètre. Elle se retourna avec un sourire d'excuse.

– Pousse-char ne nettoie jamais par ici. Il a trop peur !

C'était un endroit presque secret, invisible du dehors et même du nouveau cimetière, où personne ne venait jamais. Marie s'arrêta devant un tumulus herbu, sans aucun nom ni plaque, une simple croix de fer ajourée qui jaillissait d'une touffe de géranium Robert, à fleurs rose-mauve.

– Ç'a l'air d'une fleur sauvage, mais c'est moi qui l'ai plantée, dit-elle. Je ne peux pas entretenir la tombe de mon père, les gens penseraient que je le fais par rancune et ils m'en voudraient plus.

Elle écarta les herbes et me fit signe de me pencher. J'aperçus alors une douille de fer avec deux fines dents en partie enfoncées dans la terre, le tout mangé par la rouille : une fourche à foin, sans manche, ou ce qu'il en restait.

Marie remit les herbes en place, mêla les tiges avec soin, comme si elle dissimulait un piège.

– C'est sa fourche. Elle était à lui, il l'emportait toujours pour travailler chez ses patrons. Il s'en servait le soir de sa mort. Je l'ai retrouvée longtemps après et je la lui ai apportée. Jusqu'à vous, personne ne le savait, même pas les enfants.

Je me demandai la raison de la confiance qu'elle me témoignait soudain ; elle lut mon étonnement sur ma figure et sourit.

– Je vous le dis parce que je vous ai vu apporter des fleurs à la dame. Je pense que vous pouvez comprendre.

Non, ce n'était pas la vraie raison. Elle avait une autre idée. Je ne doutais plus que Céline ait voulu innocenter le pauvre Lolo, mais je savais que les gens de Mondonat n'accepteraient jamais de revenir sur leur jugement. Marie montra une nouvelle fois son étrange faculté de suivre mes pensées, à peine les avais-je formées dans ma tête.

– Il ne faut pas remuer ces choses, dit-elle à voix basse. Il est trop tard et mon pauvre papa s'en fiche bien, là où il est !

– Oui, fis-je. Oui, oui, oui...

Et plus je répétais ce « oui », plus je doutais. Je n'ai jamais pu croire que les morts étaient en paix. Et Marie lui avait apporté sa fourche... La fourche a toujours été pour les pauvres paysans un instrument de justice et de vengeance !

Ces pensées étaient la seule prière que je puisse m'arracher du cœur. Marie avait joint les mains, mais elle regardait en l'air et ne priait pas non plus. Un sourire rêveur glissa sur ses lèvres.

– Il a toujours été généreux, malgré notre grande pauvreté. Nous n'avions pas d'argent pour acheter de la viande. Il était si heureux quand il pouvait m'apporter un oiseau qu'il avait piégé, c'est comme ça qu'il a perdu son œil... ou quelquefois un œuf qu'il avait chipé dans un poulailler ! S'il avait demandé, les gens lui auraient donné des œufs pour moi, mais il n'osait pas, il avait honte. Et pourtant, il était bon avec les mendiants, qu'il appelait les *passants*. Nous n'avions que trois assiettes, dont une ébréchée. Il la prenait toujours pour lui et il me disait : « Si un passant vient, on ne peut pas lui donner une assiette ébréchée, il croirait qu'on veut le rabaisser ! » Il souffrait de son bon œil. On dit que ça arrive souvent après un accident où on en a perdu un, l'autre s'atrophie. Je lui faisais des décoctions de géranium Robert que la guérisseuse de Besse nous avait conseillées. A un moment, ça commençait d'aller mieux. Il disait : « C'est ma petite fille qui m'a guéri avec l'herbe rouge, le géranium Robert. Ah, le géranium Robert ! » Puis il s'était pris d'affection pour cette plante. Il avait trouvé un endroit où il en poussait beaucoup. Il m'en rapportait des brassées pendant toute la floraison qui dure au moins six mois et ça puait pas mal. Pauvre papa, je suis sûre qu'il aurait été content d'en avoir une touffe sur sa tombe !

J'écoutais Marie et je scrutais son profil. Si on oubliait les rides de souci et de chagrin autour de ses yeux, elle avait un visage de jeune fille. Son regard attentif, humble mais sans peur, sa bouche petite et charnue, affamée de viande ou de tendresse, ses traits doux et tirés, son air entre le rire et les larmes portaient le signe de l'enfance qu'elle avait vécue et dont elle n'était jamais tout à fait sortie. Elle se frotta les paupières et tourna la tête vers moi.

– Vous savez, avant la mort de la dame, je ne venais plus sur cette tombe qu'une ou deux fois par an. Il faut oublier...

Elle me fixa avec un sourire enjoué et me tendit timidement la main.

– Vous êtes gentil. Je n'aimerais pas trop que vous appreniez certaines choses sur nous. Il vaudrait mieux que vous partiez d'ici et que vous oubliiez tout ce que je vous ai raconté !

28.

En me quittant, Marie m'avait invité à dîner un soir, en me conseillant toutes sortes de précautions pour que les gens ne me voient pas aller chez elle. « Pour votre réputation... »

Je fis un grand détour, à pied, par les collines, entre Besse et Mondonat. Puis je redescendis en suivant un chemin creux, encagé de haies, défoncé par les tracteurs et le camion du laitier. J'arrivai à la Combe des Prêles, longeai un ruisseau, la Soudaine, affluent de la Rebélionne. La ferme des Dindeaux sortit de derrière une rangée de peupliers, dans la douce lumière du soir : une grande maison basse, l'aile principale affaissée et l'habitation réduite à un logis carré, flanqué d'une étable et d'un pigeonnier.

La façade bleuie par le sulfate de cuivre s'ornait de treilles, de rosiers et de rideaux blancs aux fenêtres. Autour, une profusion d'arbres fruitiers et d'arbustes à fleurs. Mais je ne vis pas d'animaux, ni chèvres, ni poules, ni lapins. Pas de chat, pas même le chien Miraut qui était sans doute dans les pas de son jeune maître, Dieu sait où. Je traversai un jardin sauvage et grimpai les quatre ou cinq marches d'un escalier où poussaient des alliaires et des oseilles. Je n'avais jamais vu des abords aussi peu entretenus. Pourtant, une fumée claire montait de la cheminée, la maison était habitée. Je frappai à la porte, tirai sur une clochette fixée au fer qui supportait la treille. Personne ne répondit. Je touchai le bois satiné d'une très vieille porte, où le trou du chat avait été bouché avec un morceau de lino. Je fis le tour de la maison en me frayant un passage à travers les lauriers, les fusains, les saules. Je respirai l'odeur amère des plantes d'ombre. J'entendis un froissement de feuillage, un bruit de course. J'appelai sans résultat.

A l'arrière du bâtiment s'étendait un petit parc ombreux, envahi par les pattes-d'ours, les épiaires à fleurs roses et les clématites, où le squelette d'une tonnelle témoignait seul d'un passé bourgeois. Je franchis un fourré et arrivai au bord d'une pièce d'eau, petit étang ou grande mare, où trois ou quatre colverts nageaient entre les nénuphars.

Un parfum de sous-bois, de marécage et d'herbes aquatiques flottait dans l'air. J'aperçus une chaise en fer, sous une touffe de lilas, à deux mètres de l'eau. J'arrachai quelques lianes de clématite pour me faire une place et me posai sur ce siège un peu rude, comme le maître de céans ou sa romantique épouse avaient dû le faire en des temps meilleurs, pour regarder nager les canards. Le soleil couchant se noyait dans l'eau verte et un petit vent secret bruissait aux cimes des aulnes.

– Vincent, il te faut une bicoque de ce genre et un clos tout pareil quand tu seras riche !

Je fermai les yeux et rêvai à cet avenir radieux où j'aurais ma mare, mes canards et ma chaise de fer au bord de l'eau. Je comprenais que Marie Ousmane ne fût pas prête à céder sa maison aux Darrat pour une bouchée de pain... et même pour un an et demi du salaire d'un remplaçant !

Pourtant, je sentais une *maison à histoire,* comme celle de la Châteline à Razac, la maison du curé jobard et quelques autres que j'avais connues autrefois. C'était sans nul doute une ancienne demeure bourgeoise, peut-être même noble, très délabrée, que les Grifoulet avaient dû recevoir par héritage et que Marie n'avait pas les moyens d'entretenir. Mais elle y avait passé son enfance et la mémoire de son père y vivait encore. Et puis c'était un lieu féerique et enchanteur, un nid de rêve au milieu des prés et des champs... J'avais toujours admiré le flair des riches propriétaires de jadis pour dégotter des sites merveilleux et y planter cottages, folies, manoirs, châteaux. J'aurais juré que celui des Dindeaux avait été choisi par une femme, peut-être la maîtresse d'un seigneur des environs quand il y en avait encore !

Mais, bon Dieu, comment avait-elle pu échoir à un domestique, un gueux, un besogneux, l'homme le plus pauvre peut-être de la commune ? Mon instinct me souffla que je touchais l'un des ressorts de l'affaire, la haine vouée par les gens de Mondonat au malheureux Lolo. On ne lui pardonnait pas d'avoir une maison de riche. C'était une insulte à l'ordre des choses.

Mais pourquoi Lolo volait-il des œufs alors qu'il possédait assez d'espace et de couvert pour élever au moins une douzaine de poules ? Je me dis que, si je trouvais la réponse à cette question mesquine, je tiendrais peut-être le fil de l'affaire.

Il y eut un bruit de branches froissées, je tournai la tête et vis Jehan s'encadrer dans les fleurs blanches d'un obier boule-de-neige, suivi de son chien Miraut qui montrait les dents à l'abri des feuilles. Je fis un signe tandis que Jehan me regardait en silence. C'était un solide garçon, mince d'apparence sans être fluet, et même musclé et fort pour onze ans. Son visage ovale, ses traits fins, ses cheveux noirs qui tombaient sur ses joues, ses grands yeux ombrés de cils longs et sombres lui donnaient un air de fille, de jeune bohémienne en maraude, ce qui ne l'empêchait pas de revendiquer en toute occasion une virilité au-dessus de son âge.

Il me défiait pour que je n'oublie pas qu'il était mon ennemi et il avait voulu un affrontement muet. Il ne se croyait pas capable de me tenir tête avec des mots ; et il espérait me faire baisser les yeux. Je lui souris et me remis à contempler les canards, en le guettant du coin de l'œil. Il grimaça et s'agita nerveusement.

Je doutais de l'amadouer un jour. Je représentais pour lui, comme instituteur, un ordre qu'il haïssait. Les punitions de la dame lui donnaient des raisons de se révolter ; ma méthode plus douce le troublait et je trahissais le rôle qu'il m'avait fixé dans sa tête. Il me ferait grief de tout ce que je pourrais dire ou tenter pour me rapprocher de lui. J'avais un combat à mener, je ne devais pas gaspiller mes forces. « C'est comme ça, mon vieux ! » Il attendait. J'attendis. Miraut gronda. Les canards tournaient. Jehan ne se décidait ni à avancer vers moi ni à s'en aller.

Je me taisais. Le temps me semblait long, mais je me consolai en me disant que Jehan devait le trouver encore plus long. Il partit enfin, comme il était venu, en froissant les branches avec un peu plus de bruit. Le chien s'aplatit, le poil hérissé, et à son tour s'enfonça dans le fourré.

Un peu plus tard, j'entendis des éclats de voix féminines de l'autre côté de la maison. Marie et sa fille se disputaient. Je les rejoignis. Elles se turent en me voyant et se tournèrent vers moi, toutes les deux rouges et échevelées. Alice pouffa. Sa mère secoua la tête d'un air contrarié.

– On est un peu en retard, mais le repas est sur le feu...

Je sentis qu'elle cherchait un mensonge pour s'excuser. Elle choisit le charme, boutonna son corsage, ôta son foulard et balança ses cheveux, se pencha pour nouer un lacet de sandale qui n'en avait pas trop besoin. Puis elle se releva, rieuse.

– Je suis contente que vous soyez venu, monsieur l'instituteur !

Je me demandai si j'aurais le courage de lui parler des œufs volés.

Mère et fille s'affairaient maintenant dans la grande cuisine claire bien qu'un peu basse, fleurie de bouquets champêtres et de calendriers des postes. Elles évitaient d'un tour de buste ou d'un petit coup d'épaule les papiers tue-mouches qui pendaient de-ci, de-là. Je ne voyais pas bien les raisons de tant d'agitation et il me semblait que leur hâte confuse ne les aiderait pas à rattraper un retard qui m'importait peu. Elles essayaient de me cacher quelque chose de très futile, sans doute, et je m'en fichais. D'ailleurs, j'étais sûr qu'elles avoueraient avant la fin de la soirée.

Marie, si mince, si brune, l'air presque aussi jeune

que sa fille, piétinait autour de sa cuisinière qui rejetait la fumée par tous les trous. C'était un fourneau de Saint-Étienne, noir, à chaudière de cuivre rouge, à peu près le modèle que ma mère avait acheté d'occasion à Périgueux, en 1945, et qui chauffait toujours comme une locomotive. Marie, d'habitude si vive et sûre de ses gestes, s'essuyait sans cesse les mains à son tablier, à ses cheveux même, et caressait nerveusement la barre à torchons de la cuisinière.

– Alice, Jehan, allez me chercher du bois.

Jehan se montra dans l'ombre, au fond de la pièce, près d'un escalier qui devait descendre à la grange. Alice courut en faisant voler sa jupe jaune entre la porte et le fourneau, comme si la cuisine était sa salle de danse.

– On en vient, maman !

– Du bois sec, je vous prie.

– Y en a pas de plus sec.

– Qu'est-ce qui te prend de me répondre, Alice !

Alice éclata de rire.

– Ne t'énerve pas à cause du géomètre, maman !

– Je ne m'énerve pas à cause du géomètre. Tu vois bien que...

– A cause de la maison, alors !

– C'est cette cuisinière qui ne tire pas.

Jehan s'enfuit. De ma place, au bout de la table, il me semblait voir la clé du tirage fermée. Impossible, ces deux bonnes femmes savaient quand même régler leur tuyau ! Alice reparut avec un panier de bûchettes. Marie secoua la tête, les joues rouges et le nez taché de noir. Ce fard lui allait bien.

– C'est pas ce qu'il me faut, dit-elle en tapant du pied.

Elle s'approcha de moi, tout au bout de la grande table.

– J'ai préparé un rôti de chevreau. Mais il ne sera pas cuit avant une heure, avec ce fourneau qui ne tire pas !

Alice empoigna une bouteille de blanc dans un placard mural et remplit mon verre.

– Sers-moi aussi un peu de vin blanc, dit Marie. On aura le temps de vider les bocaux de pâté et de finir la salade.

– La salade ! s'écria Alice. Mon Dieu, j'ai oublié la salade !

Elle serra l'attache de son tablier et se remit à courir en tous sens, de la cuisinière à l'évier en passant devant le garde-manger et le cageot à légumes. Je m'attendais à voir le panier à salade sortir de sa manche comme un lapin d'un chapeau. Après une espèce de gigue que mère et fille dansèrent ensemble pendant je ne sais combien de minutes, Alice exhiba un saladier vide. Marie, ayant déniché une bouteille d'huile à l'étiquette graisseuse, la considéra puis l'agita, avec un sourire absent. Alice fixait sa mère comme pour l'envoûter ; elles échangèrent un signe et une moue, puis la jeune fille partit en courant, direction le jardin.

Tout cela ressemblait à une pièce de gosses jouée à bouche fermée. Marie était née en 1918, l'année de l'armistice, j'avais vu les papiers quand Augnac l'avait embauchée comme secrétaire de mairie. Mais elle ne paraissait pas plus de trente ans et je me sentais presque plus vieux qu'elle.

Un géomètre ? Avaient-elles décidé de vendre la maison à Darrat, finalement ? Elles allaient partir et...

je les regretterais. J'aurais aimé conduire Alice au certificat l'an prochain. Et Marie ressemblait tant à ma mère au même âge. Moins fine, peut-être, moins jolie, mais elle avait les yeux plus doux et la bouche plus tendre. Les mêmes gestes aussi. J'attendais qu'elle casse une assiette ou un plat, pour que la ressemblance soit complète.

Mon oncle Fred disait d'Émilie : « Elle ruinerait un chanoine, avec ses mains de beurre ! » Marie n'avait pas l'air non plus d'une ménagère placide et méticuleuse. Elle me plaisait bien ainsi. Clac ! une assiette s'émietta sur les carreaux de la cuisine. J'en eus un coup au cœur. Les joues rouges et les lèvres tremblantes, Marie regardait son pâté écrasé par terre.

– Alice, c'est le pâté de foie. Essaie de le ramasser !

Puis elle courut à l'évier se laver les mains. Ma mère avait aussi ce réflexe. Elle se lavait les mains vingt fois par jour et ça faisait rire les paysans.

Inquiet, Jehan se sacrifia pour tenter une diversion. Il se précipita vers moi poings fermés, comme s'il voulait me boxer. Il pila à un mètre, un rictus coincé sur la figure.

– Essayez de soulever la table ! Ha, ha ! Vous y arriverez pas, elle est trop lourde, ha, ha !

Ébaubi, je tentai quand même l'expérience. Je connaissais les tables de château, en chêne massif, avec des tiroirs de bout où on aurait pu garder un veau mort. Celle-là en était une et parmi les plus lourdes que j'aie jamais maniées. Je soulevai les deux pieds de mon côté d'un centimètre ou deux, en veillant à ne pas déranger les quatre couverts qu'Alice finissait de disposer.

Jehan triompha d'une voix farouche.

– Elle est lourde ! Elle est lourde ! Ha, ha, vous avez pas pu ! C'est la table de la demoiselle !

– Quelle demoiselle ? demandai-je.

Il me lança un regard outré, méprisant et satisfait.

– Mlle Comiac, du Mayne del Rey, qu'est défunte !

Et Marie, à voix basse, d'un ton d'excuse, les mains jointes sur son tablier :

– La demoiselle a élevé mon père et lui a légué les Dindeaux.

Je me levai et fis semblant d'examiner un pan de mur, tapissé d'almanachs des postes, plus de trente, les premiers datant d'après la Première Guerre. En réalité, je voulais réfléchir à ces nouvelles données. La maison des Ousmane était bien, comme je l'avais pensé, une ancienne demeure bourgeoise. Et Euloge Grifoulet l'avait reçue d'une sorte de marraine, mais sans terres, et c'était un legs trop lourd pour un pauvre homme et sa fille démunie. Bien réparée, la ferme des Dindeaux, dans son site pareil à un écrin de verdure, avec son étang, son ruisseau, ses grands arbres, aurait pu devenir un petit joyau du Périgord. Voilà qui expliquait la jalousie des gens de Mondonat et surtout des riches d'alentour.

Je me retournai pour examiner l'habitation. La grande pièce aux poutres basses et noires servait à la fois d'entrée, de cuisine et de salle commune. Elle me rappelait celle de Las Bouragnes où j'avais vécu à l'âge de quinze ans. Deux portes s'ouvraient au fond ; elles devaient conduire à des petites chambres. Dans le coin intérieur, on devinait la porte de la grange et un escalier qui s'enroulait vers l'étage, peut-être une ou deux mansardes. Mais l'aile abandonnée, au toit percé et aux portes éventrées, que j'avais contournée en arrivant, était au moins trois fois plus grande. Les Dindeaux avaient été une vraie petite gentilhommière au siècle dernier, et peut-être jusqu'à la guerre de 14.

Maintenant, Darrat la voulait. Il la voulait pour y habiter peut-être ou pour en faire un rendez-vous de chasse et, en tout cas, pour supprimer une enclave. Avant lui, son père, M. Jean-Gervais, l'avait peut-être voulue aussi et, qui sait, M. Hubert, son grand-père. Vers 1920, l'aile longue devait encore tenir debout et le tout avait sûrement belle allure...

Jehan renifla la viande sortie du four et fit la grimace.

– C'est honteux de manger les petits animaux. On pourrait se contenter de légumes.

Sa mère le menaça de l'index.

– Parle pour toi, mon lapin. Moi, je suis une vraie louve. Il me faut de la viande à tous les repas !

Jehan ficha le camp. Marie noua ses cheveux et annonça :

– La soupe, j'ai fait de la soupe de pays, au hachis, je n'y pensais plus. On pourra commencer quand vous voudrez.

Alice attisa la cuisinière au soufflet et la fumée remplit la pièce, malgré la fenêtre ouverte. L'envie me prit d'aller voir de près cette clé de tirage. Est-ce que j'avais la berlue ? Elle était tournée à plat et complètement fermée, à moins que ce tuyau n'ait été acheté au bazar d'Anvers ! J'appelai Marie.

– Hé, dites donc, votre clé ?

Elle chassa la fumée devant son visage et cligna les yeux.

– Qu'est-ce qu'elle a, ma clé ?

A ce moment, je vis Jehan posté contre la porte de

la grange, qui me toisait d'un air de rancune. Deviné ? Il baissa la tête et disparut dans l'ombre. Marie se précipita.

– Mon Dieu, quelqu'un a fermé le tirage ? Alice, Jehan !

– Qu'est-ce qui se passe, maman ? demanda Alice de loin.

– Mon Dieu, mon Dieu, la cuisinière s'étouffait parce que le tirage était fermé !

– Mon Dieu, mon Dieu ! répéta Alice.

Elle prit un balai et se précipita à la poursuite de son frère.

– Sale putain de gosse !

29.

Après la tarte aux prunes du dessert, je me dis : « C'est le moment de parler des œufs », mais je pris un détour :

– Vous n'avez pas beaucoup d'animaux ?

Marie pinça la bouche et son regard s'assombrit. Elle écrasa quelques miettes dans son assiette, se força à sourire, secoua la tête et respira comme si elle se noyait.

– Pas un, dit-elle quand elle eut repris son souffle. Rien que Miraut et il ne couche même pas à la maison. Depuis vingt-cinq ans, les Darrat nous tuent toutes nos bêtes, avec leurs chiens, à coups de fusil ou de poison !

Je m'en voulus, en tant que fils de paysan, de n'avoir pas trouvé la réponse tout seul. Les deux femmes me clouaient du regard. Je réfléchis à l'abri de mes mains.

– Pourtant, vous habitez loin de la Paussade ?

Marie releva les cheveux que ses gestes nerveux avaient précipités sur sa figure.

– La Paussade n'est qu'une ferme où M. Roger est venu habiter après son second mariage. Mais le Pech-

Gabach, la maison familiale des Darrat, est à peine à un kilomètre d'ici. Notre ruisseau, la Soudaine, prend sa source chez eux. Ils voudraient en être les maîtres jusqu'au bout. Et leurs terres nous entourent de tous les côtés. Le géomètre s'est même aperçu qu'ils avaient empiété de vingt ares sur notre petit enclos. Les Dindeaux est une enclave qu'ils veulent depuis toujours. Même des fleurs ou des légumes, on n'a jamais pu en avoir. Ils les font brouter ou piétiner par leurs vaches et leurs moutons.

– Vous avez quand même de beaux canards.

Marie eut un sourire moqueur, triste et doux.

– Ils sont aux Darrat. Ils descendent par le ruisseau, ils vont et viennent, ils sont plus souvent chez nous que dans leur étang. Jehan voulait les tuer, je lui ai interdit. Ce sont de gentilles petites bêtes, et puis la maison est un peu moins déserte.

« Il faudrait que je vous raconte toute notre histoire pour que vous puissiez comprendre. La maison nous vient de Mlle Comiac, qui avait plusieurs propriétés dans le canton. Elle était même noble par sa mère, une Naudon de Lafaurie. Mais les Dindeaux lui venaient de son père, Taraise Comiac, un gros maquignon du pays. Il y a cent ans, Comiac possédait toute la vallée de la Soudaine, qui est très bonne pour l'élevage. Le propriétaire du Pech-Gabach s'appelait Magnac de La Renaudy, mais ce n'était pas un vrai noble, seulement le fils d'un ancien régisseur. Un certain Alexandre-René Darrat, qui venait d'on ne sait où, a épousé la fille de Magnac et, peu après, il a essayé de chasser Taraise Comiac de la Soudaine. Dieu sait tout ce qu'il a pu inventer. Mon père avait entendu parler d'un prétendu loup-cervier qui décimait les troupeaux vers 1875, et qui s'attaquait même aux chevaux. La bête de Mondonat !

« Comiac a cédé quelques prés à ce Darrat et l'affaire a cessé pour un temps. Taraise Comiac est mort vers 1880. Il avait deux filles, Pauline et Antonine. L'aînée, Antonine, s'est mariée en ville, avec une grosse dot. Pauline a hérité des propriétés ou ce qu'il en restait. Elle vivotait sur ses métairies, elle était bien trop bonne et tous ses métayers la volaient sans vergogne. Elle était née aux alentours de 1850, son premier fiancé avait été tué pendant la guerre de 70. Vers 1875, elle en avait un autre, un paysan de Dévillac, pas riche, mais habile et bon travailleur. Malgré ses qualités, il n'avait pas trop bonne réputation, parce qu'il avait quitté le séminaire avant d'être ordonné prêtre, pour faire des études de vétérinaire qu'il avait abandonnées.

« Le mariage était annoncé pour bientôt et le fiancé de la demoiselle s'occupait déjà de surveiller les métayers. Et puis il a été tué dans un accident de cheval lors d'un orage, pendant l'été 76 ou 77. Mon père savait toutes ces dates, mais je les ai oubliées. Tout le monde ne croyait pas à l'accident.

« Mlle Comiac ne s'est jamais mariée. Elle s'occupait de ses neveux quand sa sœur les amenait, et puis des enfants pauvres et des orphelins du pays. C'est ainsi qu'elle a élevé jusqu'à l'âge de six ans le petit Euloge, l'enfant d'une servante séduite. La servante est morte quelque temps après, enfin c'est ce que la demoiselle a dit à mon père quand il a été en âge de comprendre. Mais elle était sans doute partie avec un homme et la demoiselle ne voulait pas l'avouer.

« A six ans, mon père est allé en pension à l'école des frères de Réverac, qui a existé jusqu'en 14. La demoiselle espérait que la vocation lui viendrait et qu'il se ferait prêtre. Mais mon père n'avait pas d'autre vocation que de vivre dans les champs, avec les animaux et les plantes. Il est resté trois ans à l'école de Réverac, le temps d'apprendre à lire, écrire, compter. Puis il est rentré chez la demoiselle et il a demandé à être berger. Neuf ans, c'était le bon âge. La demoiselle l'a gardé un an à Dévillac pour compléter son apprentissage, puis elle l'a mis aux Dindeaux, où habitait un maître valet. Il est venu habiter ici en 1893, et y a vécu une bonne partie de sa vie. Mlle Comiac s'est appauvrie peu à peu et elle a vendu ses biens. Chez les Darrat, M. Hubert a succédé à M. Alexandre-René et M. Jean-Gervais à M. Hubert vers 1910. En 1911, la demoiselle lui a vendu les prés de la Soudaine, à l'exception des Dindeaux et d'un enclos de quatre ou cinq hectares autour, qu'elle a laissé en location à mon père. Mon père a essayé de vivre sur son enclos, mais les Darrat ont commencé à lui tuer ses bêtes et à lui dévaster ses récoltes. Il a été obligé de chercher un travail de journalier. Il l'a trouvé très vite, car il était réputé courageux.

« Il aimait beaucoup la chasse et la demoiselle lui avait promis qu'il pourrait continuer de chasser sur les terres qu'elle avait vendues à M. Jean-Gervais. Elle disait avoir réservé ce droit pour lui dans l'acte de vente, mais on n'en trouvait pas trace. Le notaire l'avait sans doute oublié. Mon père s'est obstiné, il a continué à chasser comme il l'avait toujours fait, dans ce vallon très giboyeux, où il se sentait chez lui. M. Jean-Gervais l'a menacé de la prison et lui a tiré dessus plusieurs fois. Et un jour, il ne l'a pas manqué. C'était en 1912, il lui a logé plusieurs plombs dans la figure, dans le bras, le cou et l'épaule. Il lui a crevé l'œil droit, lui a percé la gorge et abîmé la clavicule, et il l'a laissé pour mort dans une combe. Mon père s'est relevé, s'est traîné jusque chez lui et s'est couché. Quelqu'un a prévenu la demoiselle qui a envoyé un médecin... et le médecin a envoyé les gendarmes. Et les gendarmes l'ont emmené en prison comme braconnier. De là, il s'est retrouvé à l'hôpital. La demoiselle a payé et il en est sorti avec un œil en moins et le bras droit ankylosé. Il avait aussi des difficultés pour avaler, il lui fallait écraser sa nourriture ou mâcher beaucoup et ce n'était pas très bien vu chez les paysans de rester trop longtemps à table.

« Pourquoi est-ce lui qui est allé en prison alors que M. Jean-Gervais l'avait presque tué ? M. Jean-Gervais était l'homme le plus riche de la commune, il avait des amis influents qu'il invitait à la chasse. Il lui a suffi de dire que mon père était un braconnier et tous ont pensé : " Ça fera un exemple ! "

« A la guerre, mon père avait trente et un ans. Il a été mobilisé et m'a souvent dit qu'il était content de partir. Mais il a été réformé et est rentré assez vite. Il a retrouvé la maison des Dindeaux vidée de tous ses meubles, de l'argenterie, du linge, des outils... Les pillards n'avaient laissé que cette table, sans doute parce qu'ils l'avaient trouvée trop lourde. On manquait d'hommes et il a été bienvenu, mais à mesure que les jeunes du pays tombaient au front, les jalousies grandissaient.

« En 1916, à trente-trois ans, il a connu une jeune Italienne nommée Maria. Maria Pelissolo, sans doute une parente éloignée des Pelissolo qui habitent toujours Mondonat. Maria avait dix-huit ans, d'après ses papiers. Elle ne parlait pas, ni en français ni en italien. Son père travaillait aux carrières de Besse, sa mère lavait le linge et entretenait les vêtements des ouvriers, ceux de mon père aussi, à l'occasion, et Maria l'aidait. Elle aimait bien mon père et savait se faire comprendre de lui. Elle n'était pas muette, puisqu'elle disait des prières et même chantait quand elle était seule. Enfant, elle avait parlé normalement et puis quelque chose lui était arrivé, on avait oublié ou on ne voulait pas le dire. En 1917, son père, qui était déserteur, a été pris et renvoyé en Italie. La mère a emmené Maria, mais Maria s'est enfuie dans une gare et elle est revenue ici. Elle était comme les chats, plus attachés à leur maison qu'à leurs maîtres... Seulement, elle n'avait plus de maison. Alors, elle s'est réfugiée auprès de mon père.

« Pourquoi l'avait-elle choisi ? Il était le seul homme qui ne la traitait pas comme un animal... de peine ou de plaisir. Et puis elle avait son infirmité, il avait la sienne, qui l'empêchait d'être soldat et le faisait moquer par tout le monde. Elle en profitait pour s'amuser et le taquiner, sans méchanceté, je suis tout à fait sûre qu'elle n'était pas méchante... ».

Marie s'arrêta un instant pour rêver et reprendre son souffle.

– C'était ma mère. Maria, Marie... Mes parents ne sont pas allés chercher bien loin mon prénom. Je ne l'ai pas connue, elle est morte à ma naissance. Mon père ne m'a jamais dit comme tant d'enfants ont dû l'entendre : « Tu l'as tuée ! » Il me disait : « Ta maman n'était pas de la terre. Elle était descendue avec nous pour t'avoir et, quand tu es née, elle est remontée au paradis. » Il m'a fallu bien des années pour découvrir que ce conte de fées cachait une vérité affreuse. Ma mère était menue, frêle, maigre ; elle a été assassinée par une sage-femme arriérée et qui la détestait parce que son fils venait d'être tué à la guerre. Elle a dit à ma mère : « Ta petite vivra parce que c'est la loi de Dieu, mais toi, sale macaroni, tu vas crever, c'est tout ce que tu mérites ! »

« Mais attendez, j'ai sauté le mariage de mes parents. Maria est donc venue s'installer chez mon père et lui a fait comprendre qu'elle voulait rester avec lui. Il l'a tirée chez le maire et le curé, où les explications ont été dures, Maria étant étrangère, mineure... et muette. Le maire de Mondonat était le père Deyeune, un brave homme, pas comme son fils aîné. Il a dit à mon père : " Je veux bien vous marier, ça me paraît la meilleure solution. Mais il me faudrait au moins une lettre de consentement des parents. Je vais écrire en Italie. " Il a écrit à je ne sais quel consul et a attendu la réponse des mois. Maria vivait aux Dindeaux et mon père devait la défendre contre les ouvriers des carrières, pour la plupart des réformés ou des vieux, qui voulaient la récupérer pour leurs besoins de toutes sortes, le linge et le lit.

« Une réponse d'Italie est arrivée. La mère de Maria avait fait écrire par un homme de loi, en mauvais français, pour donner son consentement moyennant une grosse somme d'argent, qui représentait bien plus que les économies de mon père. Le maire lui a dit : " N'y pensez plus, mon pauvre Euloge. Ces gens qui veulent vous vendre leur fille sont des fripons ! " Mais mon père aimait ma mère. Il savait bien que, s'il ne l'épousait pas, on la lui reprendrait tôt ou tard. Il a accepté cet arrangement affreux. Il est allé voir Mlle Comiac pour lui emprunter de l'argent.

« La demoiselle l'a bien reçu, elle l'a écouté et elle a dit : “ Je crois que Dieu veut ce mariage. Je comptais te léguer un petit pécule à ma mort. Tu l'auras tout de suite et que le Seigneur bénisse ton union ! ” Le Seigneur devait avoir l'oreille prise ce jour-là. Enfin, mon père a touché son argent et l'a porté au notaire de Réverac pour qu'il l'envoie en Italie. Et il a attendu encore des mois. Les gens se moquaient de lui, jurant qu'il n'aurait jamais la lettre, qu'il lui fallait faire Pâques avant Rameaux parce qu'il n'aurait jamais ses Pâques, et des choses bien pires. Puis la lettre de consentement est arrivée, Lolo a épousé Maria ; l'histoire finit par un mariage comme dans les romans de quatre sous.

« Mes pauvres parents ont dû connaître un an de bonheur. Ce n'est pas si mal. Le mariage a eu lieu en mars 1918. Je suis née en novembre, pendant l'épidémie de grippe espagnole. Les gens tombaient comme des mouches. Il n'y avait plus personne pour creuser les fosses à Mondonat, mon père était malade. On a enterré ma mère à Besse et... on l'a perdue. Cette épidémie avait causé une espèce de folie. Enfin, c'est ce qu'on a dit et c'est vrai que les villages étaient comme fous, d'autant qu'il mourait surtout des jeunes. N'empêche, je crois que les femmes et les vieux du pays qui se chargeaient des inhumations ont fait exprès d'égarer la sale macaroni, qu'on n'en parle plus et qu'on ne nous inflige surtout pas une plaque à son nom ! Ni mon père ni moi n'avons jamais pu savoir où était la tombe de Maria. Je vais au cimetière de Besse et je prie n'importe où. Comme on dit, si ma mère vit encore quelque part, c'est dans mon cœur. Je ne l'ai pas connue et je n'ai pas de photo d'elle. Mon père possédait une photo de mariage qu'il gardait sur lui. Et elle a brûlé aussi !

« Après ma naissance, on m'a portée chez la demoiselle, qui m'a élevée jusqu'à deux ans avec sa bonne. Alors, elle m'a remise à mon père et il s'est occupé de moi du mieux qu'il a pu. Quand il partait au travail, il m'emmenait avec lui, il me mettait dans un coin à l'ombre ou à l'abri au chaud, suivant la saison. Mais comme je trottais déjà bien à cette époque, je ne restais pas longtemps où il m'avait mise, et le pauvre homme était obligé de lâcher sa fourche, sa charrue ou ses sécateurs pour me courir après. Ou alors je le suivais dans le sillon ou dans le rang de vigne jusqu'à ce que je tombe de fatigue. Tout ça n'était pas très bien vu des patrons. Quelques-uns acceptaient de me nourrir, mais beaucoup refusaient en disant que ce n'était pas dans les conditions. Et puis, surtout, j'étais la fille de la macaroni, de la putain des carrières, je finirais forcément comme ma mère, alors ce n'était pas la peine de gâcher de la bonne soupe grasse pour un vilain petit numéro. Si encore j'avais été muette, moi aussi ! Mais non, mon père me parlait beaucoup, en français, jamais en patois, je répétais ses mots, je jacassais comme une pie, dans un parler qui n'était pas celui des paysans ni celui d'une gosse de mon âge. Et avec ma langue bien pendue, je réclamais : “ Je suis petite mais j'ai faim ! Pourquoi le chien a de la soupe et pas moi ? ” Quelques-uns me donnaient un croûton ou des restes. Mon père ne pouvait pas mettre la soupe dans sa poche, mais il faisait des provisions de viande et de pommes de terre. Souvent, les patronnes se hâtaient d'enlever les bons plats pour qu'il ne se resserve pas à mon profit. Enfin, il récupérait toujours quelques bouchées pour moi dans son assiette. Quand il sortait ça de sa poche, c'était un peu mélangé, mais je ne faisais pas la difficile, j'avalais tout avec un appétit terrible et je buvais l'eau des sources et des ruisseaux. Je me portais très bien.

« Il y avait aussi des maisons où on me nourrissait gentiment, chez l'ancien maire, M. Deyeune, chez les Rameye, les Titelou... et chez le baron Combas de Millac, à Besse, on me gavait ! J'allais aussi de temps en temps chez la demoiselle où on me faisait une petite fête. Mes premières années d'école ont été très dures. Et puis en 1928, Céline Ginestet, la future Mme Rouviat, est arrivée à Mondonat, et je n'ai plus jamais eu faim...

« Et puis il y avait nos démêlés avec les Darrat pour la maison. Donc, on était dans les années vingt, M. Roger était déjà un méchant gamin. A huit ans, il avait une fronde, une carabine et un couteau. Il tuait toutes les bêtes que nous essayions d'avoir. Deux fois, on m'avait donné un petit chat et il me l'a massacré. M. Jean-Gervais avait décidé d'avoir notre enclos, alors il empêchait mon père de le travailler et d'y récolter quoi que ce soit. Mon père avait beau s'être fait plomber la figure et jeter en prison, il avait encore confiance en la parole d'un Darrat ! Il lui a dit : " Voilà, je renonce à l'enclos, moins un demi-hectare autour de la maison, la demoiselle vous le vend et moi je reste tranquille à ma maison. D'accord ? " M. Jean-Gervais a répondu d'accord. Cause toujours, pauvre imbécile !

« La demoiselle, elle, n'avait pas confiance. Elle faisait souvent à mon père une réflexion qu'il me répétait en hochant la tête longuement, comme pour dire : Elle doit avoir raison, parce qu'elle ne se trompe pas souvent, mais c'est quand même incroyable. Et elle connaissait bien les Darrat. " Lolo, ce sont des gens très malheureux. Tu ne peux pas comprendre... " Mon père voulait bien essayer de comprendre. Elle expliquait : " Tu ne peux pas savoir combien ils souffrent de n'être pas nobles. Moi, qui suis demi-noble, je le sens très fort, mais ils préféreraient mourir que de l'avouer. M. Hubert et M. Jean-Gervais ont essayé d'épouser des jeunes filles nobles, mais ils n'ont pas pu. Ça leur en a laissé lourd sur le cœur. On aurait pu croire que ça se dissiperait au fil des générations. Pas du tout. Plus ils ressemblent aux autres paysans, plus l'*envie* les tourmente. C'est en train de devenir une maladie et ça me fait peur. »

« L'affaire a traîné. Mais la pauvre demoiselle baissait, elle voulait régler sa succession avant sa mort. La vente s'est faite en 1930. Les Darrat n'avaient pas cessé de nous persécuter. M. Roger allait sur ses quinze ans, il avait une bande et il devenait de plus en plus mauvais. Tout a continué après la vente, contrairement aux espoirs de mon père. Nous étions locataires, pour moins que rien de loyer, et la demoiselle ne le réclamait jamais. Elle est morte à la fin de 1932. Dans son testament, elle léguait la maison à mon père, avec les soixante-dix ares de terrain autour.

« Aussitôt, M. Jean-Gervais a exhibé un acte devant notaire par lequel la demoiselle lui avait vendu la maison et l'enclos quelques jours avant sa mort. Il est venu réclamer un gros loyer. " En attendant de vous foutre à la porte ! " a-t-il dit. Mon père ne pouvait pas y croire. Il a refusé de payer. A cette époque, M. Jean-Gervais n'était plus maire de Mondonat, c'est Paul Rameye qui l'avait remplacé. Paul Rameye a dit : " Ne cédez pas, je prends l'affaire en main. " Il est allé voir le notaire qui a paru bien embarrassé. Soi-disant, c'était son premier clerc qui s'était déplacé au Mayne pour faire signer la demoiselle. M. Rameye a soutenu qu'elle avait été trompée. " Nous ferons un procès ! " Le notaire a répondu qu'il valait mieux essayer de s'entendre à l'amiable. M. Rameye n'a pas lâché. Plus tard, le clerc a avoué qu'il avait été payé par M. Jean-Gervais. Ils ont étouffé toute l'histoire, on ne met pas les riches en prison pour si peu. Mais les Darrat ont dû renoncer et la maison a été à nous. Voilà. »

– En quelle année était-ce ?

– Oh, en 1933 ou 34.

Marie ajouta tout de suite :

– Naturellement, les Darrat ont continué de nous ennuyer. Ç'a même été pire qu'avant, mais je crois que je vous en ai assez dit. Vous devez être fatigué de mes histoires. Ah, il faut quand même que je vous explique ce qui s'est passé aujourd'hui. Quand vous êtes arrivé, nous n'étions pas loin. Nous étions juste à cent pas, avec un géomètre envoyé par le notaire. Il s'est aperçu que les Darrat avaient triché sur la limite et il a mesuré plusieurs fois pour être bien sûr. Nous, nous avons tous oublié l'heure... Je vous ai dit que M. Roger nous propose cinq cent mille francs pour la maison et l'enclos. La moitié de ce que ça vaut, de l'avis général. Mais il dit que mon père lui a volé ce bien et qu'il ne donnera pas un sou de plus. Et moi, j'ai dit non, non et non. Mais il espère encore nous avoir à l'usure, d'autant que mon mari est d'accord pour qu'on vende à n'importe quel prix.

« Et puis nous avons eu une nouvelle offre, par le notaire, à un million. Vous avez bien entendu, un million. Nous ne savons pas qui c'est, mais le notaire a juré que ce n'étaient pas les Darrat. Quelqu'un de la ville qui veut s'installer à Mondonat. Alice est folle de joie, hein, dis-le que tu es folle de joie ! C'est à moi de décider, mais j'aimerais mieux être d'accord avec mes enfants.

« Mon père tenait à ses Dindeaux comme à son bon œil. Céder la maison aux Darrat, ç'aurait été une trahison. La vendre à quelqu'un, ce n'est pas la même chose. Je mettrais l'argent chez le notaire pour mes enfants et on s'en irait bien loin des Darrat. On pourrait peut-être vivre tranquilles. Mais j'ai peur de partir. J'ai toujours vécu à Mondonat. Je suis seulement allée à Lourdes et à Périgueux et trois ou quatre fois à Bergerac. Et puis... »

Elle se tut, baissa les yeux et examina ses longs doigts rendus diaphanes par les lessives. Je vis une larme briller au bord de ses cils. Elle avait tu les événements de 1934. Elle retenait encore des mots importants, je me sentais tout près de la vérité. J'insistai.

– Et puis ?

Elle releva les yeux et sourit sans me voir.

– Oh, ça serait quand même une victoire pour les Darrat. Ce qu'il veut par-dessus tout, M. Roger, c'est que je parte de Mondonat et qu'il ne me voie plus. Je lui rappelle mon père et des choses qu'il voudrait oublier comme tout le monde. Je connais par la demoiselle ce regret qu'il a de ne pas être un *de*, qui le rend si méchant. Je l'empêche de jouir tranquillement de sa fortune et, s'il devient maire, je l'empêcherai de jouir des honneurs, juste en étant là et en le regardant de temps en temps en face !

J'avais adopté pour Marianne le surnom de Chardon Marie. Émoustillé par l'idée, j'inventai pour Marie Ousmane un autre sobriquet végétal : la Gratiole. L'« herbe à fièvre » ou gratiole, ou séné des prés, se mêle aux roseaux des marécages. Elle a durant l'été de petites fleurs discrètes, mauves ou roses. Elle fait partie des belles sauvages qu'il faut utiliser avec prudence. On la considérait autrefois comme un remède héroïque, capable de tuer le malade ; pourtant les apothicaires l'appelaient « grâce de Dieu ». A la campagne, c'est « l'herbe du pauvre homme », destinée à ceux qui ne peuvent s'offrir un remède plus coûteux. Comme la digitale pourpre, sa cousine, elle contient des substances qui agissent sur le cœur... Ma mère s'en faisait jadis des infusions quand elle avait les chevilles enflées d'avoir trop couru.

30.

Avec la saison des foins, le père Pelissolo et sa charrette passaient tous les jours devant l'école, en jurant, grinçant et craquant. Le vieil homme contemplait les écoliers du haut de son chargement et, parfois, un éclat de rire roulait sur sa bouche édentée. Il m'interpellait gentiment.

– Como tou vas, pétit ?

Je répondais, même ton :

– Como tou vas, papé ?

Et la charrette repartait, au pas des vaches lasses. Certains jours, le soleil chauffait dès l'aube, et la rosée fumait sur les prés. Les hirondelles tranchaient l'air de leurs ailes bleu acier.

Un orage montait dans le ciel de juin, sans se décider à éclater. En fin d'après-midi, la chaleur devint cuisante. Le tonnerre se rapprochait par saccades. Les petits, excités, se mirent à piailler, à s'agiter ; les plus grands étaient à la fois alanguis, belliqueux et inquiets. Élisabeth me prit à partie.

– M'sieur, je suis sûre que vous regrettez d'avoir jeté le grain !

Le ciel se couvrait et noircissait, des éclats de soleil

jaillissaient entre les vagues de nuages. Les arbres balançaient leurs têtes échevelées. Le vent se mit à lancer des coups de boutoir contre les fenêtres, puis s'engouffra en hululant dans les combles et le grenier. Un volet claqua, une rafale feuilleta violemment livres et cahiers.

– C'est le vent de Monflanquin ! s'écria le petit Marcheminet.

Et le grand Deyeune rectifia sur un ton sentencieux :

– Le vent du Midi, le vent de pluie.

Je crus entendre : « Le vent fou ! le vent fou ! »

Je libérai ma tribu quelques minutes avant l'heure exacte. Les enfants s'égaillèrent en hâte. Marie Ousmane, qui travaillait à la mairie, s'attarda un peu et, quand elle voulut partir, il était trop tard. A peine eut-elle enfourché sa bicyclette qu'une rafale la renversa, jupe par-dessus tête. Je me précipitai pour l'aider à se relever. Elle me guignait avec un sourire un peu hagard, toute rougissante mais à peine fâchée, et essaya de cacher ses genoux, l'air de penser : « Mon Dieu, qu'est-ce que vous avez vu ! » Il lui aurait fallu six mains pour empêcher le vent de la déshabiller. Une grande tendresse me chiffonna le cœur.

Marie se réfugia dans le couloir de la mairie en abandonnant son vélo, que je ramassai pour le mettre à l'abri sous le préau. Puis j'allai m'étendre au bord du pré, les mains croisées sous la nuque, les yeux au ciel, en attendant l'orage.

J'écoutais le tonnerre qui approchait avec un bruit de verre broyé. Je voyais les éclairs tracer des balafres d'or dans le bleu ardoise du ciel. Je respirais de grosses goulées d'air au goût de vieux jambon : salpêtre et fumée. La foudre tombait de loin en loin avec des claquements de fouet ; l'espace ressemblait à une crèche de Noël illuminée de l'intérieur. Je fermai les yeux. Le vent s'apaisa, la pluie, bientôt, ruissela sur mes paupières. Je restai là comme un tas de chiffes mouillées, oublié par une lavandière.

Mes muscles devinrent aussi mous que mes vêtements saucés et collés à ma peau. Le présent s'évanouit et je m'enfonçai dans une espèce de sommeil.

Quand je vis Marie, Roseline, Alice et Lola, ensemble autour de moi, dans un ballet de parapluies et de capuchons, je crus que je rêvais. Marie, ma gratiole, mon séné... Les deux femmes se détestaient, mais leur inquiétude à mon sujet les avait réunies. Le vent fouettait toutes ces jupes et c'était le bruit le plus doux du monde.

Je me laissai tirer au bistrot. Roseline et Marie me soutinrent jusqu'à ma chambre, chassèrent les filles, m'ôtèrent en hâte mon pantalon, ma chemise et tout le reste pour me bouchonner comme un cheval fourbu.

Elles me veillèrent tour à tour et me gavèrent de grogs et de bouillons. Je pensai, émerveillé : « Elles sont réconciliées grâce à moi, merci, mon Dieu ! »

Trop beau pour être vrai.

31.

Plus d'un mois de retard pour l'épreuve des sourciers, prévue dans une vallée entre Réverac et Monpazier, au lieu-dit le Pré-Long, commune de Lolme... L'herbe avait poussé, il fallait attendre que le Pré-Long soit fauché. Le fameux dimanche arriva enfin.

Lolme se trouvait à dix kilomètres de Mondonat, dans un paysage de plaines fertiles et de vertes combes où les ruisseaux émiettaient leurs reflets entre les herbes folles. Des prairies drues, pas toutes encore fauchées, s'allongeaient entre les taillis ombreux et doux, sous une collerette de mamelons, flanqués de hautes futaies et hérissés de castels et de manoirs.

En arrivant, au début de l'après-midi, je vis d'un coup d'œil une dizaine de voitures, rangées au bord de la petite route, dont la Dyna des Beraudier, la Traction de Darrat et la Juvaquatre d'Augnac, plusieurs carrioles à cheval, le scooter de Marianne et, sauf erreur, la bicyclette noire à cadre rond de l'abbé Couvinhac Albin, curé de Dévillac et Mondonat... En contrebas, le Pré-Long occupait un étroit vallon, cerné de chênes et de charmes. Un sentier assez abrupt piquait entre les arbres. Les gens affluaient à la lisière du champ. Des femmes de la ville chuchotaient et pouffaient sous leurs chapeaux de paille à ruban. Je n'avais pas prévu un tel afflux de notables et de populo.

Georges Beraudier, chemise claire et casquette à carreaux, les manches roulées aux coudes, un jonc à la main, bavardait avec des conseillers municipaux de Mondonat endimanchés, béret ou casquette, cravate grossièrement nouée, souliers cirés : l'adjoint Augnac à un bout, Darrat à l'autre et, entre eux, Deyeune, Pleslin, Pelissolo, Gabillou, Gloussire, Mollignac, Marcheminet, Minsou. Marie la Gratiole, tête nue, un porte-documents à la main, comme insigne de ses fonctions, me fit un petit geste de l'autre par-dessus l'épaule de Rémi Augnac. Son corsage immaculé rehaussait le jais de sa chevelure. Elle avait deux taches de groseille aux pommettes ; elle avait un peu forcé sur le maquillage. J'entendis une paysanne dire qu'elle aurait pu mettre un foulard ou un chapeau pour aller dans les prés, maintenant qu'elle était secrétaire. Il me sembla qu'elle avait lâché ses cheveux comme signe de libération et peut-être de bonheur. Je supposai qu'elle avait accepté la proposition du notaire, qu'elle allait vendre sa maison et tirer sa révérence aux gens de Mondonat !

Je m'approchai pour écouter Georges Beraudier, qui appuyait ses explications de gestes militaires, la badine levée.

– D'août 43 à juin 44, nous avons posé le Lysander de la Royal Air Force une demi-douzaine de fois dans ce pré. Vous remarquez qu'il est long, étroit, bien abrité, avec un talus de chaque côté et une bande de terrain plat au milieu. La route n'était alors qu'un chemin de vaches. Quand nous avons découvert l'endroit, notre future piste était barrée par un puits que nous avons comblé et recouvert. Nous pensions que la source ressortirait plus loin, mais nous l'avons si bien bouchée qu'elle a disparu.

« En été, elle verdit toujours l'herbe, mais je vous défie de la repérer en ce moment. Quant à moi, je connais à un mètre près tous les points d'eau du Pré-Long... »

Darrat hochait la tête à chaque phrase, exhibait la cicatrice de son bras, sous sa manche de chemisette, l'air de dire : attention, j'étais là ! Comme Beraudier se taisait, il risqua une remarque.

– Un sacré endroit pour les parachutages, aussi !

– Non, justement, mon vieux. Vous voyez, le pré est cerné par les bois, avec des chênes de belle taille, surtout à l'ouest. Pas assez d'espace pour le parachutage. Pensez un peu s'il avait fallu grimper là-haut – il désigna de sa baguette la cime des grands arbres – pour attraper les containers. Sans parler des hommes !

Darrat grogna un peu sur un ton mi-obséquieux, mi-rancunier.

– Je vous fous mon billet qu'il est passé des huiles par ce pré !

Beraudier en convint. Et, moqueur :

– Vous êtes bien renseigné. Du diable si les Allemands ne l'étaient pas aussi !

Darrat frotta sa cicatrice d'un geste calculé, tourna la tête vers les conseillers qui baissèrent le front avec un bel ensemble. Rémi Augnac approuva à tout hasard, sans trop savoir qui ou quoi.

– J'en sais rien, mais j'en suis sûr !

Darrat enterra un mégot dans l'herbe à grands coups de talon puis tourna le dos, touché au point sensible, maté et presque désemparé. Je me trouvai face à Beraudier. Il me vit et sourit. La tristesse de son regard me toucha. Il ne s'amusait pas du tout. Il avait ourdi ce chahut monstre pour obliger les conseillers de Mondonat à se décider, pour que l'école ait son puits à la rentrée prochaine. D'un geste discret, je montrai mon bras droit, là où Darrat arborait sa trop belle cicatrice. A mon signe, Beraudier répondit par une moue et secoua le menton. Si la cicatrice était un souvenir de la Résistance, il n'avait rien de glorieux. J'aurais parié pour un coup de fourche !

Je vis l'abbé Couvinhac Albin qui saluait la foule de son grand chapeau et balayait le foin avec le bord de sa soutane ; je vis la chère Mlle Bonnefon, coiffée d'une capeline à l'ancienne, presque aussi large que le galurin chouan du curé, vêtue d'une robe de jeune fille, rose et blanc, assortie aux fleurs d'herbe à chat qui tapissaient l'orée du bois, et armée d'un parapluie rouge qui lui servait d'ombrelle. Marianne, elle, avait choisi de ressembler aux pensées sauvages, corsage mauve et jupe jaune ; ses cheveux dénoués roulaient un torrent de lumière sur sa nuque et ses épaules. Et je vis mon ami Berforini se rincer discrètement les doigts dans cette lumière. Ils me firent du haut d'un talus un signe amical avant de disparaître vers le sous-bois.

Plusieurs de mes élèves étaient là aussi : Pierre-Pierre Augnac, Alice Ousmane, Yves Deyeune, le petit Marcheminet, Riri Stezzi, Nanette Levervout... Le cantonnier Pousse-char m'interpella à sa façon idiote :

– Vous allez pas à la foire, le remplaçant ? V'savez pas tâter le ventre des vaches ?

– Quelle foire ?

– Moi, j'vais tout l'temps à la foire. J'sais tâter le ventre des vaches et même des femmes !

Un curé menu à la soutane troussée et un immense gaillard rubicond en bras de chemise tenaient un aparté remuant dans un coin du pré, à l'écart, tous deux coiffés d'un béret. Assis sur un tas de foin, l'instituteur en retraite Laparouquial balançait sa baguette de coudrier ; debout à côté, son pendule à la ceinture, le minuscule abbé Gaulhiac levait les bras au ciel.

Je traversai le pré en zigzaguant entre les groupes. C'était une belle journée de printemps, un peu venteuse, avec des panaches de nuages dans le ciel bleu. Les petits oiseaux piaillaient au fond des haies. Une vache qui n'était pas allée à la foire meuglait sur un ton rauque pour appeler son veau. L'arôme du foin frais coupé baignait la combe d'effluves piquants et sucrés à la fois.

Mlle Bonnefon me rejoignit. Elle me tendit sa main ridée comme si elle me la donnait à baiser. Je me contentai de la serrer mollement. La demoiselle s'assit sur un tumulus, qui était peut-être une fourmilière pleine. Elle posa son parapluie ouvert. La poignée figurait une tête de chien.

– Pourquoi avoir un parapluie *et* une ombrelle ? Ma mère me disait : « Tout ce qui a deux usages enrichit les malins. Tant pis si ça fait rire les imbéciles ! »

– Je ne riais pas, dis-je.

– Je gagne cinquante mille francs par mois, je suis donc riche !

Elle ôta son chapeau, ajusta son chignon.

– J'ai le sentiment qu'il va se passer quelque chose. Pas vous ?

Je me laissai tomber près d'elle en soufflant l'air qui me bourrait les poumons depuis une éternité.

– Moi aussi !

Elle me cingla d'un regard sévère.

– Vous avez tort de vous moquer, jeune homme. Assez de gens sont réunis pour qu'un événement imprévu éclate. Peut-on savoir ? Croyez-en mon expérience. Une foule a très souvent des réactions malséantes, un peu animales, c'est encore plus vrai à la campagne. Je ne suis pas venue pour voir nos amis Berfo et Marianne flirter dans les pâquerettes ou de pauvres imbéciles vider des bouteilles de bière. Je suis venue parce que j'attends une scène, un scandale, je ne sais quoi. J'ai du flair pour ça.

J'avouai que je partageais un peu son impression. Puis je la lançai sur une autre piste.

– J'ai entendu votre neveu raconter votre aventure dans ce village du Périgord où vous avez débuté et où deux frères se sont entre-tués devant toute la population.

– ... la population qui a gardé le secret. Ah, vous savez ? J'en suis contente.

Elle me regarda, l'œil brillant, puis joignit les mains et sourit.

– C'était mon deuxième poste, en fait, j'avais vingt-trois ans. C'était donc en 26. J'en suis partie dix ans plus tard et j'avais trente-quatre ans. Il n'était pas question que je me marie à... dans ce village. Mais j'étais prisonnière, je ne pouvais pas non plus me marier ailleurs. Et quand je suis partie, il était trop tard, j'avais laissé passer mon temps et ma chance. Vous pensez peut-être que j'aurais pu me sortir de ce guêpier plus vite ? Vous êtes un homme, vous ne pouvez pas savoir comment ça se passait alors pour une femme, dans un village... Et pourtant des histoires de ce genre pourraient encore arriver de nos jours, dans certains lieux. Ça pourrait arriver chez vous, à Mondonat, n'est-ce pas ?

Elle me transperçait du regard terriblement malin de ses yeux gris, vifs, doux et sans pitié. Je baissai la tête pour échapper à sa curiosité et en signe d'acquiescement.

– *Il est arrivé* une histoire de ce genre à Mondonat, il y a vingt ans. Vous le savez bien !

– J'ai été nommée à Saint-Romain en 37. J'ai retrouvé Céline Ginestet, qui s'appelait Céline Rouviat depuis peu. Elle m'a fait quelques confidences. Ma foi, c'est aussi une des raisons de mon célibat. Le mariage, déjà, ne lui réussissait pas trop. Quant au mystère de l'incendie de la maison du maire, il n'a jamais été éclairci, hein ? Mais cette histoire peut ressortir un jour.

– Elle est en train de ressortir, dis-je. Je m'en occupe !

– Sachez que les gredins de village ne me font plus peur depuis mon aventure. Si un jour vous avez des ennuis avec les gens, appelez-moi, Vincent. Ah, je vous entends : Mlle Bonnefon, la parfaite vieille fille, avec son chapeau, son parapluie, ses aigreurs et ses manies, ha, ha, ha ! Mais je peux vous jurer que, si la pauvre Céline s'était confiée à moi quand il était temps, elle vivrait encore, elle boirait sec et se claquerait les cuisses !

L'abbé Couvinhac Albin se dirigea vers nous à grands pas, avec un froissement de soutane qui ressemblait au vent d'orage. Ma collègue me prit le bras et se pencha à mon oreille.

– Ce curé, je crois qu'il boit. S'il vient nous embêter, vous allez voir comment je vais le remettre à sa place !

L'abbé Couvinhac fit semblant de passer sans nous voir, puis il se retourna et me gratifia d'un coup d'œil furibond.

– Vous êtes encore ici, vous ? Je vous croyais nommé à Saint-Pompon depuis une semaine !

Mlle Bonnefon fit du bout des doigts une espèce de bonjour.

– Oh, l'abbé, on m'a dit à l'évêché que vous partiez la semaine prochaine à Quiberon pour le débarquement des émigrés. Vous ferez mes amitiés à Monsieur de Charette !

Je songeai : « Te voilà de bons alliés si la guerre éclate. Beraudier parce qu'il n'aime pas les faux héros et Mlle Bonnefon parce qu'elle se souvient avec nostalgie de ses aventures de jeunesse ! »

32.

Une quinzaine de voitures s'alignaient maintenant sur le bord de la route, des tracteurs, des mobylettes, des vélos, des carrioles. Je comptai plus de soixante personnes rassemblées autour des sourciers. Bien surpris d'avoir dérangé tout ce monde pour mon misérable puits, j'hésitais entre la fierté et la confusion.

Beraudier se mit en marche, suivi par les sourciers. L'abbé Couvinhac Albin donna l'accolade à l'abbé Gaulhiac pour lui souhaiter bonne chance ; Mlle Bonnefon applaudit Laparouquial du bout des doigts, au passage. Les conseillers de Mondonat, flanqués de Marie Ousmane, se réunirent au bord du bois, dans une position élevée. Beraudier se dirigea vers une sorte de drapeau planté dans le talus : un chiffon blanc attaché à un piquet. Je suivis le mouvement.

David et Goliath sortaient leur attirail et commençaient leurs essais. Le pendule de l'abbé, une sphère dorée grosse comme une bille de gosse, au bout d'une chaînette de vingt centimètres, semait de chauds reflets sous le soleil.

Laparouquial se servait d'une fourche de noisetier, plus grosse et plus large que les « baguettes » ordinaires des sourciers, qu'il tenait devant lui, à hauteur de la ceinture, la pointe en bas. Ses manches de chemise retroussées aux coudes, il serrait les deux brins si fort que ses phalanges blanchissaient et que les muscles de ses avant-bras, gonflés, avaient presque doublé de volume.

Beraudier brandit deux poignées de jalons, blancs d'un côté, noirs de l'autre.

– Messieurs, allez-y !

L'instituteur souleva son béret, découvrant son crâne lisse et rose, puis regarda le curé avec un sourire farceur.

– Alors, l'abbé, on a tous les deux notre Marie, hein ?

– Qu'est-ce que vous racontez donc, monsieur l'instituteur ?

– Vous, c'est la Vierge Marie. Moi, c'est Marie Curie, j'ai toujours eu un culte pour elle.

– Ne comparez pas, s'il vous plaît !

– Et pourquoi pas ? Je suis pas égoïste, tiens, je vais la prier pour nous deux. Sainte Marie Curie, envoyez-nous le fluide !

Seigneur, que de Marie, en comptant le chardon et la gratiole ! Le curé secoua la tête, son pendule se mit à faire des bonds au bout de ses doigts.

– Laparouquial, le fluide est la parole de Dieu dans votre sang. Le don pourrait vous être retiré comme il vous a été donné !

L'instituteur poussa un hennissement et s'élança vers l'ouest. Le curé trottina à l'est. Arrivés chacun à un bout du pré, ils se retournèrent et marchèrent l'un vers l'autre, baguette pointée, pendule balancé.

Le gros de l'assistance se laissait glisser vers le plat

du pré, malgré les gestes de Beraudier pour freiner le mouvement. Les deux sourciers appelèrent en même temps :

– Un jalon ici ! Un jalon ici !

Les opérations se poursuivirent. Au début, les cris des oiseaux dérangés troublaient seuls le silence. Peu à peu, les murmures étaient montés et maintenant le brouhaha grossissait au fur et à mesure que les deux hommes convergeaient au milieu du pré.

Laparouquial s'arrêta à proximité d'un tas de foin, la pointe de sa baguette tendue vers le sol. Il cria un mot que j'entendis mal, car j'étais un peu en arrière, au milieu d'un groupe où on jasait plus qu'à mi-voix. Puis Beraudier fit un geste vers moi en claquant des doigts.

– Lerouge, M. Laparouquial veut vous voir.

– Moi ?

Je sortis de la foule en répétant : « Moi ? » Beraudier, toujours serrant ses jalons, me regardait de cet air mi-sourcilleux, mi-blagueur qu'il prenait pendant les examens blancs. Laparouquial, en maillot de peau, suant et hilare, me commanda d'approcher d'un signe de tête. Son béret avait glissé sur son front et tombait maintenant sur ses yeux. Et plus il hochait la tête, plus le béret avançait sur son nez. Je m'approchai bravement, marchant sur le bout de mes sandales, de peur de déranger les courants souterrains ou le fluide de Dieu. Le sourcier laïque se cala au sol, les jambes écartées, sa baguette toujours braquée vers le bas.

– Tu es bien le remplaçant de Mondonat ?

J'en convins, un brin intimidé par les regards de l'assistance, où je situai Darrat, Marianne, Berforini, Mlle Bonnefon et Marie...

– Pour commencer, enlève-moi mon béret. Là, merci. Prends un mouchoir dans ma poche. Bon, essuie-moi la figure... et la tête. *A pas pou,* c'est du cuir !

Je lui frottai la courge de grand cœur et remis son béret en tâtonnant pour trouver le juste endroit.

– Ça va, tu es un brave drôle. Sèche-moi la bave du menton, c'est de serrer les dents que ça me la fait couler.

Les branches de noisetier de sa baguette s'étaient tordues sous ses pognes, si bien que l'écorce avait éclaté, montrant les fibres déchirées du jeune bois. La fourche semblait douée d'une vie propre et on eût dit qu'elle cherchait à échapper aux fortes mains qui l'enserraient.

Le sourcier tourna la tête et me fixa avec un sourire fiérot.

– Alors ? Regarde maintenant. Regarde le bout !

La fourche se coudait, la pointe dirigée sur la terre, dans une position tout à fait verticale.

L'abbé Gaulhiac balançait son pendule, chassant les curieux.

– Ne fais pas attention, petit. C'est un tour du diable !

Et Laparouquial, rigolard :

– Vous êtes jaloux, curé, parce que ma Marie est meilleure que la vôtre !

Près de nous, une vieille femme arrangea son mouchoir de tête et en profita pour faire un signe de croix derrière sa main. Mais le petit abbé s'avançait pour défier son monumental adversaire.

– Laparouquial, vous êtes en plus un vilain coco !

Rires et clameurs fusaient dans l'assistance. Je

m'écartai de l'arène. Laparouquial continua de fanfaronner.

– Ton fluide, curé, c'est du fluide de patates bouillies. Le mien, c'est du fluide de viande rouge !

Il pointa sa baguette sur le curé en bombant le ventre.

– Rien que de la viande et rouge et y en a ! Venez, les femmes, venez voir ! Mesdames, mesdemoiselles !

Je m'étonnais que Georges Beraudier ne fasse rien. Il s'était détourné, en dissimulant à peine un sourire moqueur. Peut-être voyait-il avec satisfaction les deux sourciers se déconsidérer. Puis il s'éloigna vers le bord du pré, tout courbé, comme s'il essayait de se cacher. Alors, l'abbé Gaulhiac fit tournoyer son pendule et je crus qu'il allait le lancer sur son rival.

– Vous n'êtes qu'un matamore sans don. Les pauvres gens qui vous font confiance sont aussi fous que vous !

La foule se rassemblait autour des sourciers, Mlle Bonnefon au premier rang, alléchée par une prise de bec prometteuse.

Laparouquial partit d'un rire de taureau beuglant.

– Hé, curé, ton pendule est juste bon à trouver l'eau bénite dans un salon de château !

Les partisans du curé commencèrent à gronder.

– Du respect, un peu !

– Ta gueule, gros lard !

Laparouquial gémit, la baguette pointée vers le ciel.

– Moi, gros lard ?

L'abbé poussa un petit cri de colère, à moins que ce ne fût une invocation sainte, et fonça sur son rival. Quelqu'un applaudit :

– Allez, David !

Goliath, toujours rigolard mais un peu intimidé, recula d'un pas et tendit sa baguette devant lui comme pour se protéger.

– Et le puits du maire, en 34, hein ? Qui est-ce qui avait trouvé la bonne source ? C'est pas vous, l'abbé ? Et quand les pompiers sont arrivés, y avait tout juste une pissée de vache dans *votre* puits, l'abbé ! Voilà ce que je dis, moi, puisque vous me forcez !

Le petit abbé, l'air aveuglé par la colère, se jeta sur la baguette de son adversaire, qui parut se relever toute seule et le frappa à l'estomac ou à la poitrine. L'abbé tomba à genoux. Il y eut une bousculade. Laparouquial gueula :

– Oh, curé, j'voulais pas vous toucher. C'est c'putain de fluide qui est trop fort !

L'abbé se releva, tête nue, poings serrés, se tourna vers la foule en piétinant son béret sans le voir.

– Y avait de l'eau dans le puits, je le jure sur la mère de Jésus, Dieu me pardonne ! Mais un énorme chiffon s'est coincé dans la crépine de la pompe et les pompiers ont mis un bon moment pour le sortir. Après, il était trop tard. Je suis venu le lendemain, on avait déjà commencé à remplir le puits avec des cadavres de vaches, mais j'ai cherché le chiffon et... et... je l'ai trouvé !

Sa voix se brisa et on entendit à peine les derniers mots. Darrat s'avança à ce moment pour le soutenir. Il lui parla à l'oreille et essaya de l'entraîner. L'abbé se débattit.

– Laissez-moi, laissez-moi !

Darrat le tira par le bras, le soulevant à moitié.

– Vous allez vous rendre malade, monsieur l'abbé. Personne ne veut entendre parler de ces vieilles histoires !

Alors, Laparouquial se dressa devant Darrat et le repoussa avec ses avant-bras puissants et velus. L'hercule de foire contre le coq de village... Mais le sourcier était un géant et Darrat dut reculer et perdit son chapeau. Il protégea son visage comme s'il attendait un coup et je crus voir ses mains trembler.

– Écoutez, Laparouquial, on peut s'entendre. L'abbé Gaulhiac n'a plus toute sa tête. Je m'incline, je vous...

– Nom de Dieu !

Le cri roula comme un coup de tonnerre. Et le grand sourcier fit un rempart de son corps au petit curé flageolant.

– Vous allez le laisser parler, oui ? Je l'ai attaqué, c'est vrai, mais il a quand même le droit de se défendre. Laissez-le cracher son histoire de chiffon, même si elle tient pas debout.

L'abbé Gaulhiac s'échappa et courut dans la foule qui s'écartait sur son passage comme s'il était un brandon enflammé : un brandon de discorde... Il criait de toutes ses forces, d'une voix aiguë, sifflante, son corps chétif enflé par l'indignation.

– Je vais vous dire ce que j'ai trouvé ! Une robe de mariée ! Enfin, la moitié d'une robe de mariée, qu'on avait jetée dans le puits du maire et qui a bouché la crépine !

Il se tut, à bout de souffle ; alors, Marie la Gratiole se précipita vers lui, échevelée, mains jointes et serrées sur sa poitrine.

– Vous dites la moitié... la *moitié* d'une robe de mariée ?

Et l'abbé, pantelant, couina : « La moitié ! » Le curé Couvinhac jaillit tout à coup, en balançant son chapeau à bout de bras.

– Taisez-vous, Gaulhiac, le soleil vous a tapé sur le crâne !

Et il le coiffa jusqu'aux yeux de son vaste galurin.

L'abbé Gaulhiac retomba assis sur l'herbe avec un petit cri de chien blessé. Le curé le ramassa, se le mit sous le bras et l'emporta en criant : « Place, place, bonnes gens ! » Marie lui courut après, il la chassa d'un regard courroucé et terrible.

– Rentre chez toi, Marie, et demande pardon de tes péchés !

Darrat fixa la jeune femme, en roulant les épaules, l'air plus dur et plus arrogant sans l'ombre de son chapeau sur la figure.

– Tu as entendu, garce ? Fous le camp !

Je courus au secours de Marie, mais Darrat rattrapait déjà les deux curés. Mlle Bonnefon m'appela.

– Vincent, Vincent, expliquez-moi !

Alice Ousmane se précipita vers sa mère qui se trouvait mal ; puis Mélanie Augnac, la femme de l'adjoint, les rejoignit, suivie de Lola Minsou. Mlle Bonnefon me tira sous son ombrelle.

– Il s'est passé quelque chose ! J'avais raison ! Cette histoire de robe de mariée, vous croyez que c'est important ?

Dix personnes s'occupaient de l'abbé et cinq ou six de Marie, ni l'un ni l'autre n'avait besoin de moi. Je me laissai guider à l'abri d'un coin de haie par la vieille demoiselle.

– Pourquoi la moitié d'une robe de mariée ? La petite femme brune a l'air de croire que c'est important ?

– Marie Ousmane... oui, elle était bouleversée.

– Vincent, je suis sûre que vous en savez bien plus

que vous ne le dites sur l'affaire de Mondonat ! N'oubliez pas que je suis arrivée dans le pays juste deux ans après et que j'étais une vieille amie de Céline. Alors, ça m'intéresse !

– Je saurai pourquoi la robe de mariée est importante.

– Et vous me le direz ?

Mlle Bonnefon serait une alliée précieuse ; mais je répugnais à semer tous mes secrets au vent. Elle me serra le poignet.

– Vous me trouvez vieille ? Si j'étais la belle blonde de Dévillac, vous seriez prêt à tout partager avec moi. Mais la blonde de Dévillac enterre sa vie de garçon avec le gentil Berfo et vous êtes beaucoup trop *jeune* pour elle...

Elle se colla contre moi et m'inonda d'un parfum de menthe.

– Je suis bien conservée parce que je ne bois jamais d'alcool. Et j'ai toujours un cœur de... mettons trente ans !

Elle soupira.

– Enfin, ce n'est pas la question. Je vous fais une proposition honnête : je vous raconte toute l'histoire des frères ennemis et de ce village où je suis restée dix ans prisonnière, le mot n'est pas trop fort, et vous me dites tout sur l'affaire de Mondonat. Et si vous avez des difficultés avec les gens, avec les parents, à Mondonat ou ailleurs, je serai avec vous. Regardez-moi !

Je la trouvai presque belle, les yeux agrandis, fiévreux, les joues rosies, les narines frémissantes. Je sentis que la curiosité était pour elle plus qu'un péché ou un vice ; c'était une raison de vivre. Je lui donnai ma main pour sceller le marché.

Elle m'embrassa furtivement sur les deux joues.

– Vous ne le regretterez pas, Vincent.

Je rejoignis Beraudier pour l'aider à ramasser les jalons.

– J'ai peur, dis-je, que l'abbé n'ait une crise cardiaque.

– Son cas est entre les mains de Dieu. Je décrète nos deux larrons nuls et leurs travaux non avenus. Ces imbéciles nous ont rendu service, avec leurs momeries. Je les ai laissés s'engueuler dans l'espoir d'un scandale qui me permettrait de les sacquer tous les deux. Je viendrai la semaine prochaine avec un sourcier de mes amis et on reprendra l'affaire à zéro !

– Je les plains quand même.

– Gardez vos sentiments pour une meilleure cause !

33.

Pourquoi ce détail piquant et pitoyable de la robe de mariée dans le puits du maire avait-il bouleversé Marie Ousmane ? En revoyant la scène, je me souvins que Darrat avait montré un peu d'affolement et essayé de clouer le bec à l'abbé Gaulhiac.

Cette robe aurait donc joué un rôle le soir de l'incendie et quelqu'un avait voulu la faire disparaître. Les robes de mariée m'avaient toujours donné une forte envie de gouailler ; cette loque au fond d'un puits, c'était quasiment bouffon. Mais la suite ne prêtait pas à rire. Lolo et Marie avaient eu tant de malheurs que j'aurais craint en me gaussant d'allumer le diable !

Quand Marie s'était précipitée vers l'abbé, elle m'avait donné l'impression de quelqu'un qui vient d'ajouter deux et deux et de percer par ce petit calcul un grand méchant coup... Le lundi, je tâchai de lui parler dès que je l'aperçus. Elle sortait de la mairie en hâte, une écharpe serrée autour du cou. Elle effleura la main que je lui tendais et émit quelques sons étouffés en se tapotant les amygdales : « ... pris froid hier... » Puis elle s'enfuit. Le lendemain, elle avait retrouvé en partie sa voix, mais elle avait des lettres urgentes à poster.

Deux jours plus tard, un moment après la sortie de la classe, je la vis faire le pied de grue devant la croix, au coin du presbytère et de la route de Dévillac. Le vent la fouettait, elle avait le genre d'une bergère qui a plaqué ses moutons pour un galant ; je pensais d'abord qu'elle attendait ses enfants, mais ce n'était pas la direction et je ne voyais aucun gosse aux environs. Alors qui ?

Et si c'était moi ? Je fonçai dans la rue, mais Marie n'était plus là. Le lendemain, même manège. Cette fois, je me décidai tout de suite. Je traversai le village ni trop vite ni trop doucement. Elle me regardait venir, les mains derrière la tête, les coudes levés, l'air racoleur, et je me sentais pas mal gêné. Je me souvins que la gratiole à haute dose était un poison violent. Et Roseline me guettait sans doute derrière ses rideaux !

Brusquement, Marie baissa les bras et détala derrière l'église. Je n'allais pas lui courir après, avec les gens qui ramassaient leur foin ou sulfataient leur vigne aux alentours !

Le soir, Roseline me décocha un petit sourire belliqueux.

– Vincent, vous ne trouvez pas que Marie Ousmane a l'air d'une folle, en ce moment ?

Marie, l'herbe à la fièvre... Oui, c'était vrai. Et j'avais entendu quelqu'un demander : Alors, on va garder *ça* comme secrétaire ? Mais je ne voulais pas l'accabler et je préférai jouer les innocents. Roseline chargea son regard d'un mélange bien dosé de reproche et de complicité.

– Si vous avez envie de coucher avec elle, c'est de

votre âge. Mais n'écoutez pas ce qu'elle vous racontera !

Je continuai mon jeu, avec un air naïf, qui m'allait bien.

– Qu'est-ce qu'elle pourrait me raconter ?

Roseline secoua la tête, fit une grimace d'impatience.

– Oh, ses démêlés avec les Darrat, toutes ces histoires.

Je sentis qu'elle se reprochait les confidences qu'elle-même m'avait faites sur *toutes ces histoires.* Pour la consoler, je lui narrai gaiement l'épreuve des sourciers. Elle était, comme la demoiselle Bonnefon, de ces femmes qui vendraient leur âme pour en savoir un peu plus sur tout et n'importe quoi. Dans son bistrot, de loin l'endroit le plus vivant de Mondonat, elle s'ennuyait à manger des coings verts !

Elle m'écouta, posa cent questions et se passionna avec moi pour le chiffon du puits, que j'appelai *chemise* par je ne sais quelle pudeur. Ses yeux brillaient, elle était heureuse.

Je savais maintenant comment la rallier à mon panache blanc.

Gavés de formules, de règles et de conjugaisons, mes quatre candidats avaient le cou raide et marchaient en écartant les jambes, comme des oies grasses. Élisabeth continuait de planer sur le lot cantonal. Seul Jean-Paul Gounis, un gros garçon de Réverac, la talonnait dans ses bons moments. Elle le méprisait comme une jument arabe mépriserait un hongre boulonnais, engraissé à la luzerne. Nina Casanova se tenait au milieu du tableau, avec de temps en temps une réussite inattendue qui la propulsait au niveau de Gounis Jean-Paul ! Moyens en tout, sans brio ni grosses lacunes, futurs braves citoyens de la République laïque, Lola et Jeannot passeraient la barre de justesse, sauf accident, et je veillais sur leur moral comme Harpagon sur sa cassette.

Parfois, à l'improviste, je leur balançais à tous un problème, une dictée, une conjugaison, un plan de rédaction à traiter en dix minutes. C'était un jeu et ils le jouaient pour moi.

J'essayais de plaisanter avec Nina.

– Pourvu que tu n'oublies pas ton porte-plume ni ta langue pour sucer le manche le jour du certificat !

Et avec Lola :

– Si tu penses à lire le sujet de la rédaction, tu es sauvée !

Puis avec Jeannot, qui ne cessait de mâchonner :

– Si tu ne parles pas la bouche pleine à l'oral, tu es sauvé !

Je taquinais prudemment la frégate du roi.

– Aussitôt après le certificat, Élisabeth, je te dis vous !

Nina pouffait sous ses cheveux noirs. Lola pressait son poing contre ses dents et me regardait, un air de reproche dans ses yeux trop doux. Jeannot mâchonnait paisiblement et hochait la tête d'un air vieilli avant l'âge. Élisabeth me toisait sans vergogne.

Alice Ousmane se faufilait effrontément parmi les quatre grands, qui faisaient mine de ne pas la voir.

– Et moi, m'sieur, après mon certificat...

– Dans un an, Alice.

– Oui, m'sieur. Vous m'emmènerez danser ?

J'attendais maintenant les résultats de l'examen d'entrée en sixième que Martine Darrat et Emma Casanova étaient allées passer à Bergerac. Interrogées le lendemain de leur retour, nos deux candidates avaient répondu presque d'une même voix :

– On a tout raté !

Martine Darrat :

– Moi, enfin, presque tout.

Et Emma Casanova :

– Oh, moi, tout, tout, tout !

Et de pouffer en échangeant une œillade à allumer un four. Elles affichaient pour m'embêter une complicité insolente. Emma laissait copier Martine et lui glissait même sournoisement ses cahiers. La réussite de la première ne faisait aucun doute pour moi ; mais je redoutais l'échec de la seconde.

Une enveloppe de l'inspection académique. *Entrée en sixième...* Je vis les noms de mes deux candidates et me couvris les yeux un instant. L'épreuve du feu, hein ? Il me fallait bien baisser les mains avant la Saint-Jean ! En deux secondes, ma petite fatuité fut balayée par l'ironie du sort comme un chiffon de papier par le vent d'orage.

Martine Darrat : *admise.*

Emma Casanova : *non admise.*

Je lus deux fois, ou trois, ou plus. Pas de doute, c'était bien ça. Les élèves venaient de sortir. Ceux qui mangeaient à l'école s'installaient sous le préau, par chance, ils ne pouvaient voir ma tête. Je fourrai la feuille au fond de ma poche et sortis.

Aucun secret dans cette affaire, me dis-je. Martine avait été reçue parce que la barre était encore plus basse que je n'osais l'imaginer. Mlle Bonnefon et même les Berforini le disaient : « Si le niveau continue de baisser comme ça, où en serons-nous dans vingt ans ? » Et Emma... Emma avait gâché volontairement son travail pour ne pas aller en sixième, parce qu'elle ne voulait pas quitter son cher Jehan qui, lui, n'irait jamais en sixième pour ne pas quitter son chien Miraut !

Maintenant, je n'avais pas le droit de rater un seul certificat ni le prix cantonal !

Mes grands avaient passé en s'amusant les épreuves sportives, où Élisabeth s'était montrée un peu raide et guindée et Nina d'une souplesse quasi féline. Visite médicale sans histoire. Enfin... deux ou trois instituteurs s'étaient arrangés pour être là au moment où on n'avait plus besoin d'eux et Élisabeth avait dû se déshabiller devant Berforini et un autre. Elle était revenue avec une tête de chat moqué. Je lui demandai la raison de sa bouderie, que j'avais déjà devinée et qui m'amusait bien. Elle fit voler sa crinière.

– Si vous ne me jurez pas que vous ne fréquenterez plus jamais ce type, je dirai plus un mot avant de quitter l'école !

Sauf Élisabeth, qui ne digérait pas sa vexation, mes candidats se sentaient tous plus légers, frayaient avec les camarades de Dévillac et de Réverac, riaient, s'interpellaient et se faisaient de niaises malices.

Le certificat, c'était pour ces garçons et ces filles la porte de l'adolescence. La visite médicale prenait sa juste place dans la cérémonie du passage et le « brevet sportif » entrebâillait la porte. Je les trouvais changés, pas tellement en bien, mais j'étais très soulagé de les voir jouer chevrettes ou coquelets au lieu d'étayer les murs d'un air blême et gelé.

Dernier examen blanc. Georges Beraudier, à son habitude, lança la journée par une image guerrière.

– Sabre au clair, en avant !

Les heures filèrent dans la bonne humeur et les chansons.

Là-bas dans le Limousin...

Une fois de plus, mon Élisabeth devança Jean-Paul Gounis, le champion de Georges Beraudier.

Marianne le chardon conduisait de temps en temps la Dyna Panhard de ses parents. Elle m'annonça avec un regard triomphal qu'elle venait d'acheter une 4 CV Renault d'occasion, quasi neuve.

– Arriver au certificat en scooter, ça ne fait pas sérieux. Tu devrais passer ton permis, mon petit Vincent. De nos jours, celui qui ne sait pas conduire une voiture est à peu près aussi démuni que celui qui ne savait pas monter à cheval au temps de Villon !

Elle pouffa derrière sa main.

Je décidai de m'inscrire à une auto-école dès les vacances.

34.

Un matin, quatre ou cinq jours avant le certificat, Alice arriva seule et se précipita à mon bureau.

– M'sieur, je crois que Jehan ne viendra pas aujourd'hui. Mais il faut pas vous faire du souci, c'est une sale bête !

Elle se haussa près de moi pour chuchoter :

– Il est parti hier soir. Il a peut-être été rejoindre mon père !

Une fugue ? Ça ne m'étonnait pas du petit-fils de Lolo. Je le sentais toujours sur le point de filer dans un nuage ou un trou de renard ; et quand il était là, il avait le cœur au loin.

– Et tu sais pourquoi il est parti ?

Elle baissa la tête comme pour dire oui et détourna les yeux.

– Non, mais maman va venir.

C'était un matin au bord de l'été. Le soleil flambait dans un ciel de porcelaine, le parfum chaud des tilleuls de la cour saturait l'air et les oiseaux dégoisaient à tout va sur un ton crâneur.

Au moment où nous allions entrer en classe, Marie,

les cheveux fous, un bout de jupon qui dépassait sous sa robe sale, traversa rapidement la cour et se planta sur l'escalier de la mairie, tête basse. Elle avait son genre « herbe du pauvre homme » et n'osait me parler. Je fis signe aux élèves de rentrer sans m'attendre, puis j'avançai, mi-vengé, mi-vengeur. Quand je vis sa figure défaite, je me sentis moins malin.

Sa robe était en réalité une blouse. Elle fit un geste d'excuse.

– Il faut que je balaie la mairie tout de suite.

– C'est si urgent ?

– S'il arrivait quelque chose... Je ne veux pas qu'on trouve de la poussière et des toiles d'araignée partout !

– Qu'est-ce qui se passe ? Que voulez-vous qu'il arrive ?

Elle avala sa salive avec peine.

– On a eu une petite discussion hier soir...

– Une discussion à propos de quoi ?

Elle respira très fort pour refouler ses larmes, esquissa un pauvre sourire qui fit bouger tous les muscles de son visage et retroussa délicatement son nez.

– A propos du fromage blanc !

Elle m'expliqua avec une gentillesse naïve, dont je ne saurais jamais si elle était feinte ou naturelle :

– J'avais fait du fromage blanc pour souper, j'oublie toujours que Jehan ne l'aime pas. J'en faisais souvent pour mon père, je crois qu'il le mangeait avec appétit, mais c'était peut-être pour me faire plaisir, je ne sais pas. J'ai dit à mon fils : « Mange ton fromage blanc pour une fois, il n'y a rien d'autre et on ne va pas le laisser perdre. » Là, j'ai été bête, j'ai ajouté :

« Ton pépé l'aimait bien. » Il a rigolé méchamment comme il fait quand il est malheureux. « Pépé Lolo n'aimait pas le fromage blanc, il aimait que le vin rouge ! » Je lui ai donné une gifle. Il est parti en criant : « Je vais chez mon père ! » Mais je ne sais pas où est mon mari en ce moment et il ne le sait pas non plus !

La matinée de classe fut studieuse, un peu alanguie. Alice Ousmane et sa voisine Marie-Jacqueline Mollignac, la fille des patrons du restaurant, tenaient des conciliabules et étouffaient des fous rires. Élisabeth Guilvinec se retourna plusieurs fois pour les foudroyer du regard.

A la sortie de midi, je descendis aux Dindeaux d'un coup de vélo. Marie avança à ma rencontre dans le sentier serré entre les églantiers. Elle leva les bras et s'écria gaiement :

– Il n'est pas loin. Il est revenu chercher sa gourde, ce matin. Il fait l'école buissonnière par là !

Plus tard, elle dénoua son tablier qu'elle jeta sur une chaise.

– J'avais mis ma belle robe pour aller voir les gendarmes, mais ça ne sera pas nécessaire.

Je lui fis un compliment appuyé, comme à un enfant. Je la sentais au bord du désespoir sous son air faraud. Elle m'offrit à boire, j'acceptai deux doigts de blanc avec beaucoup d'eau. Je piétinai par mégarde, près du buffet, un petit tas de sciure et de débris de bois. Marie attrapa un balai et poussa vers le foyer copeaux minuscules et miettes grises.

– En prenant sa gourde, Jehan a écrasé sa collection de noix de galle. On ne le dirait pas, il en avait au moins cent.

Les noix de galle sont des boules de bois teinté, de la grosseur d'une cerise, produites par un parasite du chêne, les unes lisses, les autres un peu grumeleuses, souvent percées d'un trou minuscule par où la petite bête a fui dans la nature. J'en avais ramassé aussi, sous les grands arbres, quand j'étais gosse, et parfois j'en avais cueilli aux branches basses des vieux chênes. J'en remplissais mes poches, je les ouvrais et faisais couler dans ma paume la poussière intérieure qui ressemblait à un fin tabac sans odeur. Je regardai Marie qui me sourit de son air trop innocent.

– Vous pensez qu'il les a écrasées exprès ?

– Oh oui, il les a piétinées. Il n'a rien laissé.

– Il y tenait ?

– Mon Dieu, comme à la prunelle de ses yeux.

Elle me prit le bras.

– Vincent, cette pièce est triste. Venez voir ma chambre, c'est la plus gaie de la maison !

Puis elle fondit en larmes et me lâcha.

– Je ne sais plus ce que je dis. Je suis folle, folle !

Elle baissa les yeux.

– Je ne vous ai pas tout raconté sur notre discussion hier soir. Le fromage blanc m'a rappelé le temps où j'en faisais pour mon père. Alors, j'ai dit : on ne vend pas les Dindeaux, on reste ici. Et puis, si on partait, on ne pourrait pas garder le chien ! Alors, Jehan est sorti avec Miraut en criant qu'il allait retrouver son père.

Elle réfléchit un moment.

– Mais c'est vrai, si nous allons en ville, nous ne pourrons peut-être pas garder le chien.

Je m'approchai d'une fenêtre qui donnait sur le ruisseau. Je plongeai mon regard dans un carré de paysage d'une humble et tendre beauté. La Soudaine promenait ses eaux secrètes dans la touffeur du vallon et les vieux saules penchaient sur la berge leur chevelure de soie, d'un vert blondissant. Je repérai les éclairs du courant, dans le soleil de midi, entre les joncs, les massettes et les grappes rouges des salicaires. Léché par la brise, un champ de blé aux épis déjà dorés venait battre la verdure crue des rives. Plus loin, la lumière allégée polissait les collines ondoyantes, écaillait les toits des hameaux...

J'ouvris la fenêtre, une guêpe entra en même temps que les rayons du soleil renvoyés par le blé mûr et une bouffée de chaleur coupante. L'insecte se mit à tourner autour de ma tête. Marie le chassa avec une serviette mouillée en m'aspergeant la figure au passage. Les murs épais, le sol carrelé et les grands arbres qui cernaient la maison donnaient une fraîcheur un peu acide à la grande cuisine des Dindeaux. Je songeai : « Si cet endroit était à toi, tu n'aurais pas envie d'y rester toute la vie ? »

Je finissais de corriger mes cahiers quand Emma Casanova, l'air d'une gitane avec ses boucles noires et sa longue robe qui lui battait les mollets, toqua à la fenêtre de la classe.

– Monsieur, je sais où est Jehan Ousmane.

– Tu l'as dit à sa mère ?

– Non, m'sieur. Ma chienne Sara a suivi la piste de Miraut, c'est comme ça que je l'ai trouvé. Je crois qu'il veut vous parler. Il est caché au moulin de la Planège. En traversant la Rebélionne en face de l'école, on peut y être en un quart d'heure.

– A condition de courir vite.

– Oui, m'sieur, à condition de courir vite !

Elle avait déjà dix mètres d'avance et regardait par-dessus son épaule si je rappliquais bien. Je fis mine de rechigner.

– Si l'année scolaire n'était pas pour ainsi dire finie, tu ne m'aurais jamais traîné là-haut, petite !

Elle rit un peu, sûre que c'était des compliments pour les oiseaux. Elle me fit traverser des prés et des combes, escalader le flanc d'un coteau où s'agrippaient hardiment des taillis de charmes et de châtaigniers et une futaie de vieux chênes noirs.

Les feuillages étaient à l'apogée de leur luxuriance. La fine dentelle vert doré des chênes couvrait le foisonnement cru des charmilles. Les tourterelles se répondaient en douces roulades, l'air embaumait de senteurs piquantes et chaudes. Le mycélium fleurissait de traînées blanches les talus et les sentiers, annonçant une prochaine poussée de champignons. Par une trouée, de temps en temps, on apercevait entre les ramilles une tour décoiffée, creusée de larges trous, hérissée de touffes herbues : tout ce qui restait du moulin de la Planège.

Emma s'esclaffa.

– On dirait qu'elle a des poils qui lui sortent du nez, comme Momo Minsou !

– Momo Minsou ? Je n'avais pas remarqué.

– Seulement quand il est très en colère.

– Tu es sûre que Jehan nous attend là-haut ?

– Oh oui, m'sieur. Il veut que vous le voyiez !

Elle me donna sa main et m'entraîna hors du bois, dans un sentier semé de crottes de moutons. Un bêlement aigre roula au sommet de la colline, un autre lui répondit, plus loin.

Emma me regarda avec un sourire candide.

– Il y a une bergerie de l'autre côté du moulin à vent et un puits avec de l'eau. Jehan se plaît bien, ici !

Puis elle me lâcha la main et fila comme un renard. Je grimpai seul, d'un bon pas, la rampe tracée par les moutons à travers les herbes folles et les broussailles.

A vingt pas de la tour, j'appelai Jehan. Une salve d'aboiements rageurs, pitoyables, éperdus me répondit et Miraut se rua sur moi, le poil hérissé, les babines retroussées. En même temps, il remuait la queue. Pauvre bestiole déchirée entre la peur et l'espoir comme un vulgaire deux-pattes ! Je m'arrêtai et l'appelai par son nom. Il renonça à son attaque, me tourna le dos et trotta vers la tour. Je continuai d'avancer et criai pour Jehan :

– C'est l'instituteur. Je viens te parler !

Un mouton bêla, puis un autre, non loin.

– Jehan !

Le chien grondait, assis sur un talus, mais il me laissa approcher. Je me postai à l'entrée béante du moulin. Je vis qu'un arbre avait poussé à l'intérieur en perçant les pavés : un alisier d'une douzaine de mètres qui s'étirait pour chercher la lumière et encastrait sa cime dans les vestiges de charpente. Étêtée, la tour s'élevait aussi à dix ou douze mètres.

– Jehan ?

Une voix pointue tomba du ciel.

– Je suis là, m'sieur. Y fallait pas venir !

Il se tenait accroupi dans une brèche du mur, en haut de la tour, et balançait une espèce de corde, faite de ficelles tressées, au bout de laquelle il avait attaché sa chemise... pour jouer avec son chien, bien sûr. L'étoffe était en lambeaux. Je reculai et vis le gamin, le dos nu calé contre une poutre, les cheveux pendants, les bras noués autour de ses genoux, le poing serré sur la corde, tout au bord du vide. Il penchait un peu la tête pour me regarder. Il était vêtu d'un vieux pantalon plein d'accrocs.

Je sentis ma peau friser. Le plus léger faux mouvement aurait suffi à le précipiter en bas, sur les pierres éboulées, tout autour du moulin. Si Miraut tirait un peu fort sur la chemise en jouant... Il risquait sa vie pour punir sa mère, ses parents et tous les gens de Mondonat qui lui avaient fait du mal. Mais ça ne servait à rien si personne ne le voyait. Il avait besoin d'un témoin sérieux, quasiment officiel : l'instituteur était tout désigné pour ce rôle.

La sueur commençait à me couler dans le dos. Je me disais :

« Il est capable de sauter devant moi pour que je le ramasse en morceaux et le porte à sa mère ! »

Je me raclai la gorge et tentai d'affermir ma voix.

– Qu'est-ce que tu fais là-haut ?

Un petit moment de silence. Il changea l'appui de ses mains.

– J'ai pas peur. Vous avez qu'à foutre le camp !

– Je te gêne tant que ça ?

– Je reviendrai pas à l'école tant que vous serez le remplaçant.

– Ça n'a pas dû être facile de monter.

– Par l'alisier, c'est pas difficile. A la rentrée, j'serai plus à Mondonat. J'serai avec mon père !

J'approuvai d'un signe, tête levée.

– Tu as raison de faire des projets.

Il appela Miraut. Le chien me regarda d'un air soupçonneux et ne bougea pas. Jehan balança sa chemise au bout de la corde. Miraut aplatit le museau et baissa les oreilles d'un air honteux. Je commençai à reculer. Nos regards se croisèrent. Jehan agita les pieds et des débris de terre sèche tombèrent devant moi.

Un coup de peur me serra la poitrine.

– Jehan, criai-je, s'il t'arrivait quelque chose, j'aurais beaucoup de peine. Tu le sais ?

Pas de réponse. Je tournai le dos au moulin et m'éloignai en me donnant l'air de flâner. Je revins.

– Tu n'as pas soif ?

– Je dirai à mon père que vous êtes un vilain type !

– Tu préfères Darrat, sans doute ?

Pas de réponse.

Le vent s'était mis à souffler. J'entendais les feuillages des chênes trembler le long des pentes. Jehan se tenait tassé dans son coin de mur. Avec l'ankylose et les rafales, son équilibre allait devenir de plus en plus précaire. Je me campai en face de lui.

– Ça ne vaut pas la peine de faire des bêtises.

Chaque fois que je lui parlais, il bougeait un peu et ç'avait l'air dangereux ; pourtant, me taire n'était pas une solution.

Sa main battit l'air à la recherche d'une prise. J'avalai ma salive. Il changea de position et s'assit les jambes pendantes, en s'accrochant à une cheville de la charpente.

– Je veux pas que vous parliez à ma mère !

– Tant pis. Comme tu voudras.

Nous étions obligés de crier, à cause du vent et des moutons qui bêlaient plaintivement. Je mis mes mains en porte-voix.

– Je lui dirai que je t'ai vu, c'est tout.

– J'espère que vous reviendrez pas à la rentrée.

Une douleur violente, à la fois écrasement et déchirement, me secoua le corps. Je perdis le souffle un instant.

– Qu'est-ce que ça peut te faire puisque tu n'y seras plus ?

– Ça m'ferait plaisir que vous reveniez pas, m'sieur !

Une autre pierre dégringola. Jolie haine. Je tournai les talons et m'en allai pour de bon.

35.

Je veillai dans ma classe. Vers onze heures et demie du soir, Marie Ousmane toqua doucement à la fenêtre et je la rejoignis.

– Il n'est pas rentré ?

– Montons là-haut.

– C'est peut-être dangereux que je sois avec vous.

– Mais je le veux !

Nous prîmes d'un bon pas la descente des prés puis le bord de la Rebélionne. Marie trottait derrière moi en balançant un petit sac à provisions où elle avait emballé pour son fils un morceau de lapin, deux pommes de terre bouillies, deux ou trois tranches de saucisson, une tartine de confiture et une petite fiole de vin coupé. Pour ne pas risquer d'abîmer sa robe dans les buissons, elle avait enfilé son imper sur sa combinaison et les pans mal serrés montraient de temps en temps un éclair de dentelle. Je marchais vite, j'oubliai Marie ou je fis semblant. Elle m'appela.

– Je suis fatiguée, j'ai la tête qui me tourne !

Je me laissai rattraper et lui demandai pardon. Elle n'avait aucune envie de se hâter. Elle s'assit sur un tronc d'arbre abattu, posa son sac et joignit les mains entre ses genoux.

– Vous comprenez, il a écrasé ses noix de galle parce qu'il avait peur de pas pouvoir les emporter. C'est bête, il pouvait très bien. Mais Miraut ? Je ne sais pas si mon mari le prendra et puis on l'a habitué à suivre Jehan partout, même à l'école, pour que les Darrat ne le tuent pas. Qu'est-ce qu'ils en feront en ville ?

Elle se mordit les lèvres plusieurs fois. Je sentais en elle un désir très fort de parler, de se livrer enfin totalement quoi qu'il lui en coûte. J'attendais qu'elle me raconte le soir du vent fou et la mort de son père, qu'elle me confesse le secret de la robe de mariée. Depuis Jeannette, quand j'avais quinze ans, les femmes m'avaient donné l'habitude de s'épancher avec moi, au lit ou en pelant les pommes de terre. Mais je sentais que Marie résisterait longtemps, peut-être jusqu'au jour, comme la chèvre de M. Seguin. Ma tête bouillait de fièvre. Mon souffle sautait. J'étais trop impatient pour apprécier le spectacle de la nuit.

Nous longions le ruisseau. Un brûlant clair de lune révélait tous les obstacles, branches basses ou abattues, ronces, pierres, touffes d'herbes, et les échancrures de la rive qu'il nous fallait enjamber. Le courant s'allumait de loin en loin de reflets vitreux. Le râle de l'eau disait la tendresse et le regret. Marie s'arrêta de nouveau.

– Je ne vois pas comment je pourrai encore vivre ici, mais l'idée de partir me fait tellement mal.

J'attaquai la colline, elle me suivit. La nuit était tiède, un petit vent frisant chuchotait dans les feuillages. L'air embaumait de senteurs poivrées. Le chant des grillons s'enflait par moments et devenait une houle fiévreuse. Les lumières de Réverac brillaient au loin, par-dessus le trou noir de la vallée, comme un bouquet de veilleuses serrées autour du chandelier de l'église.

Je n'avais jamais vu, depuis que j'avais des yeux à la tête, une lune aussi jolie dans un ciel aussi pur.

Marie trébucha et s'écorcha un genou. Je m'assis près d'elle, examinai la blessure et la tamponnai doucement avec mon mouchoir. Marie me serra les doigts en riant.

– Vous êtes gentil avec moi. Vous me rappelez mon père !

Un peu estomaqué par la comparaison, je bougonnai tout bas. Elle s'excusa gravement.

– Oh, pardon, vous ne buvez pas, vous, je sais.

Nos mains se rencontrèrent par hasard dans le clair de lune. Je ne pus me retenir de pouffer.

– Ce n'est pas la question de la boisson, Marie, mais... c'est vous qui pourriez presque être ma mère !

Elle me fixa de très près, les yeux dans les yeux.

– Oui, je pourrais l'être...

Elle étouffa un rire sauvage, en se tenant les côtes.

– Mais vous seriez peut-être né de père inconnu !

– Vous savez, c'est bien mon cas !

Elle hocha la tête, toute rêveuse. Puis elle se cacha la figure dans ses paumes.

– Oh, je vous raconterai ma vie, il y a des jours et des jours que j'en ai envie, mais ça me gêne d'avouer combien j'étais naïve.

Elle me prit les mains.

– Ma maison est belle, n'est-ce pas ? Je sais bien qu'elle est dans un sale état et que je n'arriverai peut-être jamais à la faire réparer. Mais elle est solide, quand même, je l'ai toujours vue comme ça. Mon père s'y sentait en sécurité. Il me disait souvent : « Quand je travaille, je ne suis qu'un domestique, mais quand je rentre chez moi, je suis un noble dans son château fort ! » C'est vrai que les Darrat nous tuaient nos bêtes et nous dévastaient nos abords, mais ils nous laissaient tranquilles dans la maison, jusqu'au jour où... Ah, voilà que je retourne à mes histoires !

« Je n'arrête pas de peser le pour et le contre. Vous devinez que ça me fend le cœur de m'en aller. Même avec un million... qu'est-ce que j'aurai en ville avec un million ? Seulement si je reste, comment payer les réparations ? J'attendais que mon fils soit assez grand pour monter sur le toit et arranger les tuiles. Il grimpe bien, vous avez vu, mais il est meilleur pour casser les tuiles que pour boucher les gouttières ! »

Elle se tut, réfléchit une seconde, se serra contre mon épaule.

– Qu'est-ce que vous feriez à ma place ?

Elle avait moins besoin d'un avis que d'une oreille attentive. Dieu sait si la mienne l'était ! Elle reprit avec un long soupir :

– Non, vous ne pouvez pas juger tant que vous ne savez pas tout. Plus tard !

Je lui pris le bras pour l'aider à se lever.

– Allons au moulin. Votre fils attend les provisions. Il connaît sa mère. Il sait bien que vous ne le laisserez pas mourir de faim !

– Vous croyez qu'il se montrera ?

– Non. Encore moins si je suis avec vous ! Je vais rester ici.

Elle me poussa d'une main douce et pressante.

– Non, venez.

Elle se pendit à ma veste et marcha tout contre

moi. Elle n'était pas du genre à avoir peur la nuit, mais je voyais bien qu'elle ne voulait pas me lâcher. La solitude lui était-elle devenue si insupportable, ce soir-là ? Nous montions.

L'odeur piquante de l'air nous suivait. Le chant des insectes nous berçait la tête. Je me sentis soudain presque gai. Cent pas encore et le moulin fut devant nous, rayonnant d'une blancheur surnaturelle. La végétation qui le fourrait et émergeait par les trous des murs et du toit semblait taillée dans le cuivre brillant.

Marie me lâcha et courut devant. Je la rejoignis au talus d'où j'avais guetté son fils quelques heures plus tôt. Elle se retourna.

– Si Jehan était encore perché là-haut, on ne le verrait peut-être pas, mais Miraut serait ici. Il a dû se cacher à la bergerie pour la nuit. J'aime mieux ça.

Je découvris un anneau de métal, encastré dans le mur à un mètre de hauteur et qui avait dû servir pour attacher les chevaux quand le meunier ne dormait pas encore de son dernier sommeil.

– Vous pourriez accrocher votre sac à cette boucle.

Elle abandonna les provisions à regret. Elle avait espéré voir son fils. Ou peut-être avait-elle envie qu'il me voie avec elle ?

– Vous pensez qu'il viendra les prendre ?

– Oui.

– Vous êtes sûr ?

Après tout, je n'en savais rien. Jehan était peut-être déjà sur la route à vingt kilomètres de Mondonat. Mais Marie avait besoin d'être rassurée et je ne voulais pas avoir l'air de douter.

– J'en suis certain, dis-je en hochant fermement la tête.

Marie me remercia d'un sourire, convaincue ou pas.

– Regardez ça !

Elle avait ramassé à l'entrée du moulin un objet qu'elle tint dans la lumière pour l'examiner.

– Le collier de Miraut !

– Il l'a perdu.

– J'ai peur que Jehan le lui ait enlevé.

– Pourquoi Jehan lui aurait-il enlevé son collier ?

– Je me demande ce qu'il mijote.

Elle appela le chien haut et fort. Une volée d'aboiements lui répondit. Le chien de la bergerie, sans doute ; je l'entendis approcher en gueulant et je me retournai, les mains aux poches.

– Hé, vieux...

Marie me tira par le bras.

– Les chiens de berger sont méchants, la nuit !

– Filez, je le retiens un moment.

Le lascar jaillit, enflé, hirsute et écumant, au sommet de la colline. Le désir de protéger Marie était si fort en moi qu'il me libéra de toute peur et de toute hésitation. J'avançai de quelques pas, pendant que Marie s'échappait et dévalait le sentier de la plaine. Je pris un passage de moutons qui contournait le moulin. En trois bonds, le chien fut sur moi et me planta les crocs dans le mollet. Je sentis à peine la douleur, une joie féroce m'envahit. Marie était peut-être déjà à cent mètres si elle avait continué de courir. La seule pensée que ce sale corniaud pourrait lui déchirer les mains et les jambes me rendait fou de colère.

Mon premier coup de pied le toucha de justesse au poitrail et il se mit à me tourner autour. Je m'étais déjà battu deux fois dans ma vie avec un chien. La première à onze ans, j'avais gagné. Une victoire, une défaite, c'était la belle ! Je poussai un grondement à peine différent des siens et fonçai les mains en avant pour lui attraper le cou. Il bondit en même temps, me manqua la figure d'un millimètre et m'accrocha le pouce assez méchamment.

Une seconde bestiole lança un flot de jappements du côté de la bergerie. Du renfort pour l'ennemi. Je sonnai la retraite. L'autre en profita pour m'enlever une lichette de fesse.

Je fis un crochet et rattrapai le sentier de la plaine en bondissant gaiement. Une telle joie, c'était presque le bonheur. Je revivais la fièvre et l'ivresse de mon enfance. Marie, Marie ! Le chien, un grand bourru jaunâtre et efflanqué, me rattrapa encore. C'était prévu. Je le cueillis d'un coup de sandale en pleine mâchoire, simple pichenette pour ce genre de mâtin.

Le deuxième chien rappliquait. Je dévalai le sentier à la poursuite de Marie et je crus un moment avoir semé les deux toutous. Peut-être attendaient-ils leur maître, le berger, après avoir donné l'alerte. Je m'arrêtai pour souffler. Deux secondes après, ils étaient là. Le second, un petit noir à poil ras, museau pointu, oreilles baissées, me parut encore plus hargneux que le grand jaune. Ils m'assiégeaient, au milieu d'une clairière de hautes herbes, entre un bosquet et une vigne abandonnée.

Je cherchai un morceau de bois pour m'armer, je ne vis rien. Je tapai du pied, le noir sauta en arrière. Le jaune attaqua, je réussis à l'éviter. Les morsures commençaient à m'élancer.

C'est alors que surgit un fantôme blanc armé d'une lance. C'était Marie qui brandissait un piquet de vigne, un de ces vieux piquets, rongés par l'humidité, qu'on avait arrachés et jetés au bord d'un champ. Et dans la lumière qui ruisselait de la lune, son imperméable beige clair devenait d'un blanc laiteux !

Marie, pourquoi es-tu revenue ? La voir aussi combative me chagrinait et m'exaltait en même temps. Elle leva le morceau de bois au-dessus de sa tête et cria : Hou ! hou ! hou ! Et à moi :

– Vous croyiez que j'allais filer et vous laisser avec ces sales bêtes ?

Oui. J'étais heureux et fier de me battre pour elle. Tant pis.

Je profitai de la diversion pour reculer de trois pas. Le chien jaune repartit à l'attaque. Marie tenait son piquet par la pointe. Échevelée, gorge nue sous l'imper défait, un bout de dentelle pendant sur son mollet, elle abattit le gros bout de sa trique sur le mufle du corniaud, qui s'aplatit en geignant et serra sa truffe meurtrie entre ses deux pattes. Le chien noir détala. J'attrapai Marie par le bras et l'entraînai vers la descente.

Nous avions gagné ensemble, c'était encore mieux. Un bonheur de poulain lâché me faisait bouillir le sang. Toutes mes morsures me cuisaient ou me lançaient, mais Marie courait avec moi, les buissons soulevaient son imper, accrochaient ses dentelles. Marie, ma belle sauvage, mon herbe à fièvre, ma grâce de Dieu !

Je l'enlaçais, la portais à moitié. J'étais heureux. Je me disais : « Vincent Lerouge, tu ne seras peut-être jamais plus heureux de ta putain de vie ! » Nous nous sommes arrêtés enfin, à bout de souffle tous les deux. Marie s'est serrée contre moi, nous avons mêlé les fragrances de notre sueur. Elle n'avait pas eu la peau mordue, mais ses vêtements étaient lacérés. A demi nue, elle a pris ma main blessée et arraché un lambeau de sa combinaison pour essuyer le sang.

– Vous vous êtes bien battu !

– Mais c'est vous qui avez gagné.

– Je me suis si souvent tabassée avec les chiens des Darrat !

Une tendresse bourrue me chiffonnait le cœur. Nous nous soufflions gentiment à la figure. Nous avions découvert que nous étions de la même race, celle des pauvres qui ne se laissent pas faire. De ma main valide, je caressais ses cheveux emmêlés, je pressais ses doigts mouillés de sa sueur et de mon sang. Dans cet état de transe, elle restait blanche, les joues à peine rosies, les lèvres exsangues... Elle me fixait avec un sourire un peu égaré. Joie et dépit s'entrechoquaient dans mon cœur.

J'avais rencontré une femme qui me ressemblait, que j'aurais pu aimer, mais elle avait quinze ans de plus que moi, de grands enfants, et tout nous séparait. La douleur de mon pouce me fit grimacer. Marie se détacha de moi.

– Rentrons, je vais vous soigner.

– Nous avons toute la nuit, dis-je.

– Toute la nuit ?

– Vous m'avez promis de me raconter les événements de l'été 1934, l'histoire de la robe de mariée et la mort de votre père.

Nous sommes redescendus aux Dindeaux sous un clair de lune éblouissant.

Après nous être assurés qu'Alice dormait d'un sommeil d'enfant dans la grande maison fermée, nous

nous sommes assis au jardin sur un simple morceau de poutre posé à même le sol, au milieu des herbes folles.

Marie se tenait les genoux relevés et joints, les bras croisés sur la poitrine, les mains aux épaules. On aurait cru qu'elle nouait son corps autour de son âme pour être plus forte.

– Toutes ces disputes, dit-elle, ont commencé à la Révolution...

36.

Elle poursuivit :

– Les barons du pays, j'ai oublié leur nom, étaient partis en émigration. Leur régisseur, un nommé Magnac, était haï par tout le monde à Mondonat, Besse, Dévillac et jusqu'à Réverac. Pendant la Terreur, les paysans ont voulu le pendre, mais il leur a échappé. Ils ont tué sa femme et sa fille de cinq ou six ans, de façon assez cruelle, je crois. Magnac s'est sauvé et il a réussi à se cacher jusqu'à ce que le vent tourne. Il est revenu pour se venger plus tard...

– A la première Terreur blanche, fis-je à voix basse.

– Oui, c'est ce que disait Céline. Elle ajoutait : « C'est normal qu'il se soit vengé. Moi qui n'ai pas d'enfant, je suis sûre que je deviendrais enragée si on me tuait ma petite fille ! » Magnac a repris le domaine des barons en attendant leur retour et il a commencé à se faire appeler Magnac de La Renaudy. Il espérait garder ces terres, les propriétaires étant morts en exil. Mais elles ont été vendues par ce qui restait de la famille, sous Napoléon, et il n'a pas pu les acheter. Il en a eu beaucoup de rancœur. A cette époque, il s'est remarié, il a eu un fils. La Restauration est venue... Il a recommencé à se venger, vingt ans après !

– Pendant la seconde Terreur blanche.

– C'est ça, je crois. Et parce qu'on lui avait tué sa fille, il s'en est pris avec sa bande aux enfants et aux jeunes filles. Les petits, ils les enlevaient et les faisaient vivre tout nus, dans le fumier, comme des bêtes. Et pour les ravoir, les parents devaient payer une rançon en argent, en bétail ou en terre. Il a réussi à s'emparer de pas mal de propriétés, éparpillées sur deux ou trois communes, avec pas plus de vingt-cinq ou trente arpents d'un seul tenant. Je crois que je vous ai raconté la suite. M. Magnac de La Renaudy avait un fils, né vers 1795, qui a eu une fille, vers 1825, et cette fille a épousé, vers 1845, Alexandre-René Darrat...

J'écoutais Marie, tête levée, et une émotion grave et forte m'envahissait. La nuit avait cette transparence veloutée des premiers beaux jours de l'été. Je voyais au loin, par-dessus le miroir glauque de la mare des Dindeaux, par-dessus les épis mouvants des joncs, les prés et les champs de blé mûr noyés sous le clair de lune, puis le bronze sculpté des bois au flanc des collines. Le vent soufflait de brèves bouffées odorantes. Marie conclut sur un ton amer et moqueur :

– La lignée Darrat a pris la suite de la lignée Magnac. Les propriétés étaient toujours très morcelées et c'est de là que date l'idée fixe des Darrat, avec la particule qu'ils n'avaient pas : le *seul tenant.*

Elle se tut. Les grenouilles profitèrent du silence revenu pour essayer leur voix. Quelques coassements timides montèrent ici et là, puis toute la mare reprit son concert d'été. Je ne pressais pas Marie de continuer son récit, malgré mon désir d'entendre l'histoire jusqu'au bout. Je me disais : « On est là, on est bien, c'est un très bon moment. Tu as tout le temps de savoir ! » Marie avait les mêmes pensées ou bien cherchait comment attaquer la suite.

Elle posa sa main sur la mienne. Je me dégageai et lui rendis son geste en signe d'encouragement. Elle soupira et je sus qu'elle n'éluderait plus les souvenirs de ses épreuves ni la vérité sur la mort de son père.

– Tout ce qui est arrivé est peut-être de ma faute, mais j'étais jeune, je n'avais même pas seize ans. Je vous ai dit que les Darrat avaient renoncé à la maison quand le clerc du notaire a eu avoué son faux. Mais ils ne renoncent jamais à croquer une enclave !

« Depuis deux ou trois ans, M. Roger et sa bande avaient pris l'habitude de persécuter mon père, pour s'amuser et aussi dans l'espoir qu'il finirait par s'en aller. Au début, ils le guettaient quand il passait à bicyclette. Ils s'embusquaient à droite, du côté de son œil mort, se jetaient sur lui, le renversaient dans le fossé, le rouaient de coups et s'en allaient en rigolant. Puis ils s'étaient enhardis, ils le traînaient derrière les murs ou les haies, les endroits isolés, le bord des bois, pour le battre et l'humilier de toutes les façons. Moi, je ne savais pas que c'en était venu à ce point, je l'ai appris plus tard, petit à petit. Mon père n'en parlait jamais. Je voyais bien qu'il avait des traces de coups, mais je croyais comme tout le monde qu'il avait bu et s'était cogné. Il ne me jurait pas le contraire. Oh, mon Dieu, si j'avais su, je l'aurais pris par le bras et je lui aurais dit : " Papa, quittons ce pays de sauvages, laissons-leur cette saleté de maison. Nous sommes capables de gagner notre vie tous les deux, nous vivrons heureux dans n'importe quel taudis ! " A cette époque, je commençais à travailler à la campagne et dans les maisons, j'étais très fière de gagner ma vie.

« Mon père supportait tout. Ils lui disaient : “ Si tu nous dénonces ou si tu te rebiffes, on le fera payer à ta fille ! ” Et puis il rentrait dans sa maison et il était heureux. Il avait confiance, il chantait le *Credo du paysan. “ Dieu tout-puissant qui fit la créature... Je crois en ta grandeur, je crois en ta bonté...* ” Son espoir, c'était de me donner la maison, plus tard. “ Tu épouseras un propriétaire. Moi, j'irai à l'hospice. ” Je répondais : “ Jamais ! Jamais je te laisserai aller à l'hospice ! ”

« Depuis le début de 1934, il travaillait à pleine semaine chez le maire, M. Rameye. Il rentrait tous les soirs, sauf le samedi et quelquefois le dimanche, parce que son patron allait au bal ou chez des femmes et passait la nuit dehors. M. Rameye lui faisait confiance pour garder la maison neuve et il en tirait gloire. Le samedi soir, j'étais donc toute seule aux Dindeaux. M. Roger n'avait pas tardé à s'en apercevoir. Au printemps 34, il a commencé à me rendre visite avec ses fidèles, Momo Minsou, Quirin Deyeune et Milou Marcheminet.

« Ils étaient plutôt gentils, M. Roger toujours matamore et cauteleux, et moi, pauvre idiote, je ne pouvais pas m'empêcher de l'admirer. Il avait dix-neuf ans, les autres à peu près le même âge, Deyeune un peu plus vieux parce qu'il se préparait à partir au régiment. Ils restaient une heure ou deux ou même plus. Ils me demandaient à boire et quelquefois à manger. M. Roger paradait et les autres jouaient la comédie du respect et l'appelaient chef. Ils me disaient : “ Si tu es mignonne avec nous, on ne battra plus ton père.

« – Vous me le promettez ?

« – Promis, juré ! ”

« Ils se tenaient bien. “ En scouts ”, disaient-ils. Je

n'osais pas demander s'ils se conduisaient en scouts quand ils tabassaient mon père. Ils se décoiffaient même en entrant. M. Roger tenait sa casquette sous le bras et les autres leur béret à la main. Enfin, ils étaient convenables et polis, sauf qu'ils buvaient et que je devais acheter le vin et boire avec eux. Au bout de deux ou trois semaines, M. Roger m'a dit : " C'est pas tout ça, il faut que tu nous payes le loyer ! " J'ai cru qu'il voulait rire. " Mais puisque la maison est à nous, le notaire l'a dit ! " Ils ont rigolé tous. M. Roger s'est tourné vers ses copains en se tapant sur les cuisses. " Vous entendez, les gars ? La maison est à eux, le notaire l'a dit, ha, ha, ha ! " Ils s'esclaffaient et moi, je ne comprenais pas ce qu'il y avait de si drôle. M. Roger a dit d'une voix dure : " Le notaire est vendu aux rouges, mais les patriotes vont le pendre ou le fusiller, c'est selon. Tu as entendu parler du 6 février ? " Mon père ne s'intéressait pas à la politique, mais j'avais entendu parler de la manifestation du 6 février. Ça n'avait rien à voir avec notre maison. M. Roger se moquait sûrement de moi. Il a insisté. " La maison est à nous et, quand les patriotes auront pris le pouvoir, l'affaire sera régularisée. En attendant, tu vas nous payer le loyer, gentiment, toutes les semaines. On viendra le chercher le samedi soir et tu tâcheras d'être là. Comme on est de braves gens et qu'on sait que tu n'es pas riche, on va te faire un prix d'ami. Quarante francs par semaine, ça te va ?

« – Je ne peux pas vous payer. Il faut que vous voyiez mon père.

« – Justement, on préfère s'arranger avec toi, parce que tu es une bonne fille et qu'on t'aime bien. N'est-ce pas qu'on l'aime bien, les gars ? " Et les copains de renchérir : “ Oh, la la, si on l’aime bien ! ” Je comprenais de moins en moins. M. Roger me caressait les cheveux et je n’osais m’échapper. “ Ma pauvre fille, ton défaut, c’est d’avoir un père ivrogne. Alors, si tu nous paies pas le loyer, il boira tout son argent et on sera obligés de le battre ! ” Moi, pauvre idiote, je les suppliais de ne pas frapper mon père. “ Si tu nous paies pas, on sera obligés ! ” A l’idée qu’ils allaient le battre pour avoir ce loyer, j’étais folle. Je venais de toucher ma paye, quelques billets de cinq et dix francs que je leur ai donnés. Nous vivions dans la peur des riches. Sans le maire, nous n’aurions jamais osé disputer la maison aux Darrat. M. Roger prétendait qu’elle était à lui et les riches ont toujours raison. Qu’est-ce que je pouvais faire ? Alors, la bande est partie au bistrot avec mes pauvres sous en promettant de revenir. Je me rappelle mes billets de cinq francs, soyeux et tout roses, avec une espèce de Victoire casquée qui datait de la guerre de 14. Je les aimais plus que tous les autres...

« Mes visiteurs sont revenus et je n’avais pas d’argent. Ils ont été gentils, ils ont eu l’air de me plaindre. “ Pauvre gosse, c’est dur d’être la fille d’un ivrogne. Cette fois, ce type n’y coupera pas d’une grosse frottée ! ” J’étais affolée, je les ai suppliés encore une fois. “ La semaine prochaine, j’aurai l’argent. ” Ils ont accepté d’attendre. Mais mon père n’apportait plus que des bouts de paye et mes patrons me retenaient la moitié de la mienne pour mon repas de midi. Alors, j’ai volé quelques billets. J’ai eu la chance de ne pas me faire prendre, ni cette fois ni les suivantes, et j’ai payé M. Roger. Il a pris les autres à témoin : “ N’est-ce pas que c’est une chic gosse ? Si elle n'avait pas un sale ivrogne de père, ça ferait une gentille petite fiancée, hein ? Tu veux être ma petite fiancée, Marie ? " J'ai rougi tant que j'ai pu. " Monsieur Roger, ne vous moquez pas d'une pauvre fille, ce n'est pas bien ! " Il s'est levé, il a marché dans la cuisine, je me souviens, il a fait toute une comédie. " Mais je ne me moque pas de toi, ma petite Marie. Tu es à mon goût et je t'aime bien. Si tu voulais être ma fiancée, tu n'aurais plus de loyer à payer parce que la maison serait à nous deux. Et même, je suis bon prince, je laisserais ton père y habiter. Tu n'as qu'à y penser, on attendra que tu sois décidée... " J'ai répondu que je n'avais pas seize ans, que j'étais beaucoup trop jeune pour penser au mariage et que lui-même n'avait pas fait son régiment. Alors, il m'a dit qu'on pouvait être fiancés sans se marier tout de suite. " Et pour ce qui est de mon service, je le ferai ici, comme officier dans la garde patriotique ! "

« Je ne pigeais rien à cette histoire. Je regardais M. Roger, il avait l'air sincère. Je ne savais que penser. Ils m'ont tous embrassée sur les joues en me disant au revoir.

« Et ces visites ont continué pendant une bonne partie de l'été. Ils venaient tous les samedis soir, M. Roger en moto, les autres en vélo, derrière. Je les voyais quelquefois descendre le Fer de mulet à tombeau ouvert, la casquette ou le béret au ras du guidon. Je ne pouvais m'empêcher de penser : " Qu'ils se tuent donc ! " Et puis, aussitôt, j'avais honte. En arrivant, ils faisaient sonner la corne de la moto et le timbre des bicyclettes pendant au moins une minute. Ce bruit de grelots me sciait les nerfs.

« Aujourd'hui encore, je ne peux pas entendre une

sonnette de vélo sans sauter en l'air. M. Roger soupirait en me réclamant le loyer : “ Ah, si tu voulais être ma petite fiancée, ça serait bien plus simple. Avoue que, si j'étais noble, tu ferais moins la fine bouche, avoue ! ” J'aurais ri, si ç'avait pas été si triste. “ Qu'est-ce que vous allez chercher, m'sieur Roger ! ” Ils me demandaient à boire et parfois ils voulaient des œufs brouillés et du saucisson pour faire passer le vin. Ils venaient souvent du coiffeur ou bien ils s'étaient collé les cheveux à la brillantine et bassiné la figure avec une lotion. Leur odeur de sent-bon finissait par remplir la maison. J'ouvrais les fenêtres et ça les faisait rigoler. Avant de partir, ils me priaient de danser pour eux. Ils chantaient des vieilles chansons, souvent en patois, *Boleguas vo donc, Auvergnas è Limozis...* Ils claquaient des doigts et tapaient du pied. Et moi, imbécile, je dansais pour eux.

« Mais ils me menaçaient toujours de battre mon père si je ne payais pas le loyer et je continuais de voler pour leur donner l'argent. Quand M. Roger me proposait d'être sa petite fiancée, je ne disais pas oui, parce que j'étais presque sûre qu'il se moquait de moi et qu'il n'attendait que ce mot pour se tordre de rire et me ridiculiser. S'il m'avait voulue vraiment comme fiancée, il serait venu me voir seul, au lieu de traîner avec lui deux ou trois copains. Et je ne disais pas non, car j'avais quand même un tout petit espoir. Pauvre folle !

« Je pensais que, s'il avait eu de mauvaises intentions, il n'aurait pas amené de témoins. J'étais trop stupide. S'il m'avait fait ses visites tout seul, les gens auraient peut-être jasé, mais ils m'auraient respectée. Au lieu de quoi tout le monde savait que la bande entière venait chez moi et on disait que je faisais la pute avec eux tous et même qu'ils me payaient. Quand je pense que c'était moi qui me saignais jusqu'à mon dernier sou, c'est trop drôle ! Ils m'avaient perdue de réputation et je ne pourrais jamais épouser un garçon du pays ! Alors, je serais obligée de quitter la maison !

« Même quand mes patrons m'ont fichue à la porte, je n'ai pas compris ! Je suis allée travailler à Réverac, c'était encore plus facile pour voler, et tout a continué. Je prenais patience parce que j'avais la bêtise de croire un peu à la sincérité de M. Roger. Bien sûr, j'étais terrifiée à l'idée de le mettre à l'épreuve. Alors, chaque fois qu'il me demandait si je voulais être sa fiancée, je répondais : “ S'il vous plaît, attendez jusqu'en septembre, quand j'aurai seize ans... ” Ils rigolaient et se poussaient du coude.

« Si naïve que je sois, j'ai fini par sentir que je m'étais mise dans un mauvais cas. Ils pouvaient maintenant me faire tout ce qu'ils voulaient et, si je me plaignais, personne ne me croirait innocente. Il y aurait vingt témoins pour dire que M. Roger et ses camarades venaient s'amuser chez moi depuis des mois et que j'étais consentante et sûrement récompensée ! M. Roger n'avait en tête que la maison, mais les autres se faisaient des idées et attendaient que j'aie seize ans.

« J'ai honte de ma sottise. J'aurais dû voir qu'ils avaient fait de moi une brebis galeuse à Mondonat et dans les communes voisines. Les garçons m'arrêtaient sur la route ou dans les champs. “ Il te reste pas un peu de béguin pour moi ? Tu veux des ronds, garce ! ” Je m'étais aussi aperçue que la bande continuait de persécuter mon père, malgré les promesses. Mais ils évitaient de lui donner des coups qui marquent. Je ne lui voyais pas trop de bleus et d'écorchures. Je me disais : “ Grâce à moi, il est un peu moins malheureux ! ”

« A mesure que la date de mes seize ans approchait, mes illusions tombaient. Je prenais conscience de m'être laissé ferrer comme une oie. Tout ça finirait très mal, je le voyais enfin. J'étais affolée. J'aurais dû avertir mon père, le persuader de partir. Ç'aurait été dur, mais je crois que, si j'y avais mis tout mon cœur, toutes mes forces, j'aurais réussi à l'emmener et à le sauver.

« Mais je n'osais pas lui raconter tout ce qui s'était passé. Je tergiversais encore. Je comptais sur les vendanges pour me sortir d'affaire. J'irais vendanger loin de Mondonat et après je ne reviendrais pas. M. Roger a deviné mon plan. “ Si tu pars aux vendanges, il faut que tu sois ici tous les samedis soir pour m'apporter ta paye. Sinon, on reprend la maison... ” J'aurais dû demander conseil au maire. Mais j'avais peur qu'il fiche mon père dehors à cause de ma conduite ! »

Le crissement des insectes, tantôt vif, précipité, tantôt ralenti et fiévreux, le grattement doux des joncs frottés par le vent chantaient la complainte ardente ou sage de la nuit et rythmaient le récit de Marie. Quand la jeune femme reprenait son souffle, j'entendais la plainte du ruisseau, la rumeur des prés et des haies. Si elle se taisait plus longtemps, les grenouilles crevaient le silence de leurs coassements aigres. Puis l'appel d'une chouette ou le rire d'un chat-huant tombait des grands arbres.

Marie répéta plus bas : « J'avais tellement peur que mon père soit fichu à la porte ! » Puis elle reprit :

– Depuis quelque temps, il couchait donc la nuit du samedi au dimanche dans la maison neuve de m'sieur Rameye. L'habitation n'était pas finie et il manquait les portes et les fenêtres presque partout, mais on avait installé les vaches et une partie des moutons en bas et posé un lit de domestique dans une pièce entre la grange et l'étable. Mon père travaillait comme un fou pour se faire pardonner la boisson. Une partie des Vignes rouges était une bande d'herbes folles et de broussailles. Il avait entrepris de défricher pour les prochaines semailles un endroit appelé le Petit champ des Vignes rouges. Il avait nettoyé un demi-hectare à la faux et au croissant et fait des grands tas d'herbes sèches et de buissons qu'il comptait brûler plus tard. Peut-être aurait-il mis le feu le jour même si le vent fou ne s'était pas levé vers la fin de l'après-midi. Mais je suis passée le voir en revenant de mon travail, le vent soufflait déjà et il m'a dit qu'il brûlerait sa coupe de broussailles après l'orage. Il n'avait qu'un litre dans sa musette et à moitié plein. Il voulait avoir fini de préparer le Petit champ dès le lundi pour en faire la surprise à m'sieur Rameye. Il était décidé à travailler tout le dimanche.

« Je suis repartie. Je pédalais de toutes mes forces et je ne pouvais pas retenir ma jupe que le vent faisait voler. Les garçons me criaient des bêtises. En arrivant, j'étais désespérée. Je me disais : “ Tant mieux si la foudre tombe sur les Dindeaux et brûle tout. On s'en ira et on sera bien débarrassés ! ” J'ai fermé les volets qui claquaient, M. Roger et ses amis croiraient peut-être que je n'étais pas là. Mais ils sont entrés et ils m'ont trouvée. Puis ils ont ouvert les portes et les fenêtres, ils ont fait un grand courant d'air dans toute la maison. Ils criaient : “ Faut aérer, cette tanière pue la crasse et la pisse d'ivrogne ! ” Ils avaient bu plus que d'habitude et le vent les excitait. Ils n'étaient pas gentils du tout. J'avais très peur. Tout volait dans la cuisine. M. Roger m'a dit : “ Maintenant, on est en septembre, c'est comme si tu avais tes seize ans. Je veux que tu sois ma fiancée ! ” Je lui ai demandé d'attendre encore un peu. Ils se sont tous mis à courir dans la maison et à donner des coups de pied dans les meubles. Et M. Roger : “ Puisque tu n'es pas ma fiancée, je te fous à la porte ! ” Ils ont commencé à vider le buffet et l'armoire. J'ai essayé de les arrêter. “ Monsieur Roger, je vous en supplie, ne nous chassez pas, je veux bien être votre fiancée ! ” Il a rigolé. “ Trop tard ! ” Il a jeté tout le linge par terre. Moi, je le suppliais à genoux. Et puis il est tombé sur la robe de mariée de ma mère. “ Qu'est-ce que c'est que cette affaire rigolote ? ”

« Je trouvais la robe très laide, affreuse, et je ne l'avais pas sortie depuis des années, même pour lui faire prendre la lumière. Elle avait jauni et elle sentait le moisi. Mais c'était la robe de ma mère. Quand M. Roger l'a dépliée pour la montrer à ses copains, j'ai voulu la lui reprendre. “ Attends, il m'a dit, j'ai changé d'idée. Puisque tu veux bien être ma fiancée, tu vas enfiler cette robe. Avant les accordailles, je veux voir de quoi tu as l'air en mariée. Allez, mets-la ! ” J'ai été dégrisée d'un coup, bien tard, mais enfin ça y était. J'ai dit non, non, non. “ Partez, je ne veux plus jamais vous voir ! ” Des mots comme ça qui les faisaient rire.

« Ils se passaient la robe gonflée par le vent comme un ballon. J'essayais de la reprendre en courant de l'un à l'autre. Ils m'en laissaient attraper un bout, puis un de la bande me tenait les bras et ils me l'arrachaient. Je me prêtais à ce jeu sans penser. J'avais la tête vide et le cœur serré à étouffer. Je sentais que, si j'arrêtais de courir, je tomberais évanouie. J'étais épuisée, la tête me tournait. Et c'est arrivé, j'ai perdu connaissance.

« J'ai été réveillée par le vent qui soufflait toujours dans la maison. Les portes et les volets claquaient, le linge était éparpillé jusque dehors. Moi, j'étais étendue sur mon lit, avec une migraine affreuse. Il y avait des feuilles vertes arrachées aux arbres, des papillons morts. Le vent jetait dans la maison des bouffées de poussière et un mélange d'odeurs écœurant. J'ai pensé que ça brûlait, pas loin. Je me suis levée pour fermer les portes et les fenêtres, je suis restée longtemps dans l'obscurité sans bouger. Plus tard, j'ai ramassé le linge, les vêtements, tout ce que la bande avait jeté. Je n'ai pas trouvé la robe de ma mère, j'ai pensé qu'ils l'avaient accrochée dehors, mais je n'ai pas eu le courage d'aller voir. Je m'inquiétais pour mon père. " Pourvu qu'ils ne l'aient pas tabassé en sortant d'ici ! " J'ai noué une serviette mouillée autour de ma tête, je me suis enfermée avec un couteau de cuisine à portée de la main, pour me défendre ou au besoin me tuer !

« La nuit est tombée. M. Roger et ses amis ne sont pas revenus. Ils ne sont jamais revenus... Ce qui s'est passé ce soir-là, pendant que j'étais couchée, je le sais maintenant. Quand on m'a appris la mort de mon père, le dimanche matin, j'ai cru comme tout le monde qu'il avait mis le feu à la maison en renversant sa lanterne dans la paille. Mais je ne voulais pas croire qu'il avait fait brûler ses tas d'herbes du Petit champ.

J'y suis allée voir. L'incendie avait gagné un bois voisin, puis s'était répandu dans les chaumes, qu'on appelait *rastouils*. M. Roger et sa bande se vantaient de l'avoir arrêté du côté du village.

« Le maire a écrit à mes grands-parents maternels en Italie, mais ils n'ont pas voulu de moi. Il est devenu mon tuteur. Il m'a fait embaucher à Réverac, logée et nourrie. Il s'est entendu avec le notaire pour mettre un locataire aux Dindeaux. M. Roger, quand je le voyais, m'appelait encore sa petite fiancée, mais les autres de la bande me fuyaient. J'ai fini par deviner qu'ils avaient fait quelque chose de bien plus grave que leurs visites chez moi et qu'ils avaient peur. J'ai commencé à écouter ce qui se disait ici et là à propos de l'incendie. J'ai questionné les vieilles femmes, comme la Tâteraisin et la Béchidouse, qui en savaient long et finissaient par lâcher un détail, exprès ou non.

« Entre-temps, Céline avait épousé Fernand Rouviat. Elle m'a embauchée aux mêmes conditions que les gens de Réverac, logée, nourrie et une pièce le dimanche pour m'habiller et aller danser, mais je n'allais jamais danser. Le maire me donnait une petite somme tous les mois, sur le budget de la commune. Le locataire des Dindeaux est parti et je pouvais retourner chez moi de temps en temps. Céline m'accompagnait souvent. Petit à petit, elle s'est mise à me faire des confidences. Je crois que ça a commencé ici même, quand on s'asseyait devant la mare. Elle n'a jamais été heureuse avec Fernand, mais elle n'était pas encore aigrie et alcoolique comme elle l'est devenue sur la fin. Elle soupçonnait son mari d'avoir mis le feu à la maison de son ancien patron, pour se venger d'avoir été remplacé par mon père, et elle ne s'en cachait pas avec moi. Juste avant la guerre, nous en étions venues à parler librement. Je lui disais que je ne croyais pas Fernand coupable et je lui donnais tous les arguments que je trouvais en faveur de son innocence, mais elle n'en démordait pas.

« Et moi, j'additionnais un et un et un... et j'étais loin d'arriver à quatre. Peu de temps après l'incendie, j'avais retrouvé la fourche de mon père, le manche cassé en trois morceaux, parmi les broussailles brûlées du Petit champ. Le fer était noirci et, sur les trois morceaux du manche, deux n'étaient plus que des charbons, mais le bout n'avait pas complètement brûlé. En le regardant de très près, je croyais y voir des taches sombres qui auraient pu être du sang, et plus ça séchait, plus ça ressemblait à du sang. Et j'avais même décollé deux espèces de fils qui auraient pu être des cheveux de mon père. Ah, si j'avais montré ce bout de manche à M. Rameye !

« Les gars de la bande ne se cachaient pas d'être passés au Petit champ le soir du vent. La Tâteraisin et sûrement d'autres gens les avaient vus. Ils disaient qu'ils avaient trouvé mon père ivre mort le long d'une haie et qu'ils avaient essayé d'éteindre le feu. Plus tard, pendant la guerre, les langues se sont un peu déliées et la Tâteraisin m'a dit qu'ils n'essayaient pas d'éteindre quand elle les avait vus, mais plutôt d'allumer !

« Pourquoi ? Je savais que mon père ne pouvait pas être ivre mort, parce que je l'avais vu normal une heure et demie plus tôt. Je savais qu'il n'aurait jamais fait brûler des broussailles un jour de vent fou. M. Roger et ses copains, je ne les voyais pas non plus, en tant que fils de paysans, risquer d'allumer un feu à proximité de leurs champs par ce vent, même pour faire accuser mon père. Je me disais : “ S’ils ont mis le feu aux broussailles, c’est qu’ils avaient une raison *très* grave. Mais laquelle ? ” Je n’en voyais qu’une : faire disparaître des traces. Et je me demandais pourquoi ils auraient frappé mon père à mort. Il aurait fallu qu’il résiste et se batte, alors ils lui auraient peut-être tapé dessus sans mesurer les coups. Mais mon père ne se rebiffait jamais, à cause de moi et parce qu’il protégeait son bon œil. Quand les autres le tabassaient, il faisait le gros dos et mettait les deux poings sur sa figure pour parer les coups qui auraient pu le rendre aveugle. Qu’est-ce qui s’était passé ce jour-là pour qu’il se révolte ?

« Le temps passait et je sentais une complicité silencieuse de tout le village. Les gens avaient les mêmes soupçons que moi. Personne, à part les coupables et peut-être le curé, ne savait au juste ce qui s’était passé. En mettant bout à bout ce que les uns et les autres avaient vu et entendu, on aurait pu connaître la vérité. Mais tout le monde s’en gardait, même le maire, qui se laissait dépérir de tristesse. Je crois qu’il avait écrit pour demander une enquête de la justice, mais trop tard, sans résultat.

« Quatre familles de la commune étaient en cause, les Darrat, les Marcheminet, les Deyeune, les Minsou. Les Darrat étaient des gens riches, puissants et redoutés ; le père Marcheminet était cousin du notaire ; le grand-père Deyeune avait été maire jusqu’à la fin de l’autre guerre ; quant au père de Momo Minsou, c’était un conseiller municipal fidèle au maire. Chacune de ces familles valait dix fois Lolo Grifoulet et sa putain de fille. J’ai compris que beaucoup de gens se détournaient de moi pas tant parce qu'ils me méprisaient que parce qu'ils avaient honte d'eux-mêmes.

« Dans la bande de M. Roger, il y avait un brave type. Un pauvre type, mais un brave type : Momo Minsou. Il a fait pas mal de marché noir sous l'occupation, comme beaucoup d'autres. Il avait une filière pour les chaussures. Une fois, en 1943, mon mari avait terriblement besoin de souliers, tant pis, je suis allée voir Momo. Je n'étais pas passée une seule fois à moins de dix mètres de lui depuis l'été 1934. Quand il s'est trouvé en face de moi, on aurait dit qu'il avait vu une apparition. Je l'ai regardé dans les yeux. Il s'est mis à larmoyer et à bafouiller. Il a toujours pleuré facilement. Il ne savait plus ce qu'il faisait ni ce qu'il disait. J'ai entendu le mot " accident " et puis " pas voulu, je le jure ". Si je l'avais bousculé un peu, il m'aurait tout dit. Mais je ne pensais qu'à mes chaussures. Il m'en a fait cadeau pour que je parte plus vite. Je lui ai jeté un peu d'argent. Il a crié : " Non, non ! " Ou " Pardon ! "

« Pour moi, les blessures se sont cicatrisées. Mon mari n'a pas pu rester au pays et mon mariage est une misère, mais j'ai mes enfants, ma maison. M. Roger m'a laissée à peu près tranquille jusqu'à la mort du maire, ce qui n'empêchait pas les chiens des Darrat de nous tuer nos animaux quand on essayait d'en avoir. Enfin, j'étais persuadée que mon père avait résisté, tenté de se battre une fois, au lieu de ramper devant ces voyous en se tenant l'œil. J'étais presque fière qu'il soit mort la tête haute. Mais je ne comprenais pas ce qui avait pu le changer ainsi, d'un coup.

« Et puis le jour des sourciers, vous vous souvenez, l'abbé Gaulhiac a parlé du chiffon qui bouchait le tuyau de la pompe la nuit du feu. Il a dit que c'était un morceau d'une robe de mariée ! Ça m'a bouleversée. A force de penser à la fourche, j'avais oublié la robe. J'avais arrêté de la chercher, parce qu'elle me rappelait un trop mauvais souvenir. Et voilà qu'elle ressortait !

« C'était l'explication qui me manquait. Je suis partie du pré comme une folle ; en arrivant chez moi, je savais ce qui s'était passé. J'ai vu cette scène cent fois dans mes cauchemars, mais je sentais bien qu'il manquait un détail essentiel. Et maintenant, tout y était. Je peux vous raconter la mort de mon père comme si je l'avais vue de mes yeux !

« En quittant les Dindeaux, tous les quatre, ils emportaient la robe de ma mère. Ils voulaient s'amuser avec et ils ont eu l'idée de s'en servir pour punir mon père. Ils l'ont rejoint au Petit champ. On les a aperçus à ce moment. Une heure après, quelqu'un a vu les bicyclettes et la moto posées au bord de la route. A la nuit tombée, elles y étaient encore... Ils ont trouvé mon père qui s'échinait avec ses broussailles, que le vent lui arrachait. Je vous l'ai dit, il voulait finir de nettoyer le champ pour le lundi.

« Ils l'ont entouré en se moquant de lui comme d'habitude. Il n'a rien répondu, il ne pensait qu'à son travail. Il était prêt à subir leurs malices pour s'en débarrasser vite, marcher à quatre pattes, faire l'ours, aboyer, des choses comme ça. Puis ils lui ont montré la robe en rigolant. Mais la robe de sa Maria, c'était sacré, il s'est mis en colère, il a essayé de la leur reprendre. Ils ont fait le même manège qu'avec moi. Alors, mon père est devenu fou, il s'est précipité sur M. Roger et lui a planté sa fourche dans le bras, près de l'épaule. Vous avez peut-être vu la cicatrice ? C'est une blessure profonde. Le sang a coulé, M. Roger a eu très mal. La rage l'étouffait. Ses copains ont frappé mon père avec sa fourche. M. Roger ne pouvait supporter d'être défié par l'ivrogne devant sa bande. Il a pris la fourche et il a tapé aussi avec le manche, puis, le manche cassé, avec un des morceaux. Le vent les fouettait, ils étaient comme des bêtes, tous. Mon père est resté étendu entre les tas de broussailles. Le sang pissait de la blessure de M. Roger. Il a demandé à ses gars de déchirer la robe de mariée pour lui faire un pansement. Ils ont jeté l'autre morceau par terre. Ils se sont penchés sur mon père, étendu à leurs pieds. Ils l'ont soulevé, secoué, il n'a pas bougé. Il était mort.

« Nom de Dieu ! Ils se sont regardés. Il y en avait deux ou trois qui n'étaient pas fiers. Camoufler le meurtre, vite ! Ils ont mis le feu à quelques tas de broussailles. Ils ont posé mon père au milieu des flammes dans l'espoir de brûler son corps pour effacer les traces de coups, et les morceaux de fourche avec. Mais c'est plus difficile qu'on croit de brûler quelqu'un, je l'ai lu et, en vingt ans, j'ai eu le temps de me renseigner. Je suis presque sûre qu'ils l'avaient percé au corps ou à la tête avec les dents de la fourche et c'était une blessure quasi impossible à cacher sur un cadavre. Et on les avait trop vus, tous les quatre, aux environs du Petit champ des Vignes rouges, sans parler de la fourche brisée.

« Alors, M. Roger a eu l'idée d'un autre incendie, celui de la maison du maire. La mort de mon père serait moins suspecte dans ce cas et, avec un peu de chance, la toiture lui tomberait dessus et l'écraserait, il brûlerait à fond, on ne pourrait plus voir ses blessures.

Et puis qui s'amuserait à les chercher ? La bande a caché le corps sous une haie ou au bord du bois. A la tombée de la nuit, le feu de broussailles éteint, ils sont venus reprendre mon père pour l'emporter à la maison neuve du maire. Ils l'ont déposé dans la pièce qui lui servait de chambre. Ils ont commencé une mise en scène, avec une lanterne renversée et des bouteilles de vin. M. Roger avait aussi demandé à un des gars de le débarrasser de la moitié de robe qu'ils avaient oubliée au Petit champ. La corvée a dû tomber sur le plus peureux et le plus bête, celui qui n'avait pas aidé à porter le cadavre : sans doute Momo Minsou. Pauvre Momo, le chiffon lui brûlait les mains. Il l'a jeté dans le premier endroit qui lui a paru propice, ça s'est trouvé être le puits de la maison neuve...

« Plus tard, ils sont revenus allumer le feu et M. Roger a dû veiller qu'ils soient tous là pour que pas un n'essaie de dire si ça tournait mal qu'il n'était pas dans le coup. Je pense qu'ils se sont servis d'une bougie plantée dans la paille. Ils ont dû se donner une heure à peu près, pendant que la bougie brûlait. Ils étaient bien tranquilles, m'sieur Rameye n'avait pas de chien depuis la mort de son Gaspar, tué par un chasseur, peut-être bien un invité de Darrat. La Tâte-raisin lui gardait ses vaches avec le sien. »

Quelque chose d'affreusement crispé, serré comme un garrot mortel, s'est dénoué au fond de moi. Darrat – c'était Darrat ! Mais Marie continuait de l'appeler M. Roger. Jamais elle ne pourrait lui donner un autre nom.

– Tout a marché comme M. Roger l'avait prévu, dit-elle sur un ton froid. Lolo l'ivrogne avait si mauvaise réputation que les gendarmes n'ont pas cherché plus loin. Les gens de Mondonat l'ont cru coupable ou ont fait semblant. Il n'y a guère eu de suspicion sur le moment. Les doutes sont venus après, le maire en a eu et je pense qu'il a fini par savoir la vérité. Il a écrit, mais les quatre familles, Darrat, Deyeune, Minsou et Marcheminet, étaient prêtes à fournir tous les alibis utiles à leurs voyous de gosses.

« Pourtant, la Tâteraisin les a surpris à un moment ou un autre, sans doute à la nuit, autour de la maison ou dans la grange. Elle me l'a laissé comprendre à sa façon, plus d'une fois. Je pense qu'elle a été étonnée de ne pas voir mon père quand elle a rentré les bêtes et qu'elle est revenue plus tard s'assurer qu'il était de retour. Et alors, Dieu seul sait ce qu'elle a aperçu ou deviné... En tout cas, elle est la seule avec Céline qui n'ait jamais cru ce qu'on disait et qui n'ait jamais accusé mon père. Et Darrat la craint. Il a eu très peur et il commence tout juste à respirer depuis la mort de Paul Rameye.

« Je n'ai aucune preuve, c'est vrai, et même si j'en avais, qu'est-ce que j'en ferais ? Mais je suis sûre de tout... Et vingt ans ont passé, je n'ai plus de chagrin pour mon père. Il est mort comme un homme. »

Marie se laissa aller contre moi, les yeux fermés, haletante. Je serrai ma veste sur ses épaules et je me sentis glacé, en bras de chemise. On était au milieu de la nuit. La fraîcheur du matin commençait à tomber.

J'attendais là, depuis des heures, à écouter la Gratiole me verser son histoire dans l'oreille et j'avais maintenant une grande envie de la consoler. Je me demandais si ma mission s'arrêtait là et n'étais pas trop rassuré. Puis je m'aperçus que Marie dormait dans mes bras. Je respirai longuement son parfum.

Qu'est-ce que j'allais faire d'elle en attendant le retour des canards à la mare ?

Je levai la tête. Le vent charriait au large du ciel des nuées éperdues, entre les semis d'étoiles. Le temps se gâtait. Il fallait rentrer. Je soulevai Marie. Les pans de son imperméable déchiré s'écartèrent sur ses jambes nues, fines et blanches. Elle s'éveilla à moitié, murmura, s'accrocha à mon cou, posa un pied par terre, puis l'autre, et nous fîmes ainsi les trente mètres qui nous séparaient de la maison. Je la portais plus qu'à moitié. Puis nous cherchâmes la clé à genoux en nous cognant dix fois l'un à l'autre. Je la déposai sur son lit, mais elle me dit qu'elle n'avait plus sommeil, qu'elle était heureuse de m'avoir parlé.

– Mais quelque chose me tourmente. J'ai peur que mon père ait cru avant de mourir que j'avais donné la robe de ma mère à ces voyous. J'ai très froid quand j'y pense. Restez avec moi jusqu'au jour, Vincent.

Et je restai.

Le lendemain à midi, Alice m'annonça d'un air goguenard que son frère était rentré à la maison et qu'il dormait comme un chiot. Elle ajouta en me fixant d'un air d'en savoir long qu'il ne viendrait pas en classe de la journée, ni même de la semaine, ni peut-être de l'année scolaire, qui touchait heureusement à sa fin.

Puis la veillée d'armes du certificat commença.

37.

Vers trois heures du matin, Roseline se glissa dans ma chambre, les yeux bouffis, l'haleine parfumée à la potion, la veste de son plus beau tailleur par-dessus sa chemise de nuit.

– Tu me trouves bien ? Je fermerai le bistrot après-midi et je serai à Réverac pour les résultats et même un peu avant...

Elle me serra le bras.

– Vincent, j'ai fait une bêtise !

– Qu'est-ce qui se passe ?

Elle ôta sa jolie veste, s'allongea près de moi.

– Si Lola est collée, Darrat m'écrase comme un mégot !

– Mais qu'est-ce qu'il y a, bon Dieu ?

– J'aurais voulu qu'elle communie avant le certificat, ça porte bonheur. Elle en avait envie, Élisabeth l'a fait, Nina aussi. J'ai envoyé Lola à confesse à Dévillac et ce salopard d'abbé Couvinhac Albin lui a refusé l'absolution !

– Pourquoi ?

– Oh, qu'est-ce que je sais ? Il l'a questionnée sur moi, sur notre vie. On n'a pas idée ! Elle a répondu qu'elle ne savait pas. Même si elle avait su, elle aurait rien dit, elle est comme ça, ma petite, discrète qu'on peut s'y fier. Alors, elle n'a pas eu sa communion. Si elle me l'avait dit tout de suite, je l'aurais envoyée à Réverac. Mais elle vient juste d'avouer. Je voyais qu'elle dormait pas et je suis allée dans sa chambre lui porter une infusion de cataire que j'avais prévue *pour le cas où,* avec un comprimé de Phénergan. Je pense qu'elle s'est endormie, maintenant, mais elle est en souci avec les nerfs aiguisés comme à la meule et ça va lui faire bien peu de sommeil pour un jour de certificat. A croire que ce cochon d'abbé nous en veut et qu'il l'a fait exprès. Comme s'il n'avait pas couché avec la Pauline Mélancolie quand il était jeune !

Calomnie ! pensai-je. Je me demandai si je n'étais pas plutôt visé, si l'abbé Couvinhac Albin ne souhaitait pas m'infliger un cuisant échec au certificat pour que je quitte enfin Mondonat !

Tout le monde retourne au lit. A six heures, Roseline m'appelle.

– Je suis réveillée depuis un moment. Je n'en pouvais plus. Venez boire un café bien chaud.

J'enfile un pantalon et je la rejoins au bistrot en veste de pyjama. Je frissonne, elle claque des dents. J'ai la bouche amère, la tête lourde, les paupières collées. A six heures et quart, Lola descend, vêtue d'une robe rouge, sans manches, pimpante, jeune fille, mais crispée, le regard fuyant. Je siffle d'admiration.

– Tu pars pour ton premier bal ?

Roger Darrat arrive peu après.

– Pas d'heure pour les braves !

Roseline lui arrose son café d'une goulée de gnôle.

– C'est le moment ou jamais de se soutenir !

Le maire et le chef de l'opposition se sont mis d'accord sur le transport des candidats. Darrat emmènera Élisabeth et Lola. Rémi Augnac passera à l'école à sept heures légales. Il prendra Jeannot et Nina. Quant à moi, je suivrai en pétrolette, qu'il pleuve ou qu'il vente, pour garantir ma neutralité politique.

Une petite averse me surprend sur la route, puis le ciel se débride et le soleil paraît. J'arrive en ville déjà à moitié sec.

Réverac est une ancienne bastide anglaise, à peu près grosse comme Saint-Veillant, mais à flanc de coteau et moins tassée, avec une place carrée, près de laquelle s'alignent les écoles, et de longues rues droites tout autour.

Une foule sage et grave se répand dans la ville. Ce n'est pas celle de la foire, ni celle de la fête, ni celle de la messe... Plutôt une sorte de mobilisation. Dès le jour, les commerçants font leurs affaires, les boulangers et les pâtissiers en tête. Les parents ou les maîtres achètent des croissants et des gâteaux aux candidats qui n'ont pas pu déglutir en se levant. Il faut changer au dernier moment des chaussures qui serrent, des lacets cassés ou un tablier taché, ajouter une pièce qui manque dans les trousses et les cartables, avaler vite un cachet d'aspirine pour les maux de tête, une potion pour les nerfs, un sirop pour la toux...

Les mères et les maîtresses échangent des recettes contre le trac, la diarrhée et la pâmoison subite. Édiles et citoyens se côtoient au bistrot ou au bureau de tabac et la politique ne perd pas ses droits. Darrat parade noblement entre Élisabeth et Lola.

– Je vous fous mon billet qu'elles l'auront, leur peau d'âne !

Lola baisse la tête et évite mon regard.

On se presse sous les marronniers de l'école des filles et beaucoup de voitures s'alignent dans les rues voisines. La 4 CV grise de Marianne décharge une petite cargaison d'élèves. Chardon Marie m'envoie un signe que je crois joyeux.

Alors, elle est heureuse ? Le bonheur sans pareil, dit-on, des jeunes fiancées. Les livres en sont pleins. C'est dans la vie une sorte de sommet. Après, on commence tout de suite à descendre. Pas la peine d'en faire une histoire.

J'ai le trac et me sens un moral de chien boiteux. C'est en voyant la ville pleine de gens que j'ai vraiment mesuré l'enjeu du certificat. J'hésite à reconnaître Mlle Bonnefon en robe à fleurs, un chapeau de feutre sur l'oreille et la figure badigeonnée de fard. Elle me pousse à l'écart et me souffle dans le cou : « Alors ? » Je secoue la tête. Elle me presse dans un coin de mur :

– Vous n'allez pas me dire que vous avez oublié notre pacte !

J'ai choisi de me faire une alliée de la terrible demoiselle. Je sais que je vais avoir besoin d'elle !

– Je n'ai pas oublié. J'ai beaucoup à vous raconter.

Elle suce, gourmande, son rouge à lèvres :

– Quand ?

Nous convenons d'un rendez-vous.

Georges Beraudier s'avance, une rose à la bouche et son calepin à la main. Il m'écrase les doigts.

– Espérons que nos champions seront à la hauteur !

Soudain, un fort tourbillon chargé de gouttelettes balaie la cour. Les femmes plaquent leurs jupes.

– L'inspecteur, l'inspecteur !

Porté par le vent, l'inspecteur range sa voiture dans la cour et, une serviette à la main, se dirige d'un bon pas vers le bureau de la directrice. Il passe devant moi. Je le regarde ; il tourne la tête et s'arrête.

– Lerouge !

Je baisse la tête, inquiet de me faire houspiller devant tout le monde. A ma surprise, l'inspecteur me parle sur un ton affable.

– Votre rapport d'inspection est sur mon bureau depuis quinze jours. J'ai envoyé d'abord les mauvais. Vous, c'est plutôt bien.

Je respire. Il me fixe, les sourcils froncés.

– Ah... vous reprenez votre poste à Mondonat à la rentrée !

La nouvelle tombe à plat dans mon cœur vidé. Un échec au certificat, surtout la fille de la bistrote, et ma position à Mondonat sera intenable. Je ne reviendrai pas !

Il faut que Lola soit reçue. Je lui cours après, elle me fuit. La question que lui a posée l'abbé Couvinhac Albin me touchait-elle ? Ce sacré curé aurait-il osé lui demander si je couchais avec sa mère ?

Encore sonné, j'avance à la rencontre de Marianne, toujours belle dans sa robe à petits carreaux gris, aussi simple qu'une blouse de travail, mais quand même très élégante. Elle me tend la main en se forçant à sourire, pâle, tendue, les yeux agrandis. Elle semble avoir passé une mauvaise nuit, elle aussi.

Seule ? Elle me regarde, avec un sourire doux, presque sans piquants.

– Mon premier certificat. Et ça risque d'être le dernier, puisque je passe en cours complémentaire. Tu as de la chance...

Elle baisse la voix.

– Jean-Paul Gounis, l'as de mon père, n'a pas dormi de la nuit !

– Le curé lui a peut-être refusé l'absolution ?

Elle s'esclaffe.

– Non, mais son père lui a dit : « Si tu commences dans la vie en te faisant battre par une fille, tu ne réussiras jamais rien. Tu seras tout juste bon à faire un instituteur ! »

– Par malheur, Lola Minsou n'a pas dormi non plus, et sa marge en orthographe, comme tu sais, n'est pas grande.

Chaque mot que je prononce se roule en boule dans ma gorge, je le crache avec une sensation de déchirement. Mon Dieu, je me fous du prix cantonal, donnez-moi mes quatre « certificat » !

Je sors dans la rue, où des attroupements se forment toujours. J'aperçois un bistrot au coin de la route de Monpazier, baptisé avec astuce Café du Coin. Je demande un rouge de pays et je me prépare à vider mon verre en suisse, quand Darrat entre en compagnie de son fidèle Marcheminet. Il me regarde durement et je me sens rougir. *Est-ce qu'il sait que je sais ?* Il s'appuie au zinc et se retourne.

– Alors, Lerouge, on va voir si vous êtes aussi fort que vous le croyez. Je vous préviens. Élisabeth n'a pas fermé l'œil, si elle n'a pas le prix cantonal, ce sera votre faute. Elle se plaint que vous ne vous occupez plus d'elle depuis quinze jours, que vous ne l'avez pas aidée à réviser et que vous préférez laisser la première place à votre ami Beraudier. Je ne sais pas trop ce qu'il y a de vrai là-dedans, mais j'ai entendu dire que ces jours derniers on vous avait beaucoup vu dans des endroits mal famés !

Il avale une gorgée de blanc, claque la langue.

– N'est-ce pas, Milou Marcheminet, que les Dindeaux ne sont pas un endroit sain pour un jeune homme ?

Quelle envie j'ai de me battre avec ce type, de lui faire payer en même temps l'été 1934 et le printemps 1955 ! Mais pour l'affronter à armes égales, il faut que je gagne sur toute la ligne au certificat. Je rectifie ma prière. « Mon Dieu, donnez-moi aussi le prix cantonal. Je jure d'en faire bon usage ! »

Les élèves sont en dictée-questions, un moment difficile, l'accident toujours possible, avec un zéro éliminatoire à la clé. Deux ou trois maîtresses tricotent sauvagement dans un coin. Les aiguilles font un cliquetis d'armes. Je m'inquiète pour Lola et Nina, toujours prêtes à perdre d'un coup le bon sens et la ruse.

Une demi-heure plus tard, la dictée circule parmi les maîtres. Des institutrices la recopient en hâte. L'une d'elles annonce :

– Je la porte en ville !

C'est un texte d'Élisée Reclus, un enfant du pays, intitulé *Diversité de la flore.* Aucune grosse difficulté d'accord, mais un vocabulaire abondant, avec des noms de plantes ou d'arbres assez peu courants : gentiane, rhododendron, châtaignier, mélèze...

– Ils écrivent le mot « châtaignier » dix fois par an

depuis le cours élémentaire, dit une vieille institutrice, et je suis sûre qu'ils vont encore oublier le second *i* !

– Ou l'accent circonflexe.

– Et ne me parlez pas de l'*h* de rhododendron.

– Vous l'auriez mis au bon endroit, vous, l'*h* ?

– Et *genssiane* avec deux *s*, ça ne va pas louper.

– Et *rappeller* avec deux *l* aussi.

– Vous ne trouvez pas la dictée un peu longue ?

– Les noms propres n'ont pas été écrits au tableau, parce qu'ils sont tous au programme de géographie.

– La Scandinavie, est-ce que c'est marqué sur les cartes ? On a bien fait la Suède et la Norvège, mais...

Oui, la dictée est longue, ce qui a pu brouiller l'attention des distraits professionnels, genre Jeannot Pelissolo. La foudre tombe à la dernière heure de la matinée, celle du calcul. Un piège au deuxième problème : le mot affreux.

– Ah non, écoutez !

– Il exagère, l'inspecteur.

– Qu'on nous rende le père Dufournier !

Nous sommes pour les trois quarts réunis dans le couloir. Les plus hardis, menés par Beraudier, envahissent une classe déserte. Une jeune femme en colère écrit l'énoncé litigieux au tableau.

– Les angles ? On les a à peine vus !

– Les mesures d'angles ne sont même pas au programme...

– Si, elles y sont.

– C'est simple, mais les élèves vont oublier la petite aiguille !

– Les miens, comme je les connais...

« Une pendule marque 12 h 20. 1) Quel angle forment

les deux aiguilles ? 2) La grande aiguille avance encore de 90°. Quelle heure est-il maintenant ? »

A son tour, Beraudier passe au tableau et calcule le résultat en vitesse. Les exclamations fusent des quatre points cardinaux.

– C'est pas du certificat !

– Plutôt de cinquième !

– Et même de quatrième !

– Et en troisième combien penseraient que la petite aiguille a bougé ?

Soudain, vers la fin du calcul, des cris de chat pincé déchirent d'un coup ma tranquillité. J'ai cru reconnaître la voix de Lola. En effet, la voilà qui sort de classe, suivie d'une maîtresse. Je les rejoins aux lavabos. Lola se jette contre ma poitrine. Nous voilà donc réconciliés ? Elle geint dans mes bras.

– ... trop mal aux dents !

Elle se bassine la bouche à l'eau froide et hurle plus fort.

– Une aspirine, vite ! s'écrie l'institutrice.

Je froisse mes poches vides, avec un geste d'impuissance. La bonne dame me balance un regard en coup de trique.

– Vous n'avez pas d'aspirine sur vous ? Vous êtes remplaçant ?

Un aveu bien franc se peint sur ma figure. Mlle Bonnefon surgit avec un tube d'Aspro.

– Avale vite, on va pas perdre de temps à le faire fondre !

A la sortie, on nous entoure. Lola se rengorge un peu. Elle a quand même trouvé un problème et la moitié d'un autre. Je souffle. Seulement elle se tient de nouveau la joue.

– Menez-moi vite au dentiste, s'il vous plaît, m'sieur !

Je suis flatté. Darrat n'est pas dans les parages. Il m'aurait sûrement volé cette mission. Tant pis pour lui. Mais le dentiste consentira-t-il à soigner une candidate pendant le temps de midi ?

Il nous reçoit avec un sourire blasé.

– Le jour du certificat, je ne mange pas !

Je m'installe dans la salle d'attente. Je me mets à prier pour que mes lascars soient reçus tous les quatre. *Pater et Ave...* Je lâcherais le *Credo* et le *Confiteor* si je croyais que ça puisse servir. Est-ce que je peux demander aussi le prix cantonal pour mon Élisabeth, que j'ai délaissée et qui m'en veut ? Je me souviens d'une prière enfantine qui se termine ainsi : « ... Donnez-moi, mon Dieu, car le pain c'est bien sec, un peu de beurre avec ! »

En sortant, nous épluchons la dictée. Malheur, ma pauvre Lola doit frôler les cinq fautes. J'en ai froid dans le dos. Je l'embrasse et la rassure, mais je pense que nous sommes fichus, elle et moi !

Une éclaircie balaie le ciel vers le milieu de l'après-midi. Une bonne moitié des maîtres et maîtresses se répand vers les anciens remparts et le long des pentes dominant la vallée. Les autres continuent la garde sous les fenêtres de l'école.

La ville s'emplit de chuchotements, prend un air de complot. J'imagine cette atmosphère en juillet 1830, au moment des Trois Glorieuses. Je passe une partie de l'après-midi au Café du Coin, en compagnie de Mlle Bonnefon, qui m'offre une menthe à l'eau.

– Rien de tel que la menthe pour tuer un rhume dans l'œuf !

– Vous n'auriez pas quelque chose pour tuer...

Tuer la poisse ? Ou le chagrin ? Elle rit.

– Entre maîtres de classe unique, il faut se serrer les coudes.

Je trouve les siens un peu pointus. Tant pis. J'ai besoin de son aide. Elle insiste.

– Qu'est-ce que vous voulez que je vous tue ? Le mal d'amour ?

Je regarde autour de moi, avec l'impression que Darrat est là qui me guette, qu'il sait que je sais et me prépare un mauvais coup.

J'avoue mon inquiétude pour Lola. Mlle Bonnefon me rassure.

– Quand un maître ou une maîtresse meurt dans l'année, ses élèves bénéficient d'une indulgence particulière au certificat. C'est la tradition. Je vais signaler le cas.

Nous parlons de Céline. Mlle Bonnefon baisse la voix.

– Je crois qu'elle regrettait son mariage et qu'elle le faisait payer à son mari en l'accusant de tout et du reste. Elle aurait voulu qu'il parte ou qu'il se suicide. Qu'il se suicide, de préférence. C'est ce qu'il a fait... quand elle a été morte. Une jolie vengeance, hein ? Je remercie Dieu de ne m'être jamais mariée, surtout maintenant que j'apprends à conduire. J'aurai bientôt une 4 CV, ça va changer ma vie !

Elle me prend le bras.

– Vincent, je lis dans vos yeux que vous savez quelque chose d'important. Ne dites pas non !

Ça se voit tant que ça ? Darrat a dû le remarquer aussi. Elle insiste.

– On partage ?

– On partage.
– Sitôt après le certificat ?
– Sitôt après le certificat !

Une rumeur gagne l'enclos des instituteurs.

– Les deux pâtissiers de Réverac sont à court de gâteaux. Les parents ont tout bouffé pour se passer les nerfs !

Puis un apprenti en veste blanche trotte jusqu'à l'école des filles.

– On cuit ! Y aura des tartes et des choux pour les résultats !

Aux oraux et aux travaux pratiques, les nerfs lâchent et les coutures craquent. Une institutrice se précipite avec une aiguille et une bobine de fil. Berforini ôte ses lunettes pour les essuyer et rigole.

– Y a de la peau à l'air !

Une candidate serre son tablier, décousu sous le bras, jusqu'à la taille. Une maîtresse essaie de passer son fil, appelle une collègue. Elles sont trois autour de la gosse. Et Berforini :

– Y a de la crise de nerfs en vue. Faut pas manquer ça !

Enfin, un cri de victoire : le fil est passé. Mais presque aussitôt un hurlement de douleur. L'aiguille est entrée dans la peau de la pauvre fille. Berforini s'avance.

– Je sais coudre, si vous voulez ?

La fièvre de l'attente me fait bouillir la cervelle. Quelque part près de la poste, un banc de bois un peu pourri offre son mol soutien à mes muscles crispés. Je me sens couler dans une bienheureuse torpeur. Les grandes maisons carrées qui cernent la place en bon ordre se mettent à danser autour de moi un mambo effréné. Les toits rouges, roses, gris clair se déguisent en tabliers à carreaux pour m'aguicher de leurs tourbillons. Les longues rues tirées au cordeau ondulent et sinuent comme des couleuvres.

Je vois Darrat traverser la place, suivi du triste Marcheminet. Un, deux, trois, quatre... une douzaine de Marcheminet ! Je me frotte les yeux, me touche le front. J'ai la fièvre, j'ai dû prendre froid sous l'averse, ce matin. Darrat et ses Marcheminet se dirigent vers moi. Les Marcheminet m'encerclent en brandissant des fourches et en agitant des robes de mariée.

Je me réveille juste à temps pour accueillir Mlle Bonnefon qui vient s'asseoir sur le banc, près de moi. Elle ouvre son parapluie pour nous créer un semblant d'intimité.

– Je suis allée aux renseignements. J'avais un alibi : rappeler la mort de Céline aux collègues de la commission. J'ai une bonne nouvelle... et deux mauvaises. La bonne nouvelle, c'est que les collègues tiendront compte des circonstances. Les mauvaises, c'est que vous avez une fille qui a beaucoup de fautes à la dictée et un garçon qui a raté son calcul !

Jeannot Pelissolo ! Lui qui m'inspirait une confiance totale ! Comme l'autre, j'attendais Grouchy et c'est Blücher ! Ce soir, je commence mes bagages. L'abbé Couvinhac Albin dira bien une messe pour moi, et avec quelle joie ! J'espère avoir un poste très loin de Mondonat. Mlle Bonnefon me tape dans le dos.

– Ne vous en faites pas, rien n'est perdu. Ils ont décidé de compter seulement un quart de faute à *rhododendron* ! Passe encore pour *châtaignier,* mais des gosses recalés à cause de l'*h* de *rhododendron,* ça serait la révolution dans les villages !

Une nouvelle rumeur court un peu plus tard : Jean-Paul Gounis a zéro faute et ses problèmes justes. Dois-je faire tout de suite mes adieux au prix cantonal ? Je retourne à mon banc, devant la poste. On ne m'a pas assez dit quand j'étais petit qu'il y avait mille lieues de la coupe aux lèvres. Mille lieues et trop de montagnes !

Oui, mais Élisabeth est bien meilleure que Jean-Paul Gounis en rédaction, en histoire, en récitation. De plus, Georges Beraudier ne connaît sans doute pas la prière du beurre avec !

Mlle Bonnefon accourt de nouveau.

– Bonne nouvelle ! Bonne nouvelle !

Si c'est vrai, je l'embrasse... Nous sommes allés à la pompe pour laver le rouge à lèvres dont elle m'avait barbouillé la figure. La nouvelle qu'elle m'a apportée est de taille : le garçon qui a raté son calcul n'est pas de Mondonat. C'était une erreur. Je revis un moment. Mlle Bonnefon me tamponne le front.

– Êtes-vous croyant, Vincent ?

– Et vous ?

– Oui, le jour du certificat ! On a le temps d'aller à l'église ?

– Mais si quelqu'un nous voyait ?

– Bah, aujourd'hui, ça ne peut pas nous faire de tort.

– Non !

Je viens de penser que Roseline est sans doute en train de prier la Vierge pour sa progéniture. J'ai près d'elle une solide réputation de mécréant, je n'ai pas envie de la croiser à l'église. Mlle Bonnefon est déçue mais admirative.

– A côté de vous, je me sens une faible femme !

Tout à coup, Darrat se campe comme pour nous barrer la rue. Il rigole, serre la mâchoire et prend son air de taureau.

– On dit que Lola Minsou a loupé sa dictée ? Il me semblait que sa mère vous avait payé des leçons, hein ? Vous allez avoir des comptes à rendre, Lerouge. La Céline Rouviat était une garce et une soiffarde, mais elle vous avait laissé une classe du certificat en or. Je pense qu'on peut aussi dire adieu au prix cantonal !

Je vois Darrat en train de cogner à mort le pauvre Lolo et la colère me paralyse. Mais la faible femme qui m'accompagne ne se laisse pas intimider. Elle toise Darrat.

– Ah, c'est à vous qu'on rend les comptes, dans ce pays ?

Il se dandine, bombe la poitrine au profit de son Marcheminet qui ne l'a pas quitté de la journée. Mlle Bonnefon insiste.

– A vous qu'on rend les comptes quand les vaches gonflent ?

– Oui, M'dame !

– Quand les moutons pèlent ?

Il hésite une seconde.

– Oui, M'dame.

– Et quand les chèvres s'échauffent ?

Il souffle des naseaux, gratte du pied, donne un coup de coude au petit Marcheminet qui glousse.

– Et alors, M'dame ?

– Je vois, dit Mlle Bonnefon gravement. Vous êtes le saint du troupeau !

Elle m'entraîne en hurlant au profit de toute la ville :

– C'est le saint du troupeau. On en trouvait un dans tous les villages, autrefois. Il faisait équipe avec l'idiot !

Darrat a aperçu un mégot sur le sol, il le piétine furieusement, puis bourre les côtes de son fidèle Marcheminet. A l'école, on attend toujours l'affichage des résultats. La foule frissonne et s'emplit de rumeurs.

Les résultats placardés à la porte principale, je reste assis sur le mur de la cour, comme Victor Hugo sur son rocher. Je suis dans une mauvaise passe et il me faudra peut-être attendre dix-neuf ans pour que le sort s'incline devant ma fermeté d'âme.

Parents, instituteurs et élèves se bousculent pour scruter les deux feuilles de cahier épinglées à la porte. J'aperçois Roseline qui m'envoie un signe par-dessus les têtes, l'adjoint Augnac, Darrat, sa femme, Poussechar et Marcheminet... De-ci de-là monte le cri d'une femme qui s'est fait écraser les doigts de pied. Le chignon doré de Marianne et le chapeau marron de Mlle Bonnefon voguent de concert au premier rang, bercés par la même houle. Je me dis : « Tu as vingt-deux ans, tu commences une nouvelle vie et le métier rentre. Il n'y a pas de quoi pleurer ! »

Enfin, Chardon Marie est près de moi et je saute de mon perchoir. Elle me tend ses longs doigts comme pour un baisemain.

– Félicitations, Monsieur !

Je suis si fatigué que je lève à peine un sourcil.

– Monsieur a quatre reçus ! Moi, je laisse un cadavre sur le champ de bataille. Ce qui me console, c'est que mon père en a un aussi !

– Quatre ?

Je saute du mur, avec l'intention d'aller vérifier les listes. Mais à quoi bon ? Marianne m'embrasse sur les deux joues. Je me souviens d'un instant doux-amer. Tout est fini entre nous, mais il nous reste la sensation d'avoir vécu ensemble des heures fortes et généreuses. Nous nous regardons, le même sourire nous vient. Nous esquissons en même temps un geste que nous retenons tous les deux. Nous marchons devant l'école. Ses talons sonnent dans la rue et c'est maintenant le pas d'une étrangère.

Georges Beraudier arrive et nous prend chacun par un bras.

– Bravo, Lerouge. Vous vous en tirez bien. La dictée a fait des dégâts. On attend l'inspecteur pour le prix cantonal. Venez boire un café.

Il me présente à plusieurs collègues que je vois à peine. La partie jouée, les athlètes relâchent leurs muscles faciaux et rigolent entre eux. Berforini me bourre les côtes.

– Alors, c'est toi la première du canton ?

Drôle de façon de le dire. Georges Beraudier tape du poing.

– Attendez, je suis là pour défendre l'honneur des gars !

De l'autre côté de l'école, la fanfare de la ville fait un essai de cuivres. Cinquante voix hurlent : « Silence ! » L'inspecteur prend le papier que lui tend une dame en tailleur bleu et se racle la gorge.

– Voici le classement des trois premiers. Ah, un beau doublé pour la lettre G... G comme Galilée, Gambetta, Gorki, Giraudoux... Vous me permettrez de ne pas citer Gamelin !

Trait d'humour fort applaudi. Mlle Bonnefon me souffle à l'oreille : « Vous ne croyez pas qu'il a oublié quelqu'un ? » Je me mets à chercher et je manque de rater la suite.

– Premier prix cantonal, Élisabeth Guilvinec, de Mondonat. Second prix cantonal, Jean-Paul Gounis, de Réverac.

Je ne sais qui m'embrasse. Des chevelures soyeuses me battent le visage. Marianne, Roseline, Élisabeth, Lola, Nina... Et Marthe Beraudier qui s'écrie :

– Merci d'avoir dégommé mon mari, ça nous fait grand bien à tous !

Ce triomphe me sert et me gêne à la fois. Je sais très bien que ma part dans la réussite générale est mince. Ces élèves, c'est Céline Rouviat qui les a formés depuis le B.A.-Ba, sauf Élisabeth arrivée tardivement. Et je ne saurai jamais si Lola a été repêchée en raison de la mort de Céline. Les Beraudier, père et fille, nous ont beaucoup aidés et même Mlle Bonnefon que ses candidats, tous reçus aussi, traînent maintenant à la pâtisserie.

Darrat fait les cent pas devant la cour en donnant des coups de poing à son chapeau. Le succès de sa belle-fille n'a pas l'air de l'enchanter. Il se rend compte que ma position sort renforcée du certificat et que je vais sans doute rester l'an prochain. Ça ne lui plaît qu'à moitié.

Je cherche à me souvenir depuis quand nous sommes ennemis. Depuis la mort du maire ? Il sait que j'ai vu la lettre dans les mains de Paul Rameye. Il suppose maintenant que Marie Ousmane m'a parlé... et il ne se trompe pas.

C'est bon, je reste à Mondonat.

Mes quatre oiseaux sont maintenant autour de moi, purgés de la peur et de la gloire, transis et fiers. Tout ce que je sais dire, c'est leur nom : Jeannot, Lola, Nina, Élisabeth... Élisabeth, Lola, Nina, Jeannot. On dirait que ça leur réchauffe un peu l'humeur. La frégate, démâtée, me tend les deux gros livres qu'elle vient de recevoir pour son prix cantonal, et qu'elle n'a plus la force de tenir, elle s'accroche à mon bras et pleure de bonheur.

La fanfare du village lance son ramdam. Une bande de garçons passe en riant et en chantant :

Depuis ce jour, elle roula,
Devint gonzesse à tralala...

Lola me serre le bras et s'esclaffe :

– Tralala, ça rime avec mon nom !

Les premiers pétards éclatent. Les premières larmes coulent le long du nez de mon brave Jeannot. Nina résiste cinq secondes et lâche les eaux. Lola suce une goutte. Élisabeth renifle. Et moi... moi aussi. Il me semble qu'une réflexion morale s'impose.

– Le plus important, dis-je sur un ton sentencieux, ce n'est pas d'avoir gagné, c'est de s'être bien battus.

Ils approuvent entre le rire et les larmes. Je songe : « Au fait, on a battu aussi le curé ! »

– Récitons ensemble quelque chose de beau avant de nous quitter, demande Élisabeth.

– Qui commence ?

Les trois autres s'écrient, d'une seule voix : Élisabeth ! Alors, Élisabeth, et nous tous à sa suite :

Lorsque avec ses enfants vêtus de peaux de bêtes,
Échevelé, livide au milieu des tempêtes,

Caïn se fut enfui de devant Jéhovah,
Comme le soir tombait, l'homme sombre arriva...

En marchant dans la rue, un moment après, échevelé, livide, au milieu des tempêtes, j'ai fini par trouver le nom en G oublié par l'inspecteur. De Gaulle, bien sûr !

38.

– C'est le bon Dieu qui vous a envoyé !

Trois jours après le certificat, j'avais fait mes comptes. Malgré l'échec d'Emma Casanova, ils étaient plutôt bons. J'avais échappé au pire : un échec de Lola ! Je pouvais regarder Roseline en face.

J'annonçai donc en classe que je resterais à Mondonat l'année scolaire prochaine.

– Ça tombe bien, dit Alice Ousmane. Je voudrais être première du canton pour entrer à l'École normale !

Et elle donna le signal des applaudissements.

Élisabeth m'avait dit le soir du certificat :

– Je veux pas aller avec les moutards de cinquième. Tant pis, je continue pas !

J'écrivis une lettre au directeur du cours complémentaire qui me répondit par retour du courrier.

« J'estime avec M. Beraudier que votre élève, Élisabeth Guilvinec, peut être admise en quatrième. Voulez-vous prier les parents de se mettre en rapport avec moi ? »

Quelques jours plus tard, Roger Darrat passa à l'école, affichant son air rigolard, les mains aux poches, la cigarette au coin du bec.

– Pendant la guerre, il n'y avait pas d'affaire qu'on puisse pas régler avec un jambon. Eh bien, ça marche encore. Avec deux jambons, Élisabeth rentre en quatrième ! Il m'en reste un, ça vous intéresse ?

Je sentais un tel mépris dans sa voix que je ne pouvais hésiter une seconde.

– Pas de jambon, répondis-je, au cas où vos cochons auraient mangé quelqu'un de votre famille, on ne sait jamais !

Il tourna les talons sans un mot. J'étais assez content de l'échauffourée.

De son côté, Roseline avait de grands projets.

– Plus tard, ma Lola ira à l'école de commerce à Bergerac. En attendant, on écrira à l'inspecteur pour demander que vous la preniez au cours supérieur, l'an prochain. Elle pourrait peut-être repasser le certificat en 56 pour être première du canton ?

« C'est le bon Dieu qui l'a envoyé », disait-elle en parlant de moi.

Elle s'occupa de nettoyer le logement de l'école que les Rouviat avaient laissé dans un état de saleté qui avait fait dire au Dr Vanderen : « On croirait voir la cabane de Jacquou ! »

Ma mère vint en autobus à Réverac et l'adjoint l'amena à Mondonat. Rencontre avec Roseline, en voisines, sans feu ni flammes, mais les regards un peu noirs.

– ... jour, M'dame.

– ... jour, M'dame.

Je ne parlai pas de Marie Ousmane. Émilie, plus tard, à propos de Roseline :

– Elle te serre de près, cette bonne femme ?

Ça se voyait donc tant ? Je répondis brusquement :

– Elle est mariée, elle a une fille de quatorze ans.

– Encore heureux !

Je proposai à ma mère de venir habiter avec moi. Elle fit mine de balancer un moment.

– Si j'étais sûre que tu restes dix ans, je viendrais bien, mais j'ai pas envie de déménager l'année prochaine. Il y a aussi cette histoire où tu étais mêlé. Qu'est-ce qu'elle devient ?

– Elle suit son cours.

Je lui résumai l'affaire de l'incendie de la maison du maire. Ma mère soupira très fort.

– Tu veux prendre le taureau par les cornes, méfie-toi de ne pas attraper un cheval de bois par la crinière. Tu verras, mon Vincent, un jour, tu regretteras d'avoir pas choisi cantonnier !

Puis elle regarda le ciel, huma l'air et observa le jardin d'un œil gourmand.

– Enfin, je ne dis pas non.

Deux jours avant la fin des classes, je rendis ma dernière visite à Marie Chardon. Je la trouvai au jardin de l'école, parmi les lupins et les renoncules, et son parfum se mélangeait à celui des fleurs.

Elle me tendit la main par-dessus un massif.

– Jamais une année ne m'avait paru si courte !

– Le temps ne m'a pas *duré* non plus.

– Ç'a quand même été une belle année.

Elle me fixa avec une espèce de rancune. Sa voix me touchait encore. Elle me guida dans sa classe et mit un disque sur son électrophone.

– Tu sais danser ?

– Pas très bien.

– Il faut apprendre. Les filles aiment danser. Si tu

veux en trouver une pour m'oublier, il faut aller au bal !

Elle pouffa.

– Veux-tu que je t'apprenne ?

Elle lança le tourne-disque et voulut m'entraîner.

– *Aufforderung zum Tanz,* l'Invitation à la valse de Weber.

Son visage si près du mien, son parfum, sa voix, c'était un peu plus que je ne pouvais supporter. Elle se moqua.

– Petit paysan farouche. Je pars en vacances avec Jacques début août. D'ici là, je pourrais te montrer les pas les plus simples pour que tu puisses te risquer au bal musette.

– Je n'ai pas le cœur à la danse.

– Tu ne sais pas ce que tu perds.

Je reculai vers la porte.

– Je te souhaite des voyages, des tours de valse et beaucoup de bonheur !

– Ne pars pas si vite !

Elle me prit par le bras et me conduisit à un banc de bois derrière la cour. Elle me fit asseoir comme un blessé dont il faut ménager les plâtres.

– Il y a des mois que je voulais te parler de nous deux.

J'eus soudain le sang caillé. Je scrutai les toits du village au-dessous de l'école et, plus bas, la vallée de la Rebélionne. J'aimais ce pays à en crier. J'avais choisi mon destin. La gratiole plutôt que le chardon ! « Va-t'en ! pensai-je. Va vivre ta vie, tu es faite pour la ville et moi pour la campagne. Bonne chance et adieu ! »

Elle ramena un genou sur le banc, tourna la tête et son regard s'appesantit sur moi.

– Vincent, il faut me pardonner d'être comme je suis !

Elle baissa les yeux et plaqua sur sa tempe une mèche que le vent avait ôtée à son chignon.

– Je vais partir en ville, c'est décidé et il est trop tard pour changer mes plans. Mais je te jure que je regrette déjà Dévillac et Réverac, et Mondonat... et toi aussi !

Je songeai : « Bien sûr, et Darrat et Berforini et le Dr Vanderen, d'autres peut-être que je ne connais pas. Mais je t'ai beaucoup aimée et je te pardonne d'être ce que tu es. » Et je m'aperçus que j'étais en train de prononcer ces mots à haute voix.

– ... Je t'ai beaucoup aimée, Marianne, et je te pardonne d'être ce que tu es !

– Non, non, ce n'est pas possible que tout finisse comme ça, bêtement, pour toujours !

Je frissonnai sous le vent tiède qui soulevait les branches des tilleuls et montrait l'envers blanc des feuilles. J'éprouvais une sensation d'automne, triste et douce.

– J'ai affaire à Mondonat, dis-je en lui caressant la main. Toi, tu as besoin de la ville, des lumières, des hommes. Tu auras ta carrière, ton mari. Tu oublieras Dévillac et l'année du certificat !

Elle appuya son épaule contre la mienne et un sourire inquiet lui plissa la lèvre.

– L'an dernier, Jacques a obtenu le divorce, il a vécu une période difficile et il m'a avoué son attachement. Cette année, il m'a demandé de l'épouser. D'abord, je voulais dire non. Je ne voulais pas partir en ville. Je voulais avoir une classe unique. Et puis tu étais là.

Elle me serra le bras.

– J'ai rêvé d'un poste double comme tout le monde. Mais je savais que je n'étais pas faite pour ça. Dans un poste double, c'est toujours le mari qui a les grands, les mœurs sont ainsi, on n'y peut rien. Moi, j'en avais assez de la petite classe. En ville, je pourrai enseigner dans un cours complémentaire. Je voudrais que tu me gardes ton amitié.

– Promis !

Je vis une larme rouler sous ses cils, puis une autre. J'aurais dû me lever comme un brave aux tranchées et tirer ma révérence sur une forte parole qu'elle raconterait dans trente ans à ses petits-enfants. Mais j'étais plutôt mal fichu, avec une crampe qui me bridait le fond de l'âme.

Pour réussir ma sortie, il ne fallait pas que je titube et me pile à trois pas de là. Alors, je ne bougeai pas. J'attendis qu'elle s'en aille à l'autre bout du banc, ce qui me semblait le fatal épilogue de ce déballage. Au contraire, elle se pressa contre moi et posa doucement la tête sur mon épaule.

L'embarras me changeait en bûche et je ne trouvais pas un mot à piper. Ma cervelle brimbalait dans ma tête et des frissons me fouettaient le cuir, de la nuque aux talons.

En même temps, les cheveux de Marianne me chatouillaient la joue. Jamais je n'avais été si près d'elle. Son parfum m'allait droit au sang. Je tournai un peu la tête, regardai son corps bouger sous ses vêtements. Un instant, elle me sembla plus vivante que n'importe quelle femme que j'aie connue. Puis je pensai à Marie. Elle était moins vivante que la Marie de fièvre, la Marie du pauvre homme, qui avait infiniment plus vécu, aimé, souffert.

Je repoussai Marianne petit à petit.

– Oh, j'étais bien, dit-elle avec un soupir.

Je me levai, me campai sur le gravier de la cour et priai Dieu de me garder l'aplomb. Elle me rattrapa, prit mes doigts dans sa main et chantonna l'*Air de l'enfant,* de Ravel.

Tu ne m'as laissé, comme un rayon de lune,
Qu'un cheveu d'or sur mon épaule...
Un cheveu d'or et les débris d'un rêve !

Elle fit mine d'ôter de mon col le cheveu en question. Et elle s'enfuit en courant. Je pensai : « La garce ! » Mais je l'admirais toujours.

39.

Je courais par les chemins incendiés de lumière, où se balançaient des guirlandes d'ombre, sous un ciel blanc-bleu, d'étoiles chaudes, sans un nuage. Traînées immobiles, couleur de graisse fondue au zénith. Festons d'or et de plomb sur l'horizon tremblant. Crépuscules roux, brûlants, sans fin. Nuits pures, claires, étouffantes, adoucies parfois d'un souffle d'air fuyant et tiède.

Je lisais des livres de pédagogie, j'apprenais par cœur le code Soleil, mon vade-mecum et ma consolation. Mais une pesante mélancolie m'accablait et je n'en voyais pas la source. L'été qui aurait dû être celui de la gloire et du bonheur, puisque j'avais gagné sur toute la ligne ou presque, commençait dans une morne tristesse. Les pucerons escaladaient les rosiers du jardin en fines colonnes noires ; j'avais le sentiment qu'ils me grimpaient jusqu'au cœur.

Renaud Chabellac fit déménager mes quelques hardes par la camionnette d'un ami. Son au revoir fut quasi paternel.

– Et si tu t'ennuies dans ton village, n'oublie pas qu'il y aura toujours une place pour toi à l'agence Chabellac !

Pierre-Pierre me prêta la main pour m'installer.

– Combien vous restez à Mondonat, m'sieur ?

– Encore un an.

– Rien qu'un an ?

– Après, je crois que je partirai très loin. Peut-être en Afrique.

– L'Afrique, c'est là où y a l'Algérie ?

– Juste.

– J'suis pas bien content que vous partez.

– Le bon Dieu m'a envoyé. Il peut me reprendre quand Il voudra !

A défaut de danser, j'avais décidé d'apprendre à conduire. Je m'inscrivis finalement à une auto-école de Réverac, tenue par une femme, une Parisienne retirée à la campagne, qui portait un pantalon, fumait des Gauloises et buvait du gros rouge. Elle faisait aussi le taxi et on en parlait dans tout l'arrondissement.

– Fallait s'y attendre, on a fermé les *maisons* et maintenant on retrouve les bonnes femmes sur la route !

Elle s'appelait Léa, elle avait environ trente ans ; elle était rousse et douce et patiente. Elle me jurait qu'un jour je serais capable de conduire une Aronde, meilleure que la sienne, à cent vingt à l'heure. Mais quand j'aurais une Aronde, je serais trop vieux pour dépasser le soixante !

Je rejoignais de temps en temps Marie aux Dindeaux.

Je retrouvais avec plaisir l'ombre du vallon, l'haleine fraîche du petit ruisseau entre les joncs et ma gratiole aux yeux tristes... Elle me guidait dans les chemins creux, entre les ormeaux et les vergnes, où la Soudaine s'enroulait comme un serpent qui dort. Nous nous asseyions sur la berge, la tête tournée vers le village dont nous n'apercevions que le clocher, au-dessus de l'horizon rétréci. Cette vue me semblait, je ne sais pourquoi, étrangement émouvante.

Marie me racontait sa vie après l'incendie et la mort de son père. Partagée entre un désir de vengeance que les années ne calmaient guère et le découragement qui la poussait à tout oublier et à fuir, elle avait épousé fin 40 un sergent de la débâcle, Franc Ousmane, pour devenir une femme mariée, défier ainsi les Darrat et tous les gens du village. Elle attendait de lui, en même temps, qu'il reste pour la venger et qu'il l'emmène très loin, dans les îles sur la mer bleue. C'était beaucoup pour un seul homme. Et il n'avait pu supporter le mépris des gens ; il n'avait pas eu le courage de rester. Marie n'avait pas eu le courage de partir. Ousmane vivait à sa fantaisie et venait deux ou trois fois l'an voir ses enfants.

Elle refusait le divorce pour ne pas perdre la face devant les gens, Darrat et les autres.

Quelquefois, elle me conduisait au sommet d'un petit tertre, d'où l'on voyait, par une échancrure entre les bois, tous les toits du village, avec le clocher au milieu et les cimes des arbres autour. On aurait dit une miniature ciselée dans le ciel clair de l'été. Je rêvais longuement devant ce paysage et je comprenais que Marie n'ait jamais pu se décider à partir.

Elle se coulait le long des haies, à la lisière du bois, prête à s'enfoncer sous le couvert au moindre bruit.

– Je me suis cachée toute ma vie, comme si j'étais de trop, c'est plus fort que moi. Et puis ici, nous sommes chez les Darrat. Il vaut mieux qu'on ne nous voie pas !

– Et que feraient les Darrat s'ils nous voyaient ?

Elle n'en savait rien, mais elle avait peur. Elle se serrait contre moi en marchant. Sa jupe balayait ma jambe. C'était une sensation ténue et très douce. Souvent, elle laissait son bras frotter contre les buissons, aubépines, acacias, prunelliers, noirpruns, elle se griffait le dos de la main et sa peau rendue fragile par les lessives et les vaisselles se déchirait jusqu'au sang, qu'elle suçait avec une grimace enfantine. Ce jeu me donnait la chair de poule. Je finis par la supplier de ne pas s'abîmer les mains.

– Pourquoi ? fit-elle. Parce que mes mains me servent pour gagner ma vie, comme tout le monde ? Ce n'est pas une raison !

– Parce qu'elles sont belles aussi ! dis-je à voix basse.

Elle les examina d'un œil critique, les retourna, secoua deux ou trois gouttes de sang.

– Non... Et puis, si elles l'étaient, à quoi bon ?

Un soir, elle me dit, sur un ton presque gai :

– Mon mari accepte de prendre Jehan, mais il ne veut pas du chien. C'est terrible pour le gosse !

Je le savais, ces deux-là ne se quittaient pas. Marie m'expliqua qu'Ousmane traînait de chambre en logement, parfois d'une ville à l'autre, qu'il n'avait pas de place pour un chien. Il aurait déjà bien du mal à nourrir son fils et il ne voulait pas de Miraut.

– Jehan est décidé à partir ? demandai-je.

– Il voulait partir depuis longtemps. Et maintenant, l'abbé Couvinhac Albin lui a dit au catéchisme qu'il ne pourrait pas faire sa communion tant qu'il vivrait avec une mère dévergondée !

Je me sentis visé. C'était la guerre. Le curé avait manqué son coup avec Lola. Dès qu'il avait su que je resterais l'an prochain, il avait repris l'offensive sur un autre front.

– Le curé ne n'aime pas, dis-je. Votre fils non plus.

Marie se dressa, d'un air décidé.

– Et moi, ils ne m'aiment pas, ni l'un ni l'autre. Tant pis, je m'en fiche. Il faut que Jehan parte, je ne peux plus le supporter !

– Et le chien ?

– Je le garderai. Il est malin, les Darrat auront du mal à l'avoir.

Un soir, je descendis aux Dindeaux, un peu avant la tombée de la nuit. Un vent d'orage soufflait, battant les herbes mûres et charriant les odeurs chaudes du plein été. A quelques pas de la maison, je vis Jehan surgir devant moi, serrant à deux mains le fusil de chasse de son grand-père, un vieux douze à chiens extérieurs. Il portait en bandoulière une cartouchière trop grande pour qu'il pût l'accrocher à sa ceinture. Son chien Miraut le suivait en rampant, le poil hérissé.

Je m'arrêtai au milieu du chemin, en face du garçon, à dix pas. Il leva son fusil, le canon braqué sur moi, un peu haut. Le vent éparpilla ses cheveux sur son front. Il lâcha la poignée de crosse du fusil pour rejeter ses mèches. Je me raidis et le regardai dans les yeux. Il baissa la tête, de sorte que son fusil ne me menaçait plus directement. La plus franche hostilité se lisait sur sa figure.

Je prononçai son nom avec douceur : « Jehan ! » Il se secoua, abaissa le canon de son arme.

– Vous n'aurez pas mon chien, m'sieur !

– Ton chien ?

Je regardai Miraut qui, au lieu de se précipiter vers moi en aboyant, mi-belliqueux, mi-joyeux, rampait, le museau à terre. Jehan remonta au creux de son épaule la crosse de son arme trop lourde pour lui. Il répéta :

– Vous l'aurez pas. Personne y l'aura !

Le canon du fusil décrivit un petit demi-cercle et se pointa de nouveau sur moi. Je ne pouvais m'empêcher de fixer les deux trous noirs, à hauteur de mes yeux. Et juste derrière, quelques millimètres au-dessus, je voyais briller le regard du jeune garçon, venimeux et moqueur. Sa main gauche, agitée, glissa vers la détente. Il cligna la paupière droite et je retins mon souffle.

Il n'était sûrement pas un tireur très expérimenté. J'aurais pu tenter ma chance, m'échapper d'un bond, plonger dans les hautes herbes et les buissons, fuir en zigzaguant pour éviter les plombs. Mais je ne voulais pas me faire fusiller dans le dos. Je préférais mourir que d'avoir les fesses plombées par un de mes élèves !

Cette sale bête rigola ; embusqué derrière les chiens levés, le canon trembla. Je ne bougeai pas. Je me demandai quelle était la grosseur des plombs. Au-dessus de sept, je pouvais m'en tirer. A partir de quatre, j'aurais la poitrine défoncée ou la figure pelée jusqu'à l'os. Mais les cartouches ? Si elles dataient du pépé Lolo, la poudre était peut-être mouillée...

Je crus que j'allais mourir et des images de mon

enfance se mirent à défiler. Je vis ma mère en train de me désigner les étoiles. En levant la tête, elle tombe son châle, je le ramasse et respire son odeur. Les étoiles sentent la laine chaude et le parfum d'Émilie... J'entends mon chien Mauvais mordre les mouches avec un claquement de mâchoires : *knabo ! knabo !* Puis il recrache ses proies amères, les babines retroussées de dégoût : *tuax ! tuax !*

Je me réveille. Jehan assure sa prise sur le fusil, épaule avec effort. Je l'appelle encore doucement. « Jehan, Jehan... » Il se retourne brusquement, saute sur le côté, hurle :

– Vous aurez pas mon Miraut ! Mon Miraut ! Mon Miraut !

Il tourne son arme vers le chien aplati, gémissant et, presque à bout portant, lâche ses deux coups. Les détonations se mêlent dans un fracas terrible. La poudre était bonne et le plomb plutôt gros. Miraut saute en l'air et retombe sur le dos avec un bruit mou. Un soubresaut, il pointe le museau en l'air, langue tirée, et meurt sans un cri. Son poitrail blanc se tache de rouge et une flaque de sang se forme sous son corps immobile.

– Personne l'aura, dit Jehan. Je vais l'enterrer maintenant.

– Pauvre Miraut.

Je fis un crochet pour descendre à la maison. Alice m'attendait devant la porte.

– Ça y est, il l'a tué ?

J'approuvai d'un signe de tête. Elle m'invita à entrer.

– Maman n'est pas encore revenue du travail. Elle

sera bien contente de voir que c'est fait, quand elle arrivera !

Je me laissai tomber sur une chaise basse et m'essuyai le front du dos de la main. Alice me scruta avec cette curiosité goguenarde que je lui connaissais.

– Jehan vous a fait peur ? Pas possible ! Il voulait tuer le chien avant de partir, mais il avait besoin que quelqu'un le voie, pour qu'on soit bien sûr que c'était lui et qu'on n'accuse pas un accident. Alors, il vous a guetté et il l'a tiré devant vous !

Elle s'assit à la table de la cuisine, devant un livre ouvert et un cahier de classe. Je lui souris, elle crut que je regardais sa robe blanche, tachée et mal boutonnée, ses cheveux en désordre et sa figure barbouillée. Elle s'excusa :

– Je fais pas aussi demoiselle que Lola et Élisabeth, hein ?

Puis elle se releva et s'approcha de moi. Je crus qu'elle allait me caresser la joue, mais elle n'osa pas.

– Vous avez eu peur, m'sieur, je le vois.

– Ton frère me braquait le fusil sur le ventre et il avait l'air méchant !

– Oh, il est méchant. Il aurait pu vous tuer, si ça l'avait pris !

Je lui demandai un verre d'eau. Elle courut au buffet.

– Non, non, pas de l'eau.

Elle me servit en hâte un verre de rhum.

– Vous en faites pas, m'sieur, maman l'a chipé au restaurant !

Je bus l'alcool à petites gorgées. Puis Jehan poussa violemment la porte de la cuisine et entra en portant le corps de son chien dans ses bras. Sa sœur voulut l'arrêter, il lui cracha à la figure. Il traversa la pièce, s'arrêta à la porte de sa chambre et dit sans se retourner :

– Je l'enterrerai demain matin. Je vais passer encore une nuit avec lui !

40.

J'avais promis à Mlle Bonnefon de lui raconter « tout ce que je savais » sur l'affaire de Mondonat, et Dieu sait si j'en savais long, au fond de mon ignorance. Je m'exécutai par devoir et la honte au cœur, un soir chez elle, devant ses quatre chats, ses oiseaux empaillés et ses poissons rouges. Elle s'était assise derrière sa machine à coudre pour se donner une contenance et pédalait furieusement au rythme de mon récit, qu'elle ponctuait de « ah ! » et de « oh ! » passionnés. Finalement, je me pris au jeu et ne lui cachai presque rien.

Trois ou quatre jours plus tard, un des derniers soirs de juillet, je mangeai tôt deux œufs au plat et une pomme de terre bouillie. J'avais l'intention de faire une marche de nuit à travers Mondonat et de réfléchir à mes projets d'avenir. Je me préparais à sortir, quand une voiture s'arrêta devant l'école.

Il y eut un bruit de talons dans la cour, des voix rieuses chuchotèrent à la porte, j'allai ouvrir. Je vis Léa, la monitrice d'auto-école, suivie de Mlle Bonnefon, qui me serra dans ses bras et me badigeonna le museau de son rouge à lèvres.

– Je l'ai ! Je l'ai ! Appelez-moi Virginie !

Léa déversa sur ma table de cuisine un paquet de provisions enveloppées dans du papier d'étain.

– On avait envie de fêter ça et on a pensé à vous !

Virginie Bonnefon s'étala sur ma meilleure chaise, pour ne pas dire la seule digne de ce nom.

– Seigneur Dieu, comment ai-je pu attendre si longtemps pour passer mon permis ?

Pour une femme de la campagne, même maîtresse d'école, passer le permis était encore, à cette époque, toute une aventure. Elle gémit.

– J'ai gâché ma vie !

Léa déballa en rigolant une quiche et une tarte aux pruneaux.

– Vous allez pouvoir vous marier, maintenant.

Virginie Bonnefon se dressa, le menton levé, les poings serrés.

– Maintenant que je vais être libre, grâce à la voiture ? Non !

Je partageai un litre de rouge avec mes invitées surprise et grignotai quelques miettes pour leur faire plaisir. Après un petit moment, Mlle Bonnefon me posa la main sur le poignet.

– Vincent, vous allez raconter pour Léa l'histoire de l'incendie de la maison du maire. Moi-même, je veux l'entendre une autre fois. D'ailleurs le récit que vous m'avez fait l'autre jour ne me satisfait pas entièrement. Je vous soupçonne d'avoir passé sous silence des détails importants !

Je me récriai. Marie m'avait parlé en confidence et je ne me sentais pas le droit de crier sur les toits ses secrets intimes.

Virginie Bonnefon me menaça du doigt.

– Erreur, mon ami. Votre chère Marie n'a rien à perdre et les coupables tout. Les gens de votre village ont réussi à étouffer l'affaire pendant vingt ans. Il est temps de laisser filtrer la *vérité vraie* hors de la commune, par le canal des étrangers, jusqu'à ce qu'elle revienne à Mondonat après avoir fait le tour du canton !

Peut-être avait-elle raison. Comme j'hésitais encore, elle se lança.

– Ma chère Léa, notre Vincent craint de livrer des secrets de famille qui ne lui appartiennent pas. C'est tout à son honneur. Mais l'affaire en question n'est pas une affaire de famille, encore moins le secret d'une femme. Elle met en cause un village tout entier, elle appartient à l'histoire que nous enseignons et c'est notre devoir de la sortir de l'ombre. Mieux vaut tard que jamais. D'ailleurs, les racines du drame remontent à la Révolution et c'est par là que nous allons commencer...

– A la Révolution ? fit Léa, tout étonnée.

– Nous, les instituteurs, nous savons bien que tout commence toujours à la Révolution !

Et Virginie Bonnefon raconta les aventures du régisseur Magnac de La Renaudy, jusqu'au mariage de sa fille avec un certain Alexandre-René Darrat, sans oublier le rôle du maquignon Comiac et de sa fille, la Châteline.

– Croiriez-vous que, plus d'un siècle et demi après l'abolition des privilèges, ces gros paysans ont le fiel gonflé de ne pouvoir mettre un *de* devant leur nom ? Et pourtant, c'est vrai, je peux en jurer. Alors, ils se conduisent comme des hobereaux du Moyen Âge et ils traitent les pauvres gens en serfs. Oui, encore maintenant, ou en tout cas il n'y a pas si longtemps ! Et les enclaves ! Retenez ce mot, ma chère Léa. Les enclaves, souvent nées de la Révolution, et les servitudes qui vont avec sont les bêtes noires des riches agriculteurs. Alors que les pauvres s'accommodent de leurs lopins éparpillés et mélangés et refusent tout remembrement, les gros n'ont de cesse qu'ils n'aient digéré les enclaves qui sont dans leur *tenant* comme un cafard mort dans une miche. Plus que d'agrandir leur domaine, ils rêvent d'en faire un seul tenant... et ils ne se contentent pas de rêver !

Je dus calmer plusieurs fois son ardeur et la prier de baisser un peu la voix, craignant qu'on ne l'entende au bistrot, en face. Elle me regardait d'un air de reproche.

– Mais enfin, c'est l'Histoire !

Puis, le chignon en bataille, l'index pointé, elle me foudroya d'un regard couleur de tempête.

– Allez chercher une bouteille de vin !

– Une bouteille de vin ? Je...

– Ma réputation vous gêne ? C'est pour Léa et pour vous. J'en boirai un quart de verre, vu les circonstances exceptionnelles.

J'apportai une bouteille de vin vieux, je l'ouvris et remplis nos trois verres. Mlle Bonnefon ne m'arrêta pas, trop occupée à pérorer. Elle s'étendit complaisamment sur la jeunesse dorée et agitée du fils Darrat.

– Nous retrouvons sans surprise, chez ce garçon, des traits de la bourgeoisie d'extrême droite et de la paysannerie éternelle !

Plus tard, elle vida son verre sans façon, s'essuya la bouche d'un grand geste et me fit signe de prendre le relais. Je n'étais pas trop fier de moi, mais je pensais finalement, comme Virginie Bonnefon, que la vérité devait sortir des limbes où les gens de Mondonat la tenaient depuis vingt ans. Je racontai avec cœur le combat des Grifoulet père et fille pour défendre leur maison contre l'avidité des Darrat, puis les événements de l'été 34, jusqu'au soir du vent fou.

La mort de Lolo nous tira quelques larmes, d'autant que nous avions tous pas mal bu, même mon amie Virginie. Nous avions l'air de trois ivrognes en train de pleurer leur saint patron.

– Pauvre chien, pauvre chien ! gémissait la demoiselle.

– Mais il s'est battu, dit Léa. Il a donné un coup de fourche à ce Darrat et il a dû lui faire une belle marque !

Bon Dieu, la cicatrice, je l'avais oubliée !

– Oui, une sacrée belle marque. Et l'autre s'en vante. Il jure que c'est une balle allemande pendant la guerre. Mais on voit bien que ce n'est pas une trace de balle. Et les vrais résistants savent qu'il ment.

Mlle Bonnefon se leva d'un bond, déboutonna le col de sa robe pour s'éponger le cou.

– Il m'est venu une idée qui m'a bouleversée. Non, je ne vous en parlerai pas aujourd'hui. Il faut que j'y pense, je crois bien que je ne vais pas dormir de la nuit, ni même de la nuit prochaine ! Léa, vous seriez un ange de me ramener chez moi, j'ai besoin de mettre tout cela par écrit dans mon journal !

Après l'escarmouche des jambons, je croyais que Darrat allait me traiter en adversaire déclaré. C'est ce que je souhaitais, pour que tout soit clair, mais en le redoutant, car je ne me sentais pas prêt à la guerre ouverte contre un individu que je savais capable de tout.

Or, quelques jours plus tard, je le croisai chez Roseline et il m'adressa la parole sur un ton des plus conciliants.

– Lerouge, ne parlons plus de jambon. Je vous paierai en bons billets de la République !

– Me payer pour quoi ?

– Je souhaiterais que vous fassiez travailler mes filles cet été, et aussi Lola, bien sûr, ajouta-t-il en souriant à Roseline.

Mon premier mouvement fut de refuser net ; mais j'étais très attaché à mes grandes filles, l'envie de les aider me faisait battre le cœur et j'étais heureux qu'elles aient encore besoin de moi. Enfin, les leçons particulières étaient un bon moyen de consolider ma renommée dans la commune, après les résultats du certificat.

Mais me faire payer par Darrat ! Je ne pouvais accepter sans en parler d'abord à Marie Ousmane et à Virginie Bonnefon. Je promis à Darrat une réponse dans les deux jours. Le lendemain, je rendis visite à la vieille demoiselle. Je la trouvai en train d'arroser ses fleurs, si énervée qu'en me voyant elle se renversa l'arrosoir sur les pieds. Elle brandit vers moi ses deux mains, doigts écartés, comme pour repousser une apparition maléfique.

– Laissez-moi tranquille. J'attends ma voiture. Je suis incapable de penser à autre chose !

– Bon, je crois que je vais refuser.

Finalement, elle voulut bien écouter mon cas de conscience et haussa ses maigres épaules.

– Mon Dieu que vous êtes bête, mon pauvre

Vincent ! Il faut accepter, bien sûr, pour affirmer votre position. C'est inespéré. On en reparlera quand j'aurai ma voiture.

Je présentai le projet à Marie avec précaution.

– Je continuerai d'aider Alice gratuitement. Darrat paiera aussi pour elle, sans le savoir.

– Oui, Vincent, faites-le. Pour les filles... et pour moi.

– Pour vous ?

– J'aurai moins honte de rester secrétaire si monsieur Roger devient maire. A moins qu'il me chasse !

Trois ou quatre jours plus tard, un soir de bourrasque, une 4 CV rouge s'arrêta devant l'école avec une secousse à s'arracher le toit. Virginie Bonnefon sortit en s'accrochant au montant, courut sous la pluie et arriva trempée. J'avançai à sa rencontre et m'étonnai qu'elle eût oublié son éternel parapluie.

– Je n'ai plus besoin de parapluie, puisque j'ai une auto !

Elle m'empoigna par le bras.

– Je vous emmène, nous avons à causer !

Je m'enfournai à sa droite, elle démarra vivement sous l'averse, prit la route de Besse et ôta son feutre à ruban.

– Je crois que je n'ai pas besoin de chapeau non plus !

A Besse, elle ralentit devant la maison d'école, klaxonna quatre ou cinq fois. Une lampe s'alluma devant le logement des Berforini. Elle éclata de rire et donna un coup d'accélérateur qui me colla contre le dossier de mon siège. Elle s'engagea dans la descente de Réverac avec un entrain forcené, en balayant de ses phares la campagne noyée sous la pluie.

De temps en temps, elle me guignait du coin de l'œil.

– Alors, jeune homme, qu'est-ce que vous en pensez ?

– Je pense que vous allez un peu vite par le temps qu'il fait.

– Vous avez raison. Mais j'ai attendu si longtemps pour vivre !

Elle fit le tour de Réverac très lentement.

– Je vais peut-être vous amuser : cette petite auto me donne la force d'être enfin telle que je me sens au fond de moi !

Elle repartit en direction de Mondonat.

La route principale étant inondée, il fallut prendre un petit chemin, qui serpentait à travers bois. Quelque part entre Réverac et Mondonat, un arbre abattu barrait aux trois quarts le passage.

– Je vais le contourner, dit-elle.

Elle roula droit sur le fossé et y resta. Elle emballa son moteur, les roues tournèrent à vide. Puis elle coupa le contact et me regarda d'un air triomphant.

– Ce n'est pas le fond de l'Afrique et il fait tiède !

J'aurais dit sans lyrisme : nous voilà coincés sous la pluie. Elle baissa la glace. Une bouffée d'air mouillé chassa l'odeur des gaz. Puis le ramdam de la bourrasque nous sonna aux oreilles.

Charmes et châtaigniers qui bordaient la route craquaient sous les rafales. Le vent hululait dans les hautes branches, le tonnerre roulait tambour et l'eau clapotait dans les fossés regorgeants. Virginie releva la glace en riant.

– Un peu d'air, ça fait du bien. On attend un bateau ?

Elle sentait le géranium et son parfum me grattait l'arrière-gorge. J'étais maintenant presque sûr qu'elle avait collé sa voiture dans le fossé pour s'amuser ou pour m'impressionner. Elle avait, cette vieille demoiselle sans parapluie ni chapeau, un côté fou qui ne me déplaisait pas !

Le silence se fit dans notre petite boîte, pendant que le monde enflait ses bruits autour de nous. Et Virginie se mit à chanter, tout bas, puis plus haut sans me regarder, puis en me regardant du bord de l'œil, la lèvre ourlée de malice.

Je suis le bouillant Achille, bouillant Achille, bouillant Achille...

Je lui pardonnais tout, mais pas ses chansons, d'autant qu'elle n'avait pas, et de loin, la voix de Marianne !

Je suis le bouillant Achille, bouillant Achille, bouillant Achille,

J'aurais l'esprit bien tranquille, n'était mon talon.

– Et alors ?

Elle se pencha sous le volant pour se déchausser et je vis son pied nu à la lueur des éclairs.

– On a tous un talon d'Achille, vous savez ?

Je respirai fort et ne répondis pas, ne sachant où elle voulait en venir. Elle insista.

– Le mien, c'est la morale. Je supporte mal les crimes impunis. Et au village des frères ennemis, j'ai été malgré moi complice des assassins, complice des complices, c'est-à-dire les trois quarts de la population. Je ne me le pardonne pas et je ne leur pardonne pas. J'ai un compte à régler avec les paysans ! Racontez-moi encore votre entrevue avec le curé. Quelque chose m'intrigue. Je me demande s'il n'essaie pas aussi de régler ses comptes !

Les éclairs s'apaisèrent. Il y eut un moment d'obscurité totale ; Virginie m'écouta en silence, puis lança un rire frissonnant.

– L'abbé Couvinhac Albin est plus malin qu'il n'en a l'air. Je me demande s'il n'a pas fait exprès de vous en dire un peu trop. Et il a aussi trop insisté pour que vous partiez. Qui sait ? Il aurait voulu vous lancer à la chasse des coupables qu'il n'aurait pas procédé autrement ! Hein, hein ?

– Oui, non... Non, c'est impossible. Je ne sais pas !

– Il est peut-être avec nous, mais il ne peut pas le dire, ni même le laisser voir. Oui, maintenant, j'en suis sûre !

– J'ai peine à le croire.

– Pourtant, vous sortez de l'école libre. Vous devriez connaître les curés ! Et Darrat, vous ne pensez pas qu'il a un talon d'Achille aussi, comme tout le monde ?

– Oui, je pense qu'il en a un.

– Dites.

– C'est juste une impression. Il faut que j'y réfléchisse.

– Évidemment, c'est une vieille affaire, avoua-t-elle, et on n'a pas de preuves formelles.

– Qu'en ferait-on ? Personne ne voudrait nous entendre.

– Mais il y a la cicatrice. C'est un commencement de preuve. J'en ai parlé à Georges Beraudier. Il est avec nous, vous savez ?

– Avec nous ?

– Il a été un chef important de la Résistance, Armée secrète et F.F.I. Il préfère encore les collabos aux faux résistants... et à ceux qui se vantent de blessures attrapées ailleurs. J'ai fait mon enquête. Votre Darrat avait déjà sa cicatrice avant la guerre. A Réverac, plusieurs de ses camarades de bal s'en souviennent. Au moment du Front populaire, il se vantait de s'être battu avec un voyou, c'est-à-dire un gréviste.

– Difficile de prouver le contraire.

Virginie Bonnefon eut un geste de colère.

– Il n'y a rien à prouver. On s'en fiche !

Mais aussitôt, je la vis à la lueur d'un éclair se recroqueviller derrière le volant, frileusement.

– Si vous ne voulez pas vous battre, je n'y peux rien.

La tête baissée, le front sur le volant, elle se mit à parler si bas que je dus pencher l'oreille pour l'entendre. La petite voiture cernée au milieu de la tempête était un sûr confessionnal.

– Vous aimez bien Marie Ousmane, oui ? Vous l'aimez tout court peut-être ? Vous la protégerez, vous veillerez jalousement sur elle tant que vous serez là, un an, deux ans ou trois. Mais vous êtes jeune, vous partirez et vous la laisserez seule en face de ses ennemis.

– Oui, ça sera très dur pour elle quand Darrat sera maire.

– Parce que vous, Vincent Lerouge, vous permettriez à ce type de se faire élire maire de votre commune ?

– Je n'ai pas le droit ni l'envie de me mêler de la campagne électorale. Et si quelqu'un ressortait l'histoire de 1934, il serait considéré comme un traître au village : tout le monde lui donnerait tort. Darrat gagnerait haut la main. Rémi Augnac le sait et il se gardera bien de la moindre allusion.

– J'y ai pensé. Je connais les paysans aussi bien que

vous, peut-être mieux parce que je suis plus vieille. Leur arme préférée, c'est le silence. On la retournera contre eux. Le silence avec un filet de rumeur : voilà l'essentiel de mon plan de bataille !

– Votre plan de bataille ? Vous avez vraiment l'intention de vous lancer dans une croisade contre Darrat ?

– Avec vous, mon cher. Derrière vous, pour vous soutenir. Le seul ennui, c'est que je suis déjà partie et que vous traînez encore à une lieue. Que voulez-vous, je suis le bouillant Achille et vous le prudent Ulysse !

Comme je ne répondais pas, elle s'appuya contre le dossier de son siège et renversa la tête en arrière. Puis je crois qu'elle ferma les yeux. J'imaginai son sourire hautain. Elle chantonna : *« Je suis le bouillant Achille, bouillant Achille, bouillant Achille... »* Enfin, sur un ton sérieux, presque dur :

– Parlez-moi donc de son talon à lui !

Elle s'inquiéta de mon silence.

– Je vous espérais plus enthousiaste.

Je la sentais raidie, au bord des larmes. Sa voix devenait un peu trop pointue de temps en temps.

– Je réfléchissais, dis-je. Darrat est très orgueilleux, il a toujours eu ce qu'il voulait... sauf l'enclave des Grifoulet. Mais il compte l'avoir un jour ou l'autre. Je me demande comment il supporterait un grave échec.

Elle s'exclama gaiement.

– C'est bon ! C'est bon ! Nous le tenons !

Elle me toucha légèrement l'épaule.

– Croyez-en mon expérience, nous aurons sa peau !

Elle avait balancé ces mots d'un ton qui me fit froid dans le dos. Cette pittoresque vieille fille était une femme dangereuse. Terriblement calculatrice, d'un égoïsme de chatte en chasse, elle jouait avec la vie des gens, tant par besoin que par plaisir. Et je sentais sa force d'âme et son obstination passer en moi. J'avais besoin d'elle.

Pourtant, je renâclai encore.

– Sa peau, vous êtes folle !

– Mon cher Vincent, il faut toujours viser la peau. Si on ne peut faire mieux, on se contentera du poil et des griffes !

– En attendant la peau, nous n'avons que la cicatrice !

– Nous avons le talon et nous découvrirons d'autres choses. Nous avons Marie.

– Je ne veux pas me servir de Marie.

– Il y a quelques jours, je vous croyais prêt à vous battre contre Darrat. Je me trompais.

– N... non. Je pensais le défier, lui dire ses quatre vérités et m'en aller.

– Un peu facile.

– Maintenant, je reste et il y a Marie. Je ne veux pas la guerre au village.

Dans les moments d'indécision, on tient la destinée captive en soi, vibrante de la toute-puissance des avenirs possibles. C'est un plaisir presque sensuel, vite changé en souffrance quand le choix tarde. Je m'étais délecté un temps ; je commençais à souffrir. Il me fallait décider maintenant.

Soudain, Virginie poussa un petit cri, à peine plus qu'un soupir. « Oh ! » Elle tendit la main vers la portière. Mais je vis à la lueur de l'orage le sang qui coulait sur sa bouche et gouttait sur son imperméable clair. L'espace d'une seconde, la peur me cloua... Elle me demanda un mouchoir.

– Le mien est déjà trempé. Pardonnez-moi, je suis très tendue. Je prends cette affaire trop à cœur. L'émotion m'a toujours fait saigner du nez.

Elle renifla bruyamment. Puis elle pouffa et aspergea sa robe.

– Il faut que je sorte et je ne peux pas passer par ma portière.

Je l'aidai à s'extraire de la voiture. Son sang coula sur mes mains, je la soutins quelques pas. Le vent s'était calmé et la pluie tombait droit et fort. Elle renversa la tête et laissa l'averse baigner son visage, laver son nez, sa bouche et son menton. En une minute, nous étions trempés tous les deux. Je l'entendais haleter. Une sourde exaltation me gagnait.

– Ça va ?

– Merveilleux, dit-elle. J'aime tellement la pluie.

Les nuages sombres, planant au ras des cimes, fermaient le ciel. On se serait cru dans une cathédrale, avec les éclairs colorés qui tombaient par les vitraux. Le vent soulevait dans la forêt une rumeur de plainte et de prière. Je respirai une odeur acide, presque sulfureuse de sous-bois battu, d'humus mouillé.

Virginie, droite, les yeux fermés, comme en extase, offrait son visage à l'eau ruisselante, et ses cheveux trempés tombaient lourdement sur ses épaules.

Un murmure courait sur ses lèvres, trop bas pour que je puisse comprendre les paroles. Je m'éloignai doucement. Il m'avait semblé apercevoir un tas de bois au bord du talus. Je trouvai une lampe électrique dans le vide-poches et charriai quelques bûches que je fourrai sous les roues de la 4 CV. Après plusieurs essais, la voiture recula d'un coup de reins sur la route.

Virginie se tamponnait le nez en me regardant. L'hémorragie s'était arrêtée. Je lui souris.

– En somme, je n'ai pas le choix. Ou je quitte Mondonat dans un an ou deux, vaincu et honteux comme un renard pris, ou je tiens bon, avec Marie, je me bats le temps qu'il faut. Jusqu'au poil, jusqu'aux ongles, jusqu'à la peau. Et ça peut être long !

– Ça sera long.

– Des années qui vaudront d'être vécues, fis-je pensivement.

– Nous vous soutiendrons, Beraudier, Berfo, moi, tous les instituteurs du canton, dit-elle d'une voix nasillarde et touchante. Même à la retraite, je ne serai pas loin. Et vous avez une arme terrible : les enfants.

– Je ne veux pas mêler les enfants à ça !

– Très bien. Mais Darrat ne sera jamais tout à fait sûr que vous ne le feriez pas en cas de besoin. Bien sûr, il faudra que vous ayez toujours de bons résultats, au certificat, partout. Vous devrez plaire aux enfants et aux parents. Ça ne sera pas facile. Pour Darrat, vous serez l'œil dans la tombe de Caïn. Vous le marquerez de près, comme on dit en football. A la cicatrice et au talon ! Vous ne lui laisserez pas un jour de répit. Il se rebiffera, il essaiera peut-être de vous coller une histoire. Soyez prudent, n'ayez pas peur de vous afficher avec Marie, ça rassurera les mères. Et au moindre soupçon, prévenez-moi, je bondirai !

– Je pense que je tiendrai le coup. Pour Marie... Je ne parlerai qu'à elle de l'été 34. Le silence et un filet de rumeur !

– Chargez-vous du silence, je m'occuperai de la rumeur. Peu à peu, l'atmosphère de Mondonat changera. Quand les gens sauront que vous savez et qu'ils verront que vous vous taisez, ils seront chamboulés et les jeunes poseront des questions. Bientôt, vous entendrez des allusions que vous écouterez avec un petit sourire.

– Mais il faudra que j'attaque Darrat de front très vite.

– Oui.

– Et nous devrons l'empêcher d'être maire.

– Oui. Quelqu'un nous aidera. Vous verrez.

– Et vous croyez qu'il finira par lâcher, d'une façon ou d'une autre ? Par tomber malade, devenir fou, se taper la tête contre les murs, plonger du pigeonnier dans la fosse à purin ?

– Ou quelque chose de ce genre, oui. Oui !

– Et quand, selon vous ?

– Il a l'air d'un sacré bonhomme. Je nous donne dix ans. Il faut vous préparer à mettre en jeu dix ans de votre vie. Mais le plus dur sera encore de partir quand vous aurez gagné !

Virginie se moucha violemment. « A la grâce de Dieu ! » Elle chercha le démarreur. Quand elle l'eut trouvé, la main qu'elle posa sur le levier de vitesses tremblait un peu. Elle secoua la 4 CV et partit en zigzaguant sous la pluie.

Elle conduisit un moment en silence, puis s'exclama :

– Et vous direz à votre Marie de se tenir à carreau. Je l'ai vue deux fois, deux fois elle avait un bout de jupon ou de combinaison qui dépassait de sa robe. Ça ne se pardonne pas, à la campagne !

Elle avait sans doute raison. Je tâcherais de faire la commission.

En arrivant à l'école de Mondonat, elle freina brusquement et m'envoya un coup de coude dans les côtes.

– J'ai compris pourquoi Céline avait épousé Fernand Rouviat !

– C'est une question que je me posais, dis-je avec prudence.

– Elle l'a épousé parce qu'elle le soupçonnait. A tort, on le sait maintenant.

– Ah ? Vous m'étonnez.

– Mon cher, vous ne connaissez pas les femmes. Elle croyait le tenir avec ce secret qui n'en était pas un. Elle l'a épousé pour pouvoir le persécuter toute la vie. Elle a réussi... et elle en est morte !

41.

Quand j'étais à la maison et que j'entendais la charrette du père Pelissolo faire son bousin sur la route, je sortais une minute et j'allais serrer la main du papé, assis à l'arrière, les jambes pendantes, aussi fatigué que sa carriole et ses bêtes.

– Como tou vas, pétit ?

– Bien. Et tou, papé ?

Je donnais une tape sur le dos des vaches, dont le cuir frissonnait. Un matin d'août, un peu avant midi, j'étais en classe avec mes grandes filles, Élisabeth, Martine et Lola, lorsque j'entendis un fracas de fin du monde devant l'école. Je sortis en hâte. La charrette gisait au milieu de la rue, le timon rompu, une roue arrachée. Le grand-père Pelissolo essayait de dételer ses vaches qui tiraient chacune d'un côté, les pattes de derrière écartées, en soufflant fort. Un filet de bave pendait à leur mufle. Le cantonnier Pousse-char biglait la scène à cinq pas, les mains aux hanches, rigolard. Le papé le menaça de son aiguillon.

Je m'avançai entre eux.

– Qu'est-ce qui se passe ?

Le papé s'appuya sur son aiguillon, posé entre ses pieds.

– Poussé-char l'a poussé lo char dé travars. La bêté o l'a ou poré, lo char o l'a cassa !

A ce moment, Darrat sortit du bistrot en criant : « Nom de Dieu de nom de Dieu ! » Il traversa la rue, le poing levé.

– Je t'ai vu, sale morveux !

Pousse-char recula.

– Me battez pas, m'sieur Darrat, j'lai pas fait exprès !

– Je vais te rosser !

Le malheureux Pousse-char s'enfuit en achoppant, comme si la peur lui coupait les jambes. Darrat le rattrapa et le secoua par le col si violemment que la chemise du gars se déchira jusqu'aux reins. Alors, il lui martela le dos et les côtes à coups de poing. Pousse-char sauta en arrière, jeta son béret par terre.

– Me touchez pas, m'sieur Darrat ! Me touchez pas !

Il souleva les épaules jusqu'à ses oreilles, tordit la bouche et se mit à ouvrir et fermer les poings en soufflant fort. Darrat pointa l'index vers le béret, au sol, et comme parlant à un chien :

– Viens ici, petit frère !

Pousse-char frappa du pied et cria d'une voix plaintive :

– Non, m'sieur !

Je contournai l'attelage et marchai vers Darrat.

– Arrêtez ce cirque !

Darrat pivota et balança le bras d'un geste fauchant.

– Vous, foutez-moi la paix. C'est une affaire de mairie !

– Vous n'êtes pas encore maire de Mondonat !

– Je le serai bientôt. Hein, petit frère, que je serai bientôt maire et que tu m'obéiras au doigt et à l'œil ?

– Oui, m'sieur Darrat, geignit le grand flandrin.

Mais je croisai son regard et je vis dans ses yeux une lueur de haine et de peur. La haine l'emportait sur la peur. Darrat fit un pas vers lui, puis un autre, lentement, les mains sur les hanches.

– Je vais te corriger, salopard. Et tu répareras la charrette de tes mains, même si tu dois y passer des jours et des nuits !

Une demi-douzaine de personnes, dans la rue et devant le bistrot, considéraient la scène d'un air goguenard. Mes grandes filles se tenaient au bord de la cour. Je leur fis signe de rentrer en classe. Marcheminet jeta son habituel gloussement : « Hi, hi, hi ! »

Je jugeai le moment bien choisi pour entrer dans la danse. La colère me donnait le courage qui m'avait manqué jusqu'ici pour attaquer Darrat à froid. Je me piquai devant lui.

– Laissez-le tranquille et écoutez-moi. Nous avons à parler !

– Occupez-vous de votre putain d'école et foutez-moi la paix !

– Ne m'obligez pas à faire un scandale en public.

Il fronça les sourcils, rejeta son chapeau en arrière.

– Qu'est-ce que vous voulez ?

– Venez.

D'un geste, je montrai le haut du village et partis dans cette direction. Darrat se retourna vers le grand-père Pelissolo.

– Rentrez avec vos vaches. Je m'occupe de votre charrette.

Tout à coup, Pousse-char regarda sa montre et s'écria :

– Faut que j'aille sonner midi ! Faut que j'aille sonner midi !

Il s'élança dans la rue sur ses souliers cloutés, nous dépassa avec un tintamarre de galopade et courut vers l'église. Bientôt, une sonnerie endiablée secoua le village.

J'avais l'intention de conduire Darrat à la croix. L'endroit me paraissait juste assez isolé pour que les gens nous voient, mais ne puissent nous entendre. Darrat continua plus loin.

– On va chez moi, ça sera mieux pour causer, puisque vous l'avez voulu. Ma première borne n'est qu'à trois cents mètres.

Il marchait comme un fou et je dus ménager mon souffle pour le suivre. Mais je ne pus m'empêcher de crier :

– Et si je vous disais que vous ne serez jamais maire ?

– Je vous rirais au nez, jeune homme ! En tout cas, ajouta-t-il un peu plus tard, c'est pas vous qui me ferez battre !

La colline des Chardons dominait le village sur la gauche et la rivière sur la droite. Darrat s'adossa à un grand chêne, qui posait son ombre douce comme un tapis de soie sur la terre fendillée, l'herbe rase, les chaumes de blé, les chardons Marie et les ronces chargées de mûres. Il alluma une cigarette. La cloche continuait de sonner midi gaiement. Le moment était venu. Je fis face à Darrat. Il ôta sa cigarette de sa bouche, me toisa avec son tic de chasseur, sortit son portefeuille.

– Combien je vous dois pour la première semaine des filles ?

Je l'arrêtai d'un geste.

– Quinze cents francs. Mais je veux que vous envoyiez un mandat de cette somme à Marie Ousmane.

Il renfourna son portefeuille, tira une bouffée nerveuse, me souffla la fumée à la figure.

– Marie Ousmane ? Vous rigolez !

– Ça sera un commencement de réparation pour l'été 34 !

Il s'esclaffa, laissa tomber sa cigarette.

– Alors, cette garce vous a raconté que j'étais responsable de la mort de son soûlard de pater ? Je m'en doutais. Mon pauvre vieux, il n'y a plus que vous pour la croire !

Je me forçai au calme.

– Céline Rouviat m'a avoué que son mari avait mis le feu à la maison du maire. J'en ai parlé au curé. Il m'a dit la vérité.

– Nom de Dieu, la vérité, ha, ha !

L'abbé Couvinhac Albin m'avait seulement avoué que l'incendie de la maison du maire cachait une « histoire ignoble ». Rien de plus. Et c'était la vérité ! Darrat s'essuya le front, laissa retomber sa main.

– Je ne sais pas ce que le curé a pu vous raconter, mais je m'en fous. Qu'est-ce que vous voulez ?

– Il n'est pas possible que vous soyez maire de cette commune.

Il se tapa sur les cuisses.

– Parce qu'une putain notoire a mis dans sa poche un petit remplaçant qui se croit malin ? Elle est bonne !

Il fit deux pas vers moi, un poing sur la poitrine. Je ne bronchai pas. Il recula.

– Mon pauvre vieux, je ne suis pas comte ni baron, mais je vaux bien un Combas de Millac et j'ai autant de relations que n'importe quel noble à cinquante kilomètres à la ronde. Je n'ai qu'un mot à dire à qui de droit et je vous fous mon billet que vous filez au bout du département !

– Je ne pourrais plus faire la morale aux enfants de Mondonat si vous étiez maire. Et aucun instituteur n'en serait capable.

Il parut se gonfler d'air tout entier, devint énorme et rebondi.

– Ah, nom de Dieu, je voudrais voir ça !

Il se mit à tourner en rond sous le chêne, en gardant la main à son chapeau, qu'il enfonça puis releva tour à tour, deux ou trois fois. Je me forçai à rester immobile. La sueur me collait ma chemise dans le dos. Puis Darrat se planta face à l'église, où la cloche nue, balancée à un rythme furieux, sonnait toujours à toute volée.

– Cet imbécile va me foutre le clocher par terre !

Haussant les épaules, il revint vers moi.

– Mon vieux, vous me faites si peu peur que je vais vous dire ce qui s'est passé en 34. D'abord, c'est une affaire politique. Du moins on l'a vue comme ça, mes camarades et moi. Lolo Grifoulet était un déchet, un voleur et un danger public, la honte du pays. On était jeunes, on voulait en débarrasser la commune en l'empêchant de nuire et en l'envoyant au diable. Il y a eu un accident, je n'ai pas retenu mes hommes assez vite. Ce type était bouffé par l'alcool, borgne non pas à cause d'un coup de fusil, comme on vous l'a peut-être dit, mais d'un vaisseau qui lui avait pété dans l'œil. Sa vie tenait à un fil. Mes gars l'ont un peu tabassé et il leur a claqué dans les doigts. Tout le village était au courant. Les gens nous ont couverts, ils en avaient assez de Lolo. Le temps a passé, personne ne nous a lâchés. Et vingt ans après, tout le monde se fout de vos salades. Je serai maire de Mondonat, que ça vous plaise ou non, monsieur le remplaçant. Et allez donc chanter ce que je viens de vous dire, vous êtes bon pour l'asile !

Ainsi, c'était vrai. Tout était vrai. Il avait tué Lolo avec ses copains. Jusqu'à ce moment, je gardais un doute, malgré tout ce que Marie m'avait dit. L'aveu méprisant de Darrat me coupa le souffle.

Mais il avait raison. Je ne pouvais rien contre lui et son assurance m'accablait. Je crus que j'avais perdu la partie à jamais. Je regrettai de m'être laissé embobeliner par Virginie Bonnefon, cette vieille maniaque. Je n'avais plus qu'à m'en aller, le rouge au front et le cœur aux talons. Je voulus quand même lui porter un coup avant de battre en retraite. Simple baroud d'honneur !

– Vous oubliez les enfants, dis-je d'une voix très douce.

Darrat fit un saut sur place. Il baissa la tête comme un taureau qui va charger. Son cou devint très rouge. Je crus qu'il allait me foncer dessus. Mais il s'arrêta, releva la tête avec effort et me lança un regard vide, sans son tic de chasseur, puis détourna les yeux. Il aperçut sa cigarette par terre, il voulut l'écraser mais la manqua. Il dut s'y reprendre à deux ou trois fois pour l'enfoncer dans la terre. Il porta une main à son oreille, comme gêné par le fracas de la cloche qui battait sur un rythme régulier, soutenu. Pousse-char allait sans doute tirer sur sa corde jusqu'à épuisement, si personne ne l'arrêtait. Le pauvre diable était en train de se venger à sa façon, de Darrat et de tout le monde !

Darrat recula alors jusqu'au chêne. Son teint passa du rouge au gris ; son visage restait impassible, mais ses mains tremblaient. Il voulut tirer sur son col, ses doigts puissants ne purent saisir l'étoffe. Il renonça. Je compris qu'il avait un malaise, une pointe au cœur ou la cervelle bouffie par un trop-plein de sang... Ce n'était pas son genre et je restai un moment bouche bée.

Il n'était pas aussi terrible qu'il en avait l'air, m'sieur Darrat. Et je n'avais pas tout à fait perdu la première bataille ! Il se réveilla d'un coup, se frotta la figure avec les deux mains et posa sur moi ses yeux rétrécis de fureur.

– Foutez le camp ! dit-il d'une voix étranglée.

Il se détourna et, sans attendre, partit vers le village, une épaule plus basse que l'autre. Je n'oublierai jamais la silhouette blessée qu'il avait en descendant le sentier.

42.

Le lundi 3 octobre 1955, je connus ma deuxième rentrée, la vraie. L'arrivée de Lola, sans nattes, très *reine d'un jour*, dans sa robe de jeune fille, surprit tout le monde.

– Hé bé, la grande, t'es revenue ? Des fois que t'as épousé l'monsieur ?

– Ça vous embêterait, tas d'imbéciles !

Je n'avais pas encore reçu l'accord de l'inspecteur pour son inscription au cours supérieur. Roseline se répandait en prières.

– Sainte Mère, pourvu qu'il dise oui !

Alice avait prévu de régner l'année entière sur les grandes, ça se voyait à sa tête ; et elle n'avait pas la moindre envie de céder une couronne qui l'avait fait rêver tout l'été.

Elle se mit à tourner autour de Lola et hésita moins d'une minute sur la façon de l'amadouer. Robe crème de Lola, rouge tablier d'Alice... elles étaient superbes. Un bref instant, elles se défièrent du regard, le cou dressé, l'épaule haute, opulente crinière noire contre sage toison châtain doré, même taille, même âge apparent ou presque, vu la précocité de la jeune métisse. Je me demandai ce que je ferais si elles se battaient.

Lola leva son cartable pansu devant sa poitrine, entre ses bras noués, déjà sur la défensive, et s'écria d'une voix trop aiguë :

– J'espère que je te gêne pas !

Alice sourit ; elle avait déjà pris la mesure de sa rivale.

– Oh si, tu me gênes...

Lola se raidit, le souffle coupé, et se tut. Mais Alice éclata de rire et lâcha son sac neuf qui tomba sur le sol avec un bruit de cuir meurtri. Puis elle se jeta sur Lola pour l'enlacer.

– Folle, folle, folle... Je suis si heureuse que tu sois là !

Lola ne put qu'ouvrir les bras, son cartable rejoignit celui d'Alice et mes deux grandes s'embrassèrent longuement. L'an dernier, Élisabeth donnait le ton, celui de la froideur et de la raillerie. Cette année, Alice imposerait le sien, exubérant, fripon et capiteux, mêlant avec tout son instinct les ardeurs du *vinaigre* et les langueurs de l'*huile* au saut à la corde et au jeu de la vie.

S'apercevant que j'avais été témoin de son jeu, elle rougit de fierté et me lança un petit coup d'œil vainqueur.

La cour s'emplit de cris et d'appels. Les « bonjour m'sieur » qui m'avaient bien manqué tout l'été sonnaient gaiement, comme les pièces dans le plat du curé, le dimanche.

Remue-ménage, mouvements de troupe, allées et venues dans toute la classe, désordre général, sauf aux deux premiers bancs de la rangée centrale, devant moi. Là, moins d'une minute après avoir claqué des mains à la porte pour donner le signal de la rentrée, je me trouvai devant le fait accompli.

Alice avait pris la place d'Élisabeth au deuxième rang, sur ma droite, et me toisait avec son sourire triomphant, toute la lumière d'un beau matin d'octobre dans ses immenses yeux noirs. A côté d'elle, Lola. Au premier rang, Marie-Jacqueline, en bleu, et Emma, en gris. Une petite et une grande... Et je sus aussitôt, sans l'ombre d'un doute, que tout se passerait exactement comme l'an dernier.

Quand Alice voudrait me tenir à merci de prunelle, la mince Emma viendrait se poser comme par hasard devant elle ; quand elle aurait envie de camoufler un manège ou de jouer à cache-cache avec moi, elle mettrait la corpulente Marie-Jacqueline en paravent...

Je pouvais encore me rebeller et elle le savait. Elle me fixait avec un mélange émouvant de supplication et de défi. Je renonçai à me battre sur son terrain, sans abdiquer pour autant. « On se reverra, ma belle ! »

Alors, comme une prière, nous avons lu tous ensemble – tous ceux qui savaient lire – un poème de Victor Hugo copié au tableau, « Le Matin ».

Le voile du matin sur les monts se déploie.
Vois, un rayon naissant blanchit la vieille tour ;
Et déjà dans les cieux s'unit avec amour,
Ainsi que la gloire à la joie,
Le premier chant des bois aux premiers feux du jour...

A la récréation, une trentaine de souffles longtemps retenus partirent d'un coup en rires, en cris, en chansons. Ces voix mêlées, pointues ou déjà graves, claires ou aigres, hautes ou assourdies, plaintives ou cascadantes, emplissaient l'air d'une rumeur unique, si grosse de vie et de rêve, de gaieté et de santé que la nature tout entière en était houspillée. J'en ressentais comme un désir d'éternité. Et j'avais failli perdre cela !

Le matin où la pompe de la cour fut amorcée, la classe entière fit une ronde autour, bérets lancés, nattes, couettes et rubans au vent. Les bottes percées des garçons chuintaient une pauvre musique. Les grandes filles m'ouvrirent une place dans la chaîne.

– M'sieur, ici !

– Non, m'sieur, là !

Je me trouvai une première fois entre Emma et Lola, puis entre Alice et l'aîné des Marcheminet. Au troisième mouvement, je choisis de rejoindre les tout-petits.

Belle journée d'automne, avec un vent changeant, taquin et frisquet. Le soleil traçait son rond dans le ciel, pareil à un dessin d'enfant. Les hirondelles se rassemblaient sur les fils et au bord des toits. J'accordai une demi-heure de récréation en supplément pour la fête de l'eau. Quelqu'un lança l'idée du baptême.

– Qui c'est qu'on met sous la pompe pour le baptiser ?

Les noms fusèrent. Les filles crièrent d'abord ceux des gars.

– Marcheminet ! Costemana ! Titelou !

– Pierre-Pierre Augnac ! Paulo Kerdando !

Tout à coup, mystérieusement, l'opinion se retourna. Tous et toutes crièrent à pleine voix : Lola ! Lola ! Lola !

Lola, la « cours supérieur », la dinde dans une couvée de poulets... Poursuivie, elle se réfugia derrière moi.

– M'sieur, les laissez pas me mettre sous la pompe ! Ma mère serait très en colère !

Les colères de Roseline, je les connaissais et je fis mine de protéger sa fille. Aussitôt, les grands m'entourèrent en riant.

– Puisque vous la défendez, cria Alice, rouge et provocante en mégère dépoitraillée, désignez quelqu'un d'autre !

– Oui, m'sieur, quelqu'un !

– Oui, m'sieur, oui, m'sieur !

– On veut une fille ! On veut une fille !

Mon choix ne serait pas innocent et je ne pouvais pas refuser le jeu, c'eût été une trahison. J'avisai Alice qui me narguait toujours en mâchonnant une mèche de ses cheveux. Alice, la plus femme des filles. Je la désignai d'un index qui ne tremblait pas.

– Alice Ousmane !

Elle poussa un cri de chat pincé, mais la surprise l'empêcha de fuir. En un instant, elle fut saisie, traînée sous la pompe qu'un garçon manœuvrait en hissant le balancier à bout de bras, assise dans le bac de ciment, étalée, arrosée, saucée de la tête aux pieds. Elle se releva, tremblante, les cheveux sur la figure, les vêtements collés, mais assez fière d'avoir été choisie.

Épilogue

Le conseil municipal ayant fini par démissionner tout entier, la campagne électorale s'engagea au milieu de l'automne. Darrat eut plus de mal que prévu à compléter sa liste, ce qui ne l'empêchait pas de pérorer avec arrogance au bistrot.

– Je présenterais mon chien, il passerait avec les autres !

A la place du chien, il proposa Pousse-char, comme onzième larron. Beaucoup de gens le prirent en mauvaise part ; les acolytes fidèles furent blessés dans leur vanité et deux quittèrent la liste.

« C'était pour rire ! » dit Darrat, et il tabassa son petit frère en public. Mais il se retrouva à la tête d'une bande de huit.

Parmi les complices de l'été 34, j'avais reconnu facilement le maillon faible, Momo Minsou. Je décidai d'attaquer là, tandis que Virginie Bonnefon commençait de répandre tout autour de la commune un discret parfum de rumeur. Avec l'aide de Roseline, je rencontrai un soir son mari et je lui parlai amicalement de l'été 34... Au fond, je l'aimais bien, Momo, le roi des imbéciles. Ç'aurait pu être un brave type s'il n'avait subi durant toute sa jeunesse l'influence funeste de Darrat. Le résultat dépassa de loin mes espérances. Non seulement Momo quitta la liste, mais il disparut trois mois et on le crut mort. Excellent pour notre petite rumeur.

Darrat et ses gens n'étaient plus que sept. Virginie Bonnefon réussit à convaincre Georges Beraudier qui vint à Mondonat pour une réunion du candidat laïque, Rémi Augnac, et lui apporta le soutien des gaullistes du canton. Ce jour-là, Darrat perdit encore deux vaillants soldats, sans parler des électeurs.

L'aubergiste Mollignac, le patron de Marie Ousmane, vint me demander si sa fille Marie-Jacqueline avait une chance d'être la première du canton l'an prochain. Je répondis franchement :

– Non. Mais elle peut être reçue en bonne place si tout va bien.

Il me considéra d'un air approbateur.

– Vous m'auriez dit oui, j'aurais pensé quel sacré menteur !

Et il se désista à son tour. La liste Darrat ne comptait plus que quatre candidats, en tout et pour tout.

Darrat se battit jusqu'au bout et fut élu – seul. L'âne Rémi devint maire de Mondonat. Il me fit une visite pour m'annoncer l'événement, un soir, avec sa nouvelle auto, une Aronde d'occasion modèle 1953. Il me bourra l'épaule d'un geste complice.

– Y a un bruit qui court. Vous avez peut-être ben raison pour ces histoires d'avant-guerre. J'en sais rien, mais j'en suis sûr !

Peu après les élections, ma mère vint habiter à la maison d'école avec moi et promit de m'aider à veiller sur la santé de Marie.

Le 13 mai 1958 en fin d'après-midi, après avoir écouté la radio toute la journée, le père Darrat, que les gens de Mondonat appelaient toujours « Monsieur Jean-Gervais », décida que son heure de gloire était arrivée. Il sortit de sa propriété du Pech-Gabach à la tombée de la nuit, un fusil autrichien Mannlicher 8 mm de la guerre 14-18 sous le bras, cinq balles dans le chargeur et quelques chargeurs de rechange dans les poches de sa veste de chasse. Il déclara qu'il allait reprendre la commune aux cocos et brûler la cervelle à cet âne rouge d'Augnac. Il avait alors soixante-quinze ans, il portait la tête haute sur un cou raide, mais ses épaules commençaient à se voûter et il avançait avec une démarche saccadée et louvoyante. Il venait d'avoir une alerte de santé, due à une tension trop élevée.

Son fils le poursuivit sur la route du village et le rattrapa à la croix. Leur discussion tourna à l'aigre. Pousse-char, qui les guettait depuis le cimetière, raconta plus tard la scène. Le père ne voulait pas renoncer à son projet, même pas le remettre au lendemain. Le fils essaya de lui enlever son fusil, arguant que cette pétoire du siècle dernier n'était pas foutue de tirer une seule balle. Pour lui prouver le contraire, le père lâcha un coup vers le clocher et on entendit la balle entrer dans une poutre.

Le fils cria à son père qu'il était fou et lui arracha le fusil. Le père s'accrocha au canon du Mannlicher et, dans la bousculade, il fut pris d'un transport au cerveau, comme on disait chez les gens de la haute. Il tomba sur le socle de pierre de la croix et se brisa un mauvais os. Il fut transporté à l'hôpital de Bergerac, où on le répara tant bien que mal. Mais il mourut à son retour chez lui, deux mois plus tard, le 14 juillet 1958, en disant que de Gaulle était communiste et que son fils l'avait assassiné.

En novembre 1958, Renaud Chabellac, âgé de soixante-trois ans, figurait parmi les deux cent soixante députés du raz de marée gaulliste.

Darrat fils devint de plus en plus querelleur et violent. Il s'était mis à boire aussitôt après son échec à la mairie. « Du vin bouché, disait-il, ça fait du bien à la tête et pas de mal au corps ! » Son corps semblait tenir bon, on le voyait battre les champs et les bois avec ses chiens pendant toute la saison de chasse et même hors saison. Mais les invités de la ville se faisaient rares. Il vidait des dizaines et des dizaines de cartouches autour des Dindeaux. Il montait la garde sur ses limites et tirait tous les chiens qui franchissaient, même ceux des voisins, et il massacrait les chats errants jusqu'aux abords du village. Aux élections municipales de 1959, il se présenta seul contre la liste du maire et fut battu. L'année suivante, Georges Beraudier devenait conseiller général U.N.R. de Réverac.

Le *vin bouché* monta à la tête de Darrat. Il était écarlate du cou au front, en passant par les oreilles. Roseline dut le chasser deux ou trois fois de son bistrot. Sa femme s'enfuit et demanda le divorce en 1961. Il se vengea sur ses souffre-douleur habituels, Pousse-char et Marcheminet.

Selon notre convention, *je m'occupais du silence* et Virginie Bonnefon nourrissait patiemment la rumeur.

Je passais chaque jour, sans en manquer un, devant la maison de Darrat, d'abord la Paussade et, après son divorce, le Pech-Gabach, en veillant à ne jamais quitter la voie publique. Chaque matin ou chaque soir, qu'il pleuve ou qu'il vente, parfois dans le soleil de midi, et à part quelques cas de force majeure, parmi lesquels je ne comptais même pas le certificat ! Je cochais les jours au calendrier. Il y en eut, et ce fut le record, trois cent soixante une certaine année. Je m'habituais à me sentir guetté et j'y trouvais même un certain frisson, un certain plaisir. J'avais pris avec mes amis instituteurs, Berfo, Virginie, Beraudier, toutes précautions pour qu'une volée de plombs lâchée à mon profit derrière une haie ne puisse jamais être camouflée en accident. Et Darrat le savait.

Il ne tarda pas à être puni par où il péchait. La chasse devenait pour lui une obsession. Il ne laissait pas perdre une heure de la saison. Un jour de décembre 1962, lors d'une battue au lièvre en compagnie de Pousse-char, de Marcheminet et de quelques invités, le petit frère, chauffé par un grog, se rebiffa de belle façon. Alors qu'il se trouvait avec Darrat sur un flanc de colline touffu, à une certaine distance d'un autre groupe de chasseurs, éclata entre eux une violente dispute, à propos des cartouches. Darrat lui avait interdit le gros plomb et il devait se contenter de huit, alors que tous les autres avaient du quatre et du deux. Pousse-char devint fou furieux et vida son vieux « seize » sur Darrat, un coup bas, un coup haut. Le huit est un plomb pour la caille, la grive, la tourterelle, mais Darrat était près, il fut quand même blessé au pied et à la face. Il perdit son fusil, tomba par terre et Pousse-char eut le temps de recharger et de le menacer à bout portant une minute ou deux, en hurlant : « Je vais vous crever les yeux, m'sieur Darrat ! Je vais vous crever les yeux ! » Ses cris attirèrent les autres chasseurs. A leur arrivée, il jeta son fusil et s'enfuit. Vite rattrapé et déclaré fou, il fut interné à l'hôpital psychiatrique de Vauclaire. L'année suivante, à son retour du service, Pierre-Pierre Augnac le remplaça comme sonneur et cantonnier.

Darrat avait pris deux ou trois plombs dans l'œil gauche, qu'on put lui sauver, mais sa vue resta diminuée. Ses tableaux de chasse s'en ressentirent et son humeur encore plus. Il se mit à craindre pour son bon œil, comme Lolo ! Justice immanente.

Deux de mes anciennes élèves *continuaient*. Élisabeth et Alice se destinaient à l'enseignement. Élisabeth, qui vivait à Bordeaux avec sa mère, m'écrivit pour m'annoncer qu'elle préparait une licence. Je lus sa lettre en classe. Répétée sans fin, la nouvelle fit grand bruit au village. Les gens de Mondonat ne connaissaient d'autre licence que celle affichée par Roseline dans son bistrot ; il fallut expliquer et je le fis longuement avec complaisance et délectation. Le succès de son ex-belle-fille piqua d'autant plus Darrat que sa fille Martine n'avait pu continuer et occupait un petit emploi chez les sœurs, à Bergerac.

Encore une méchante blessure pour lui : Alice Ousmane, entrée à l'École normale en 1958, fut nommée institutrice en 1962, à Saint-Romain, où elle succédait à Mlle Bonnefon.

Marie se partageait entre l'auberge Mollignac et la mairie de Mondonat. Darrat n'avait pu la déloger ni de l'une ni de l'autre. Elle vivait toujours aux Dindeaux où j'allais la voir fort souvent, au vu et su de tout le village. Pendant ce temps, ma mère priait pour mon salut.

Darrat se mit à raconter à ses copains de chasse et de bistrot qu'il avait hérité du titre de La Renaudy et qu'il était un vrai noble. Darrat de Gabach de La Renaudy, ça sonnait bien, ha, ha ! Pour un peu, il aurait réclamé le droit de haute et basse justice sur son fief. Le notaire de Réverac lui ayant conseillé de se faire soigner, il voulut l'étrangler. Deux clercs et un voisin ne furent pas de trop pour sortir le pauvre tabellion de ses pattes.

A partir de l'ouverture 1964, il prit l'habitude de garder son fusil à la bretelle ou sous la main la plupart du temps, en voiture, sur son tracteur, au bistrot et même à la messe, jurant qu'il *avait le droit* aussi bien que ses ancêtres. A ce moment-là, j'eus conscience de risquer ma peau en me baladant tous les jours à portée de ses haies, parfois de ses maisons. Aucune précaution ne me sauverait si une crise de rage lui chauffait la cervelle.

Le curé de Mondonat ne s'aperçut pas tout de suite que Darrat assistait à la messe armé et botté. Un dimanche d'octobre, averti par les enfants de chœur, l'abbé Couvinhac Albin descendit aux fonts baptismaux, où le roi des chasseurs se tenait au garde-à-vous, son Rapid à quatre coups en bandoulière. Il le pria de sortir pour déposer l'arme sur le porche ou n'importe où dehors.

Mais Darrat recula vers l'intérieur de l'église et se mit à insulter l'abbé Couvinhac Albin. Tout bredouillant, il l'accusa d'avoir violé le secret de la confession et soutenu les rouges aux élections.

Devant l'autel de la Vierge, une longue silhouette noire et voilée se retourna et un cri éclata :

– *Repentis-toi,* Darrat. C'est ton heure !

Puis la Tâteraisin se leva, raide comme la justice, et sortit lentement sans regarder personne. Pierre-Pierre tira doucement sur sa corde et se mit à sonner une espèce de glas. L'abbé se mit à réciter une prière à voix haute. *« Domine deu virtutum, qui tuam Ecclesiam reddis semper invictam... »* Il était question là-dedans de l'Église invincible.

Darrat, qui savait un peu de latin mais pas assez, entendit les mots *« persecutorum »* et *« potentia ».* Il crut peut-être à une malédiction. C'est du moins ce que raconta le reporter du journal régional. Sa voix devint rauque, ses paroles incohérentes, ses gestes convulsifs, il se mit à taper du pied comme s'il voulait faire un trou avec le talon dans les dalles de l'église. Quelques hommes essayèrent de le maîtriser ; il se débattit comme un fou, puis tomba à genoux, les mains sur la poitrine, et enfin roula sur le sol. Un peu d'écume jaunie par le tabac moussait sur ses lèvres mordues.

Marcheminet se tourna alors vers le prêtre et s'écria :

– C'est lui qui a fini Lolo avec le manche de la fourche !

Le plus grand silence qu'on ait jamais connu à l'église de Mondonat accueillit cette confession publique. Mais une femme s'évanouit : c'était Roseline Minsou. Marcheminet se prit la figure dans les mains et gémit :

– Il nous a forcés à mettre le feu chez le maire ! Nous, on voulait pas, on voulait pas !

Pierre-Pierre, qui n'avait pas lâché la corde de la cloche, se mit à sonner les morts.

L'enterrement de Darrat amena une foule énorme, venue de tout le canton, et plus curieuse qu'émue. J'y assistai entre ma mère et Marie Ousmane, toutes les deux en vêtements de deuil, comme Roseline. Mais Roseline seule versa quelques larmes. Elle avait beaucoup grossi et paraissait une décennie de plus que ses quarante-cinq ans. A la sortie du cimetière, Marie Ousmane, qui portait, elle, ses quarante-sept berges comme trente-neuf à peine, s'appuya contre moi en tremblant.

– Mon Dieu, j'ai encore peur qu'il sorte du trou !

Je lui tapotai gentiment la main pour la rassurer.

– Faites confiance au fossoyeur, il connaît son métier.

A quelques semaines de là, ma mère me demanda :

– Mon Vincent, quand est-ce qu'on rentre à Saint-Veillant ?

Je levai les yeux sur le calendrier des postes et calculai. On était au début de décembre.

– Dans sept ou huit mois, répondis-je.

Cette année-là, les Minsou vendirent le bistrot et rejoignirent leur fille, employée de mairie à Agen. Marcheminet, de plus en plus adonné au vin et au pastis, fit une cure de désintoxication à l'hôpital de Vauclaire, où Pousse-char était toujours détenu. Mais il rechuta dès son retour.

Martine Darrat hérita le domaine de son père. Elle loua les terres à des fermiers, s'installa au Pech-Gabach et eut beaucoup de fiancés. Quand Pousse-char sortit enfin de l'hôpital, plus doux qu'un agneau tondu, elle l'embaucha comme valet à toutes mains.

L'abbé Couvinhac Albin se mit à refuser l'absolution à tous les fidèles ou presque ; pour ses trois derniers mois de sacerdoce, il ne dut pas donner plus d'une dizaine de communions. L'évêque l'envoya se reposer dans une institution spécialisée dont il ne ressortit jamais.

Grâce à l'appui du conseiller général, Georges Beraudier, Alice Ousmane fut nommée institutrice à Mondonat en octobre 1965. Elle avait vingt-trois ans, Mondonat était son deuxième poste. La mort de Lolo Grifoulet et l'injustice qu'il avait subie de tout le village me parurent ainsi mieux vengées que par la mort de Darrat.

La commune se dépeuplait, les enfants allaient à Réverac, l'école comptait à peine une quinzaine d'élèves, elle fut fermée en juillet 66. Alice partit en ville.

Franc Ousmane s'installa comme mécanicien auto sur la route de Réverac. Jehan travaillait avec son père, mais ne voulut jamais retourner vivre aux Dindeaux, où Marie était toujours seule les trois quarts du temps.

Ma mère et moi étions rentrés à Saint-Veillant et j'enseignais aux élèves du cours moyen, qui avaient déjà presque tous la télévision chez eux. Ma mère réalisa enfin le plus grand, le seul grand rêve de sa vie. Elle assista aux derniers moments du député Renaud Chabellac, qui mourut d'un cancer à l'âge de soixante-douze ans, le corps usé mais l'esprit clair. Il aimait toujours Émilie, ses derniers mots furent pour elle.

– Si c'était à recommencer, c'est toi que j'épouserais, ma belle !

Quant à moi, j'avais assez vécu la vie des autres. Il me sembla que le moment était venu de vivre enfin la mienne.

ACHEVÉ D'IMPRIMER
LE 12 FÉVRIER 1991
SUR LES PRESSES DE
L'IMPRIMERIE HÉRISSEY
À ÉVREUX (EURE)
POUR LES ÉDITIONS
ROBERT LAFFONT

GRAPHIRÉAL
ROBERT LAFFONT

Claude Michelet

Une vie et une œuvre qui ont un sens

Dépôt légal : février 1991
N° d'impression : 53358
N° d'édition : 33170
Imprimé en France